Blinde godin

Anne Holt

Blinde godin

Vertaald door Annemarie Smit

Amsterdam · Antwerpen

Archipel is een imprint van BV Uitgeverij De Arbeiderspers

Copyright © J. W. Cappelens Forlag a.s. 1993
Copyright Nederlandse vertaling © 1997 Annemarie Smit/BV Uitgeverij
De Arbeiderspers, Amsterdam
Oorspronkelijke titel: *Blind gudinne*
Uitgave: J. W. Cappelens Forlag a.s., Oslo

Omslagontwerp: UNA (Hans Bockting/Sabine Reinhardt), Amsterdam
Omslagfotografie: Dieter Schutte, Den Haag (met dank aan HCS Harley-
Davidson, Rijswijk)

ISBN 90 295 2086 8/NUGI 331

Hij was dood. Absoluut en zonder enige twijfel. Ze zag het meteen. La-
ter kon ze niet goed uitleggen waarom ze daar zo zeker van was ge-
weest. Misschien kwam het door de manier waarop hij lag, met zijn ge-
zicht diep in de halfvergane bladeren, naast zijn oor een hondendrol. Een
zichzelf respecterende dronkaard gaat niet naast een hondendrol liggen.

De vrouw draaide hem voorzichtig om. De hele voorkant van zijn
hoofd was verdwenen. Wat ooit een persoon, een identiteit was geweest,
was nu onmogelijk meer te herkennen. De borstkas was van een man,
met drie gaten erin.

Ze draaide zich snel om en kokhalsde heftig, wat slechts een zure, on-
aangename smaak in haar mond en een pijnlijke kramp in haar maag
opleverde. Toen ze hem had losgelaten, was het lichaam weer op zijn
buik gerold. Te laat ontdekte ze dat hij een beetje verschoven was,
waardoor zijn hoofd, met het kletsnatte, donkerblonde haar, in de drol
terecht was gekomen. Toen ze dat zag, moest ze overgeven. Als een min-
achtend gebaar van een levende aan een dode werd hij besproeid met de
tomaatkleurige inhoud van haar maag. De nog niet verteerde erwten
bleven als gifgroene stippen op zijn dode rug liggen.

Karen Borg rende weg. Ze riep haar hond en deed hem aan de riem,
die ze voor de goede orde altijd bij zich had, maar eigenlijk nooit ge-
bruikte. De hond rende enthousiast met haar mee, tot hij begreep dat
zijn baasje huilde. Toen droeg hij met een droevig gejank bij aan de
treurzang.

Ze renden maar door.

Maandag 28 september, met terugblikken

Het hoofdbureau van politie in Oslo, Grønlandsleiret 44. Een adres zonder historische klank; niet zoals destijds Møllergata 19 en al helemaal niet als daarvoor Victoriaterrasse. Grønlandsleiret 44 klonk afgetobd, grijs en modern, met de bijsmaak van publiekelijk falen en interne twisten. Groot en enigszins krom, alsof het niet bestand was geweest tegen de stormvlagen, lag het ingeklemd tussen een godshuis en het huis van bewaring, met in de rug de resten van wat eens de arbeiderswijk Enerhaugen was, en met slechts een enorm grasveld aan de voorzijde als enige bescherming tegen Oslo's drukste en meest verontreinigde stadsdeel. De ingang was onvriendelijk en afwijzend en veel te klein in verhouding tot de tweehonderd meter brede façade, ineengedrukt en aan de zijkant weggestopt, alsof men de toegang wilde bemoeilijken en vluchten onmogelijk maken.

Advocaat Karen Borg liep maandagochtend om half tien de geplaveide helling naar de ingang op. De helling was net lang genoeg om bezweet te raken. Ze stelde vast dat hij met opzet zo was aangelegd: iedereen betreedt het politiebureau van Oslo met klamme kleren.

Ze duwde haar lichaam tegen de zware metalen deur en liep de hal in. Als ze wat meer tijd had gehad, zou ze de onzichtbare grens die de ruimte in tweeën deelde opgemerkt hebben. Aan de lichte kant van de enorme hal zaten reislustige Noren op hun rode bewijs van staatsburgerschap te wachten. Aan de noordzijde, weggedrukt onder de galerij, zaten de donkergekleurde mensen, angstig en met zweet in de handen van het urenlange wachten bij de beulen van de vreemdelingenpolitie.

Maar Karen Borg was een beetje laat. Ze wierp een blik langs de galerijen, de ene zijde met blauwe deuren en blauw linoleum op de vloer, en de andere, de zuidkant, die geel was. In het westen zag ze twee gaten, in de kleuren rood en groen. De open ruimte was zes verdiepingen hoog. Later zou ze constateren dat de hoge hal een extreme ruimteverspilling was: de kantoortjes waren piepklein. Naarmate ze meer vertrouwd raakte met het gebouw, kwam ze erachter dat de belangrijkste vertrekken op de zesde verdieping lagen: de kamer van de hoofdcommissaris en de kantine. Daarboven, onzichtbaar vanuit de foyer, als God in de hemel, huisde de veiligheidsdienst.

Net een kleuterschool, dacht Karen Borg, toen ze de kleurcodes waarnam. Om er zeker van te zijn dat iedereen zijn plekje vindt.

Ze moest op de tweede verdieping, blauwe zone zijn. De drie liften met metalen deuren hadden unaniem besloten haar te dwingen de trap te nemen. Nadat ze vier minuten lang de lichtjes naast de deuren op en neer had zien gaan zonder de letters BG te beroeren, ging ze overstag. Ze nam de trap naar boven.

Het viercijferige kamernummer was op een briefje gekalkt. Het kantoor was gemakkelijk te vinden. De blauwe deur zat vol stickers die iemand eraf had proberen te trekken. Mickey Mouse en Donald Duck hadden zich hardnekkig tegen die vernietiging verzet en grijnsden haar zonder benen en met halve gezichten toe. Men had ze beter rustig kunnen laten zitten. Karen Borg klopte aan. Er klonk een antwoord en ze ging naar binnen.

Håkon Sand zag er niet bepaald fit uit. De kamer rook naar aftershave en over een stoel, de enige die de kamer rijk was, buiten die waar Sand zelf in zat, lag een vochtige handdoek. Ze zag dat zijn haar nat was.

Hij pakte de handdoek op, gooide hem in een hoek en vroeg haar plaats te nemen. De zitting was vochtig. Ze ging toch zitten.

Håkon Sand en Karen Borg waren oude vrienden die elkaar nog maar zelden zagen. Ze wisselden wat beleefdheidsfrasen uit in de stijl van 'hoe gaat het ermee', 'dat is lang geleden', 'we moeten snel weer eens samen gaan eten'. Dit herhaalden ze steeds als ze elkaar op straat, of bij gezamenlijke vrienden die de banden beter onderhielden dan zijzelf toevallig tegenkwamen.

'Fijn dat je kon komen. Daar ben ik blij om,' zei hij plotseling. Die indruk maakte hij niet. Na vierentwintig uur achtereen dienst te hebben gehad, was zijn welkomstglimlach nogal schamel en verlept.

'Die knaap weigert ook maar iets te zeggen. Hij herhaalt alleen steeds dat hij jou als advocaat wil.'

Karen Borg had een sigaret opgestoken. Ze tartte alle waarschuwingen en rookte Prince in de originele uitvoering. Het type 'Nu rook ook ík Prince', met maximaal nicotine- en teergehalte en een knalrood etiket, waarop een angstaanjagende waarschuwing van het ministerie van Volksgezondheid stond. Niemand vroeg Karen Borg ooit om een sigaret.

'Je zult hem aan zijn verstand moeten brengen dat dat niet mogelijk is. In de eerste plaats ben ik eigenlijk een getuige in deze zaak, want ik heb het lichaam gevonden. En in de tweede plaats beheers ik het strafrecht niet meer. Daar heb ik sinds mijn afstuderen niets meer mee te maken gehad en dat is zeven jaar geleden.'

'Acht,' verbeterde hij. 'Wij zijn acht jaar geleden afgestudeerd. Van de honderdveertien kandidaten was jij de op twee na beste. Ik was de op vier na slechtste. Natuurlijk beheers jij het strafrecht als je dat wilt.'

Zijn irritatie sloeg op haar over. Ze bemerkte plotseling weer de stemming die tijdens hun studie ook vaak tussen hen was ontstaan. Haar immer fantastische resultaten hadden in een stralend contrast gestaan met de manier waarop hij zich door de studie had gesleept, tot aan een doctoraal dat hij nooit gehaald zou hebben als zij hem niet had geholpen. Ze had hem er doorheen gesleurd, gelokt en gedreigd, alsof ze haar eigen succes makkelijker kon dragen met een dergelijk juk op haar schouders. Om een of andere onbegrijpelijke reden, misschien omdat ze er nooit over hadden gesproken, hadden ze allebei het gevoel dat zij bij hém in het krijt stond, in plaats van andersom. Het gevoel hem iets schuldig te zijn had haar sindsdien constant geërgerd. Niemand had ooit begrepen waarom ze gedurende hun hele studietijd onafscheidelijk waren geweest. Ze hadden nooit iets met elkaar gehad, hadden zelfs nooit in een dronken bui een beetje gevreeën, maar ze waren een uniek vriendenpaar geweest, onafscheidelijk, ruziënd, maar altijd met een wederzijdse bezorgdheid die hen onkwetsbaar had gemaakt voor de vele diepe valkuilen van de studie.

'En wat je status van getuige betreft, die kan me op dit moment eerlijk gezegd gestolen worden. Het belangrijkste is dat we die knaap aan de praat krijgen. En het is duidelijk dat hij dat niet doet, als jij hem niet wilt verdedigen. Op dat getuigengedoe komen we later wel terug, als iemand dat nodig acht. En dat duurt vast nog wel even.'

'Dat getuigengedoe'. Zijn juridisch taalgebruik was nooit erg precies geweest, maar Karen Borg vond dat nu toch moeilijk te verkroppen. Håkon Sand was officier van justitie en werd geacht de wet en de orde te bewaken. Karen Borg wilde graag blijven geloven dat de politie de rechtsgeleerdheid serieus nam.

'Kun je op zijn minst niet eens met hem gaan praten?'

'Op één voorwaarde. Dat jij mij een geloofwaardige verklaring geeft voor het feit dat hij weet wie ik ben.'

'Dat was míjn fout.' Håkon Sand glimlachte net zo opgelucht als vroeger, wanneer zij hem iets had uitgelegd wat hij al tien keer had doorgelezen zonder het te begrijpen. Hij haalde twee koppen koffie uit de wachtkamer.

Toen vertelde Håkon Sand het verhaal van een jonge Nederlandse staatsburger, wiens tot nog toe enige bemoeienis met de zakenwereld – volgens de voorlopige theorieën van de politie – de Europese drugshandel was geweest. Uit zijn verhaal bleek hoe deze Nederlander, die nu zo gesloten als een oester op de meest weerzinwekkende plek van Noorwegen – het arrestantenverblijf van het politiebureau van Oslo – op haar zat te wachten, wist wie Karen Borg was: een voor de meeste mensen onbekende, maar zeer succesvolle advocaat, vijfendertig jaar oud en gespecialiseerd in ondernemingsrecht.

*

'Bravo twee-nul voor nul-een! Over.'

'Nul-een voor Bravo twee-nul, zeg het maar. Over.'

De politiebeambte sprak met gedempte stem, alsof hij verwachtte dat hem in alle vertrouwelijkheid een geheim zou worden verteld. Dat was niet zo. Hij had gewoon dienst in de meldkamer. Luid spreken was in de grote zaal met de schuine vloer taboe, doortastendheid een deugd en het vermogen kort van stof te zijn een vereiste. De geüniformeerde agenten zaten op de tribune als kippen op een stok, tegenover een enorme plattegrond van het strijdperk: de stad Oslo. De zaal lag uiterst centraal in het politiebureau, zonder ook maar een enkel raam naar de onrustige zaterdagavond. Toch drong de nachtelijke hoofdstad zich via mobilofoonverbindingen met patrouillewagens en een gewillig alarmnummer voor Oslo's hulpbehoevende publiek aan hen op.

'Er zit een man op de Bogstadvei. Hij is niet aanspreekbaar, zijn kleren zijn besmeurd met bloed, maar hij lijkt niet gewond. Geen papieren. Hij biedt geen tegenstand, maar hij hindert het verkeer. We nemen hem mee. Over.'

'In orde, Bravo twee-nul. Meld je als jullie weer vertrekken. Nul-een, uit.'

Een klein halfuur later werd de man binnengebracht. Zijn kleren waren van bloed doorweekt, Bravo twee-nul had niets te veel gezegd. Een jonge agent fouilleerde de man. Met zijn schone, blauwe epauletten, zonder strepen die hem voor de smerige karweitjes konden behoeden, was hij doodsbenauwd voor dergelijke hoeveelheden mogelijk HIV-besmet bloed. Met plastic handschoenen aan hielp hij de arrestant uit zijn openhangende leren jasje. Toen pas kon hij constateren dat zijn T-shirt oorspronkelijk wit was geweest. Zijn spijkerbroek zat ook onder het bloed en voor de rest zag de man er evenmin erg verzorgd uit.

'Personalia,' verzocht de wachtcommandant, terwijl hij vermoeid over de balie loerde.

De arrestant gaf geen antwoord. Hij keek verlangend naar het pakje sigaretten dat de agent in een lichtbruine papieren zak stopte, samen met een gouden ring en een bos sleutels die met een nylon touwtje bijeen werd gehouden. Van zijn gezicht was alleen de behoefte aan een sigaret af te lezen, en die wens verdween toen zijn ogen de papieren zak loslieten en de commandant aankeken. De vreemdeling stond bijna een meter van de politieman achter een stevige metalen balustrade die tot zijn heupen reikte. De uiteinden van het hoefijzervormige hek waren in beton verankerd, ruim een halve meter van de hoge, houten balie, die op haar beurt weer behoorlijk breed was. Dan pas staken de neus en de dunne, grijze haardos van de politieman er bovenuit.

'Personalia! Je naam, man! Wanneer ben je geboren?'

De vreemdeling glimlachte, maar beslist niet schamper. Uit zijn glimlach sprak eerder milde sympathie voor de vermoeide politieman, alsof de jongen wilde zeggen dat het niet persoonlijk bedoeld was. Hij zou geen woord zeggen, dus ze konden hem net zo goed meteen in een cel zetten, dan waren ze van hem af. Hij glimlachte bijna vriendelijk en bleef zwijgen. De commandant vatte het verkeerd op. Uiteraard.

'Gooi die vent in een cel. Vier is vrij. Hij hoeft me hier goddomme niet langer te provoceren.'

De man protesteerde niet, maar liet zich gedwee naar cel nummer vier brengen. Voor iedere celdeur stond een paar schoenen, versleten schoenen in alle soorten en maten, als naamplaatjes die vertelden wie er woonde. Hij nam blijkbaar aan dat die regel ook voor hem gold, want hij schopte ongevraagd zijn joggingschoenen uit en zette ze netjes voor de deur.

De cel was ongeveer drie meter lang en twee meter breed en uitermate deprimerend. De wanden en de vloer waren matgeel, met een opvallende afwezigheid van graffiti. Het enige voordeeltje dat hij aan dit kosthuis, dat bij lange na geen hotel te noemen was, kon ontdekken, was dat de waard kennelijk niet op stroom bespaarde. Het licht was veel te fel en het was er minstens vijfentwintig graden.

Direct naast de deur was een plee. Het verdiende de naam wc niet, laat staan toilet. Het was een bakstenen constructie met een gat in het midden. Zodra hij het ding zag, verkrampten zijn ingewanden zich tot een ernstige verstopping.

Hoewel wandteksten van eerdere gasten ontbraken, droeg de cel sporen van intensief gebruik. Zelf was hij ook niet bepaald frisgewassen, maar zijn maag trilde toen de onbehaaglijke lucht hem tegemoetkwam. Een mengeling van pis en uitwerpselen, zweet en angst, vrees en woede had zich in de wanden vastgezet en was blijkbaar niet weg te krijgen. Want afgezien van de installatie die urine en ontlasting in ontvangst moest nemen, en die onmogelijk goed gereinigd kon worden, was de kamer in feite schoon. Vermoedelijk werd hij dagelijks gesopt.

Hij hoorde de deur achter zich vergrendeld worden. Door de tralies hoorde hij dat de man in de cel ernaast verderging waar de commandant had moeten opgeven.

'Hallo, ik heet Robert! Hoe heet jij? Waarom zit de kit achter jou aan?'

Robert had evenmin geluk. Uiteindelijk moest ook hij het opgeven, net zo stuurs als de commandant.

'Klootzak,' mompelde hij na een paar minuten, luid genoeg om de boodschap op het juiste adres te doen belanden.

Tegen de achterwand van de cel was een verhoging, die je met veel goede wil misschien een brits zou kunnen noemen. Er was geen matras en er lag ook nergens een deken. Ook goed, hij zweette zich in deze hitte toch al kapot. De naamloze man rolde zijn leren jasje op tot een kussen, ging op de bebloede kant van zijn lichaam liggen en sliep in.

*

Toen Håkon Sand zondagochtend om vijf over tien op zijn werk kwam, sliep de onbekende gevangene nog steeds. Dat wist Håkon Sand niet. Hij had een kater, die hem helemaal niet uitkwam en hij had spijt als haren op zijn hoofd. Zijn uniformhemd plakte aan zijn lichaam. Toen hij door de meldkamer naar het kantoor van de officieren liep, begon hij al met een vinger aan zijn boord te trekken. Die uniformen waren een ramp. In het begin waren alle juristen erdoor gefascineerd, ze stonden thuis voor de spiegel te oefenen, raakten voortdurend de onderscheidingstekens op de epauletten aan: een streep, een kroontje en een ster voor een hulpofficier, en twee of drie sterren als je het lang genoeg uithield om officier of inspecteur te worden. Ze grijnsden naar hun spiegelbeeld, gingen onwillekeurig wat rechter op staan, constateerden dat ze hun haar moesten laten knippen en vonden dat ze er gewetensvol en verzorgd uitzagen. Na enkele uren werken konden ze echter al vaststellen dat acryl stonk en dat de boord van het overhemd veel te stijf was en een pijnlijke rode striem achterliet.

Piketdienst was een hondenbaan. Toch waren de diensten erg gewild. Het werk was gewoonlijk saai en daardoor ontzettend vermoeiend. Slapen was verboden, een verbod dat de meesten van hen van onder een muffe, ongewassen wollen deken aan hun laars lapten. Maar de wacht werd goed betaald. Alle juristen met een jaar ervaring waren ongeveer één keer per maand aan de beurt, hetgeen hen jaarlijks vijftigduizend kronen extra in het loonzakje opleverde. Dat was het wel waard. Het grote nadeel was dat zo'n dienst 's middags om drie uur begon, na een hele dag werken, en als de wacht de volgende ochtend om acht uur was afgelopen, stond er weer een gewone werkdag voor de deur. In de weekeinden was de wacht in vierentwintiguurs-diensten verdeeld, wat ze extra lucratief maakte.

Sands voorgangster zat op hete kolen. De wisseling van de wacht moest volgens de regels om negen uur plaatsvinden, maar het was een stilzwijgende overeenkomst dat wie zondagsdienst had, een uur later mocht komen. Degene die afgelost werd, stond dan altijd al te trappelen om weg te komen. Dat was ook bij de blonde hulpofficier het geval.

'Alles wat je moet weten staat in het dagrapport,' zei ze. 'Over die moordzaak van vrijdagavond ligt een stuk op het bureau. Het is druk. Ik heb al veertien verbalen en twee paragraaf 11-maatregelen uitgeschreven.'

Shit. Zelfs met de beste wil ter wereld zag Håkon Sand niet in dat hij competenter was om maatregelen ten aanzien van de ouderlijke macht te treffen, dan de mensen van de kinderbescherming zelf. Toch moest de politie altijd groen licht geven wanneer een kind buiten kantooruren buitensporig lastig was of het te zwaar had. Twee op zaterdag, statistisch gezien betekende dat geen enkele op zondag. Daar hoopte hij dan maar op.

'Bovendien zit het beneden vol. Zodra je tijd hebt, moet je maar even een rondje maken,' zei de blonde.

Hij nam de sleutels in ontvangst en bevestigde ze met veel moeite aan zijn riem. Alles was verder zoals het moest zijn. Het aantal pasjes klopte en het dagrapport was bijgewerkt.

De formaliteiten waren achter de rug. Hij besloot maar meteen een bekeuringsronde te maken, nu de zondagochtend zijn klamme maar ongetwijfeld rustgevende hand over de dronken arrestanten had gelegd. Voor hij op pad ging, bladerde hij even de papieren op het bureau door. Hij had op de radio over de moord gehoord. Bij de oever van de Akerselv was een zwaar verminkt lichaam aangetroffen. De politie had geen aanwijzingen. Onzin, had hij gedacht. De politie heeft altijd aanwijzingen, maar meestal zijn ze te vaag. De foto's van de technische recherche zaten er natuurlijk nog niet bij. Maar er lagen wel een paar losse polaroidfoto's in de groene map. Ze waren walgelijk. Håkon Sand kon nooit wennen aan foto's van dode mensen. In de vijf jaar dat hij nu bij de politie was, had hij er genoeg gezien. Alle verdachte sterfgevallen werden aan de politie gemeld en onder de code 'verd.' in het computersysteem ingevoerd. Verdachte sterfgevallen was een veelomvattend begrip. Hij had verbrande en verdronken mensen gezien, door uitlaatgassen vergiftigde, neergestoken, neergeschoten en gewurgde mensen. Zelfs de tragische oude mensen, die slachtoffer waren van het misdrijf dat er maandenlang niemand naar hen had omgekeken totdat de onderburen een nare lucht in de eetkamer begonnen te ruiken, omhoogkeken en een vochtige plek op het plafond ontdekten, om vervolgens verontwaardigd de politie te bellen, zelfs deze arme stakkers werden als 'verd.' bestempeld en kregen de twijfelachtige eer post mortem nog een laatste keer gefotografeerd te worden. Håkon Sand had groene lijken en blauwe lijken gezien, rode, gele en bontgekleurde lijken, en de mooi roze, door koolmonoxyde vergiftigde lichamen, waarvan de geest het in dit jammerdal niet langer had uitgehouden.

Toch waren de polaroidfoto's gruwelijker dan alles wat hij ooit gezien had. Hij smeet ze snel op tafel. Alsof hij ze zo snel mogelijk weer wilde vergeten, stortte hij zich op het proces-verbaal over de vondst. Hij ging ermee op de ongemakkelijke divan zitten, een goedkoop skai-geval met een te ronde rugleuning en zonder de noodzakelijke steun voor de onderrug.

Nuchtere feiten waren in een uitermate onbeholpen taalgebruik op papier gezet. Håkon Sand fronste geërgerd zijn voorhoofd. Er werd beweerd dat de toelatingseisen voor de politieacademie steeds strenger werden. Het vermogen om schriftelijk te formuleren kon daar onmogelijk deel van uitmaken.

Bijna onderaan de bladzijde bleven zijn ogen hangen.

'Aanwezig bij de inspectie van de plaats delict was getuige Karen Borg. Zij heeft de overledene tijdens een wandeling met haar hond gevonden. Het lijk was bespuugd. Getuige Borg zei dat zij dat was.'

Borgs adres en haar titel bevestigden dat het Karen was. Hij haalde een hand door zijn haar en constateerde dat hij het die ochtend had moeten wassen. Hij besloot Karen een van de komende dagen te bellen. Als de foto's de waarheid spraken, moest het lijk er afschuwelijk hebben uitgezien. Hij zou haar beslist opbellen.

Hij legde de papieren terug op tafel en sloot de map. Zijn blik bleef even bij het rijtje namen in de linker bovenhoek hangen: Sand / Kaldbakken / Wilhelmsen. Het was zijn zaak. Kaldbakken was de verantwoordelijke inspecteur en Hanne Wilhelmsen de senior-rechercheur.

Het was tijd voor zijn bekeuringsronde.

Er lag een dikke stapel processen-verbaal in het houten kistje. Volle bak. Hij keek de papieren vluchtig door. Voor het merendeel gevallen van dronkenschap. Iemand die zijn vrouw had mishandeld, een overduidelijk psychisch geval dat later op de dag naar het Ullevål-ziekenhuis zou worden overgebracht, en een gezochte oplichter. De laatste drie konden nog wel even blijven zitten. Hij zou de zuiplappen eerst doen. Het was hem niet helemaal duidelijk waarom dergelijke geldboetes werden opgelegd. De meeste bekeuringen belandden in de dichtstbijzijnde vuilnisbak. Het kleine aantal dat betaald werd, kwam voor rekening van de sociale dienst. Dit rondzenden van openbare gelden was dan wel bevorderlijk voor de werkgelegenheid, maar kon nauwelijks zinvol genoemd worden.

Er bleef één proces-verbaal over. Er was geen naam op ingevuld.

'Wat is dit?' Hij wendde zich tot de wachtcommandant, een gezette vijftiger die nooit verder zou komen dan de drie strepen die hij op zijn schouder droeg; strepen die niemand hem had kunnen weigeren. Ze werden gegeven naar anciënniteit, niet naar prestatie. Håkon Sand had allang ondervonden dat de man dom was.

'Een of andere idioot. Hij zat hier al toen mijn wacht begon. De rotzak. Hij wilde zijn personalia niet opgeven.'

'Wat heeft hij gedaan?'

'Niets. Zat ergens op de weg. Onder het bloed. Je kunt hem een boete opleggen omdat hij zijn personalia niet wil opgeven. En voor verstoring van de openbare orde. En omdat het een smeerlap is.'

In zijn vijf jaar dienst had Sand geleerd tot tien te tellen. Nu telde hij tot twintig. Hij had geen zin in een conflict met een halve zool in uniform die niet begreep dat het een zekere verantwoordelijkheid met zich meebracht wanneer je iemand van zijn vrijheid beroofde.

Cel nummer vier. Hij nam een collega mee. De naamloze man was wakker. Hij staarde hen gelaten aan en vroeg zich duidelijk af wat ze wilden. Stijf en stram richtte hij zich op de brits op en sprak zijn eerste woorden gedurende zijn hechtenis.

'Kan ik iets te drinken krijgen?'

Hij sprak Noors, en toch ook weer niet. Håkon Sand kon niet zeggen wat het was, zijn uitspraak was perfect, maar er was iets mee. Was het een vernoorste Zweed?

Natuurlijk kreeg de man iets te drinken. Hij kreeg een cola, die Håkon Sand uit eigen zak betaalde. Hij mocht zelfs douchen. En kreeg een schoon T-shirt en een andere broek. Allemaal uit Sands eigen kast in zijn kantoor. Het gemor van de dienstdoende agenten over deze speciale behandeling nam bij ieder cadeautje toe. Maar Håkon Sand liet de bebloede kleren in een zak stoppen en zei toen hij de zware metalen deuren achter zich op slot deed: 'Deze kleding vormt belangrijk bewijsmateriaal!'

De jongeman was inderdaad weinig spraakzaam. Een toenemende dorst na vele uren in een veel te warme cel had zijn tong weliswaar een beetje losgemaakt, maar zijn mededeelzaamheid bleek van voorbijgaande aard. Nadat hij zijn dorst gelest had, zweeg hij weer als het graf.

Hij zat op een ongemakkelijke houten stoel. Eigenlijk bood het acht vierkante meter grote kamertje slechts plaats aan twee stoelen, aangezien er ook al een bureau stond, een dubbele archiefkast en drie lelijke, lichtmetalen boekenkasten vol met op kleur gesorteerde ordners. Aan de achterkant stonden de poten van het bureau op metalen klosjes, zodat het tafelblad helde. Dat was zo sinds de bedrijfsarts het in zijn hoofd had gekregen om een ergotherapeut op de medewerkers los te laten. Scheve werktafels zouden beter zijn voor je rug. Niemand begreep waarom en de meesten hadden het gevoel dat hun rugklachten verergerd waren door het zoeken op de vloer naar alles wat van de schuine tafelbladen rolde. De extra stoel nam het laatste beetje bewegingsvrijheid weg.

Ze zaten in het kantoor van Hanne Wilhelmsen. Zij was opvallend knap en pas bevorderd tot brigadier. Nadat ze de politieacademie als beste van haar jaar had afgerond, had ze zich in de loop van haar tien jaar bij de politie van Oslo onderscheiden als een agent die zo uit een reclamecampagne gestapt kon zijn. Iedereen prees Hanne Wilhelmsen, een unieke prestatie op een werkplek waar tien procent van de werkdag verloren ging aan het roddelen over anderen. Ze schikte zich naar haar meerderen zonder het stempel hielenlikker opgedrukt te krijgen en hield er tegelijkertijd een eigen mening op na. Ze was loyaal aan het systeem, maar opperde zo nu en dan dingen ter verbetering, die meestal zo goed waren dat ze werden doorgevoerd. Hanne Wilhelmsen had de intuïtie waar slechts één op de honderd politiemensen over beschikt, een vingertoppengevoel, dat haar vertelde wanneer een verdachte gepaaid en gelokt moest worden en wanneer ze beter met dreigementen kon komen en met de vuist op tafel moest slaan.

Ze werd alom gerespecteerd en bewonderd en verdiende dat ook. Maar niemand in het grote grijze gebouw kende haar echt. Ze bezocht trouw de jaarlijkse kerstdiners, zomerfeesten en verjaardagspartijtjes van de afdeling, danste geweldig, praatte over haar werk, strooide stralende glimlachjes om zich heen en ging tien minuten nadat de eerste wegging naar huis, nooit te vroeg, nooit te laat. Ze dronk nooit te veel en maakte zich nimmer belachelijk. Maar niemand leerde haar ooit beter kennen.

Hanne Wilhelmsen was tevreden met zichzelf en de wereld, maar ze had een diepe slotgracht tussen haar werk en haar privéleven gegraven. Ze had geen vrienden bij de politie. Hanne Wilhelmsen beminde een andere vrouw, een onvolkomenheidje aan deze verder perfecte persoon dat, als het bekend werd, alles zou vernietigen wat ze in al die jaren had opgebouwd, daar was ze van overtuigd. Een zwaai met haar halve meter lange bruinzwarte haar was voldoende om alle vragen over de smalle trouwring aan haar rechterhand, het enige sieraad dat ze droeg, af te weren. Die ring had ze van haar vriendin gekregen toen ze op negentienjarige leeftijd waren gaan samenwonen. Er deden geruchten de ronde, zoals er altijd geruchten de ronde doen. Maar ze was immers zo mooi. Zo vrouwelijk. En die vrouwelijke arts, waar sommigen via via van hadden gehoord en die anderen vaker in Hanne Wilhelmsens gezelschap hadden gezien, was ook zo mooi. Bijna meisjesachtig. Het kon gewoon niet waar zijn. Bovendien droeg Hanne Wilhelmsen, de weinige keren dat ze haar uniform aan moest, altijd een rok en dat deed verder bijna niemand, een broek was veel praktischer. Die geruchten waren waarschijnlijk gewoon vuilspuiterij.

Zo leefde ze haar leven, in de zekerheid dat wat niet bevestigd wordt, nooit echt waar is, en daarom was het voor Hanne Wilhelmsen belangrijker dan voor enig ander in het grote gebouw om altijd, altijd goede resultaten te boeken. De perfectie omsloot haar als een schild. Zo wilde ze het en aangezien ze vrij was van puntige ellebogen en geen andere ambities had dan haar werk goed te doen, zouden ook jaloezie en afgunst niet in staat zijn om haar verdedigingswerken omver te werpen.

Ze glimlachte tegen Håkon Sand, die op de extra stoel was gaan zitten. 'Ben je bang dat ik de verkeerde vragen stel?'

'Natuurlijk niet. Dit is jouw terrein, dat weet ik ook wel. Ik heb alleen het gevoel dat hij iets te verbergen heeft. Zoals ik al zei, als je er niets op tegen hebt, wil ik er graag bij zijn. Het is niet tegen de voorschriften,' voegde hij er vlug aan toe.

Hij kende haar behoefte zich zovcel mogelijk aan de regels te houden en dat respecteerde hij. Het kwam niet vaak voor dat officieren een verhoor bijwoonden, maar het was inderdaad niet tegen de voorschriften. Hij had het wel eens eerder gedaan. Vooral om te leren hoe het in zijn werk ging, en soms omdat een zaak hem bijzonder interesseerde. Gewoonlijk hadden de politiefunctionarissen er niets op tegen. Integendeel, als hij zich gedeisd hield en zich niet in het verhoor mengde, leken de meesten het wel interessant te vinden.

Als op een afgesproken teken wendden ze zich allebei tot de

arrestant. Hanne Wilhelmsen zette haar rechter elleboog op de tafel en liet haar lange blankgelakte nagels over de toetsen van een aftandse elektrische typemachine glijden. Het was een IBM-kogelschrijfmachine, die vijftien jaar geleden zijn tijd ver vooruit was geweest. Nu miste hij de 'e'. Die was zo versleten dat er alleen maar een zwarte vlek van het typelint kwam als hij werd aangeslagen. Dat maakte niet veel verschil, iedereen begreep dat de vlek een e voorstelde.

'Ik denk dat dit een lange dag wordt, als jij je mond blijft houden,' zei ze mild, bijna welwillend. 'Ik krijg ervoor betaald. Officier Sand wordt betaald. Maar jij moet hier blijven zitten. Vroeger of later laten we je misschien gaan. Je kunt er wellicht aan meewerken dat het vroeger wordt?'

Voor het eerst leek de jongeman in de war gebracht.

'Ik heet Han van der Kerch,' zei hij na een paar minuten stilte. 'Ik kom uit Nederland, maar ik heb een geldige verblijfsvergunning. Ik ben student.'

Daarmee had Håkon Sand de verklaring voor de perfecte uitspraak, die toch niet helemaal Noors was. Hij herinnerde zich zijn jeugdidool Ard Schenk, zelfs als jongetje van dertien had hij begrepen dat de man ongelooflijk goed Noors sprak voor een buitenlander. En hij herinnerde zich een boek uit zijn jeugd, *Hollander-Jonas* van Gabriel Scott, dat hij zo mooi had gevonden dat hij tijdens internationale voetbalkampioenschappen altijd op de hand van het oranje-elftal was.

'Meer zeg ik niet.'

Het werd stil. Håkon Sand wachtte op Hanne Wilhelmsens volgende zet. Wat die ook mocht zijn.

'Nee, mij best. Dat is jouw keus, en je goed recht. Maar dan blijven we hier toch nog lang zitten.' Ze draaide een vel papier in de schrijfmachine, alsof ze wist dat er toch nog iets getypt moest worden. 'Laat ik je dan vertellen hoe wij denken dat de vork in de steel zit.'

De stoelpoten schraapten over het linoleum, toen ze haar stoel naar achteren schoof. Ze bood de Nederlander een sigaret aan en stak er zelf ook een op. De jongen leek dankbaar. Håkon Sand was minder blij, hij wipte met zijn stoel naar voren en zette de deur een stukje open om het een beetje te laten doortochten. Het raam stond al op een kier.

'We hebben vrijdagavond het lichaam van een man gevonden,' zei Hanne Wilhelmsen zacht. 'Het was nogal toegetakeld. Hij had blijkbaar nog niet dood willen gaan. In elk geval niet op zo'n afschuwelijke manier. Er moet nogal wat bloed gevloeid hebben. Jij was ook behoorlijk met bloed besmeurd toen we je vonden. We mogen hier bij de politie dan wel eens traag van begrip zijn, maar we zijn nog wel in staat om twee en twee bij elkaar op te tellen. Gewoonlijk komen we uit op vier en we denken dat we die optelling nu kunnen maken.'

Ze strekte haar hand uit naar de asbak die achter haar in de boekenkast stond. Het was een smakeloos souvenir uit een zuidelijk land, gemaakt van bruin flessenglas en versierd met een faun met een gemene grijns en een enorme erectie. Niet helemaal Hanne Wilhelmsens stijl, dacht Sand.

'Ik zeg het maar zoals het is.' Haar stem klonk nu scherper. 'Morgen krijgen we een voorlopige analyse van het bloed op je kleren. Dat is, als het bloed overeenkomt met dat van onze vriend zonder gezicht, meer dan genoeg voor een inbewaringstelling. Dan halen we je zonder aankondiging voor verhoor op. Steeds weer. Misschien gaat er een week voorbij waarin je niets van ons hoort, dan ineens zijn we er weer, misschien als je net slaapt. We verhoren je een paar uur, jij weigert iets te zeggen, we brengen je terug en we halen je weer op. Dat is nogal slopend. Voor ons ook natuurlijk, maar wij kunnen elkaar aflossen. Voor jou is het erger.'

Håkon Sand begon eraan te twijfelen of Hanne Wilhelmsen het wel verdiende de naam te hebben zich nauwkeurig aan de regels te houden. De verhoormethoden die ze schetste, stonden absoluut niet in het boekje. En hij wist ook niet zeker of het wel was toegestaan ermee te dreigen.

'Je hebt recht op een advocaat, de staat betaalt,' merkte hij op, om eventuele onrechtmatigheden uit te vlakken.

'Geen advocaat!' De jongeman spuugde het eruit. Hij nam nog een trek van zijn sigaret, drukte hem zorgvuldig uit en herhaalde het nog eens. 'Ik wil geen advocaat. Ik ben beter af zonder.'

Hij richtte een vragende, bijna smekende blik op het pakje sigaretten dat op tafel lag. Hanne Wilhelmsen knikte en gaf hem een sigaret en lucifers.

'Dus jullie denken dat ik dat heb gedaan. Nou, dat kan wel kloppen.'

Dat was dat. De primaire behoeften van de man waren eindelijk bevredigd, een douche, ontbijt, iets te drinken en een paar sigaretten. Hij scheen niets meer te melden te hebben, leunde achterover en schoof met zijn achterwerk naar het puntje van zijn stoel. Zo bleef hij met een afwezige blik hangen.

'Ja, ja.' Brigadier Wilhelmsen liet blijken dat ze de situatie onder controle had. 'Zal ik nog even doorgaan?' vroeg ze, terwijl ze het dunne dossier dat naast de schrijfmachine lag doorbladerde. 'We hebben dus dit toegetakelde lijk aangetroffen. Hij had geen papieren op zak en zijn gezicht was alvast vooruitgegaan naar zijn onbekende plaats van bestemming. Nu zijn de jongens van de onrustbrigade redelijk goed bekend in het drugscircuit hier in de stad. Zijn kleding, lichaam en haar zeiden hun voldoende. Een wraakactie, denken de jongens. Dat klinkt aannemelijk.'

Ze vouwde haar handen achter haar hoofd en masseerde met haar duimen haar nek, terwijl ze de Nederlander strak aankeek.

'Ik denk dat jij die vent hebt vermoord. Morgen, als we de resultaten van het gerechtelijk laboratorium hebben, weten we meer. Maar de technici kunnen mij niet vertellen waarom. Daar heb ik jouw hulp voor nodig.'

De aansporing leek vergeefs. De man vertrok geen spier, hij behield slechts die afwezige, enigszins minachtende glimlach en dacht schijnbaar de situatie nog steeds meester te zijn. Maar dat was hij in het geheel niet.

'Eerlijk gezegd, denk ik dat je er verstandig aan doet mee te werken,' ging Wilhelmsen onverdroten verder. 'Misschien heb je het op eigen initiatief gedaan. Misschien heb je er opdracht toe gehad. Het kan zelfs zo zijn dat je gedwongen bent. Dat kan allemaal van doorslaggevende betekenis voor je toekomst zijn.'

Ze onderbrak de gelijkmatige woordenstroom, stak een verse sigaret op en keek de man recht in zijn ogen. Hij wilde blijkbaar nog steeds niets zeggen. Hanne Wilhelmsen zuchtte demonstratief en schakelde de schrijfmachine uit.

'Het is niet aan mij om te bepalen welke straf je krijgt. Als je schuldig bent, bedoel ik. Maar het kan in je voordeel werken als ik iets aardigs kan vertellen over je bereidwilligheid om mee te werken, wanneer ik voor de rechtbank moet getuigen.'

Håkon Sand had hetzelfde gevoel als toen hij als klein jongetje een enkele keer naar een detective op de televisie mocht kijken. Hij moest naar de wc, maar durfde het niet te zeggen uit angst dat hij dan iets spannends zou missen.

'Waar hebben jullie hem gevonden?'

De vraag van de Nederlander kwam volkomen onverwacht voor Håkon Sand en voor het eerst kon hij ook op het gezicht van de brigadier een spoortje onzekerheid bespeuren.

'Waar jij hem vermoord hebt,' antwoordde ze, overdreven langzaam.

'Geef antwoord op mijn vraag. Waar hebben jullie hem gevonden?'

Hanne en Håkon aarzelden.

'Bij de Hundremannsbrug over de Akerselv. Dat weet je,' zei Hanne Wilhelmsen. Ze hield haar blik op de jongeman gevestigd, om geen enkel nuanceverschil in zijn gezicht te missen.

'Wie heeft hem gevonden? Wie heeft de politie gewaarschuwd?'

Door Wilhelmsens aarzeling viel er een gat, dat Sand meende te moeten opvullen.

'Een wandelaar. Een advocaat, een vriendin van mij, overigens. Ongetwijfeld een afschuwelijke ervaring.'

Hanne Wilhelmsen werd woedend, maar Håkon Sand bemerkte het te laat. Hij had haar afwerende handbeweging toen hij begon te praten niet gezien. Hij bloosde hevig onder haar afkeurende blik.

Van der Kerch stond op. 'Dan wil ik toch een advocaat,' zei hij. 'Ik wil die vrouw. Als jullie ervoor kunnen zorgen dat ik haar krijg, dan zal ik op zijn minst overwegen te praten. Als ik haar niet krijg, zit ik liever tien eenzame jaren in Ullersmo uit.'

Hij liep ongevraagd naar de deur, stapte over Håkon Sands benen en wachtte beleefd tot hij weer naar zijn cel teruggebracht werd. Hanne Wilhelmsen liep met hem mee, zonder de nog steeds knalrode officier van justitie een blik waardig te achten.

Ze hadden hun koffie op. Hij was niet erg lekker geweest, ook al was hij vers. Cafeïnevrij, verklaarde Håkon Sand. In een afgrijselijke, oranje met bruine asbak lagen zes peuken.

'Ze was pisnijdig op me. En terecht. Het zal wel even duren voor ik weer eens een verhoor mag bijwonen. Maar die knaap is onwrikbaar. Jij of niemand.'

De officier van justitie leek niet minder uitgeput dan voordat Karen Borg binnenkwam. Hij wreef over zijn slapen en haalde een hand door zijn haar, dat nu helemaal droog was.

'Ik heb Hanne gevraagd de jongen alle tegenargumenten te vertellen. Ze zegt dat hij voet bij stuk houdt. Ik heb een stommiteit begaan. Als ik jou kan overhalen ons te helpen, maak ik het weer een beetje goed.'

Karen Borg zuchtte. Zes jaar van haar leven had ze bijna niets anders gedaan dan Håkon Sand diensten bewijzen. Ze wist dat ze ook deze keer geen nee zou zeggen. Maar ze zou zichzelf duur verkopen.

'Ik beloof alleen dat ik met hem zal praten,' zei ze kortaf, terwijl ze opstond.

Ze verlieten beiden de kamer, zij eerst, hij erachteraan. Net als vroeger.

*

De jonge Nederlander had erop gestaan om met Karen Borg te praten, en had daarbij enige openheid gesuggereerd. Dat scheen hij nu vergeten te zijn. Hij keek zo zuur als een fles azijn. Karen Borg was op Håkon Sands bureaustoel gaan zitten, terwijl Håkon zich wijselijk had teruggetrokken. De advocatenkamer van het politiebureau was een intriest hok, en uit angst dat Karen Borg haar belofte om met de jonge Nederlander te praten zou intrekken, had hij zijn kantoor aangeboden.

De jongen zag er aardig, maar saai uit. Een atletisch gebouwd lichaam, donkerblond haar dat een week of wat geleden zijn coupe, die waarschijnlijk een vermogen had gekost, had verloren. Zijn handen waren slank, bijna vrouwelijk. Zou hij pianospelen? De handen van een minnaar, dacht Karen Borg, die geen idee had hoe ze de situatie moest aanpakken. Karen Borg was gewend aan bestuurskamers, aan vergaderzalen met eiken meubelen en aan ruime kantoren met gordijnen van vijfhonderd kronen per meter. Ze kon met in kostuum gestoken mannen met al dan niet bijpassende stropdassen en met een enkele vrouw met een diplomatenkoffertje en Shalimar omgaan. Ze wist alles van ondernemingsrecht en zakelijke overeenkomsten en had drie weken geleden nog honderdvijftigduizend kronen verdiend, toen ze voor een van haar belangrijkste cliënten een omvangrijk contract had nagekeken. Voor zoiets hoefde ze alleen een vijfhonderd pagina's tellend contract door te lezen, te controleren dat erin stond wat erin moest staan, en OK op de omslag te schrijven. Vijfenzeventigduizend kronen per letter.

De woorden van de gevangene waren blijkbaar even kostbaar.

'Je wilde met mij praten,' begon Karen Borg. 'Ik begrijp niet waarom. Misschien kunnen we daarmee beginnen?'

Hij nam haar op, maar zei nog steeds niets. Hij wipte op zijn stoel, op en neer, op en neer. Karen Borg werd er nerveus van.

'Ik ben niet het soort advocaat dat jij nodig hebt. Maar ik ken er wel een paar, ik kan wat telefoontjes plegen en je in no time een topadvocaat bezorgen.'

'Nee!' De voorpoten van zijn stoel kwamen met een knal neer op de vloer. Hij leunde voorover, keek haar voor het eerst recht aan en herhaalde: 'Nee. Ik wil jou. Je hoeft niemand te bellen.'

Plotseling viel haar in dat ze alleen was met een man die waarschijnlijk een moordenaar was. Het gezichtloze lijk had door haar hoofd gespookt, sinds ze het vrijdagavond had gevonden. Ze vermande zich. Er was in dit land nog nooit een advocaat door een cliënt vermoord. In elk geval niet op het politiebureau. Toen ze dat drie keer had gedacht, werd ze iets rustiger. De sigaret hielp.

'Geef in godsnaam antwoord! Wat wil je van me?'

Nog steeds geen reactie.

'Vanmiddag word je voor de onderzoeksrechter geleid. Ik weiger daar te verschijnen als ik geen idee heb wat je gaat zeggen.'

Dreigen hielp ook niet. Toch dacht ze een zweem van bezorgdheid in zijn ogen te zien. Ze deed nog een laatste poging. 'Bovendien begint mijn tijd te dringen.'

Ze wierp even een blik op haar Rolex. Haar angst werd verdrongen door een toenemende ergernis. Dat merkte hij blijkbaar. Zijn stoel wipte weer.

'Zit niet te wippen!'

De stoelpoten bonkten voor de tweede keer op de vloer. Ze begon terrein te winnen.

'Ik vraag niet om de waarheid.' Haar stem was nu rustiger. 'Ik wil alleen weten wat je tegen de rechter gaat zeggen. En dat moet ik nu weten.' Karen Borgs ervaring met criminelen zonder spierwitte boorden en zijden stropdassen beperkte zich tot het achterna gillen van een fietsendief die er op haar nieuwe fiets met vijftien versnellingen vandoor was gegaan. Maar ze keek wel televisie. Matlock had gezegd: 'De waarheid wil ik niet weten, ik wil weten wat je tegen de rechtbank gaat zeggen.' Uit haar mond klonk het minder fraai. Eerder aarzelend. Maar misschien maakte het iets los.

Er verstreken enige minuten. De arrestant was gestopt met wippen, maar schoof nu met zijn stoel over het linoleum. Het geluid was zenuwslopend.

'Ik heb de man die jij hebt gevonden vermoord.'

Karen Borg was eerder opgelucht dan verbaasd. Ze had geweten dat hij het gedaan had. Hij spreekt de waarheid, dacht ze, en bood hem een keelpastille aan. De jongen rookte graag met een pastille in zijn mond, net als zijzelf. Ze was daar jaren geleden mee begonnen, in de veronderstelling dat haar adem dan minder naar rook zou stinken. Na een tijdje had ze begrepen dat dat niet het geval was, maar toen vond ze het gewoon lekker.

'Ik heb die man vermoord.' Alsof hij iemand wilde overtuigen. Dat was niet nodig. 'Ik weet niet wie hij is. Was, bedoel ik. Dat wil zeggen, ik weet hoe hij heet en hoe hij eruitziet. Zag. Maar ik kende hem niet. Ken jij andere advocaten?'

'Zeker,' antwoordde ze, opgelucht glimlachend. Hij lachte niet terug. 'Nou ja, kennen en kennen, ik ben niet met ze bevriend, als je dat bedoelt, maar het moet geen probleem zijn om een goede verdediger voor je te vinden. Fijn dat je beseft wat je nodig hebt.'

'Ik vraag je niet of je me een andere advocaat bezorgt. Ik vraag je alleen of je ze kent. Privé.'

'Nee. Of ja, een paar van mijn studievrienden hebben zich in strafzaken gespecialiseerd, maar die spelen geen van allen in de eerste divisie. Nog niet.'

'Zie je ze vaak?'

'Nee, ik kom ze wel eens tegen.'

Dat was waar. En pijnlijk. Karen Borg had niet veel vrienden meer. De een na de ander was uit haar leven gewandeld, of zij uit dat van hen. Hun paden, die ondertussen bijna geheel overwoekerd waren, kruisten elkaar nog een enkele keer, in de vorm van beleefdheidsfrasen bij een pilsje op een terras in het voorjaar, of na een bioscoopvoorstelling in de late herfstuurtjes.

'Mooi zo. Dan wil ik jou. Wat mij betreft kunnen ze me voor die moord aanklagen, laten ze me maar vastzetten. Maar jij moet de politie één ding laten beloven: ik wil hier in het politiebureau blijven. Ik wil voor geen goud naar het huis van bewaring worden overgebracht.'

De man bleef haar verbazen.

Bij tijd en wijle hadden de kranten terecht bol gestaan over de mensonterende omstandigheden in de arrestantenverblijven van het politiebureau. De cellen waren bedoeld voor een verblijf van maximaal vierentwintig uur en daarvoor waren ze al amper geschikt. Deze arrestant wilde er blijven. Wekenlang.

'Waarom?'

De jongen boog zich naar haar toe. Ze rook zijn adem, onaangenaam na een aantal dagen zonder tandenborstel, en leunde achterover op haar stoel.

'Ik vertrouw geen mens. Ik moet nadenken. Als ik een paar dagen heb nagedacht, kunnen we verder praten. Kom je dan alsjeblieft terug om met me te praten?'

Hij was gespannen, op de grens van het wanhopige, en voor het eerst voelde ze bijna medelijden met hem.

Ze draaide het telefoonnummer dat Håkon op een briefje had geschreven.

'We zijn klaar. Je kunt ons komen halen.'

*

Karen Borg hoefde niet voor de onderzoeksrechter te verschijnen en dat was maar goed ook. Ze was slechts één keer eerder bij zo'n zitting aanwezig geweest. Tijdens haar studie, toen ze nog geloofde dat ze haar juridische kennis zou gaan gebruiken om de zwakkeren in de samenleving te helpen. Ze was op de toehoordersbank in zaal 17 neergeploft, achter een balustrade die daar leek neergezet om de onschuldige toehoorders te beschermen tegen de brutale werkelijkheid in de zaal. Ieder halfuur werden er mensen in bewaring gesteld en slechts één van de elf delinquenten had de rechter van zijn onschuld kunnen overtuigen. Ze had de verdediger en de aanklager nauwelijks uit elkaar kunnen houden, ze hadden als dikke vrienden met elkaar zitten lachen, sigaretten van elkaar gebietst en sterke rechtszaalverhalen verteld, tot de volgende arme arrestant in de beklaagdenbank stond en beide acteurs de strijd weer opnamen. De politie won tien rondes. Het ging snel, leek efficiënt en was genadeloos. Ondanks haar jeugdige verdedigingsijver had ze moeten toegeven dat de toewijzingen van de rechter haar niet bijzonder hadden verbaasd. De verdachten hadden op haar een gevaarlijke, onverzorgde, onsympathieke en weinig overtuigende indruk gemaakt, zoals ze daar hun onschuld bezworen en tegen de rechtbank tekeergingen. Sommigen hadden gehuild, de meesten gevloekt. Maar ze had geërgerd gereageerd op de vriendschappelijke sfeer, die terugkeerde zodra de arrestant hoofdschuddend en met aan iedere arm een politieman weer naar de wachtcellen in de kelder was afgevoerd. De beide tegenstanders, die elkaar zojuist nog om het hardst hadden bestreden, gingen niet alleen gewoon door waar ze gebleven waren, maar ook de rechter had voorover geleund om mee te luisteren, hij had geglimlacht, zijn hoofd geschud en grappige opmerkingen geplaatst, tot het volgende slachtoffer in de beklaagdenbank klaarstond. Karen Borg was van mening dat juristen zich niet met rechters moesten inlaten en dat vriendschap niet in de rechtszaal thuishoorde. Ze had die plechtige houding tegenover rechtbanken behouden. Daarom was ze blij dat ze gedurende haar acht jaar in de advocatuur nooit een voet in een rechtszaal had hoeven zetten. Ze loste

28

alles op voordat het zover kwam.

De inbewaringstelling van Han van der Kerch was zuiver een bureau-aangelegenheid. Hij aanvaardde schriftelijk acht weken brief- en bezoekverbod. De politie had verwonderd ingestemd met zijn wens om in het politiebureau te mogen blijven. Ze vonden hem maar een vreemde snuiter.

Karen Borg bleef een bezoek aan de onderzoeksrechter dus bespaard en ze ging terug naar kantoor. De vijftien bedrijfsadvocaten en hun evenzovele secretaresses en tien stagiaires huisden op het prestigieuze Aker Brygge. De exclusieve herenmodezaak op de begane grond was tot drie keer toe failliet gegaan en uiteindelijk vervangen door een goedlopende Hennes & Mauritz. De gezellige dure lunchbar had moeten wijken voor een McDonald's. Het onderkomen had überhaupt niet geboden wat er bij de aankoop beloofd was, maar verkoop zou een catastrofaal verlies betekenen. En het lag immers centraal.

Greverud & Co stond er op de glazen deur, naar de oude Greverud, die op tweeëntachtigjarige leeftijd nog altijd iedere vrijdag even langskwam. Hij had de firma direct na de oorlog opgericht, na zijn opvallende inzet tijdens het proces tegen de landverraders. In 1963 waren ze al met zijn vijven geweest, maar 'Greverud, Risbakk, Helgesen, Farmøy & Nilsen' werd uiteindelijk te omslachtig voor de telefoniste. Halverwege de jaren tachtig hadden ze zich ingekocht in wat volgens iedereen het kapitaalcentrum van Oslo zou worden. Ze waren een van de weinigen die het er hadden volgehouden.

Bij deze oerdegelijke firma had Karen Borg als doctoraalstudent haar laatste vakantiebaantje gehad. Greverud & Co wisten hard werken en een goed stel hersens naar waarde te schatten. Zij was de vierde vrouw die ze de kans gaven zich te bewijzen en de eerste die slaagde. Toen ze het jaar daarop examen deed, werden haar een baan, interessante cliënten en een waanzinnig hoog salaris aangeboden. Voor deze verleiding was ze gezwicht.

Echte spijt had ze er nooit van gehad. Ze was de spannende wereld van het kapitaal binnengestapt, werd medespeler in het monopoliespel van de werkelijkheid, op het meest opwindende moment van het decennium. Omdat ze zo goed was, werd haar na een recordtijd van drie jaar aangeboden in de maatschap te worden opgenomen. Ze had onmogelijk nee kunnen zeggen. Ze voelde zich gevleid, was blij en wist dat ze het verdiend had. Haar honorarium bedroeg nu anderhalf miljoen kronen per jaar en ze was bijna vergeten waarom ze ooit rechten was gaan studeren. De gemakkelijke truien waren vervangen door keurige mantelpakjes, voor een vermogen gekocht aan de Bogstadvei.

De telefoon ging. Het was haar secretaresse. Karen Borg drukte op de luidsprekerknop. Dat was onaangenaam voor degene die opbelde, haar stem kreeg een echo en werd onduidelijker. Ze had het gevoel daardoor in het voordeel te zijn.

'Ene advocaat Peter Strup aan de telefoon, ben je aanwezig, in vergadering of de rest van de dag afwezig?'

'Peter Strup? Wat wil die van mij?'

Haar verbazing liet zich niet verbergen. Peter Strup was voorzitter van de Pleitersgroep, de speciale bond van strafpleiters, die zich óf te goed óf te slecht vonden om zich gewoon bij de andere advocaten aan te sluiten. Een paar jaar geleden was hij tot de mooiste man van Noorwegen gekozen en hij trad veelvuldig op de voorgrond als iemand die over ieder onderwerp een mening had. Hij was begin zestig, zag eruit als iemand van veertig en volbracht de jaarlijkse Birkebeiner-skirace in een zeer aanvaardbare tijd. Bovendien scheen hij nauw bevriend met het koningshuis, hoewel hij dat bewonderenswaardig genoeg nooit bevestigde in het bijzijn van journalisten.

Karen Borg had hem nooit ontmoet en ook nog nooit met hem gesproken. Ze had natuurlijk wel veel over hem gelezen.

'Geef maar,' zei ze na een korte aarzeling en ze nam de hoorn op, een gebaar waar onbewust respect uit sprak. 'Met Karen Borg,' zei ze vlak.

'Goedemiddag, je spreekt met Peter Strup! Ik zal je niet lang ophouden. Ik heb gehoord dat je een Nederlander verdedigt, die beschuldigd wordt van de moord bij de Akerselv op vrijdagavond, klopt dat?'

'Ja, dat klopt min of meer.'

'Min of meer?'

'Nee, ik bedoel, het klopt dat ik hem verdedig, maar ik heb nog niet veel met hem gesproken.' Ze bladerde onwillekeurig door de papieren die voor haar lagen, het dossier van de moordzaak. Ze hoorde Strup lachen, een charmante lach.

'Sinds wanneer werken jullie voor 495 kronen per uur? Ik dacht dat de salarissen die de staat betaalt jullie huur niet eens konden dekken! Gaan de zaken zo slecht dat je je op onze markt moet begeven?'

Hij bedoelde dat vast niet kwaad. Haar uurprijs lag dik boven de tweeduizend kronen, afhankelijk van de cliënt. Ze moest er zelf ook een beetje om lachen.

'We redden het nog. Het is puur toeval dat ik deze jongen bijsta.'

'Ja, dat dacht ik eigenlijk al. Ik heb natuurlijk genoeg te doen, maar een van zijn kameraden heeft me gevraagd of ik die jongen niet kan helpen. Oude klant van me, die kameraad, en je weet, als strafpleiter moet je zuinig zijn op je klanten, vaste klanten meestal, weet je!' Hij lachte weer. 'Met andere woorden: ik neem die klus graag van je over en ik ga ervan uit dat jij er niet erg happig op bent.'

Karen Borg wist niet goed wat ze moest zeggen. De verleiding was groot om de hele zaak in de schoot van de beste strafpleiter van het land te leggen. Peter Strup zou het ongetwijfeld beter doen dan zij.

'Dank je, dat is aardig van je. Maar hij staat erop dat ik het doe en dat heb ik hem eigenlijk ook toegezegd. Ik zal hem het aanbod natuurlijk overbrengen en als hij van mening mocht veranderen, zal ik contact met je opnemen.'

'Ja, natuurlijk, laten we het zo maar afspreken. Maar je snapt zeker wel dat ik het dan op korte termijn moet weten. Moet me nog inwerken, weet je, kijken of er nog iets gedaan kan worden.'

Ze beëindigden het gesprek.

Ze was een tikkeltje van slag. Hoewel ze wist dat strafrechtjuristen wel vaker cliënten van elkaar afpikten, of verstandige advocatenwisselingen ondernamen, zoals het ook wel werd geformuleerd, verbaasde het haar dat Peter Strup daartoe genoodzaakt was. Onlangs had ze een reportage gelezen waarin zijn naam werd genoemd in een van de drie voorbeelden van strafzaken die maanden, soms jaren werden uitgesteld, omdat de bekendste advocaten zulke lange wachtlijsten hadden. Aan de andere kant was het sympathiek dat hij zijn hulp aanbood, vooral omdat hij dat deed op verzoek van een van Van der Kerchs vrienden. Het aantrekkelijke van een dergelijke zorgzaamheid kon ze wel inzien. Zelf hield ze al haar cliënten op een armlengte afstand.

Karen Borg sloeg het dossier dat voor haar lag dicht, zag dat het vier uur was, besloot om er voor vandaag een punt achter te zetten en zag op het bord boven de receptie dat ze als eerste naar huis ging. Ze had nog steeds last van haar geweten wanneer er niet al minstens tien namen onder de rubriek 'Morgen terug' stonden. Maar vandaag zette ze dat snel van zich af, wandelde de regen in en stapte in een overvolle tram naar huis.

*

'Ik heb een strafzaak,' mompelde ze tussen twee happen diepvriesvis door.

Karen Borg kwam uit Bergen. In Oslo at ze geen verse vis. Verse vis mocht niet langer dan tien uur dood zijn. De achtenveertiguurs vis in de hoofdstad smaakte naar vlakgum en daarom gaf ze de voorkeur aan degelijke ingevroren massaproductie.

'Ik kan trouwens beter zeggen dat hij me door de strot is geduwd,' voegde ze eraan toe, nadat ze haar mond had leeggegeten.

Nils glimlachte. 'Kun jij dat dan? Je klaagt er toch altijd over dat je alles vergeten bent wat je geleerd hebt, behalve waar je je de afgelopen acht jaar mee hebt beziggehouden,' zei hij en veegde met de rug van zijn hand zijn mond af. Een irritante gewoonte die Karen hem, in de zes jaar dat ze nu samenwoonden, geprobeerd had af te leren door hem erop te wijzen of door demonstratief grote servetten naast zijn bord te leggen. Het servet bleef onaangeroerd en hij schepte nog eens op.

'Och, kunnen,' mompelde ze, verbaasd dat ze zich aan zijn vraag ergerde, vooral omdat ze eerder die dag precies hetzelfde had gedacht. 'Ik kan het natuurlijk wel, ik moet het alleen een beetje opfrissen,' zei ze en ze weerstond de verleiding om hem aan haar hoge eindcijfers voor haar laatste examen strafrecht te herinneren.

Ze vertelde het hele verhaal. Om de een of andere reden noemde ze het telefoontje van advocaat Strup niet. Waarom wist ze niet. Misschien omdat ze zich er op een bepaalde manier ongemakkelijk over voelde. Vanaf haar jeugd had Karen Borg niet graag over de moeilijke dingen in haar leven gesproken. Vervelende dingen hield ze voor zichzelf. Zelfs Nils kon haar niet echt doorgronden. De enige die ooit bijna een doorbraak bewerkstelligd had, was Håkon Sand. Nadat hij uit haar leven was verdwenen, was ze een meester geworden in het stilletjes regelen van haar eigen zaakjes. Voor anderen deed ze het tegen betaling.

Ze waren klaar met eten toen ze haar verhaal besloot. Nils begon de tafel af te ruimen, zonder echter ongeïnteresseerd te lijken. Karen verhuisde naar een gemakkelijke stoel, klapte de rugleuning naar achteren en luisterde hoe hij de vaatwasser inruimde. Na een poosje kreeg het gerammel gezelschap van het pruttelende geluid van het koffiezetapparaat.

'Hij is blijkbaar doodsbang,' riep hij uit de keuken, stak zijn hoofd even om de deur en herhaalde: 'Ik denk dat hij ergens heel bang voor is.'

Geniaal. Alsof dat er niet duimendik bovenop lag. Typisch Nils. Zijn talent om vanzelfsprekendheden om zich heen te strooien had haar jarenlang gecharmeerd, het was net een parodie, alsof hij het opzettelijk deed. Maar de laatste tijd had ze begrepen dat hij echt geloofde dat hij dingen opmerkte die anderen niet zagen.

'Natuurlijk is hij bang,' mompelde ze, 'maar waarvoor?'

Nils kwam binnen met twee koppen koffie.

'Blijkbaar niet voor de politie,' zei ze toen ze het kopje aanpakte. 'Hij wilde opgepakt worden. Ging gewoon midden op een drukke straat op de politie zitten wachten. Maar waarom heeft hij ze niets verteld, toegegeven dat hij die man had vermoord? Waarom is hij wel bang voor de gevangenis, maar niet voor de politie? En waarom wil hij in vredesnaam dat ik hem verdedig?'

Nils haalde zijn schouders op en pakte een krant. 'Daar kom je nog wel achter,' zei hij en hij verdiepte zich in de strips.

Karen sloot haar ogen. 'Daar kom ik nog wel achter,' herhaalde ze voor zichzelf. Ze gaapte en krabbelde de hond achter zijn oor.

Dinsdag 29 september

Karen Borg had een onrustige nacht achter de rug. Dat was eigenlijk niet abnormaal. Ze was 's avonds altijd moe en ze sliep altijd direct in nadat ze naar bed was gegaan. Het probleem was dat ze weer wakker werd. Meestal gebeurde dat 's ochtends om een uur of vijf. Dan was ze ongelooflijk moe, maar niet in staat naar dromenland terug te glijden. 's Nachts namen alle problemen enorme afmetingen aan, ook als ze overdag slechts onprettige schaduwen waren geweest of zelfs dat niet eens. Dingen die zich in het daglicht gemakkelijk lieten bagatelliseren – oninteressante, ongevaarlijke en oplosbare probleempjes – groeiden in de overgang van nacht naar dag uit tot enorme, alles overschaduwende spookbeelden, die boven haar hoofd bleven hangen. Vaak lag ze tot half zeven te woelen en te draaien, om vervolgens in een volledig nutteloze, bewusteloze slaap te vallen, waar de wekker haar een halfuur later ruw uit haalde.

Vannacht was ze om twee uur wakker geworden, badend in het zweet. Ze had in een vliegtuig zonder bodem gezeten, de passagiers moesten zonder veiligheidsgordels op kleine uitsteeksels in de romp van het vliegtuig balanceren. Nadat ze zich daaraan had vastgeklampt tot ze doodmoe was, vloog het vliegtuig in een steile schuine boog op de aarde af. Op het moment dat ze neerstortten was ze wakker geworden. Ze had gehoord dat dromen over neerstortende vliegtuigen betekenden dat je je leven niet onder controle had. Ze voelde zich er niet door aangesproken.

Het was een ronduit stralende herfstdag. Het had een week lang gegoten van de regen, maar in de loop van de nacht was de temperatuur tot vijftien graden gestegen en de zon leverde een laatste krachtsinspanning om eraan te herinneren dat het nog slechts kort geleden zomer was geweest. De bladeren aan de bomen op de Olaf Ryesplass begonnen al te verkleuren en het licht was zo scherp dat zelfs de Pakistanen, die de koopwaar voor hun kiosken en levensmiddelenzaakjes op de stoep uitstalden, bleek leken. Zwaar verkeer denderde door de Toftesgate, maar de lucht deed toch wonderlijk fris en zuiver aan.

Toen Karen Borg vijf jaar geleden de jongste en enige vrouwelijke partner van Greverud & Co was geworden, hadden zij en Nils serieus overwogen Grünerløkka te verlaten. Ze konden het zich beslist veroorloven en Grünerløkka had zich niet ontwikkeld tot wat ze had verwacht toen ze destijds als studente een appartement van dertig vierkante meter had weten te ritselen, in een afbraakpand dat direct daarna werd gered door de stadsvernieuwing. Die redding had bestaan uit een, op zijn zachtst gezegd, beroerde renovatie tegen een waanzinnig hoge prijs. Met als gevolg dat de huur in drie jaar tijd vervijftienvoudigd was, de mensen met de laagste inkomens gedwongen waren te verhuizen en het er slecht had uitgezien voor de bewonersvereniging, ware het niet dat de crediteuren geen belang hadden bij een faillissement. Karen Borg had haar appartement echter bijtijds verkocht, vlak voordat de huizenmarkt in 1987 instortte, en daardoor een acceptabel eigen vermogen verkregen voor haar nieuwe project: een zolderwoning in het buurpand, dat als door een wonder gespaard was gebleven voor de stadsvernieuwing, doordat de bewoners zelf de voor de wijk voorgeschreven renovatie op zich hadden genomen.

Karen en Nils hadden er echt over gedacht te verhuizen. Maar op een late en prachtige zaterdagavond, nu enkele jaren geleden, hadden ze hun motieven doorgenomen. Ze hadden de voors en tegens tegen elkaar afgewogen en waren tot de conclusie gekomen dat ze hun geld beter konden gebruiken om het kleine appartement uit te breiden. De financiële situatie van de bewonersvereniging hadden ze verbeterd door de rest van de zolder, bijna tweehonderd vierkante meter, op te kopen. Het resultaat was net zo mooi als duur. Ze hadden er nooit spijt van gehad. Nadat ze beiden verbazend rustig hadden geaccepteerd dat ze geen kinderen zouden krijgen, iets wat ze waren gaan beseffen toen er na ruim vier jaar zonder voorbehoedmiddelen nog steeds niets op komst was, hadden ze langzamerhand alle bezwaren die hun vrienden tegen Oslo's verontreinigde binnenstad hadden aan de kant geschoven. Ze legden een dakterras aan met whirlpool en barbecue,

35

hoefden geen tuin te onderhouden en konden lopend naar de dichtstbijzijnde bioscoop. Hoewel ze in het bezit van een auto waren, een tweedehands Ford Sierra, gekocht in de overtuiging dat het onzin was om heel veel geld uit te geven aan een auto die altijd buiten moest staan, gingen ze altijd lopen of met de tram.

Karen Borg was in Bergen opgegroeid. Haar jeugd werd gekenmerkt door de geraffineerde inlichtingendienst van huisvrouwen, agenten die vanachter gordijntjes zaten te gluren en altijd volledig op de hoogte waren van ieders kleinste misstap, van ongedweilde vloeren tot buitenechtelijke verhoudingen. Een paar keer per jaar bezocht Karen haar ouderlijk huis, maar na twee dagen werd ze altijd bevangen door een ondraaglijke claustrofobie, die ze niet goed kon verklaren, temeer omdat ze zelf nooit echt iets te verbergen had gehad. Daardoor ervoer ze Grünerløkka als een soort vrijplaats. Nils en zij waren er gebleven en waren niet van plan daar verandering in te brengen.

Ze bleef voor de kleine kiosk bij de tramhalte staan. De boulevardbladen lagen hoog opgestapeld in de rekken.

BRUTALE DRUGSMOORD SCHOKT POLITIE. De krantenkop sprong haar als het ware in het gezicht. Ze pakte een exemplaar, liep al lezend naar binnen en gooide zonder de verkoper aan te kijken zeven kronen op de toonbank. Toen ze naar buiten liep, kwam de tram net aanrijden. Ze stempelde haar strippenkaart af en ging op een vrije klapstoel zitten. De voorpagina verwees naar pagina vijf. Onder een foto van het lijk dat ze zelf nog geen vier dagen geleden gevonden had, stond: 'De brutale moord op een tot op heden onbekende man van ongeveer dertig jaar, is een wraakactie binnen het drugscircuit, aldus de politie.' Er werden geen bronnen vermeld. Het verhaal kwam bijna griezelig overeen met wat Håkon Sand haar had verteld.

Ze was boos. Håkon had haar op het hart gedrukt dat er niets mocht uitlekken. Die waarschuwing was overbodig geweest, Karen Borg had weinig sympathie voor journalisten. Des te meer ergerde ze zich aan de loslippigheid van de politie.

Ze dacht aan haar cliënt. Kreeg hij kranten in de cel? Nee, hij had een brief- en bezoekverbod aanvaard en Karen Borg meende zich te herinneren dat dat ook kranten, televisie en radio omvatte.

Maar dat wist ze niet zeker.

Dit maakt hem vast nog banger, dacht ze en ze verdiepte zich in de rest van de krant, terwijl de tram door de straten deinde en ratelde, zoals moderne trams doen.

*

In een geheel andere wijk van de stad zat op datzelfde ogenblik een man die bang was om dood te gaan.

Hans A. Olsen was net zo doorsnee als zijn naam. De onmiskenbare sporen van een jarenlang overmatig drankgebruik stonden in zijn gezicht gegrift. Hij had een pafferige grauwe huid, met diepe poriën, die altijd een beetje vochtig leek. Op dit moment transpireerde hij hevig en hij leek ouder dan de tweeënveertig jaren die hij telde. Zijn hoge alcoholconsumptie ging hand in hand met verbittering, waardoor zijn gezicht een norse en ontevreden uitdrukking had gekregen.

Hans A. Olsen was advocaat. In het begin van zijn studie was hij een veelbelovend student geweest, die zich daardoor veel vrienden had verschaft. Alles wat hij ooit aan spontaniteit en levensvreugde gehad moest hebben, was door zijn jeugd in een puriteins milieu in het zuidwesten van Noorwegen aan loodzware banden gelegd. Na enkele maanden in de hoofdstad had hij het geloof uit zijn jeugd aan de wilgen gehangen, maar de jongen had er niets voor in de plaats kunnen stellen. De voorstelling van een wraakzuchtige en onverzoenlijke God had hem nooit helemaal losgelaten en in het conflict tussen zijn oorspronkelijke ik en de droom van een studietijd met vrouwen, wijn en academische prestaties, had hij veel te snel troost gezocht bij de verleidingen van de grote stad. Zijn studiekameraden hadden destijds al beweerd dat Hans A. Olsen zijn geslachtsdeel alleen gebruikte om mee te pissen. Dat was enigszins bezijden de waarheid. De jongen had al vroeg geleerd dat seks te koop was. Door zijn onbeholpen en onzekere verschijning was hij al vroeg tot het wrange inzicht gekomen, dat vrouwen niet voor hem waren weggelegd. Daarom had hij de rosse buurt rond het raadhuis veelvuldig bezocht en meer ervaring opgedaan dan zijn studievrienden hem toedichtten.

37

Zijn snel toenemende drankgebruik, waardoor hij op vijfentwintigjarige leeftijd al de naam had een alcoholist te zijn – wat medisch gezien niet juist was – verhinderde hem de examenresultaten te behalen die op basis van zijn oorspronkelijke talenten te verwachten waren. Hij rondde zijn rechtenstudie met middelmatige cijfers af en kreeg een baan bij het ministerie van Landbouw, waar hij vier jaar bleef. Na een stage van twee jaar als referendaris in Noord-Noorwegen – een periode waar hij met afschuw op terugkeek, een noodzakelijk kwaad op de weg naar een advocatenlicentie en de vrijheid die hij voor zijn gevoel altijd had nagestreefd – was hij voor zichzelf begonnen.

Hij had drie andere advocaten getroffen, die nog ruimte in hun kantoor hadden. Ze hadden hem leren kennen als een zonderling met oncontroleerbare uitbarstingen. Maar ze hadden hem geaccepteerd zoals hij was, niet in de laatste plaats omdat hij, in tegenstelling tot de anderen, altijd zeer punctueel was met het overmaken van de huur en de overige gezamenlijke uitgaven. Ze namen aan dat dat meer met zijn minimale geldverbruik had te maken, dan met een uitzonderlijk gevoel voor zaken. Hans A. Olsen was namelijk ronduit gierig. Hij had een voorliefde voor grijze kostuums. Daar had hij er drie van. Twee ervan had hij al langer dan zes jaar en dat was te zien ook. Geen van zijn collega's had hem ooit iets anders zien dragen. Hij besteedde zijn geld maar aan één ding: alcohol.

Tot ieders verbazing was hij nog een korte tijd opgebloeid. Deze verrassende wending in zijn leven bleek uit het feit dat hij vaker zijn haar waste en een exclusieve aftershave gebruikte die kortstondig de muffe, slonzige lichaamsgeur die ook zijn kantoor domineerde verdrong. En op een ochtend was hij in een paar nieuwe Italiaanse en volgens zijn secretaresse zeer fraaie schoenen op zijn werk verschenen. De oorzaak van deze veranderingen was een vrouw, die zelfs bereid was met hem te trouwen. Het huwelijk werd voltrokken toen ze elkaar drie weken kenden, wat in werkelijkheid zo'n vijftig halve liters bier in de kroeg betekende.

De vrouw was zo lelijk als de nacht, maar wie haar kende zei dat ze vriendelijk, warm en intelligent was. Ze was streng christelijk, hetgeen echter geen belemmering was geweest voor een korte weg naar echtscheiding en een definitieve breuk.

Maar Hans A. Olsen bezat één overduidelijke kracht: criminelen liepen met hem weg. Hij zette zich als geen ander in voor zijn cliënten. Omdat hij met hen meevoelde, haatte hij de politie. Die blinde haat stak hij nooit onder stoelen of banken. Zijn onbeteugelde razernij had in de loop van de jaren talloze politiemensen geërgerd, wat ertoe leidde dat zijn cliënten tijdens de onderzoeksperiode meestal veel langer vastzaten dan normaal was. Olsen haatte de politie, de politie haatte hem. Vanzelfsprekend waren de gevangenen die hij vertegenwoordigde daar de dupe van.

Nu vreesde Hans A. Olsen voor zijn leven. De man voor hem hield een pistool op hem gericht, dat hij met zijn beperkte kennis van wapens niet kon thuisbrengen. Maar het zag er gevaarlijk uit en hij had genoeg films gezien om de geluiddemper te herkennen.

'Dat was behoorlijk stom van je, Hansa,' zei de man met het pistool.

Hans A. Olsen haatte de bijnaam Hansa, ook al was het een logisch gevolg van zijn gewoonte zich altijd met de A in zijn naam voor te stellen en zijn, door zijn hoge bierverbruik, goede band met de brouwerij van die naam.

'Ik wilde er alleen maar met je over praten,' piepte de advocaat vanuit de stoel waarin hij gedwongen was plaats te nemen.

'Wij hebben een onherroepelijke afspraak, Hansa,' zei de andere man overdreven kalm. 'Niemand stapt eruit. Niemand slaat door. We moeten volkomen op safe spelen. Je moet altijd bedenken dat het niet alleen om ons gaat. Je weet wat er op het spel staat. Je hebt nooit tegenwerpingen gemaakt. Wat jij gisteren door de telefoon zei, waren dreigementen, Hansa. Wij tolereren geen dreigementen. Als er één gesnapt wordt, zijn we allemaal het haasje. En dat kunnen we ons niet veroorloven, Hansa. Dat begrijp je toch wel?'

'Ik heb papieren!' Het was een laatste, wanhopige poging zich aan het leven vast te klampen. De kamer vulde zich ineens met de onmiskenbare geur van stront en pies.

'Je hebt geen papieren, Hansa. Dat weten we allebei. Die gok zal ik in elk geval nemen.'

Het schot klonk als een kort, halfgesmoord hoestje. De kogel trof advocaat Hans A. Olsen midden in zijn neus, die totaal gedeformeerd werd toen het projectiel zich verder door zijn hoofd boorde en een vuistgrote krater in zijn achterhoofd sloeg. De antimakassar die over de rugleuning van zijn stoel lag werd met rode en grijze klodders besproeid, en zelfs een meter achter hem verschenen er grote vlekken op de wand.

De man met het pistool trok even aan de nauwsluitende rubberen handschoen aan zijn rechterhand, liep naar de deur en verdween.

Donderdag 1 oktober

De moord op advocaat Hans A. Olsen werd uitvoerig in de kranten beschreven. Ondanks herhaaldelijke en verwoede pogingen had hij tijdens zijn leven nooit de voorpagina gehaald. Zijn dood werd op in totaal zes voorpagina's genoemd. Hij zou trots zijn geweest. Zijn collega's lieten zich met passend respect over hem uit, hoewel de meesten hem een klootzak hadden gevonden, en de pers schilderde hem af als een hoog aangeschreven en gewaardeerd jurist. Verschillende kranten bekritiseerden de politie, die wederom met lege handen stond in een ernstige moordzaak. De meeste waren ervan overtuigd dat de advocaat door een ontevreden cliënt naar gene zijde was geholpen. Met zijn tamelijk beperkte portefeuille zou de jacht op de dader dus kort en eenvoudig moeten zijn.

Brigadier Hanne Wilhelmsen geloofde niet in die theorie. Ze had er behoefte aan om enkele nogal warrige gedachten op officier van justitie Håkon Sand los te laten.

Ze hadden achterin de kantine een plaatsje gevonden, een tafeltje aan het raam, met een fantastisch uitzicht over Oslo's minder welgestelde wijken. De twee politiemensen hadden bij het koffie halen allebei op hun schoteltje gemorst, zodat hun kopjes drupten als ze een slok namen. Tussen hen in lag een rol Smil-chocolade die in de lengte was opengescheurd.

Hanne sprak als eerste. 'Eerlijk gezegd geloof ik dat er een verband bestaat tussen die twee moorden, Håkon.'

Ze keek hem aan. Ze wist niet hoe haar proefballonnetje ontvangen zou worden en ze was duidelijk en oprecht gespannen. Håkon Sand doopte een stukje chocolade in zijn koffie, stopte het in zijn mond en likte zijn vingers zorgvuldig af. Het was een smerig gezicht. Hij keek de vrouw tegenover hem aan.

'Maar er is geen enkele overeenkomst,' zei hij nogal gelaten. 'Ander wapen, andere modus operandi, andere plaats, totaal verschillende personen en een ander tijdstip. Met die theorie krijg je problemen!'

'Luister nou eens: je moet je niet op de verschillen blindstaren. Laten we eens kijken wat die twee zaken gemeen hebben.' Geestdriftig begon ze de argumenten met behulp van haar vingers op te sommen. 'In de eerste plaats: de moorden zijn gepleegd met een tussentijd van vijf dagen.'

Ze negeerde Håkon Sands opgetrokken wenkbrauwen en zijn enigszins smalende glimlach.

'In de tweede plaats: voorlopig hebben we voor geen van beide een verklaring. De man bij de Akerselv is trouwens geïdentificeerd. Ludvig Sandersen. Al jarenlang aan drugs verslaafd, met een strafblad van hier tot Tokio. Hij was zes weken geleden weer uit de gevangenis ontslagen. En weet je wie zijn advocaat was?'

'Te oordelen naar jouw triomfantelijke toon, gok ik dat het wijlen onze vriend Olsen was.'

'Bingo! Dát is tenminste een soort verband.' Ze ging door, maar praatte nu zachtjes. 'En hij was niet alleen cliënt van Olsen, maar op de dag dat hij werd vermoord had hij ook een afspraak met hem! Olsens agenda ligt bij Heidi, zij behandelt die zaak. Hij had afgelopen vrijdag om twee uur een afspraak met Ludvig Sandersen en Olsen had twee uur voor hem vrijgehouden. Een lang gesprek dus, als het al heeft plaatsgevonden. Want dat weten immers niet. Ik neem aan dat zijn secretaresse ons daar meer over kan vertellen.'

Håkon Sand had in recordtempo bijna de hele rol chocolade opgegeten, Hanne Wilhelmsen had maar twee stukjes kunnen bemachtigen. Terwijl ze op antwoord wachtte, vouwde ze een ooievaartje van het zilverpapier.

Plotseling begonnen ze allebei tegelijkertijd te praten en zwegen weer glimlachend.

'Jij eerst,' zei Håkon Sand.

'Er is nog iets.' Ze sprak nu opvallend zacht, hoewel de kantine bijna leeg was en er pas zeven meter verderop weer iemand zat. 'Ik ga dit niet opschrijven. Ik ga het trouwens helemaal niemand vertellen. Alleen jou.' Ze stak even haar vingers in haar oren en zette vervolgens haar ellebogen op tafel. 'Een tijdje geleden heb ik in verband met een verkrachtingszaak een vent verhoord. Hij was uitsluitend op verdenking hierheen gebracht, zijn strafblad kost hem iedere keer dat we een onopgehelderde zedenzaak hebben een bezoekje. Hij kon al snel van de lijst geschrapt worden. Toch was hij ontzettend nerveus. Ik heb er toen geen acht op geslagen, ze zijn altijd zenuwachtig dat we iets ontdekken wat ze op hun kerfstok hebben. Maar die vent was doodsbenauwd. Voordat hij überhaupt wist wat we van hem wilden, had hij het in tamelijk duidelijke bewoordingen over een deal. Hij zei, ik herinner het me niet letterlijk, dat hij een advocaat kende, die achter een omvangrijke drugshandel zat. Je weet hoe die lui zijn, ze liegen sneller dan dat ze een overtreding begaan en schuwen niets om het vege lijf te redden. Daarom hechtte ik er toen geen belang aan.'

Hanne Wilhelmsen fluisterde nu echt. Håkon Sand moest zich over de tafel heen buigen en zijn hoofd schuin houden om te kunnen verstaan wat ze zei. Voor een toevallige passant kon het eruit zien als een tête-à-tête.

'Ik werd vannacht wakker omdat die kerel maar door mijn hoofd bleef spoken,' zei ze. 'Ik heb vanmorgen eerst die oude verkrachtingszaak eens opgezocht om zijn naam te checken. Raad eens wie zijn advocaat was?'

'Olsen.'

'Precies.'

Ze keken allebei naar het nevelige stadsbeeld. Håkon Sand haalde een paar keer diep adem en zoog de lucht nadenkend tussen zijn voortanden door. Hij wist dat het onsmakelijk was en stopte er onmiddellijk weer mee.

'Goed, wat hebben we nu?' Hij nam een blanco vel papier voor zich en zette daar onder elkaar cijfers op. 'We hebben een dode verslaafde. De dader is bekend en aangehouden, hij weigert een motief op te geven.'

Zijn pen kraste over het papier, in zijn ijver maakte hij er een gat in.

'Hij is zo grondig omgebracht, dat hij het zelfs met negen levens niet overleefd zou hebben. Verder hebben we een dode advocaat, iets subtieler van het leven beroofd. We weten dat de twee slachtoffers elkaar kenden. De dag waarop de eerste van de twee voorgoed zijn biezen pakte, hadden ze een afspraak. Wat hebben we nog meer?' Hij ging door zonder op antwoord te wachten. 'Wat vage en hoogst onbetrouwbare geruchten over een niet bij name genoemde advocaat die in drugs zou handelen. De advocaat van onze geruchtmaker was de steeds weerkerende Olsen.'

Het viel Hanne op dat Håkon Sand met zijn mondhoek trok, een soort tic.

'Ik geloof werkelijk dat je iets op het spoor bent, Hanne. Ik geloof zelfs dat we iets groots op het spoor kunnen zijn. Maar wat doen we nu?'

Voor het eerst tijdens het gesprek leunde Hanne Wilhelmsen achterover. Ze roffelde even met beide wijsvingers op de tafel.

'We hullen ons in het allerdiepsssste zwijgen,' verklaarde ze. 'Dit is het vaagste spoor dat ik ooit serieus heb gevolgd. Ik hou je op de hoogte. Oké?'

*

De onrustbrigade was het zwarte schaap, maar ook de grote trots van de politie. De in spijkerbroek gestoken, gedeeltelijk langharige en soms zeer onverzorgde politiefunctionarissen hadden zich, nadat ze bij de brigade waren begonnen, nooit aan kledingvoorschriften gebonden gevoeld. Dat hoefden ze ook niet. Maar soms lapten ze ook andere ijzeren wetten aan hun laars. Met de regelmaat van de klok werden ze bij het hoofd personeelszaken of zelfs bij de hoofdcommissaris op het matje geroepen. Ze zeiden ja en amen en beloofden beterschap, maar zodra ze weer buiten de deur stonden, staken ze heimelijk hun vinger op. Slechts weinigen waren ooit zo veel te ver gegaan dat ze, in ieder geval tijdelijk, naar een duffe kantoordienst werden overgeplaatst. Want de politie hield van haar spijkerbroektroepen. De onrustbrigade was doeltreffend, werkte hard en vormde zo nu en dan zelfs aanleiding voor collega's uit Zweden en Denemarken om op bezoek te komen. Die kwamen dan met een vage voorstelling van zaken naar het politiebureau van Oslo en verlieten het in ademloze bewondering.

Een week tevoren nog, tijdens een bezoek van de politie van

Stockholm, had een Zweedse televisieploeg een avond meegelopen. Een paar van de jongens hadden de televisiemensen meegenomen naar de woning van een prostituée, die altijd wel een paar gram van het een of ander had rondslingeren. Ze hadden zonder problemen de deur kunnen openbreken, er was na eerdere bezoeken niet veel van de deurposten over. Ze waren de donkere kamer binnengestormd, op de voet gevolgd door de cameraman. Op de vloer lag een man van middelbare leeftijd, gekleed in een knalrode, laag uitgesneden jurk, met een hondenriem om zijn nek. Toen hij de bezoekers opmerkte, was hij direct krampachtig in huilen uitgebarsten. De politiemannen hadden hem getroost en hem verzekerd dat het hen niet om hem te doen was. Nadat ze in de boekenkast, waar trouwens geen boek in te bekennen was maar die boordevol snuisterijen van allerhande materiaal en vorm stond, vier gram hasj en twee shots heroïne hadden gevonden, hadden ze toch naar de legitimatie van de man op de vloer gevraagd. Hij had snikkend een camouflagekleurige portefeuille tevoorschijn getrokken. Van zijn militaire identiteitskaart vernamen de politiemannen, die nauwelijks hun lachen konden inhouden, dat de man beroepsofficier was. Zijn radeloosheid was zeer begrijpelijk. Dergelijke voorvallen, die geenszins strafbaar waren, moesten niettemin gerapporteerd worden aan de hoge heren op de zesde verdieping: de veiligheidsdienst van de politie. Niemand wist wat er naderhand met de man was gebeurd, maar de Zweedse televisieploeg had zich kostelijk geamuseerd over de opnames, die om fatsoensredenen niet werden uitgezonden.

De opdracht van de onrustbrigade lag besloten in de naam. Ze moesten onrust zaaien in het drugscircuit, dealers betrappen en vervolgen, en nieuwe aanwas verhinderen. Ze waren geen infiltranten volgens Amerikaans voorbeeld. Daarom maakte het hen ook niet uit om als politiemensen herkend te worden. Het ruige voorkomen dat de meesten van hen zich eigen hadden gemaakt, moest het makkelijker maken om met gebruikers in gesprek te komen, maar was niet bedoeld om zich anders voor te doen dan ze waren. Ze wisten wat zich zoal in de onderwereld van Oslo afspeelde. Het probleem was dat ze maar zelden iets konden bewijzen, ook al lagen ze in dat opzicht meer dan een straatlengte voor op de meeste andere afdelingen van het bureau.

Lang voordat ze bij de deur was, hoorde Hanne Wilhelmsen luide stemmen en bulderend gelach in de grote verblijfsruimte van de brigade. Ze klopte een paar keer hard op de deur, zonder dat iemand het hoorde. Uiteindelijk ging de deur open. In de deuropening stond een sproetige man met onwaarschijnlijk vet haar en een enorme dot pruimtabak onder zijn bovenlip. Hij glimlachte scheef naar haar, zodat ze het sap van de pruim links tussen zijn tanden zag sijpelen.

'Hoi Hanne, wat kom je doen?' Hij keek haar stralend aan, ondanks zijn stugge lichaamstaal en met de deur nog steeds op een kier.

Hanne glimlachte terug en duwde tegen de deur. De man met de sproeten liet hem schoorvoetend los.

Etensresten, afval en bergen papier, tijdschriften en half pornografische bladen lagen door de kamer verspreid. In een hoek zat een man met een kaalgeschoren hoofd, een omgekeerd kruis in zijn ene oor, laarzen aan zijn voeten en in een IJslandse trui die waarschijnlijk uit zichzelf zou blijven staan. De man was bekend onder de naam Billy T. Hij had samen met Hanne Wilhelmsen op de politieacademie gezeten en werd beschouwd als een van de handigste en kundigste leden van de brigade. Billy T. was zo mak als een lammetje, vriendelijk en vrolijk van aard, en ging gebukt onder een voorliefde voor vrouwen, die hem, in combinatie met een ogenschijnlijk benijdenswaardige fertiliteit, niet minder dan vier kinderen bij evenzovele moeders had opgeleverd. Hij had met geen van hen samengeleefd, maar hij hield van zijn kinderen, allemaal zonen, waarvan er twee op drie maanden na even oud waren. Met alleen een binnensmondse vloek, betaalde hij trouw iedere maand de hem opgelegde alimentatie.

Billy T. was degene waar Hanne naar op zoek was. Ze stapte over kleding en andere voorwerpen die in de weg lagen. Hij liet het motortijdschrift waarin hij verdiept was zakken en keek haar lichtelijk verbaasd aan.

'Kun je even meekomen naar mijn kantoor?' Haar gezicht en een veelzeggende beweging van haar arm vertelden hoe ze de mogelijkheid inschatte om in deze ruimte een vertrouwelijk gesprek te voeren.

Billy T. knikte, gooide het blad opzij, dat begerig door de volgende lezer werd weggesnaaid, en volgde zijn collega naar de tweede verdieping.

Hanne Wilhelmsen reikte over haar bureau en trok een getypte lijst van de muur, de punaise viel op de grond. Ze pakte hem niet op, maar legde de lijst voor Billy T. neer.

'Dit is een lijst van alle strafpleiters hier in de stad. Het zijn er dertig. Ongeveer.'

Billy T. hield zijn kogelronde hoofd schuin en keek geïnteresseerd naar de lijst. Hij tuurde een beetje, het lettertype was klein, zodat alle namen op één kantje pasten.

'Wat vind je van ze?' vroeg Hanne.

'Wat ik van ze vind? Wat bedoel je daarmee?' Met zijn vinger liep hij de lijst langs. 'Deze is in orde, deze is oké, hij is een klootzak, zij is zeer oké,' begon hij. 'Wil je dat horen?'

'Nou, eigenlijk niet,' mompelde ze aarzelend. 'Wie doet de meeste narcoticazaken,' vroeg ze even later.

Billy T. greep een pen en zette bij zes namen een kruisje. Hanne pakte het papier terug en bekeek het. Toen legde ze het neer en keek even uit het raam voordat ze weer iets zei.

'Heb je ooit het gerucht gehoord dat sommige van die advocaten zelf bij drugshandel betrokken zouden zijn?'

Billy T. scheen niet verbaasd over haar vraag. Hij beet op zijn duim. 'Je meent het serieus, hè? Wij horen zo verdomde veel, en je kan er nog geen fractie van geloven. Maar je vraag is waarschijnlijk of ík wel eens iemand heb verdacht, niet waar?'

'Ja, dat bedoel ik.'

'Laat ik het zo zeggen: wij hebben zo nu en dan redenen gehad om ons dat af te vragen. Er is de afgelopen jaren het een en ander op de markt gebeurd. De laatste drie jaar, eigenlijk. Iets ondefinieerbaars, iets waar we geen grip op krijgen. Eén van die dingen is het eeuwige probleem van verdovende middelen in de gevangenis. Daar krijgen we maar geen vat op. Er wordt steeds strenger gecontroleerd, maar het helpt geen ene moer. En op straat gebeurt ook van alles. De prijzen kelderen. Dat betekent veel aanvoer. Puur markteconomie, weet je. En we horen geruchten. Maar die spreken elkaar van alle kanten tegen. Dus als je vraagt of ik een van die advocaten verdenk, dan moet ik je, op grond van wat ik weet, een ontkennend antwoord geven.'

'Maar als ik vraag wat je intuïtie zegt en als je me geen argumenten hoeft te noemen, wat zou je dan zeggen?'

Billy T. van de onrustbrigade streek zijn hand eens over zijn gladde hoofd, pakte het papier weer op en zette een vuile wijsvinger bij een naam. Zijn middelvinger gleed over het blad omlaag en stopte bij een andere naam.

'Als ik wist dat er iets aan de hand was, zou ik die twee er als eerste uitpikken,' zei hij. 'Misschien omdat er gekletst wordt, misschien omdat ik ze niet mag. Doe ermee wat je wilt. Ik heb niks gezegd, oké?'

Hanne Wilhelmsen stelde haar studiegenoot gerust. 'Je hebt dit nooit gezegd, we hebben hier alleen maar wat over vroeger zitten kletsen.'

Billy T. knikte, glimlachte en nam zijn twee meter lange lichaam mee terug naar de rommelkamer op de vierde verdieping.

Vrijdag 2 oktober

Naar aanleiding van haar nieuwe, ongewenste opdracht werd Karen Borg een aantal keren opgebeld. De eerste die belde was een journalist. Hij werkte voor *Dagbladet* en kwam opdringerig vriendelijk en vasthoudend over.

Ze was niet gewend om met journalisten om te gaan en reageerde met een haar onbekende gereserveerdheid. Ze antwoordde eigenlijk uitsluitend met eenlettergrepige woorden. Hij begon met een verkenningsaanval, waarin hij haar met zijn uitgebreide kennis over de zaak, die hij in feite ook bezat, probeerde te imponeren. Toen vuurde hij zijn vragen op haar los.

'Heeft hij verteld waarom hij Sandersen heeft vermoord?'

'Nee.'

'Heeft hij verteld hoe ze elkaar kenden?'

'Nee.'

'Heeft de politie een vermoeden hoe de zaak in elkaar zit?'

'Geen idee.'

'Klopt het dat de Nederlander alleen door jou verdedigd wil worden?'

'Min of meer.'

'Kende je die vermoorde advocaat? Hansa Olsen?'

Ze deelde hem mee dat ze verder niets te melden had, bedankte hem beleefd voor het gesprek en legde de hoorn neer.

Hansa Olsen? Waarom had hij dat gevraagd? Ze had de bloederige details in de krant gelezen, maar het verder naast zich neergelegd. Het ging haar niet aan en de man was haar volkomen onbekend. Het was niet bij haar opgekomen dat het iets met haar cliënt te maken kon hebben. Strikt genomen hoefde er ook geen verband te bestaan, misschien had de journalist alleen maar een balletje opgegooid. Een beetje geërgerd kwam ze tot die conclusie. Ze zag op haar computer dat er negen telefoontjes voor haar waren geweest, en uit de namen maakte ze op dat ze de rest van de dag aan haar belangrijkste cliënt, Norsk Oljeproduksjon, moest besteden. Ze pakte twee knalrode ordners met het embleem van NO uit de kast. Ze haalde eerst een kop koffie en begon toen haar belronde. Als ze doorwerkte, had ze aan het einde van de middag misschien nog even tijd om bij het politiebureau langs te gaan. Het was vrijdag en ze had een slecht geweten, omdat ze haar gearresteerde cliënt na hun eerste ontmoeting niet meer had opgezocht. Daar wilde ze voor het weekend per se nog verandering in brengen.

*

Han van der Kerch was na bijna een week hechtenis niet veel spraakzamer geworden. Hij had een naar urine stinkende matras en een vilten deken gekregen. Op de verhoging lag in een hoek een stapeltje pockets. Hij mocht iedere dag douchen en raakte langzaam aan de warmte gewend. Zodra hij zijn cel binnenkwam, trok hij zijn kleren uit. Hij zat het grootste deel van de tijd in zijn onderbroek. Alleen als hij een enkele keer gelucht werd of als er een poging tot een verhoor werd ondernomen, nam hij de moeite zich aan te kleden. De politie had wat schone onderbroeken, toiletspullen en zelfs een draagbare cd-speler uit zijn kamer in de studentenflat opgehaald.

Nu was hij aangekleed. Hij zat samen met Karen Borg in een kantoor op de tweede verdieping. Ze voerden niet bepaald een gesprek, het was meer een monoloog onderbroken door gemompel van de tegenpartij.

'Ik ben begin deze week benaderd door een advocaat. Peter Strup. Hij zei dat hij een vriend van je kende en dat hij je graag wilde helpen.'

Geen reactie, zijn blik werd alleen nog donkerder en chagrijniger.

'Ken je Strup? Weet je welke vriend hij bedoelt?'

'Ja. Ik wil jou.'

'Goed.'

Ze was ten einde raad. Een kwartier lang had ze geprobeerd iets meer uit de man te krijgen, nu stond ze op het punt het op te geven. Toen boog de Nederlander onverwachts naar voren. Met een hulpeloze beweging legde hij zijn gezicht in zijn handen, met zijn ellebogen steunde hij op zijn gespreide knieën. Hij wreef over zijn hoofd, sloeg zijn ogen op en zei: 'Je begrijpt er natuurlijk niks van. Ik weet het zelf ook niet meer. Ik heb afgelopen vrijdag de grootste stommiteit van mijn leven begaan. Het was een kille, vooropgezette en afschuwelijke moord. Ik heb er geld voor gekregen. Dat wil zeggen, er is me geld beloofd. Ik heb er nog geen cent van gezien en ik zal de komende jaren waarschijnlijk ook niet in staat zijn het op te eisen. Ik lig me nu al een week in die oververhitte cel af te vragen wat me bezielde.'

Plotseling barstte hij in huilen uit. Het kwam zo onverwacht, dat Karen Borg volledig van haar stuk werd gebracht. De jongen, want hij leek nu echt een puber, duwde zijn hoofd in zijn schoot, alsof hij de gedragsregels bij een vliegtuigongeluk oefende, en zijn rug schokte. Na een paar seconden richtte hij zich op om meer lucht te krijgen en ze zag dat zijn gezicht onder de rode vlekken zat. Het snot liep uit zijn neus en aangezien ze niets wist te zeggen, pakte Karen een papieren zakdoekje uit haar koffertje en reikte hem dat aan. Hij veegde zijn neus en zijn ogen af, maar stopte niet met huilen. Karen wist niet hoe je een berouwvolle moordenaar moest troosten. Toch trok ze haar stoel dichter naar de jongen toe en pakte zijn hand.

Zo zaten ze zeker tien minuten. Het leek wel een uur, waarschijnlijk voor hen allebei, dacht Karen. Uiteindelijk ademde de jongeman iets rustiger. Ze liet zijn hand los en schoof zonder geluid te maken haar stoel weer naar achteren, alsof ze het vertrouwelijke moment wilde uitwissen.

'Misschien wil je nu nog iets meer vertellen,' zei ze zacht, terwijl ze hem nog een sigaret aanbood. Hij pakte hem met trillende hand aan, als een slechte toneelspeler. Ze wist dat het echt was en gaf hem vuur.

'Ik weet gewoon niet wat ik moet zeggen,' stotterde hij. 'Ik heb een man vermoord. Maar ik heb ook nog zoveel andere dingen gedaan, en ik haal me liever geen levenslange gevangenisstraf op de hals. Ik weet niet hoe ik het één kan vertellen, zonder het ander te verklappen.'

Karen Borg was in de war. Ze was gewend om inlichtingen met de grootst mogelijke discretie en vertrouwelijkheid te behandelen. Zonder die eigenschap zou ze niet veel cliënten hebben gehad. Maar die geheimhouding had tot dusver betrekking gehad op geld, industriële geheimen en zakelijke strategieën. Niemand had haar ooit iets apert strafbaars toevertrouwd en ze wist niet wat ze kon verzwijgen, zonder zelf met de wet in conflict te komen. Nog voor ze deze problematiek goed had overdacht, kalmeerde ze de Nederlander. 'Alles wat je mij vertelt, blijft onder ons. Ik ben je advocaat en ik heb geheimhoudingsplicht.'

Hij zuchtte nog een paar keer, snoot zijn neus krachtig in het doorweekte papieren zakdoekje en vertelde: 'Ik hoorde bij een soort liga. Ik zeg "een soort", want ik weet er eerlijk gezegd niet veel van. Ik ken nog een paar anderen die erbij zitten, maar dat zijn lui op mijn eigen niveau, wij halen en leveren, en dealen soms een beetje. Mijn contactpersoon heeft een bedrijf in tweedehands wagens in Sagene. Maar de organisatie is veel groter. Geloof ik tenminste. Ik heb het geld voor de klussen die ik deed altijd zonder problemen gekregen. Iemand als ik kan vaak naar Nederland reizen. Daar is niks verdachts aan. Ik heb iedere keer mijn moeder bezocht.' Bij de gedachte aan zijn moeder barstte hij weer in tranen uit. 'Ik ben nooit eerder met de politie in aanraking geweest, thuis niet en hier ook niet,' snufte hij. 'Verdomme. Hoe lang moet ik zitten?'

Karen Borg wist heel goed wat een moordenaar te wachten stond. Of een drugskoerier. Maar ze zei niets, haalde alleen even haar schouders op.

'Bij elkaar opgeteld heb ik tien, vijftien trips gemaakt,' ging de man verder. 'Ongelooflijk makkelijk baantje, eigenlijk. Ik kreeg van tevoren een ontmoetingsplaats in Amsterdam door, steeds een andere plek. Alles was vooraf ingepakt. In plastic. Ik slikte de pakjes door, zonder eigenlijk te weten wat erin zat.' Hij zweeg even en corrigeerde toen: 'Nou ja, ik dacht dat het heroïne was. Wist het eigenlijk wel zeker. Ongeveer honderd gram per keer. Dat zijn meer dan tweeduizend shots. Het is altijd goed gegaan en ik kreeg twintigduizend kronen per zending. Plus onkosten.'

Zijn stem klonk gesmoord, maar hij sprak duidelijk. Hij plukte aan het uiteenvallende zakdoekje en staarde voortdurend naar zijn handen, alsof hij niet kon geloven dat hij daarmee precies een week geleden iemand zo bruut had omgebracht.

'Ik denk dat er een heleboel mensen bij betrokken zijn. Hoewel ik er maar een paar ken. Het is allemaal te groot. Dat kan die sufkop in Sagene nooit in zijn eentje doen. Hij lijkt me niet slim genoeg. Maar ik heb hem nooit wat gevraagd. Ik deed mijn werk, kreeg mijn geld en hield mijn bek. Tot tien dagen geleden.'

Karen Borg voelde zich helemaal gaar. Ze zat gevangen in een situatie die ze geheel niet onder controle had. Haar hersens registreerden de informatie die ze kreeg, en tegelijkertijd dacht ze koortsachtig na over wat ze ermee moest. Ze merkte dat haar wangen rood werden en voelde het zweet uit haar oksels stromen. Ze wist dat ze nu iets over Ludvig Sandersen zou horen, de man die ze vorige week vrijdag had gevonden, een vondst die haar sindsdien 's nachts achtervolgde en haar overdag niet wilde loslaten. Ze pakte de leuningen van haar stoel stevig vast.

'Vorige week dinsdag was ik bij die automan,' ging Han van der Kerch verder. Hij was nu rustiger en had de papierresten ten slotte opgegeven en ze in de prullenbak naast hem gegooid. Hij keek haar voor het eerst die dag aan. 'Ik had al maanden geen klus gedaan. Verwachtte ieder moment een oproep. Ik heb telefoon in mijn kamer laten aanleggen, zodat ik niet aangewezen ben op de gezamenlijke telefoon in de gang. En ik neem pas op als hij vier keer is overgegaan. Als hij twee keer belt en dan even ophoudt, en vervolgens nog twee keer belt en dan stopt, dan weet ik dat ik de volgende dag om twee uur moet verschijnen. Slimme oplossing. Er wordt geen gesprek op mijn telefoon geregistreerd, terwijl hij me wel kan bereiken. Dus dinsdag ging ik er heen. Maar deze keer ging het niet om drugs. Er was er eentje iets te inhalig geworden. Was begonnen de grote jongens af te persen. Zoiets. Ik heb er niet zoveel over gehoord, alleen dat hij voor ons allemaal een bedreiging vormde. Ik schrok me wild.' Han van der Kerch glimlachte ironisch. 'In de twee jaar dat ik dit werk doe, heb ik de mogelijkheid gepakt te worden nooit echt overwogen. Ik voelde me als het ware onkwetsbaar. Verdomme, ik werd doodsbenauwd toen ik begreep dat er iets fout kon gaan. Het was nooit bij me opgekomen dat iemand binnen de organisatie een bedreiging zou kunnen vormen. De angst om gepakt te geworden was eigenlijk de reden dat ik de opdracht aannam. Ik zou er twee ton voor krijgen. Verdomd verleidelijk. Hij moest niet alleen dood, maar het moest ook een waarschuwing zijn voor alle anderen binnen de organisatie. Daarom heb ik zijn gezicht kapotgeslagen.'

De jongen begon weer te huilen, maar niet zo heftig deze keer. Hij kon blijven praten, terwijl de tranen over zijn wangen rolden. Zo nu en dan stopte hij even, haalde diep adem, rookte, dacht na. 'Maar toen het gebeurd was, kreeg ik het te kwaad. Ik had er meteen spijt van en ik heb een hele dag maar zo'n beetje in het wilde weg rondgezworven. Ik kan me er niet zoveel meer van herinneren.'

Ze was de jongen geen enkele keer in de rede gevallen. Ze had ook geen aantekeningen gemaakt. Maar er waren twee vragen waar ze graag antwoord op wilde hebben.

'Waarom wilde je mij hebben?' vroeg ze zacht. 'En waarom wil je niet naar het huis van bewaring?'

Han van der Kerch keek haar een eeuwigheid aan. 'Jij hebt het lichaam gevonden, hoewel ik het goed verborgen had.'

'Ja, ik had mijn hond bij me. Nou en?'

'Zoals ik al zei, wist ik niet zoveel over de rest van de organisatie, maar je vangt wel eens wat op. Een verspreking, een hint. Ik geloof, ja, ik geloof, ik weet het niet, maar er zou een of andere advocaat bij betrokken zijn. Ik weet niet wie. Ik kan niemand vertrouwen. Maar het was de bedoeling dat het even zou duren voordat het lijk werd gevonden. Hoe langer het duurde, des te moeilijker het speurwerk. Al een uur nadat ik hem had vermoord, heb jij hem gevonden. Zodoende kon jij er niets mee te maken hebben.'

'En het huis van bewaring?'

'Ik weet dat ze daar contacten hebben. Gedetineerden, geloof ik, maar het zou ook personeel kunnen zijn. Dan kun je maar beter bij oom agent blijven. Al is het er nog zo warm!'

Hij leek opgelucht. Karen Borg daarentegen was terneergeslagen, alsof de last die de jongen een week lang had bezwaard, nu op haar schouders was gelegd.

Hij vroeg wat ze ging doen. Ze antwoordde eerlijk dat ze dat niet precies wist. Dat ze daarover moest nadenken.

'Maar je hebt me beloofd om dit gesprek voor je te houden,' herinnerde hij haar.

Karen Borg gaf geen antwoord, maar tekende met haar wijsvinger een onzichtbaar kruis op haar hals om haar belofte nogmaals kracht bij te zetten. Ze riep een agent en de Nederlander werd teruggebracht naar zijn afschuwelijke, matgele cel.

*

Hoewel het vrijdagavond was en na zessen, was Håkon Sand nog op kantoor. Karen Borg constateerde dat de vermoeide trek op zijn gezicht, die zij maandag aan een zwaar weekend had toegeschreven, eigenlijk permanent was. Het verbaasde haar dat hij nog zo laat aan het werk was, ze wist dat de politie geen overuren uitbetaalde.

'Het is niet goed om zoveel te werken,' gaf hij toe. 'Maar het is nog erger als je 's nachts wakker schrikt van alles wat je nog moet doen. Ik probeer vrijdags altijd een beetje bij te zijn. Dat maakt het weekend iets aangenamer.'

Het was stil in het grote, grijze gebouw. Ze zaten daar samen in een toestand van wonderlijke saamhorigheid. Plotseling werd de stilte verbroken door een sirene, op het parkeerterrein achter het politiegebouw werd een politiewagen getest. Het eindigde even abrupt als het begonnen was.

'Heeft hij iets gezegd?'

Ze had die vraag verwacht, wist dat hij zou komen, maar na een paar minuten ontspanning voelde ze zich toch onvoorbereid. 'Niet veel.'

Ze merkte hoe moeilijk het haar viel om tegen hem te liegen. Ze voelde een rode kleur naar haar hals kruipen en hoopte dat haar gezicht ervan verschoond zou blijven. Hij had haar door.

'Het beroepsgeheim van de advocaat,' grijnsde hij. Hij strekte zijn armen en vlocht zijn vingers achter zijn hoofd ineen. Ze zag dat hij transpiratievlekken onder zijn armen had, maar vond het niet afstotend. Eerder natuurlijk, na een tienurige werkdag.

'Dat respecteer ik,' ging hij verder. 'Ik kan zelf ook niet veel zeggen.'

'Ik dacht dat de verdediging recht had op informatie en stukken,' wees ze hem terecht.

'Niet als wij denken dat het het onderzoek kan schaden,' grijnsde hij nog breder, alsof hij er lol in had dat ze beroepsmatig tegenover elkaar stonden. Hij stond op en haalde twee koppen koffie. Die smaakte nog smeriger dan op maandag, alsof hij al die tijd had staan pruttelen. Karen nam genoegen met één slok en zette het kopje met een vies gezicht weg.

'Dat spul wordt je dood nog eens,' waarschuwde ze. Hij negeerde de waarschuwing en beweerde dat hij een gietijzeren maag had.

Om een of andere onverklaarbare reden voelde ze zich prettig. Er was een wonderlijke en vreemd genoeg aangename spanning tussen hen, die er nooit eerder was geweest. Nooit eerder had Håkon over kennis beschikt die zij niet had. Ze keek hem onderzoekend aan en bespeurde een glinstering in zijn ogen. Door het beginnende grijs aan zijn slapen en de hogere haargrens zag hij er niet alleen ouder uit, maar ook interessanter, sterker. Hij was eigenlijk best aantrekkelijk geworden.

'Je bent knap geworden, Håkon,' flapte ze eruit.

Hij bloosde niet eens, keek haar alleen recht aan. Ze had er meteen spijt van, het was alsof ze een luikje in haar pantser opende, terwijl ze allang wist dat ze zich dat niet kon veroorloven, tegenover niemand. Bliksemsnel veranderde ze van onderwerp. 'Nou, als jij niets kan vertellen en ik ook niet, moesten we maar naar huis gaan,' concludeerde ze, om vervolgens op te staan en haar regenjack aan te trekken.

Hij vroeg haar weer te gaan zitten. Ze gehoorzaamde, maar hield haar jack aan.

'Dit is eerlijk gezegd een veel ernstiger zaak dan we aanvankelijk dachten. We hebben een aantal theorieën, maar die zijn nogal vaag en voorlopig hebben we nog geen concrete aanwijzingen. Ik kan alleen zeggen dat het op een grootscheepse drugshandel wijst. Het is nog te vroeg om te zeggen in hoeverre jouw cliënt erbij betrokken is. Maar door die moord heeft hij zich al behoorlijk in de nesten gewerkt. Wij denken dat het moord met voorbedachten rade is geweest. Als ik verder niets kan zeggen, dan is dat geen onwil. We weten gewoon niets en zelfs tegenover een oude vriendin zoals jij moet ik heel voorzichtig zijn met vage beweringen en speculaties.'

'Heeft het iets met Hans A. Olsen te maken?'

Karen overviel hem hier volkomen mee. Hij staarde haar met halfopen mond aan en zweeg minstens dertig seconden. 'Wat weet jij daar verdomme van?'

'Ik weet niets,' antwoordde ze. 'Maar ik kreeg vandaag een telefoontje van een journalist. Ene Fredrik Myhre of Myhreng of zoiets. Van *Dagbladet*. Halverwege een aantal vragen over mijn cliënt vroeg hij of ik die vermoorde advocaat kende. De journalisten schijnen vrij goed op de hoogte te zijn van wat hier gebeurt, dus ik dacht dat ik het maar eens aan jou moest voorleggen. Maar ik weet niets. Zou ik iets moeten weten?'

'Die klootzak,' zei Håkon, terwijl hij opstond. 'Ik spreek je volgende week.'

Toen ze naar buiten liepen stak Håkon zijn hand uit om het licht uit te doen. De beweging voerde zijn arm over haar schouder en geheel zonder waarschuwing boog hij zich naar haar toe en gaf haar een zoen. Een voorzichtige, jongensachtige zoen.

Ze keken elkaar enkele seconden aan. Toen deed hij het licht uit, draaide de deur op slot en loodste haar zwijgend het grote, bijna lege gebouw uit.

Het was weekend.

Maandag 5 oktober

Journalist Fredrick Myhreng voelde zich niet op zijn gemak. Hij trok nerveus aan zijn opgestroopte mouwen en zat zenuwachtig met een balpen te spelen. Plotseling brak de pen in tweeën, de inkt kleurde zijn handen blauw. Hij zocht iets om het af te vegen, maar moest genoegen nemen met het harde papier van zijn schrijfblok. Dat hielp niet veel. Bovendien kreeg hij inkt op zijn goede pak. Hij had zijn mouwen opgerold, blijkbaar had hij niet begrepen dat opgestroopte colbertmouwen uit de mode waren geraakt toen Miami Vice van het scherm verdween. En dat was lang geleden. Het merkje aan de binnenkant van zijn rechtermouw was niet verwijderd, en hij had zijn mouw zo kunstig opgerold dat het toch nog enige standing uitstraalde. Het maakte geen verschil, hij voelde zich klein en schoof onrustig heen en weer op de stoel in Håkon Sands kantoor.

Hij was vrijwillig gekomen. Sand had hem 's morgens vroeg gebeld, op een tijdstip waarop het katterige gevoel na een uitbundig weekend nog niet verdwenen was. De officier van justitie had hem beleefd, doch dringend gevraagd zo snel mogelijk te verschijnen. Het was tien uur en Fredrick Myhreng voelde zich misselijk.

Sand hield hem een houten schaal met snoepjes voor en de journalist nam er een. Zodra hij het in zijn mond had, had hij er spijt van, het snoepje was zo groot dat hij er onmogelijk op kon zuigen zonder te smakken. Sand had er zelf geen genomen en Myhreng begreep waarom. Het was moeilijk om met zo'n klont in je mond te praten en hij vond het te kinderachtig om er op te bijten.

'Ik begrijp dat je aan onze moordzaken werkt,' zei de officier, niet zonder enige arrogantie.

'Ja, ik ben misdaadverslaggever,' antwoordde Myhreng balsturig en met slecht verholen trots over zijn beroepstitel. In zijn ijver om zelfverzekerd over te komen, viel het snoepje bijna uit zijn mond.

Hij zoog het snel weer naar binnen en slikte het per ongeluk in. Hij kon de langzame en kwellende reis van het stuk suikergoed naar zijn maag volgen.

'Wat weet je eigenlijk?'

De jonge journalist wist niet goed wat hij moest doen. Zijn intuïtie maande hem voorzichtig te zijn, maar tegelijkertijd was er de drang om met zijn kennis te pronken.

'Ik denk dat ik net zoveel weet als jullie,' zei hij en meende daarmee twee vliegen in één klap te slaan. 'En misschien nog iets meer.'

Håkon Sand zuchtte.

'Luister. Ik snap dat je mij niet gaat vertellen van wie je het weet en hoe. Ik weet dat jullie je erop laten voorstaan nooit je bronnen te verraden. Dat vraag ik ook niet. Ik wil iets met je afspreken.'

Een glimp van interesse lichtte in Myhrengs ogen op, maar de officier van justitie wist niet hoe groot zijn belangstelling was.

'Ik kan bevestigen dat je op de goede weg zit,' ging Håkon Sand verder. 'Ik heb vernomen dat je een verband legt tussen die twee moordzaken. Ik heb gezien dat je er nog niet over hebt geschreven. Dat is goed. Het zou op zijn zachtst gezegd het onderzoek schaden, als dit in de krant komt. Ik kan mijn commissaris jouw hoofdredacteur laten bellen, om op die manier druk op jullie uit te oefenen, maar dat is misschien niet nodig.'

De blonde man keek steeds belangstellender.

'Ik beloof je dat jij, zodra we iets kunnen zeggen, de eerste bent die het hoort. Maar dat houdt in dat ik op je moet kunnen vertrouwen, als ik je een spreekverbod opleg. Kan ik dat?'

Fredrick Myhreng was verheugd over de wending die het gesprek nam.

'Dat hangt ervan af,' zei hij glimlachend. 'Ga door.'

'Waarom breng je die twee moorden met elkaar in verband?'

'Waarom doen jullie dat?'

Håkon Sand zuchtte. Hij stond op, liep naar het raam en bleef daar een halve minuut staan. Plotseling draaide hij zich om.

'Ik probeer het nu met zachte hand,' zei hij hard en indringend. 'Ik kan je ook laten verhoren. Misschien klaag ik je aan omdat je belangrijk bewijsmateriaal achterhoudt. Ik kan de informatie misschien niet uit je trekken, maar ik kan het je heet onder de voeten maken. Is dat nodig?'

Zijn woorden hadden een zeker effect. Myhreng zat te draaien op zijn stoel. Hij wilde nogmaals horen dat hij echt de eerste zou zijn, die op de hoogte werd gesteld. Die toezegging kreeg hij.

'Op de dag dat Sandersen werd vermoord, zat ik in Gamle Christiania wat te drinken. Dat was 's middags om een uur of drie, geloof ik. Daar zag ik advocaat Olsen met Sandersen. Ze vielen me op omdat ze apart zaten. Olsen zit, ik bedoel zat, meestal met een hele groep samen te pimpelen. Die anderen waren er wel, maar die zaten aan een andere tafel. Ik heb er toen verder niet op gelet, maar toen die twee achter elkaar vermoord werden, schoot het me natuurlijk weer te binnen. Ik heb geen flauw idee waar ze het over hadden. Maar het was wel toevallig! Meer weet ik in feite niet. Ik vermoed wel het een en ander, maar ik weet niets zeker.'

Het werd stil in de kamer. Ze hoorden het geraas van het verkeer op de Åkebergvei. Er streek een kraai in het raamkozijn neer, die een paar grove beschuldigingen uitkrijste. Håkon Sand luisterde er niet naar.

'Er bestaat misschien een verband. Maar we weten het niet. Voorlopig zijn er hier op het bureau nog maar twee die in die richting denken. Heb jij er met iemand over gesproken?'

Myhreng zei van niet. Hij was er op gebrand om het voor zichzelf te houden. Maar hij had al wel wat speurwerk gedaan, vertelde hij. Hier en daar wat nagevraagd, maar niets dat argwaan kon wekken. Alles wat hij tot nu toe te weten was gekomen, was hem echter al bekend geweest. Hansa Olsens relatie met alcohol, zijn toegewijdheid aan zijn cliënten, zijn gebrek aan vrienden en zijn vele kroegmaten. Wat ondernam de politie?

'Voorlopig weinig,' zei Håkon Sand. 'Maar nu gaan we aan de slag. Ik spreek je aan het einde van de week wel weer. En het zal je berouwen als je je niet aan onze afspraak houdt. Geen woord hierover in de krant, ik bel je als we iets meer weten. Je kunt nu gaan.'

Fredrick Myhreng vond het allemaal best. Hij had vandaag goed werk verricht en hij verliet het politiebureau breed glimlachend. Het katterige gevoel was verdwenen.

*

De grote kamer was veel te donker. Zware, bruine veloursgordijnen met kwasten aan de randen ontnamen het spaarzame licht dat eventueel tot de onderste verdieping van het oude huurhuis had kunnen doordringen. Alle meubels waren van donker hout. Mahonie, nam Hanne Wilhelmsen aan. Het rook er bedompt en alles was bedekt met een dikke laag stof. Die kon onmogelijk in minder dan een week zijn ontstaan, dus de twee politiemensen concludeerden dat Hansa Olsen zich niet erg om de schoonmaak had bekommerd. Maar het was er opgeruimd. Eén muur werd geheel in beslag genomen door een wandmeubel, het was donkerbruin met onderaan kastjes en aan de zijkant een barkastje met lampjes en glas-in-looddeurtjes. Håkon Sand liep over het dikke tapijt naar de boekenkast. Hij had het gevoel in het tapijt weg te zakken en het enige geluid dat zijn voetstappen maakten, was het lichte kraken van zijn leren schoenen. Er stonden geen romans op de planken, maar de advocaat beschikte over een indrukwekkende verzameling juridische boeken. Sand hield zijn hoofd scheef om de titels te lezen. Er stonden werken bij die op een veiling enige duizenden kronen zouden opbrengen. Hij nam er een uit de kast, betastte het leer van de band en toen hij erin bladerde, rook hij de karakteristieke geur.

Hanne Wilhelmsen zat op de enorme marmeren tafel met klauwpoten en staarde naar de leren fauteuil. Over de rugleuning lag een met donker, geronnen bloed volgezogen antimakassar. Ze meende een zwakke geur van ijzer waar te nemen, maar dacht dat dat verbeelding moest zijn. De zitting zat ook onder de bloedvlekken.

'Wat zoeken we eigenlijk?' Håkons vraag was redelijk, maar hij kreeg geen antwoord. 'Jij bent toch de rechercheur, waarom moest ik zonodig meekomen?'

Hij kreeg nog steeds geen antwoord. Hanne stond op, liep naar het raam en voelde met haar handen onder de vensterbank.

'De technici hebben alles al doorzocht,' zei ze uiteindelijk, 'maar ze hebben naar sporen in een moordzaak gezocht en wat wij zoeken hebben ze misschien over het hoofd gezien. Ik denk dat

61

hier ergens wat paperassen verstopt zijn. Ergens in dit appartement moet iets zijn dat ons kan vertellen waar de man zich mee bezighield – naast zijn praktijk, bedoel ik. Zijn bankrekeningen, althans die we kennen, zijn al nagetrokken. Daar is niets verdachts aan.' Ze tastte de wanden af en ging door: 'Als onze zeer magere theorie klopt, moet hij een bemiddeld man zijn geweest. Hij heeft het waarschijnlijk niet aangedurfd papieren op zijn kantoor te bewaren. Want daar loopt iedereen de hele dag in en uit. Een komen en gaan van mensen. Als hij geen andere bergplaats had, moeten we het hier zoeken.'

Håkon volgde het voorbeeld van de rechercheur en liet zijn vingers over de tegenoverliggende wand glijden. Hij voelde zich een idioot, hij had geen idee hoe een eventuele geheime ruimte aanvoelde. Ze gingen echter zwijgend door tot de hele kamer uitvoerig betast was. Met als enig resultaat zestien smerige vingertoppen.

'Hoe zit het met de meest voor de hand liggende plek?' vroeg Håkon, terwijl hij de kastjes onderin het smakeloze wandmeubelboekenkast openmaakte.

Het eerste kastje was leeg. Het stof op de planken verraadde dat het allang in ongebruik was. Het volgende zat volgepropt met pornofilms, keurig geordend naar categorie. Hanne Wilhelmsen pakte er een uit en maakte hem open. Die bevatte wat het rondborstige etiket beloofde. Ze zette de film op zijn plaats en trok de volgende eruit.

'Bingo!'

Er viel een stukje papier op de grond. Ze pakte het op, een keurig opgevouwen A4-tje. Bovenaan het vel was het woord VLIEGEN geschreven. Daaronder stonden getallen, in groepjes van drie met een streepje ertussen: *2-17-4, 2-19-3, 7-29-32, 9-14-3.* Zo ging het door tot onderaan het blad. Ze staarden er lang naar.

'Het moet een code zijn,' zei Håkon Sand en hij had direct spijt van zijn opmerking.

'Zou je denken?' glimlachte Hanne Wilhelmsen. Ze vouwde het vel weer op en stopte het in een plastic zak met een vacuümsluiting.

'Die moesten we dan maar zien te kraken,' zei ze nadrukkelijk en ze legde de zak in haar koffertje.

*

Advocaat Peter Strup was een rusteloos mens. Voor een man van zijn leeftijd leefde hij in een tempo dat alle waarschuwingslampjes van artsen zou doen knipperen, ware het niet dat hij zijn lichamelijke conditie op een indrukwekkend peil hield. Hij stond dertig weken per jaar voor de rechtbank. Daarnaast deed hij mee aan acties, televisieprogramma's en paneldiscussies. De afgelopen vijf jaar waren er drie boeken van zijn hand verschenen, twee over zijn vele heldendaden in de rechtszaal en een echte biografie. Ze hadden goed verkocht, mede omdat ze alledrie vlak voor kerst waren uitgekomen.

Hij was met de lift onderweg naar Karen Borgs kantoor. Hij droeg een smaakvol kostuum van een donkere, roodbruine wollen stof. Zijn sokken pasten bij het streepje in zijn das. Hij bekeek zichzelf in de enorme spiegel die een hele liftwand bedekte, haalde een hand door zijn haar, trok de kraag van zijn overhemd recht en ergerde zich aan de vage donkere rand langs zijn boord.

Toen de met hout beslagen metalen deuren opengingen en hij de gang in stapte, kwam er net een jonge vrouw door de grote glazen deuren met witte cijfers die hem vertelden dat hij op de juiste verdieping was. De vrouw was blond, niet onknap en ze droeg een mantelpakje van bijna precies dezelfde stof en kleur als zijn eigen kostuum. Toen ze hem zag, bleef ze verbaasd staan.

'Peter Strup?'

'Mrs. Borg, I presume,' zei hij en hij gaf haar een hand die ze na een korte aarzeling aannam. 'Ben je op weg naar buiten?' vroeg hij, tamelijk overbodig.

'Ja, maar alleen om even iets te halen, kom maar mee naar binnen,' antwoordde Karen terwijl ze bleef staan. 'Je komt toch voor mij?'

Hij antwoordde bevestigend en samen gingen ze haar kantoor binnen.

'Ik kom vanwege die cliënt van je,' zei hij, toen hij in een van de diepe leunstoelen bij een klein glazen tafeltje had plaatsgenomen. 'Ik zou hem echt heel graag van je overnemen. Heb je het er nog met hem over gehad?'

63

'Ja. Maar dat wil hij niet. Hij wil mij. Wil je koffie?'

'Nee, ik zal je niet lang ophouden,' wimpelde Peter Strup af. 'Weet je ook waarom hij per se door jou bijgestaan wil worden?'

'Nee, eigenlijk niet,' loog ze en ze verbaasde zich erover hoe makkelijk het was om tegen deze man te liegen. 'Misschien heeft hij gewoon liever een vrouw.'

Ze glimlachte. Hij lachte een kort charmant lachje.

'Dit is niet beledigend bedoeld,' verzekerde hij, 'maar met alle respect, weet je eigenlijk wel iets van strafrecht af? Heb je enig idee wat er in een rechtszaal gebeurt?'

Ze liet na hem te antwoorden en was uitermate geïrriteerd. Ze was de afgelopen week door haar collega's gepest, door Nils getreiterd, zelfs haar snobberige moeder had haar verweten dat ze een strafzaak had aangenomen. Ze was het spuugzat. Peter Strup moest ervoor boeten. Ze liet beide handen met een dreun op haar bureau neerkomen. 'Eerlijk gezegd heb ik er schoon genoeg van door anderen op mijn incompetentie gewezen te worden. Ik heb acht jaar ervaring als advocaat nadat ik glansrijk door mijn examens ben gezeild. En om jouw woorden te gebruiken: met alle respect, maar hoe moeilijk is het eigenlijk om iemand te verdedigen die de moord al heeft toegegeven? Is dat niet gewoon plankgas, met wat fraaie woorden over zijn moeilijke leven om de strafmaat te beïnvloeden?'

Ze schepte anders niet graag op en ze werd gewoonlijk niet snel kwaad. Toch gaf het haar een goed gevoel. Ze zag dat ze advocaat Strup in verlegenheid bracht.

'Maar natuurlijk, je kunt het vast,' zei hij kalmerend, als een welwillende examinator. 'Het was niet mijn bedoeling je te beledigen.'

Op weg naar de deur draaide hij zich om en voegde er met een glimlach aan toe: 'Maar het aanbod staat nog steeds!'

Toen hij de deur achter zich had dichtgetrokken, draaide Karen Borg het nummer van het politiebureau. Ze kreeg uiteindelijk een bitse telefoniste aan de lijn en vroeg met officier van justitie Sand te worden doorverbonden.

'Met Karen.'

Hij gaf geen antwoord en een fractie van een seconde voelde ze weer de ongewone spanning die vlak voor het weekend tussen hen was ontstaan, maar die ze in de tussentijd bijna vergeten was. Misschien wilde ze dat ook wel.

'Wat weet jij over Peter Strup?'

De vraag verbrak de spanning en ze hoorde zijn verbazing toen hij antwoordde. 'Peter Strup? Een van de beste advocaten van het land, misschien wel dé beste. Zit al eeuwen in het vak en is eigenlijk een hartstikke aardige vent! Kundig, beroemd en zonder een krasje in de lak. Al vijfentwintig jaar met dezelfde vrouw getrouwd, drie succesvolle kinderen en een bescheiden villa in Nordstrand. Dat laatste weet ik uit de roddelbladen. Wat is er met hem?'

Karen Borg vertelde haar verhaal. Ze bleef nuchter, voegde niets toe en liet niets weg. Ten slotte zei ze: 'Er klopt hier iets niet. Ik kan me niet voorstellen dat hij werk zoekt. En dan neemt hij zelfs de moeite om naar mijn kantoor te komen! Hij had ook de telefoon nog een keer kunnen pakken!'

Ze leek verontwaardigd. Håkon Sand was in gedachten verzonken en zweeg.

'Hallo?'

Hij kwam weer bij zijn positieven. 'Ja, ik ben er nog. Nee, ik begrijp het ook niet, maar misschien kwam hij alleen maar even langs. Hij was misschien in de buurt.'

'Ja, wie weet, maar waarom had hij dan geen aktetas bij zich?'

Dat vond Håkon ook vreemd, maar hij zei niets. Helemaal niets. Hij dacht zo hard na, dat Karen het bij wijze van spreken bijna kon horen.

Woensdag 7 oktober

'Het is een boekcode. Dat staat in ieder geval vast.' De oude man was zeker van zijn zaak. Hij zat samen met Hanne Wilhelmsen en Håkon Sand in de kantine op de zesde verdieping.

Het was een mooie man, slank en opvallend lang voor zijn generatie. Zijn haar was weliswaar dunner dan vroeger, maar het was nog steeds een imposante, grijswitte dos, achterovergekamd en pas geknipt. Hij had een markant gezicht, zijn leesbril balanceerde elegant op zijn rechte Noord-Europese neus. Hij was goedgekleed, in een donkerrode trui en een stijlvolle blauwe broek. De handen die het papier vasthielden, waren rustig. Rond zijn rechter ringvinger zat een smalle trouwring vastgegroeid.

Gustaf Løvstrand was een gepensioneerd politieman. Tijdens de oorlog en de daaropvolgende jaren had hij bij de militaire inlichtingendienst gewerkt om zich daarna op een meer publiekgerichte carrière bij de politie te richten. Hij was door en door betrouwbaar en stond hoog aangeschreven bij zijn collega's. Later was hij naar de veiligheidsdienst overgeplaatst, waar hij zijn carrière had afgesloten als buitengewoon adviseur. Hij had met onverdeeld genoegen en grote tevredenheid gezien hoe zijn kinderen alledrie in een aan de politie gerelateerde baan terecht waren gekomen. Gustaf Løvstrand adoreerde zijn vrouw en zijn rozen, genoot van zijn pensioen en hielp iedereen die dacht dat hij nog iets voor hen kon betekenen.

'Natuurlijk is het een boekcode. Kijk,' zei hij en hij legde het vel op tafel. Hij wees op de reeks getallen: *2-17-4, 2-19-3, 7-29-32, 9-14-3, 12-2-29, 13-11-29, 16-11-2.* 'Vreselijk banaal,' voegde hij er glimlachend aan toe.

De twee anderen konden hem niet helemaal volgen. Hanne durfde het hem te vragen. 'Wat is een boekcode en waarom is het zo duidelijk dat dit er een is?'

Løvstrand keek haar even aan en wees toen naar de eerste regel met getallen. 'Drie getallen per groep. Bladzijde, regel en letter. Zoals je ziet, staan alleen de eerste getallen in een logische volgorde. Die zijn hetzelfde als de vorige of hoger: twee, twee, zeven, negen, twaalf, dertien, zestien, enzovoorts. Het hoogste getal in de tweede groep is drieënveertig, bijna geen enkel boek heeft veel meer dan veertig regels per bladzijde. Als je weet op welke boek dit slaat, kun je de rebus zo oplossen.'

Hij voegde er nog aan toe dat de code waarschijnlijk afkomstig was van amateurs, boekcodes waren gemakkelijk te herkennen. 'Maar ze zijn ongelooflijk moeilijk te breken,' zei hij toen. 'Want je moet weten om welk boek het gaat! En als dat boek ook door een code wordt aangeduid, heb je heel wat geluk nodig om daar achter te komen. Ik ben even met deze kopie naar de bibliotheek geweest. De computer gaf me een lijst van meer dan twaalfhonderd titels waar het woord *vliegen* in voorkomt. Ga er maar aan staan! Maar dat woord kan óók een code zijn en dan ben je nog verder van huis. Zonder het juiste boek kun je dit nooit oplossen.'

Hij vouwde het papier op en gaf het aan Hanne, die een beetje gedeprimeerd leek. Hij wilde het niet houden, ook al was het maar een kopie. De jaren bij de geheime dienst hadden hun sporen nagelaten.

'Maar aangezien de code zo banaal is, zou ik niet te ver zoeken. Je moet in de directe omgeving naar het boek uitkijken. Misschien loop je er toevallig tegenaan. Veel goed politiewerk is aan geluk te danken. Succes ermee.'

De twee bleven zwijgend zitten.

'Je moet het van de zonnige kant zien, Håkon,' zei Hanne uiteindelijk. 'We weten tenminste dat we iets op het spoor zijn. We kunnen gevoeglijk aannemen dat advocaat Olsen er geen behoefte aan had om zijn processen te coderen. Dus dat betekent dat hij iets te verbergen had.'

'Ja, maar wat?' zuchtte Håkon. 'Zullen we nog eens doorlopen wat we nu hebben?'

Dat kostte enige tijd. Een uur later waren ze allebei aanmerkelijk beter gehumeurd. De mogelijkheid om het boek te vinden was zeker aanwezig. Bovendien wisten ze intussen dat advocaat Olsen zijn cliënt inderdaad op die bewuste dag had gesproken. De ontmoeting had echter niet op het advocatenkantoor plaatsgevonden en ze vroegen zich allebei af waarom ze in zo'n druk bezocht café als Gamle Christiania hadden afgesproken.

'Dat kan betekenen dat het een heel onschuldige bespreking was,' zei Håkon een beetje somber.

'You never know,' zei Hanne, die opstond.

'Waarom praat je zo vaak Engels?'

'Amerika-freak,' glimlachte de brigadier een beetje verlegen. 'Ik weet dat het een slechte gewoonte is.'

Ze slurpten de rest van hun koffie op en gingen ieder terug naar hun werk.

*

Later die middag zaten twee wandelaars op een omgevallen boom in de Nordmarka met elkaar te praten. De oudste had als bescherming tegen de nattigheid een plastic zak onder zijn achterwerk gelegd. Het was een typische herfstdag, met heel fijne motregen in de lucht, op de grens van mist. Ze konden niet ver zien, maar ze waren ook niet gekomen om van het uitzicht te genieten. Een van hen gooide een steentje in het heldere bosmeertje en ze zwegen allebei terwijl de ringen zich fraai volgens de wetten van de fysica uitbreidden, tot het water er weer helemaal stil bij lag.

'Betekent dit het einde?'

De jongste van de twee, een man van voor in de dertig, stelde de vraag. Zijn stem klonk ingehouden gespannen. Hij was bang, dat was duidelijk, hoewel hij zijn best deed om kalm te lijken.

'Nee, geen sprake van,' stelde de oudste hem gerust. 'Het systeem is waterdicht. We hebben er een tak afgezaagd. Op zich jammer, want hij bracht veel op. Maar het moest. Er staat te veel op het spel.'

Hij gooide nog een steentje, met meer kracht deze keer, alsof hij wilde benadrukken wat hij net had gezegd.

'Maar zeg nou zelf,' waagde de jongste, 'tot nu toe is het allemaal veilig en ongevaarlijk geweest, we hebben nooit risico's genomen en de politie heeft ons nog nooit in de peiling gehad. Twee moorden zijn andere koek, dan waar we ons tot nu toe mee hebben beziggehouden. Olsen was zo inhalig, ik begrijp niet waarom we hem niet konden afkopen. Verdomme, ik zweet me kapot!'

De oudere man stond op en ging voor hem staan. Hij keek om zich heen, om zich ervan te vergewissen dat ze alleen waren. De mist was dikker geworden en ze hadden niet meer dan twintig tot dertig meter zicht. Binnen die radius was geen mens te bekennen.

'Nu moet je eens goed naar me luisteren,' siste hij. 'We hebben altijd geweten dat we risico liepen. We gaan nog een paar keer door, om te voorkomen dat er een verband wordt gelegd tussen de drugs en die twee moorden. We stappen er op het hoogtepunt van het spel uit. Maar dat betekent dat jij je hoofd koel moet houden en de eerstkomende twee, drie maanden geen fouten mag maken. Jij bent tenslotte degene met de contacten. Maar er is een klein probleempje dat ons boven het hoofd kan groeien,' ging hij verder. 'Han van der Kerch. Hoeveel weet hij?'

'In principe niets. Hij kent Roger in Sagene. Verder kan hij niet veel weten. Maar hij doet al een paar jaar mee en zal wel eens iets hebben opgevangen. Het is uitgesloten dat hij iets van mij weet. Ik ben niet zo stom geweest als Hansa, om een van de loopjongens in te wijden. Ik heb me beperkt tot codes en schriftelijke boodschappen.'

'Maar hij kan een probleem worden,' stelde de oudste vast. 'Jouw probleem.' Hij zweeg veelzeggend, zonder zijn blik van zijn jongere vriend af te wenden. Zijn houding was dreigend, hij stond met één been op de boomstam en had de andere vlak naast de voeten van de jongste geplant.

'Bovendien moet je één ding onthouden. Nu Hansa niet meer meedoet, ben jij de enige die van mijn bestaan weet. Niemand van de jongens lager op de ladder is van mijn rol op de hoogte. Alleen jij. Dat maakt je behoorlijk kwetsbaar, vriend.'

Dat was een onomwonden dreigement. De jongste stond op en zijn gezicht was slechts enkele centimeters van dat van de ander verwijderd. 'Insgelijks,' zei hij kil.

Zondag 11 oktober

Hanne Wilhelmsen had dezelfde verhouding met de politie als een visser met de zee, stelde ze zich in haar meest romantische uren voor. Ze was onlosmakelijk met de politie verbonden en kon zich geen ander werk voorstellen. Toen ze als twintigjarige voor de politieacademie koos, brak ze nadrukkelijk met de dwingende academische tradities van haar familie. Daarmee was ze in opstand gekomen tegen haar geleerde ouders en haar door en door burgerlijke achtergrond. Haar beslissing was door de familie met een oorverdovende stilte ontvangen, alleen haar moeder had bij een zondags diner een paar nerveuze kuchjes laten horen. Maar ze hadden zich beheerst. Nu was Hanne voor hen allemaal een soort mascotte, degene die tijdens het kerstfeest de meest onderhoudende verhalen had. Ze was het realistische alibi van de familie en ze hield van haar werk.

Tegelijkertijd vloog het haar soms aan. Ze had ondertussen gemerkt hoe je ziel erop reageert, als je dag in dag uit geconfronteerd wordt met moord, verkrachting, mishandeling en geweld. Het kleefde als een nat laken aan haar. Hoewel ze altijd als ze van haar werk thuiskwam een douche nam, had ze soms het idee naar dood te ruiken, zoals de handen van een visser altijd naar vis ruiken. En net zoals ze zich voorstelde dat een visser op zee altijd naar tekenen van vis speurde – meeuwen die zich verzamelen, hoe een school walvissen jaagt, een reflex in het ruggenmerg na generaties op zee – zo werkte Hanne Wilhelmsens onderbewustzijn aan al haar zaken tegelijk. Er bestond geen enkele informatie die niet ergens toe kon leiden. Het gevaar lag in het eeuwige overwerk. De criminaliteit in Oslo ontwikkelde zich sneller dan er geld uit het staatsbudget naar de politie vloeide.

Ze probeerde nooit meer dan tien zaken tegelijk in behandeling te hebben, een grens die veel te vaak werd overschreden. De groene mappen van verschillende dikte vormden nu een dreigende en vervaarlijk hoge stapel aan een kant van haar bureau. Zelfs in de extreem hectische weken die achter haar lagen, had ze zo nu en dan de tijd genomen om de stapel dossiers door te nemen en zoveel mogelijk zaken van het A5-velletje met het opschrift 'seponeren' te voorzien. Met het gevoel tekort te schieten en er heilig van overtuigd dat de verdachte schuldig was, haalde ze dan schuldbewust bij een van de juristen het noodzakelijke stempel, code 058, 'geseponeerd bij gebrek aan bewijs'. Dan was er weer een misdadiger op vrije voeten en had zij een zaak minder die haar tijd opeiste. Ze kon alleen maar hopen dat ze de juiste prioriteiten stelde. Omdat de juristen haar nooit tegenspraken, voelde ze zich nog schuldiger. Ze vertrouwden op haar, bladerden plichtmatig het dossier door en volgden zonder uitzondering haar aanbevelingen op. Hanne Wilhelmsen wist dat de groene stapels ook voor hen een nachtmerrie waren.

Het was zondag en ze had eenentwintig dossiers voor zich liggen. Ze had ze op soort delict gesorteerd. Bij het zien van de stapel voelde ze zich als het ware verlamd, maar uiteindelijk slaagde ze erin dit gevoel van zich af te schudden. Geen van de zaken leek rijp voor het archief. Maar op de stapel van paragraaf 228-229, lichamelijk letsel, lagen intussen elf zaken. Misschien kon ze voor een paar daarvan een boete voorstellen, een eenvoudige en legitieme manier om de zaak de wereld uit te krijgen.

Drie uur later had ze dat gedaan bij zeven zaken die min of meer ernstig handgemeen tussen dronken cafébezoekers en ruwe portiers behelsden. Bij twee zaken kon het onderzoek, met enige goede wil, als afgesloten beschouwd worden, hoewel het ongetwijfeld goed zou zijn als ze nog een paar getuigen hoorden. Ze gokte erop dat de rechters in staat waren om een delinquent te herkennen als ze er een zagen en stelde een dagvaarding voor.

Zondag was een prettige werkdag. Geen telefoontjes, geen besprekingen en slechts weinig collega's aanwezig, met wie je een paar zelfvoldane woorden kon wisselen, met wederzijdse bewondering dat je je vrije dag gebruikte om te werken, zonder betaling en zonder andere dankbaarheid dan van jezelf, omdat de maandag je iets makkelijker zou vallen.

Hanne Wilhelmsen hoorde stemmen op de parkeerplaats achter

71

het gebouw en keek uit het raam. Ze zag een aanzienlijke groep persfotografen en herinnerde zich dat de minister van Justitie op bezoek was. 'Waarom op zondag?' had de afdelingschef zuur gevraagd, toen het bezoek van hogerhand werd aangekondigd. Als antwoord was hem aangeraden zich met zijn eigen zaken te bemoeien. Hanne Wilhelmsen vermoedde dat de keuze van de dag te maken had met het feit dat de kranten op maandag ruimte overhadden, sinds Noorwegen werd overspoeld door zondagkranten die de vette koppen wegkaapten. De maandagkranten waren nu dunner en het was makkelijker geworden om er iets in gepubliceerd te krijgen. Het bezoek van de minister van Justitie was het resultaat van herhaaldelijke artikelen over de slechte omstandigheden in de arrestantenverblijven. Hij zou meteen van de gelegenheid gebruikmaken om met de korpschef de schrikbarende toename van straatterreur te bespreken, een vorm van criminaliteit die de kranten graag 'ongeprovoceerd geweld' noemden, hetgeen niet klopte als je de dossiers erop nasloeg. Maar dat deden de journalisten gewoonlijk niet. Daarom begrepen ze ook niet, dat niet het ontbreken van provocatie het probleem was, maar het feit dat provocatie tegenwoordig beantwoord werd met messen en vuisten en niet zoals vroeger met scheldwoorden.

Er lagen nu nog maar twaalf onopgeloste zaken voor haar. Ze naderde het doel dat ze zichzelf gesteld had en fleurde weer wat op. Ze pakte de dikste map van de stapel.

Ze waren nog niet veel dichter bij het antwoord gekomen op de vraag waarom Ludvig Sandersen zo bruut naar de andere, volgens sommigen betere, wereld geholpen moest worden. Hanne Wilhelmsen hoopte voor Ludvig Sandersen dat ze zich vergiste en dat hij in een wit gewaad op een wolk zat en zich naar hartelust tegoed kon doen aan het grijswitte poeder dat zijn leven op aarde zo beklagenswaardig had gemaakt.

De zaak was nog niet bij de moord op advocaat Olsen gevoegd. Ze had er vrijdag met Håkon Sand over gesproken, ze had het idee dat ze nu voldoende bewijs hadden om een officiële koppeling voor te stellen. Hij had zich ertegen verzet. 'We wachten nog even,' had hij beslist. Maar zij dacht dat het tijd werd om de twee zaken te voegen. Ze legde de stapel documenten opzij en haalde haar benen van tafel. Haar laarzen knalden op de vloer en ze zocht in haar tas naar de sleutel die ook op de andere kantoren van haar afdeling paste. De zaak lag bij Heidi Rørvik, twee deuren verderop in de gang.

Hanne Wilhelmsen zag niemand in de gang toen ze haar kamer uit liep. Het was stil, zoals het hoorde op een zondagmiddag. Toen ze de deur van Rørviks kantoor wilde openmaken, dacht ze voetstappen achter zich te horen. Ze draaide zich om, maar te laat. De slag, uitgevoerd met een voorwerp dat ze zo snel niet kon herkennen, kwam met grote kracht op haar slaap neer. Haar hoofd explodeerde in een geweldige lichtflits en vlak voordat ze de vloer raakte, merkte ze nog net dat ze hevig begon te bloeden. Haar lichaam was helemaal slap en daardoor slaagde ze er niet in zich te verweren. Toen haar linkerslaap de vloer trof, kreeg haar hoofd nog een klap, maar Hanne Wilhelmsen merkte dat niet meer. Ze was al bewusteloos. Ze had alleen nog de intense ervaring kunnen registreren dat haar leven voorbij was, om vervolgens in een duisternis te verdwijnen, die haar de pijn bespaarde toen haar hoofdhuid werd opengereten in een gapende, honende grijns boven haar gesloten ogen.

Ze werd wakker omdat ze ontzettend misselijk was. Ze lag op haar buik, haar hoofd was op een pijnlijke manier verdraaid. De behoefte om te braken was zo groot, dat het gevoel dat haar hoofd uit elkaar zou barsten heel even werd verdreven. Ze had overal pijn. Voorzichtig ontdekte ze met haar vingers twee grote, bloedende wonden, een op haar voorhoofd en een boven haar rechteroor. Ze stelde met matte verbazing vast dat ze niet meer pijn deden dan de felle, intense pijn ergens diep in haar hoofd. Hanne Wilhelmsen vocht een paar minuten tegen de misselijkheid, maar moest zich toen gewonnen geven. Intuïtief had ze kracht en tegenwoordigheid van geest genoeg om op haar ellebogen te steunen, als een kind voor de televisie, zodat ze kon overgeven zonder iets door te slikken. Dat hielp een beetje.

Ze wiste haar voorhoofd af, maar kon niet verhinderen dat het bloed in haar oog stroomde en het kijken bemoeilijkte. Ze probeerde op te staan. De blauwe gang draaide almaar rond en ze moest het kunststukje in meerdere etappes volbrengen. Ten slotte stond ze overeind. Ze leunde tegen de wand en nu pas probeerde ze te begrijpen wat er gebeurd was. Ze kon zich niets herinneren. Ze raakte in paniek. Ze wist niet waarom ze hier was, maar begreep dat ze op het politiebureau was. Waar waren de anderen? Wankelend bereikte ze haar kantoor en besmeurde de telefoon met bloed toen ze haar eigen telefoonnummer belde. Dat lukte pas na een paar pogingen, ze had moeite met het indrukken van de juiste toetsen. Ze had vreselijke last van het licht dat haar als hamerslagen achter haar ogen trof.

'Cecilie, je moet me komen halen. Ik ben ziek.'

Ze liet de hoorn los en verloor nogmaals het bewustzijn.

*

De duisternis was prettig. Haar hoofd deed nog steeds pijn, maar waar eerder bloedende huidflarden hadden gezeten, werd ze nu grote zachte verbanden gewaar. Ze voelde de wonden niet meer en nam aan dat ze plaatselijk verdoofd was. Ze lag in een metalen bed en toen ze de verbanden had betast, ontdekte ze dat er een canule in haar hand stak, waar een zoutoplossing doorheen ging. Hanne Wilhelmsen lag in het ziekenhuis en Cecilie zat op de rand van haar bed.

'Nu heb je vrij veel pijn,' zei Hannes vriendin en pakte de hand waar geen slangetje in zat. Ze glimlachte. 'Ik ben vreselijk geschrokken toen ik je vond,' voegde ze eraan toe. 'Maar het is goed gegaan. Ik heb je röntgenfoto's gezien, er lijkt niets gebroken. Je hebt een krachtige commotio, of hersenschudding, zo je wilt. De wonden zagen er lelijk uit, maar ze zijn gehecht en zullen goed genezen.'

Hanne Wilhelmsen begon te huilen. 'Ik kan me niets herinneren, Cecilie,' fluisterde ze.

'Een beetje amnesie, verder niks. Geheugenverlies,' concludeerde Cecilie glimlachend. 'Dat is normaal. Maak je geen zorgen, je blijft hier een dag of drie liggen en daarna mag je lekker een paar weken in de ziektewet. Ik zal je goed verzorgen.'

Hanne huilde nog steeds. Cecilie boog zich over haar heen,

voorzichtig, voorzichtig, en legde haar gezicht tegen het verbonden hoofd, zodat haar mond vlak bij Hannes oor was.

'Je krijgt een sexy litteken op je voorhoofd,' fluisterde ze. 'Echt heel sexy.'

Maandag 12 oktober

'Dit kan godverdomme gewoonweg niet.' Håkon Sand vloekte alleen als hij kwaad was. 'Dat we verdomme zelfs op kantoor niet veilig zijn! En dan nog wel op een kloterige zondag!' Hij spuwde de woorden uit, verwijten die niet aan iemand in het bijzonder waren gericht. Hij stond in het midden van de kamer en stampte op de maat van zijn eigen uitbarsting. 'Wat is godverdomme het nut van afgesloten deuren en veiligheidsvoorschriften, als we zomaar door de eerste de beste idioot kunnen worden overvallen!'

De chef van de afdeling ernstige delicten, een stoïcijnse figuur van in de vijftig, hoorde zijn uitbarsting aan zonder een spier te vertrekken. Hij zei pas iets toen de officier van justitie was uitgeraasd. 'Het heeft geen zin om bepaalde personen hiervoor verantwoordelijk te stellen. Wij zijn geen vesting en willen dat ook niet zijn. In een gebouw met bijna tweeduizend werknemers kan iedereen zomaar meelopen wanneer een personeelslid de ingang aan de achterzijde gebruikt. Je hoeft alleen maar je tempo aan te passen. Ze kunnen bij de kerk achter een boom staan te wachten en dan achter iemand met een pasje aanlopen. Jij hebt zelf vast ook wel eens de deur voor iemand opengehouden die achter je aankwam, of je hem nou kende of niet.'

Håkon Sand gaf geen antwoord, hetgeen de afdelingschef terecht opvatte als een bevestiging.

'Bovendien kan iemand zich, theoretisch gezien, tijdens openingstijden in het gebouw verstoppen, in de toiletten of waar dan ook. Eruit kom je altijd. In plaats van ons af te vragen hoe, kunnen we beter proberen erachter te komen waarom.'

'Dat lijkt me verdomme wel duidelijk,' raasde Håkon Sand verder. 'De zaak, godsamme. De zaak! Die is van Hannes bureau verdwenen. Op zich geen tragedie, er zijn meerdere kopieën in omloop, maar er is duidelijk iemand die graag wil weten wat wíj weten.' Hij zweeg even en keek op zijn horloge. De storm nam af tot een zwak briesje. 'Ik moet ervandoor. Moet om negen uur bij de hoofdcommissaris zijn. Wil je wat voor me doen? Bel het ziekenhuis en vraag of Hanne bezoek mag ontvangen. Leg maar een briefje voor me neer als je iets weet.'

Vrouwe Justitia was prachtig. Ze torende vijfendertig centimeter boven het tafelblad uit en het geoxydeerde brons wees op een aanzienlijke leeftijd. De blinddoek voor haar ogen was bijna helemaal groen, het zwaard in haar rechterhand was een beetje rood uitgeslagen. Maar de twee platte weegschalen glommen. Håkon Sand zag dat het een echte weegschaal was, hij bewoog zacht in de luchtstroom die hij teweeg had gebracht toen hij de kamer binnenkwam. Hij kon zich niet beheersen en raakte het beeldje aan.

'Mooi, hè?' De vrouw in uniform achter het enorme bureau stelde eerder een feit vast dan dat ze iets vroeg. 'Vorige week van mijn vader gekregen, voor mijn verjaardag. Het heeft jarenlang op zijn bureau gestaan. Als kind was ik er al weg van. Mijn overgrootvader heeft het eind vorige eeuw een keer in de vs gekocht. Misschien is het veel waard. Maar in elk geval prachtig.'

Ze was Oslo's eerste vrouwelijke korpschef. Ze was de opvolgster van een forse man uit Bergen. Hij was een omstreden figuur geweest en had constant met zijn medewerkers in de clinch gelegen. Toch beschikte hij over een integriteit en een daadkracht, die het bureau had ontbeerd tot hij zeven jaar geleden het ambt had aanvaard. Toen hij het bureau verliet, was het veel beter georganiseerd dan toen hij was aangetreden, maar dat had wel wat gekost. Zowel hijzelf als zijn familie waren opgelucht toen hij met pensioen kon gaan, iets vervroegd, maar wel eervol.

De vijfenveertigjarige vrouw die nu in zijn stoel zat, was van een heel ander kaliber. Håkon Sand kon haar niet uitstaan. Ze was een kakmadam en een intrigante van het zuiverste water. Ze had in de loop van haar vele dienstjaren doelbewust naar deze functie toegewerkt, was met de juiste personen omgegaan, had de juiste partijtjes bezocht en had bij alle officiële bijeenkomsten met de juiste personen van haar glaasje genipt. Haar man werkte op het ministerie van Justitie, hetgeen niet verkeerd was.

Maar ze was ontegenzeglijk kundig. Als de vorige commissaris niet zo snel met pensioen was gegaan, zou ze een tussenstation als procureur-generaal hebben gekozen. Håkon Sand wist niet wat erger was.

Hij bracht zo nuchter mogelijk verslag uit, maar was bij lange na niet volledig. Na een korte overweging kwam hij tot de conclusie dat het ongehoord zou zijn, als hij zijn hoogste chef niet vertelde over het verband dat ze tussen de twee moorden zagen. Maar hij hield het kort. Tot grote ergernis van de officier van justitie begreep de hoofdcommissaris alles onmiddellijk, stelde enkele gerichte vragen, knikte op zijn conclusies en gaf hem ten slotte een compliment voor het werk dat hij tot nu toe had gedaan. Ze vroeg om op de hoogte te worden gehouden, liefst schriftelijk. Toen voegde ze toe: 'Speculeer niet te veel, Sand. Pak één moord tegelijk aan. De zaak Sandersen is duidelijk. De technische bewijzen zijn voldoende voor een veroordeling. Zoek geen spoken waar die niet zijn. Dat kun je overigens als een bevel beschouwen.'

'Strikt genomen is de hoofdofficier mijn superieur bij een onderzoeksvraag,' pareerde hij.

Als antwoord werd hem te kennen gegeven dat hij kon gaan.

Toen hij opstond vroeg hij: 'Waarom draagt ze eigenlijk een blinddoek?' Hij knikte naar de godin van de rechtvaardigheid die op het enorme tafelblad stond, slechts geflankeerd door twee telefoons.

'Ze mag zich door niemand laten beïnvloeden. Ze moet de blinde rechtvaardigheid uitoefenen,' onderwees de commissaris hem.

'Maar met een blinddoek voor de ogen is het nogal moeilijk iets te zien,' zei Håkon Sand, zonder een reactie te krijgen. De koning, die met zijn vrouw in een gouden lijst boven de schouders van de korpschef hing, scheen het echter met hem eens te zijn. Håkon Sand besloot om de ondoorgrondelijke glimlach van zijne majesteit als antwoord te beschouwen, stond op en verliet het kantoor op de zesde verdieping. Hij was slechter geluimd dan toen hij kwam.

*

Hanne Wilhelmsen was blij hem te zien. Het viel hem op hoe mooi ze was, zelfs met het verband boven haar oog en een half kaalgeschoren hoofd. Doordat ze zo bleek was, leken haar ogen groter en voor het eerste sinds hij over de overval had gehoord, voelde hij dat hij echt bezorgd was geweest. Hij durfde haar niet te omhelzen. Misschien schrikten de verbanden hem af, maar bij nader inzien besefte hij dat het sowieso niet natuurlijk zou zijn geweest. Hanne had buiten het beroepsmatige vertrouwen dat ze hem altijd had getoond nooit tot intimiteiten uitgenodigd. Maar ze was duidelijk blij dat hij er was. Hij wist niet goed wat hij met het boeket bloemen moest doen en legde het na enkele besluiteloze seconden op de vloer. Het nachtkastje was al overvol. Hij trok een buisstoel naar het bed toe.

'Het gaat goed met me,' zei Hanne, voor hij iets had kunnen vragen. 'Ik ga zo snel mogelijk weer aan het werk. Dit lijkt me in elk geval het duidelijke bewijs dat we iets groots op het spoor zijn!'

De galgenhumor paste niet bij haar en hij kon zien dat ze pijn had toen ze probeerde te glimlachen.

'Je komt pas terug als je weer helemaal in orde bent. Dát is een bevel.'

Hij wilde glimlachen, maar hield zich in. Het zou haar ondanks de pijn alleen maar verleiden hetzelfde te doen. Haar kaak begon al helemaal blauw en geel te worden.

'Het originele dossier is uit je kantoor verdwenen. Er zat toch niets bij waar we nog geen kopie van hadden?' Het was meer een hoopvolle constatering dan een vraag, maar ze moest hem teleurstellen.

'Jawel,' antwoordde ze zacht. 'Ik had een notitietje geschreven, gewoon voor eigen gebruik. Ik weet wel wat erin staat, dus op zich is dat geen verlies. Maar het is wel klote dat anderen het nu onder ogen krijgen.'

Håkon Sand kreeg het warm en wist uit ervaring dat er een paar onflatteuze blossen op zijn wangen verschenen.

'Ik vrees dat Karen Borg hierdoor nogal interessant kan zijn

79

voor mijn overvaller. Wij hebben het daar toch over gehad, dat ik denk dat ze meer weet dan ze ons vertelt? Ik heb mijn gedachten daarover op papier gezet. En ik heb ook het een en ander over het verband tussen de beide moorden opgeschreven.' Ze keek hem met een vertrokken gezicht aan en greep voorzichtig naar haar hoofd. 'Da's niet zo best, hè?'

Håkon Sand was het met haar eens. Dat was helemaal niet zo best.

*

Fredrick Myhreng was nogal veeleisend. Aan de andere kant had hij gelijk, wanneer hij beweerde dat hij zich aan zijn deel van de afspraak had gehouden. Nu zat hij als een ijverige schooljongen alles op te schrijven wat Håkon Sand hem kon vertellen. De gedachte dat hij de eerste was met het nieuws dat de politie niet tegenover twee toevallige moordzaken in de lange en voortdurend groeiende stroom van moorden met of zonder motief stond, maar tegenover een dubbele moord met lijnen naar de handel in verdovende middelen en misschien zelfs naar de georganiseerde misdaad – die gedachte maakte dat het zweet hem uitbrak en dat zijn trendy bril, ondanks de praktische sportbeugels achter zijn oren, constant van zijn neus afgleed. De inkt spatte tijdens het schrijven in het rond. Håkon Sand dacht bij zichzelf dat de jongen een oliepak zou moeten dragen, zoals hij zijn pen mishandelde. Hij bood de journalist een potlood aan als vervanging van de kapotte balpen.

'Hoe schat je de mogelijkheid in dat de zaak wordt opgelost?' vroeg Myhreng, nadat hij het gecensureerde, maar toch zeer interessante relaas van de officier van justitie had aangehoord. De rug van zijn neus was blauw geworden door het terugschuiven van zijn bril. Håkon Sand vroeg zich af of hij de man op zijn weinig flatteuze uiterlijk moest wijzen. Hij kwam tot de slotsom dat het de journalist niet kon schaden voor gek te lopen en zei in plaats daarvan: 'Wij vertrouwen altijd op een oplossing. Maar het kan even duren. We hebben veel aanwijzingen. Dat mag je citeren.'

Meer kon Fredrick Myhreng die dag niet uit Håkon Sand krijgen. Maar hij was meer dan tevreden.

Dinsdag 13 oktober

Het artikel zag er dramatisch uit. De mensen van het fotoarchief hadden een al eerder gebruikte foto van Ludvig Sandersens dode lichaam genomen en die op een oude archieffoto van Hansa Olsen gemonteerd. Die moest zeker tien jaar oud zijn, onscherp en duidelijk een uitvergroting van wat oorspronkelijk een groepsfoto was geweest. De advocaat zag er verrast uit en knipperde net met zijn ogen, waardoor hij een slome, afwezige indruk maakte. De krantenkop was felrood en viel gedeeltelijk over de fotomontage.

MAFFIA ACHTER TWEE MOORDEN luidde de overdonderende boodschap. Håkon Sand herkende zichzelf nauwelijks. Hij las de drie pagina's die de krant aan de zaak besteedde. Bovenaan iedere bladzijde stond met witte letters in een zwarte balk de tekst: De maffia-zaak. Hij tandenknarste van ergernis over de overdrijving, maar moest bij nadere lezing toegeven dat Myhreng eigenlijk geen directe onwaarheden schreef. De feiten waren uitgesponnen, de speculaties grof en zo goed gecamoufleerd dat ze gemakkelijk voor de waarheid konden doorgaan. Maar de officier van justitie was correct geciteerd en had daarom niets te klagen.

'Nou ja, het had erger kunnen zijn,' concludeerde hij en gaf de krant aan Karen Borg, die nu zo thuis was op zijn kantoor, dat ze zelf wat ze koffie noemden uit de wachtkamer haalde.

'Het wordt tijd dat je me wat over je cliënt vertelt,' zei hij. 'Die vent zit nog steeds in zijn onderbroek en weigert zijn mond open te doen. En nu we al zoveel weten, moet je ons fatsoenshalve verder helpen.'

Ze keken elkaar onderzoekend aan. Karen greep terug op een stille strategie uit vroeger dagen. Ze ving zijn blik en hield die zo lang vast, dat alles behalve haar grijsgroene ogen in een mist uitvloeide. Hij kon de minuscule bruine spikkeltjes in haar iris zien, in haar rechteroog meer dan in haar linker; hij slaagde erin niet te knipperen, durfde het niet, uit angst dat hij zijn blik zou hebben neergeslagen als hij zijn ogen weer opendeed. Verdomme, hij had dit spelletje nooit kunnen winnen. Zij was altijd degene die doorstaarde wanneer hij zijn blik verlegen neersloeg, de verliezer, de minste van de twee.

Dit keer moest zij zich gewonnen geven. Hij kon zien dat haar ogen zich vulden met vocht, ze moest knipperen en haar blik week opzij, begeleid door een zwakke blos die zich over haar linkerwang uitbreidde. De winnaar triomfeerde niet. Hij was verbaasd over zijn eigen houding, hij kon haar zo in de flank aanvallen, maar in plaats daarvan pakte hij haar handen vast.

'Ik ben gewoon een beetje bang,' zei hij eerlijk. 'We weten niet zoveel over die bende, of de maffia, zoals ze nu al genoemd worden. Maar we weten dat het geen lieverdjes zijn. De bewering van *Dagbladet* dat ze over lijken gaan om zichzelf en hun interesses te beschermen, is vast ergens op gestoeld. We hebben redenen om aan te nemen dat ze weten dat jij het een en ander weet. In elk geval hebben ze een vermoeden.'

Hij vertelde haar over Hanne Wilhelmsens verdwenen notitie. Dat maakte zichtbaar indruk. Dat kende hij niet van haar, ze leek bescherming te zoeken bij hem, bij Håkon, de man die zij een heel studentenleven lang had beschermd en geplaagd.

'We kunnen je niet beschermen als je ons niet vertelt wat je weet!' Hij merkte dat hij te hard in haar handen kneep. Waar hij ze had vastgehouden, zag hij nu witte en rode vlekken. Hij liet ze los.

'Han van der Kerch heeft mij wel iets verteld. Niet veel. Hij wil niet dat het bekend wordt, maar ik mag jullie wel één ding vertellen. Ik weet niet wat je eraan hebt.' Ze had zichzelf nu weer onder controle. Haar schouders zaten weer op hun plaats en haar kleding zat weer goed. 'Hij zou zijn loon voor een zending halen. Toen hij het geld natelde, zag hij dat er op een van de biljetten iets met pen was geklad. Een telefoonnummer. Dat nummer is hij vergeten, maar er stonden drie letters naast. Hij dacht dat het initialen waren, want er stonden puntjes tussen. Hij herinnerde het zich, omdat ze een woord vormden. J.U.L.'

'JUL?'

'Ja, met puntjes ertussen. Hij had gelachen en tegen de man die hem het geld gaf gezegd dat hij geen bekladde biljetten wilde hebben. De geldman had het biljet nogal bruusk uit zijn handen gerukt.'

'Heb je erover nagedacht wat die letters betekenen?'

'Ja.'

Het werd doodstil en ze waren weer in een bekend patroon teruggevallen.

'En wat heb je dan bedacht, Karen?' vroeg Håkon zacht.

'Ik heb bedacht dat er in Oslo maar één advocaat is met die initialen. Ik heb de lijst van advocaten erop nageslagen.'

'Jørgen Ulf Lavik.'

Die gok lag voor de hand. Ze hadden samen met Lavik gestudeerd. Hij was toen al een populaire figuur geweest. Begaafd, bewonderd en politiek geëngageerd. Håkon had Karen er lang van verdacht verliefd op hem te zijn, iets wat ze bij de minste toespeling altijd categorisch had ontkend. Lavik was nogal conservatief en Karen Borg zat namens het Sosialistisk Front in de faculteitsraad. Destijds waren dergelijke barrières zo ongeveer onoverkomelijk en Karen had haar medestudent vaak, ook in het openbaar, getypeerd als een reactionaire klootzak. Ze waren slechts een paar keer vriendschappelijk met elkaar omgegaan, onder andere toen ze samen tegen de invoering van de numerus clausus hadden gestreden. Hij was zelfs mee geweest naar het zomerhuisje van haar ouders in Ula. Dat uitstapje was bedoeld als een politieke studentenbijeenkomst, maar was ontaard in een drankgelag. Sindsdien mocht ze Lavik nog minder.

'Ik begrijp er helemaal niets van. In de krant staat dat er mogelijk advocaten achter die bende staan. Ik kan me Jørgen Lavik niet zo goed als een bendeleider voorstellen. Je moet maar zien wat die informatie waard is.'

Volgens Håkon Sand was die informatie heel wat waard. Des te meer, toen Karen even later toevoegde: 'Je komt er zelf ook wel achter, maar om je de moeite te besparen: Jørgen is zijn carrière begonnen bij een van de toppers. Raad eens wie?'

'Peter Strup,' antwoordde Håkon Sand onmiddellijk en zijn gezicht klaarde op in een reusachtige glimlach.

Voordat Karen Borg die middag het politiebureau verliet, kreeg ze een portofoon te leen. Het leek haar een ouderwets ding, veel groter en zwaarder dan een mobiele telefoon. Ze moest aan een knop draaien en dan knetterde en kraakte het als in een Amerikaanse detectivefilm. Vervolgens moest ze een andere knop indrukken en dan kreeg ze direct contact met de meldkamer. Zij heette BB 04, de meldkamer was 01.

'Zorg dat je hem altijd bij je hebt,' beval Håkon. 'Aarzel niet hem te gebruiken. De meldkamer is op de hoogte. De politie is binnen vijf minuten bij je.'

'Vijf minuten kunnen erg lang zijn,' zei Karen Borg zacht.

Donderdag 15 oktober

Lang, lang geleden had ze een keer ongegeneerd met hem geflirt. Toen was ze nog geen commissaris van politie, maar hulpofficier van justitie bij de afdeling overtredingen, en pas in dienst bij het openbaar ministerie. In het kader van een dranksmokkelzaak moesten ze naar Spanje om een verdachte te horen, haar allereerste buitenlandse dienstreis. De man die nu tegenover haar zat, was toen mee als verdediger. Het verhoor had drie uur in beslag genomen, de reis duurde drie dagen. Ze hadden lekker gegeten en nog meer gedronken. De man belichaamde alles wat ze bewonderde, hij was een stuk ouder dan zij, bulkte van het geld, was wellevend en succesvol. Nu was hij staatssecretaris bij het ministerie van Justitie. Ook niet slecht. Tijdens de reis tien jaar geleden waren ze niet verder gekomen dan wat gezoen, gestreel en geknuffel. Dat had niet aan haar gelegen. Daarom was ze nu een beetje verlegen.

'Een kopje koffie? Thee?'

Hij zei ja tegen het eerste maar bedankte voor een sigaret. 'Ik ben gestopt,' glimlachte hij afwerend.

Ze merkte dat ze klamme handen had en het speet haar dat ze niet wat documenten had gepakt om in te bladeren. Nu kon ze alleen duimen draaien. Ze schoof onrustig in haar enorme stoel heen en weer.

'Gefeliciteerd met je benoeming,' bromde hij. 'Niet slecht!'

'Het kwam geheel onverwacht,' loog ze. In werkelijkheid had de vorige korpschef haar gevraagd te solliciteren. Daarom was het geen verrassing toen ze de baan kreeg.

De staatssecretaris blikte op zijn horloge en kwam direct ter zake. 'De minister maakt zich zorgen over die advocatenkwestie,' verklaarde hij. 'Grote zorgen. Wat is er eigenlijk aan de hand?'

Ze had jaren geleden weliswaar onverholen toenaderingspogingen tot deze man ondernomen en ze was nog steeds weg van hem, iets wat alleen maar sterker was geworden na zijn benoeming tot staatssecretaris. Maar ze was tot in haar vingertoppen professioneel.

'Het is een moeilijke en tot op heden onduidelijke kwestie,' antwoordde ze vaag. 'Ik kan er niet veel meer over zeggen dan wat er in de kranten heeft gestaan. Een deel daarvan klopt.'

De man trok zijn zijden das recht. Hij schraapte veelzeggend zijn keel, om haar erop te wijzen dat hij, als de naaste politieke medewerker van de minister, recht had op meer informatie dan wat er in min of meer – eerder het eerste dan het laatste – betrouwbare boulevardbladen werd gepubliceerd. Het hielp niet.

'Het onderzoek is nog in een zeer pril stadium en de politie kan nog geen inlichtingen verschaffen. Indien er tijdens het onderzoek iets naar voren komt, waar de politieke leiding van het departement volgens ons van op de hoogte zou moeten zijn, laat ik dat natuurlijk onmiddellijk weten. Dat beloof ik.'

Meer kreeg hij niet uit haar. De man was oud en wijs genoeg om dat te begrijpen, dus probeerde hij het niet eens. Toen hij het kantoor verliet, viel haar op dat de extra kilo's zijn achterwerk veel minder aantrekkelijk maakten. Toen de deur dichtviel, glimlachte ze, uitermate tevreden met zichzelf. De man was nog steeds aantrekkelijk, ondanks zijn hangende achterwerk. Ze zou vast nog wel meer kansen krijgen. Er daalde langzaam een grijze haar op haar bureau neer, die ze snel weggriste. Daarna koos ze het nummer van haar secretaresse. 'Maak een afspraak voor me bij mijn kapper,' commandeerde ze. 'Zo snel mogelijk, alsjeblieft.'

*

Han van der Kerch verloor het besef van dag en nacht. Het licht werd uitgedaan om de arrestanten te vertellen dat het nacht was en het oneetbare, in plastic verpakte eten werd stipt op tijd gebracht en droeg daardoor bij tot het opdelen van het bestaan in stukjes die samen een etmaal vormden. Maar zonder een glimpje zon of regen, weer of wind, en met veel te veel tijd die alleen maar slapend doorgebracht kon worden, zakte de jonge Nederlander weg in een apathische toestand van niet-zijn. Op een nacht, toen vijf uur slapen overdag hem ondraaglijke nachturen ·bezorgde, voelde hij – luisterend naar het smartelijke jongensgehuil in de cel naast hem en het snerpende gillen verderop in de gang van een Marokkaan met hevige ontwenningsverschijnselen – dat hij bezig was gek te worden. Hij bad tot een God waarin hij, sinds hij als klein jongetje naar zondagsschool was gegaan, niet meer had geloofd, dat de dag en het felle lamplicht zouden komen. God was hem blijkbaar vergeten, net zoals Han van der Kerch God was vergeten, want het werd nooit ochtend. Vertwijfeld smeet hij zijn horloge, dat hij na een paar dagen had teruggekregen, tegen de muur kapot. Nu kon hij niet eens meer de uren volgen op hun onverbiddelijke reis naar een zinloze toekomst zonder enige inhoud.

De stevige, bijziende vrouw die het karretje met eten voortduwde, stopte hem zo nu en dan wat chocolade toe. Het was elke keer een feest. Hij brak de reep in minuscule stukjes, die hij vervolgens een voor een op zijn tong liet smelten. Ondanks de chocolade viel hij af, na drie weken hechtenis was hij zeven kilo lichter. Het stond hem niet, maar dat maakte niet uit, hij zat daar maar wat, spiernaakt of in zijn onderbroek.

Bovendien was hij bang. De angst die zich als een groeiende cactus in zijn maag had vastgezet toen hij zich over het toegetakelde lijk van Ludvig Sandersen had gebogen, had zich naar al zijn ledematen uitgebreid. Zijn handen waren vreselijk gaan trillen, hij morste aldoor met zijn drinken. In het begin had hij zich in de geleende boeken kunnen verdiepen, maar na verloop van tijd verloor hij zijn concentratievermogen. De letters sprongen en dansten over de bladzijden. Hij had pillen gekregen. Dat wil zeggen: de bewakers hadden pillen gekregen, die ze hem op voorschrift van de arts een voor een gaven, vergezeld van een bekertje lauw water. 's Avonds kreeg hij piepkleine, lichtblauwe pilletjes die hem in sneltreinvaart naar dromenland hielpen. Drie keer per dag waren de pillen groot en wit. Ze bezorgden hem een soort adempauze, waarin de cactus heel eventjes zijn naalden introk. Maar de wetenschap dat ze snel weer de kop op zouden steken, scherper en langer, was bijna net zo erg. Han van der Kerch verloor langzaamaan zijn greep op het bestaan.

Hij dacht dat het dag was. Hij wist het niet zeker, maar het licht brandde en hij hoorde veel geluiden om zich heen. Er was zojuist een maaltijd geserveerd, hij wist niet of het als middag- of avondeten was bedoeld. Misschien het avondeten? Nee, daarvoor was het te vroeg, te veel lawaai.

Eerst begreep hij niet wat het was. Toen het kleine stukje papier tussen de tralies door viel, dacht hij er nog niet over na. Hij volgde het met zijn ogen, het was klein en licht en het duurde een eeuwigheid voor het de vloer bereikte. Het fladderde als een vlinder, heen en weer, en naderde langzaam wiegend het beton. Hij glimlachte, de beweging was grappig en hij had niet het gevoel dat het hem iets aanging.

Daar lag het. Han van der Kerch liet het liggen en richtte zijn blik weer op de schaduwen die verraadden wat er op de gang gebeurde. Hij had net een van de witte pillen gekregen en voelde zich beter dan een uur tevoren. Na een tijdje probeerde hij op te staan. Hij was duizelig en hij had zo lang in dezelfde houding gelegen dat zijn armen en benen sliepen. Het prikte verschrikkelijk en met stramme bewegingen legde hij de paar passen naar de deur af. Hij bukte zich en pakte het papiertje op, zonder ernaar te kijken. Hij had een paar minuten nodig om een houding te vinden, waarin zijn lichaamsdelen niet te veel klaagden.

Het briefje was zo groot als een ansichtkaart, twee keer dubbelgevouwen. Hij vouwde het open op zijn dijbeen.

De boodschap was duidelijk voor hem bedoeld. Met een dikke viltstift was in blokletters geschreven: ZWIJGEN IS GOUD, SPREKEN IS DOOD. Dat klonk nogal melodramatisch en hij barstte in lachen uit. Zijn lach was zo schel en luid, dat hij ervan schrok en verstomde. Daarna werd hij volkomen door angst overvallen. Als een papiertje zijn weg door de getraliede deur kon vinden, dan kon een kogel dat ook.

Hij begon weer te lachen, net zo luid en schel als even tevoren. Zijn lach schalde tussen de wanden, werd heen en weer geslagen, danste om zijn schepper heen en verdween samen met zijn laatste restje verstand door de tralies naar buiten.

Vrijdag 16 oktober

'Twee doden en twee mensen in het ziekenhuis. En het enige wat we hebben, zijn een paar initialen en wat vage vermoedens.'

De gele bladeren die van de esdoorns waren gevallen, hadden hun eerste vriesnacht doorgemaakt en het klonk alsof ze door knisperend nieuwe geldbiljetten waadden. Hier en daar lag wat verse sneeuw, de eerste. Ze hadden de top van St. Hanshaugen bereikt. De stad lag herfstbleek en bevroren voor hen en leek net zo door de plotselinge koude overvallen als de automobilisten op de Geitemyrsvei, die op hun gladde zomerbanden op elkaar botsten. De hemel hing laag. Alleen de kerktorens, de hoge van Uranienborg en een paar lagere dichterbij St. Hanshaugen, voorkwamen dat hij helemaal omlaag viel.

Hanne Wilhelmsen was uit het ziekenhuis ontslagen, maar nog nauwelijks in staat een boswandeling te maken. Ze zou haar mishandelde hoofd ook nog niet over problemen moeten breken, maar Håkon Sand had de verleiding niet kunnen weerstaan toen ze belde en voorstelde een stukje te gaan wandelen. Ze zag nog steeds bleek en droeg duidelijke sporen van de klappen die ze had gehad. Haar kaak was van blauw naar lichtgroen verkleurd en de enorme verbanden waren door grote pleisters vervangen. Haar kapsel was totaal asymmetrisch, iets wat hem verbaasde. Hij had gedacht dat ze het helemaal af zou knippen, om de rest van haar hoofd in overeenstemming te brengen met de grote kaalgeschoren plek boven haar ene oor. Toen ze elkaar zagen, verlegen opgetogen over het weerzien en voorzichtig glimlachend, had ze meteen gezegd dat ze de rest van haar lange haar niet wilde opofferen. Al zag het er nóg zo raar uit.

'Eentje in het ziekenhuis,' corrigeerde ze. 'Ik ben immers weer op de been.'

'Ja, wat dat betreft heb je meer geluk dan onze Nederlandse vriend. Hij is volledig doorgedraaid. Retro-actieve psychose, zegt de arts, wat dat ook mag betekenen. Hartstikke gek, denk ik. Hij ligt nu op de psychiatrische afdeling van Ullevål. Maar we hebben geen reden om aan te nemen dat hij nu spraakzamer wordt. Momenteel ligt hij in embryo-houding wat te lallen. Doodsbenauwd voor alles en iedereen.'

'Gek, eigenlijk,' zei Hanne, terwijl ze op een bank ging zitten. Ze wees naar de plaats naast haar en hij gehoorzaamde.

'Nogal vreemd dat hij na bijna drie weken doordraait,' ging ze verder. 'Ik bedoel, we weten allemaal hoe het in het arrestantenverblijf is. Niet bepaald een vakantieoord. Maar er zijn voortdurend mensen die er veel te lang zitten. Heb jij wel eens eerder gehoord dat er iemand gek is geworden?'

'Nee, maar hij zal wel goede redenen hebben om banger te zijn dan de meeste anderen. Buitenlander, eenzaam en zo.'

'Maar toch...'

Håkon had geleerd te luisteren wanneer Hanne Wilhelmsen sprak. Zelf had hij niet verder over Han van der Kerchs gemoedstoestand nagedacht, had het alleen gelaten geregistreerd; nog een deur die zich sloot, in een onderzoek dat bijna niet van de grond kwam.

'Kan het door iets zijn uitgelokt? Kan hem in de cel iets zijn overkomen?'

Håkon gaf geen antwoord en Hanne zei verder ook niets. Håkon voelde zich als altijd zeer prettig in Hannes bijzijn. De vriendschap, de collegialiteit en de ingewortelde wetenschap dat ze elkaar mochten en respecteerden, vond hij niet bij andere vrouwen die hij kende. Hij betrapte zich op de gedachte dat ze eigenlijk vrienden zouden moeten zijn, maar wuifde dat weg. Intuïtief begreep hij dat zij degene was die het initiatief moest nemen wanneer ze iets meer dan collega's wilden worden. Zoals hij hier zat, op een grijze oktoberdag, op een ijskoude bank op St. Hanshaugen, was hij meer dan tevreden dat hij op goede voet stond met deze vrouw, die tegelijkertijd zo vertrouwelijk en afstandelijk was, zo kundig en zo bepalend voor het werk dat hij probeerde te doen. Hij hoopte dat ze even tijd had.

'Is er nog iets interessants in zijn cel gevonden?'

'Nee, voor zover ik weet niet, en wat zou dat in godsnaam moeten zijn?'

'Maar is er wel gezocht?'

Hij moest het antwoord schuldig blijven. Hij miste haar op het werk en langzamerhand begreep hij waarom. Hij had te weinig ervaring in het leiden van een onderzoek; hoewel hij formeel de algehele verantwoordelijkheid had, nam een jurist zelden deel aan een onderzoek, zoals hij nu wel deed.

'Dat punt heb ik denk ik over het hoofd gezien,' gaf hij toe.

'Het is nog niet te laat,' troostte ze. 'Je kunt de cel nog steeds laten doorzoeken.'

Hij liet zich troosten en om zijn aangetaste naam van onderzoeksleider weer wat op te vijzelen, vertelde hij over zijn speurwerk met betrekking tot Jørgen Ulf Lavik.

Laviks nog korte loopbaan verliep redelijk succesvol. Na twee jaar bij Peter Strup te hebben gewerkt, was hij voor zichzelf begonnen, samen met een paar lui van zijn leeftijd die zich ook pas hadden gevestigd. Ze bestreken de meeste juridische gebieden en Laviks portefeuille bestond voor circa vijftig procent uit strafzaken, de andere helft werd gevuld door gemiddeld grote zaken op het gebied van economisch recht. Hij was aan echtgenote nummer twee toe, met wie hij kort na elkaar drie kinderen had gekregen. Het gezin woonde in een aardig rijtjeshuis, in een redelijk goede buurt. Op het eerste gezicht stegen hun uitgaven niet uit boven wat een man als Lavik zich kon veroorloven: twee auto's, een één jaar oude Volvo en een zeven jaar oude Toyota voor zijn vrouw. Geen tweede huis, geen boot. Zijn vrouw was fulltime huisvrouw, wat ongetwijfeld nodig was met drie jongens in de leeftijden van een, twee en vijf jaar.

'Klinkt als een doorsnee advocaat,' zei Hanne Wilhelmsen gelaten. 'Tell me something I don't know.'

Håkon vond dat ze een vermoeide indruk maakte, de witte wolkjes van haar adem gingen snel, ofschoon ze al een poosje stilzaten. Hij stond op, veegde met zijn handen over zijn billen om de denkbeeldige sneeuw weg te slaan en stak zijn hand uit om Hanne omhoog te helpen. Hoewel ze dat niet nodig had, nam ze hem aan.

'Bekijk zijn zakelijke portefeuille nauwkeuriger,' beval ze haar meerdere. 'En laat een lijst opstellen van alle cliënten die hij de afgelopen jaren in strafzaken heeft bijgestaan. Ik wed dat we ergens tegenaan lopen. En bovendien,' voegde ze toe, 'moeten die twee zaken nu samengevoegd worden. Ze zijn allebei van mij. Ik had de eerste.'

Ze leek bijna opgetogen bij die gedachte.

Maandag 19 oktober

Hanne Wilhelmsens ontmoeting met haar brute overvaller was pas acht dagen geleden. Ze had nog minstens een week thuis moeten blijven. Als ze erover nadacht moest ze toegeven dat het verstandig klonk. Ze had nog steeds een lichte hoofdpijn en als ze zich te veel inspande werd ze duizelig en kreeg ze aanvallen van misselijkheid. Tegenover anderen, inclusief Cecilie, verklaarde ze dat ze zich uitstekend voelde. Alleen een beetje moe. Ze ging ermee akkoord de eerste week halve dagen te werken.

Toen ze de vergaderkamer, die ook als lunchruimte werd gebruikt, binnenkwam, werd ze ontvangen met applaus. Ze werd er verlegen van. Toch glimlachte ze en schudde ze alle handen die naar haar werden uitgestoken. Er werden wat opmerkingen over haar kapsel gemaakt; ze pareerde het vriendelijke geplaag met zelfironie, en iedereen lachte. Ze zat nog vol pleisters en de onderste helft van haar gezicht had alle schakeringen geel en groen aangenomen. Het behoedde haar voor omhelzingen, totdat de afdelingschef de zaal binnenkwam, haar bij haar schouders pakte en flink tegen zich aandrukte.

'Daar is mijn meisje weer,' zei hij in haar oor. 'Verdorie, Hanne, je hebt ons wel even laten schrikken!'

Hanne moest opnieuw bezweren dat alles goed met haar ging en ze beloofde de afdelingschef het verslag te geven waar hij recht op meende te hebben. Ze spraken tijd en plaats af en inspecteur Kaldbakken voegde zich bij hen.

Plotseling stond Billy T. in de deuropening. Met zijn tweehonderdenvijf centimeter plus laarzen, raakte zijn glimmende schedel de deurpost. Hij glimlachte breed en zag er afschrikwekkend uit.

'Knock-out in de eerste ronde, Hanne? Ik had meer van je verwacht,' zei hij met gespeelde teleurstelling in zijn stem. Hij had Hanne zelfverdediging bijgebracht. 'Laat je je hier de hele dag huldigen, of heb je een paar minuten over voor het echte werk?'

Dat had ze. Haar bureau werd gedomineerd door een kolossaal boeket. De bloemen waren mooi, maar de vaas was onmogelijk. Hij was net iets te klein en toen ze hem voorzichtig naar de vensterbank wilde verplaatsen, kantelde het hele geval. De vaas gleed uit haar handen en viel op de vloer kapot. Overal bloemen en water. Billy T. lachte.

'Zo zie je maar wat er gebeurt, als ze hier op het bureau een keer aardig zijn,' zei hij.

Hij duwde Hanne Wilhelmsen opzij, veegde met zijn enorme vuist de bloemen bij elkaar en deed een poging om met zijn laarzen het water naar de wand te schuiven. Het haalde niet veel uit. Hij ging zitten en smeet de bloemen in een hoek.

'Ik denk dat ik iets voor je heb,' verklaarde hij en hij trok twee vellen papier uit zijn achterzak. Ze waren door zijn achterwerk bol gaan staan, als een oude portemonnee. Ze zaten er duidelijk al een tijdje.

'In beslag genomen,' zei hij, terwijl brigadier Wilhelmsen de papieren openvouwde. 'Vorige week hebben we een inval in een flat gedaan. Een bekende, en we hadden geluk. Twintig gram heroïne, vier gram cocaïne. Pure mazzel, we hadden die kerel tot nu toe alleen maar voor wat kleinigheden kunnen pakken. Nu zit hij zich hier beneden te verbijten.' Hij stak een arm uit, waarschijnlijk met de bedoeling om naar de arrestantenverblijven te wijzen. 'Hij zit vast, weet je, tot aan de rechtszitting, en dat kan nog wel even duren,' voegde hij er tevreden aan toe.

Wat op de twee bladen stond, leek verdacht veel op de codes die ze bij advocaat Olsens pornofilm hadden gevonden. Rijen met getallen, in groepjes van drie. Ze waren met de hand geschreven, bovenaan het ene vel stond BORNEO, op het andere AFRIKA.

'Hij kwettert er een eind op los, maar hij houdt hardnekkig vol dat hij niet weet wat het betekent. We hebben hem flink gemangeld en dat heeft heel wat nuttige informatie opgeleverd. Meer dan strikt genomen noodzakelijk zou zijn. Daarom begin ik me af te vragen of hij misschien de waarheid spreekt, als hij zegt geen idee te hebben waar die getallen voor staan.'

Ze bleven naar de vellen zitten staren, alsof ze iets verborgen dat hun plotseling, als ze er maar lang genoeg naar keken, op zou vallen.

'Heeft hij verteld hoe hij eraan komt?'

'Ja, hij beweert dat hij er bij toeval aangekomen is en dat hij ze als een soort verzekering heeft bewaard. Meer krijgen we niet uit hem, ook niet wat voor toeval dat was.'

Hanne Wilhelmsen zag de wonderlijke substantie op het papier, een poederachtig laagje, waarin in zwak lila enkele verspreide vingerafdrukken afgetekend stonden.

'Ik heb de afdrukken al laten onderzoeken. Dat heeft niets opgeleverd,' becommentarieerde Billy T. Hij pakte de papieren op, verliet het kantoor en was twee minuten later terug. Hij gaf haar twee kopieën, ze waren nog warm.

'De originelen houd ik. Je kunt ze krijgen als je ze nodig hebt.'

'Dank je wel, Billy T.'

Haar dankbaarheid was oprecht, ondanks de vermoeide glimlach.

Eerst werd hem meegedeeld dat hij getuige was, geen verdachte. Voor hem maakte dat nauwelijks verschil, zijn zaak zou toch wel worden voorgebracht. Vervolgens kreeg hij een cola, waar hij zelf om had gevraagd. Voordat hij naar boven werd gebracht, had hij mogen douchen. Hanne Wilhelmsen was vriendelijk, voorkomend en slaagde erin om tussen de regels door duidelijk te maken dat het in zijn voordeel werkte, als hij in een andere zaak een bruikbare getuige was. Hij leek niet bijzonder onder de indruk. Kletste wat over bijkomstigheden. Hij was blij even uit zijn saaie cel te zijn en leek zich nogal te vermaken. Dat deed Hanne Wilhelmsen niet. Haar hoofdpijn was erger geworden en iedere keer als ze haar gezicht vertrok van pijn, schrijnden de hechtingen.

'Ik weet best dat ik hier een paar jaar voor krijg, weet je.' Hij leek stoerder dan Billy T. hem had afgeschilderd.

'Misschien moet ik het nog eens vertellen: ik ben niet in jouw zaak geïnteresseerd. Dat blijft jouw pakkie-an. Ik wil het alleen hebben over die twee documenten die bij jou gevonden zijn.'

'Documenten? Dat waren geen documenten, weet je. Dat waren briefjes met getallen. Documenten hebben stempels en handtekeningen en zo, weet je.'

Hij had zijn cola op en vroeg er nog een. Hanne Wilhelmsen

drukte de knop van de intercom in en bestelde nog een flesje.

'Room-service! Te gek! Waar ik zit heb je dat niet, weet je!'

'Die documenten, of briefjes...' Hanne probeerde het nog eens, maar werd onderbroken.

'Geen idee. Echt waar. Een keer gevonden. Gehouden als een soort verzekering. Je kan in mijn branche niet voorzichtig genoeg zijn, weet je.'

'Verzekering tegen wat?'

'Gewoon verzekering, niks bijzonders. Hebben ze jou te pakken gehad, of zo?'

'Nee, zo ben ik geboren.'

Na drie uur werken begon de brigadier te begrijpen waarom de arts erop had gehamerd dat ze nog even thuis moest blijven. Cecilie had haar gewaarschuwd, tegen de hoofdpijn, tegen de misselijkheid, schrikscenario's over hoe het chronisch kon worden als ze zichzelf geen rust gunde. Hanne Wilhelmsen begon te vrezen dat haar geliefde gelijk had. Ze wreef voorzichtig over de slaap zonder pleisters.

'Ik kan niks zeggen, weet je.' Hij kwam ineens wat gedweeër over. Zijn magere gestalte beefde licht en hij morste toen hij een slok nam uit het nieuwe cola-flesje, dat slechts enkele minuten na de bestelling was afgeleverd.

'Ontwenning, weet je. 'k Moet zien overplaatsing naar het huis van bewaring te krijgen. Daar barst het van de dope, weet je. Ken jij dat niet regelen?'

Hanne Wilhelmsen nam de man op. Mager als een lat, bleek als een vaatdoek. Zijn stoppelbaard kon de vele puisten niet verhullen, voor iemand van ver in de dertig had hij een abnormaal slechte huid. Ooit moest hij knap zijn geweest. Ze zag hem voor zich als jongetje van vijf, gekleed voor een bezoek aan de fotograaf, met een matrozenpakje en een blonde bos krullen. Waarschijnlijk was hij een lief kereltje geweest. Ze had de juristen op het bureau verachtelijk horen klagen over alle onzin die advocaten aanvoerden. Beroerde jeugd, door de samenleving in de steek gelaten, vaders die zich dooddronken, moeders die iets minder dronken en zich zodoende in leven wisten te houden, waardoor het kind niet in een pleeggezin geplaatst kon worden, tot hij op zijn dertiende volkomen onhandelbaar was en verloren voor de kinderbescherming en andere goedbedoelende zielen. Dat kon toch niet goed gaan. Hanne Wilhelmsen wist dat de advocaten gelijk hadden. Na tien jaar onmacht had ze wel begrepen dat iemand niet zomaar uitschot werd. Ze hadden stuk voor stuk een klote-leven gehad. Deze knaap waarschijnlijk ook.

Alsof hij gedachten kon lezen, jammerde hij met dunne stem: 'Ik heb een klote-leven gehad, weet je.'

'Ja, dat weet ik,' antwoordde ze mat. 'Daar kan ik je nu niet mee helpen. Weet je. Maar misschien kan ik er wel voor zorgen dat je vandaag wordt overgeplaatst, als je vertelt hoe je aan die documenten komt.'

Dat was blijkbaar een aardig lokkertje. Ze zag dat hij denkbeeldige knopen aftelde. Als hij al kon tellen.

'Ik heb ze gevonden. Meer kan ik niet zeggen. Ik denk dat ik weet van wie ze zijn. Enge types, weet je. Krijgen je overal te pakken. Nee, ik denk nog steeds dat ze een goede verzekering zijn. Ik kan maar beter gewoon mijn beurt afwachten, ik sta toch al hoog op de lijst voor overplaatsing, zit er al vijf dagen.'

Brigadier Wilhelmsen had geen kracht meer om door te gaan. Ze beval hem de rest van zijn cola op te drinken. Hij volgde het bevel op en dronk onderweg naar zijn cel het flesje leeg. Bij zijn celdeur gaf hij haar het lege flesje.

'Ik heb over je gehoord, weet je. Prima wijf, zeggen ze allemaal. Bedankt voor de cola!'

De man werd diezelfde dag nog naar het huis van bewaring overgebracht. Hanne Wilhelmsen was niet te moe om aan enkele touwtjes te trekken voor ze naar huis ging. Ze kon dan wel geen plaats in de overvolle inrichting ophoesten, maar ze kon wel invloed op de volgorde van de lijst uitoefenen. De magere man was dolblij toen hij in een cel met een raam, waarin tenminste iets stond dat voor een bed kon doorgaan, werd ondergebracht en dezelfde dag nog bezoek kreeg van zijn advocaat.

Ze zaten alleen in een kamer, de in kostuum gestoken jurist en de door ontwenningsverschijnselen geplaagde man. Om in de spreekkamer te komen, moest je eerst een grote zaal door, waar de mazzelaars bezoek kregen van familie of vrienden: een kale, on-vriendelijke ruimte die door middel van een kinderspeeltafel in de hoek vergeefs probeerde een goede indruk te maken.

De advocaat bladerde wat papieren door. Zijn diplomatenkof-fertje lag op tafel. Het stond open, met het deksel als een schild tussen hen in. Hij leek nerveuzer dan de gevangene, maar dat viel de verslaafde door zijn gezondheidstoestand niet op. De advocaat sloeg het deksel dicht, haalde een zakdoek tevoorschijn, vouwde hem open en bood zijn cliënt de inhoud aan.

Daar lag zijn redding, alles wat de vermoeide man nodig had om hem voor enkele prettige uren een welverdiende roes te bezor-gen. Hij greep ernaar, maar tevergeefs. De advocaat trok zijn hand bliksemsnel terug.

'Wat heb je ze verteld?'

'Ik heb niks gezegd! Je kent me toch! Ik zeg niet meer dan no-dig is, nee, deze jongen niet, weet je!'

'Heb je op je kamer dingen waar de politie iets mee kan? Wat dan ook?'

'Nee, nee, niets. Alleen die drugs. Stomme pech, weet je, dat ze net voor ik het spul zou afleveren kwamen. Was niet mijn schuld, hoor.'

Als de hersens van de man na twintig jaar kunstmatige stimuli niet zo versuft waren geweest, zou hij vast iets anders hebben ge-zegd. Als de glimp van zijn redding uit het koffertje van de advo-caat niet het laatste restje inzicht dat hij nog bezat had afgezwakt, had hij misschien gezegd dat hij compromitterend materiaal bezat. Papieren die hij na een vorige aanhouding op de vloer van een andere spreekkamer had gevonden. Als hij bij zijn volle verstand was geweest, had hij waarschijnlijk begrepen dat hij te kennen moest geven dat hij ze bezat, wilden de documenten als verzeke-ringspapieren dienstdoen. Hij had misschien een verhaal opgehan-gen over iemand die alles aan de politie zou vertellen, als hem iets zou overkomen. Hij had de situatie in elk geval kunnen uitbuiten. Misschien had het zijn leven kunnen redden, misschien ook niet. Maar hij was te suf.

'Je blijft je bek houden,' zei de advocaat, terwijl hij de gevange-ne de inhoud van de zakdoek gaf.

Er lag ook een sigaarvormige cilinder in, en met ijverige en sterk bevende handen propte de verslaafde het spul in de langwerpige huls. Zonder gêne trok hij zijn broek naar beneden en stopte de huls, met een grimas op zijn gezicht, in zijn rectum.

'Ze fouilleren me voor ze me weer in de cel zetten, maar na een bezoek van mijn advocaat laten ze mijn reet tenminste met rust,' grijnsde hij tevreden.

Vijf uur later werd de man levenloos in zijn cel aangetroffen. De overdosis had hem met een gelukzalige glimlach op de lippen de dood in gestuurd. Het overblijfsel lag op de vloer, minuscule restjes heroïne in een stukje plasticfolie. In het herfstnatte gras, twee verdiepingen onder het getraliede raam van zijn cel, lag een sigaarvormig hulsje. Er was niemand die daarnaar zocht en het zou er in weer en wind blijven liggen, tot het anderhalf jaar later door een conciërge zou worden opgepakt.

De oude moeder van de man werd twee dagen later over zijn dood ingelicht. Ze huilde eventjes bitter en dronk een hele fles Eau de Vie als troost. Ze had getreurd toen de jongen ongewenst ter wereld kwam, ze had zich door zijn leven heen gehuild. Nu treurde ze om zijn dood. Behalve zij zou niemand, absoluut niemand Jacob Frøstrup missen.

*

Bij hun laatste ontmoeting was de oudere man dreigend overgekomen, maar nu was hij zo woedend dat hij bijna onherkenbaar was. De twee mannen hadden elkaar net als de vorige keer op een parkeerplaats diep in het Maridal ontmoet. Ze hadden hun voorname auto's aan de andere kant van de parkeerplaats neergezet en aangezien er verder nog slechts drie andere voertuigen op het grote terrein stonden, allemaal naast elkaar, zag dat er aannemelijk uit. Ze waren ieder apart het bos ingegaan, de oudste net als de laatste keer in een sportieve outfit, de jongste rillend, in kostuum en zwarte schoenen.

'Hoe haal je het in godsnaam in je hoofd om hier in die kleren te verschijnen,' siste de oudste, toen ze elkaar na enige honderden meters in het bos troffen. 'Wil je soms de aandacht trekken?'

'Rustig nou maar, niemand heeft me gezien.' Hij klappertand-de. Zijn donkere haar was al nat en de regen had zijn schouders zwart gekleurd. Hij had wel wat weg van Dracula, een indruk die versterkt werd door zijn spitse hoektanden; zelfs met zijn mond dicht waren ze te zien. Zijn lippen waren samengetrokken van de kou.

Dichtbij hoorden ze een tractor ronken. Ze zochten snel ieder achter een eigen boomstam beschutting. Een absoluut onzinnige voorzorgsmaatregel, want ze bevonden zich minstens honderd meter van de bosweg. Het motorgeronk verdween.

'We hebben duidelijk afgesproken elkaar nooit te ontmoeten,' kefte de oude boos verder. 'En dit is al de tweede keer dat ik ge-dwongen word je te spreken. Laat je dingen zo uit de hand lopen?'

Dat was een overbodige vraag. De natte man leek radeloos. Zijn verfomfaaide en verwarde verschijning contrasteerden sterk met zijn dure kostuum en zijn modieuze kapsel. Beide waren in staat van ontbinding. Hij gaf geen antwoord.

'Verman je toch, man!' Hij was nu geheel buiten zinnen en greep de revers van de jongste vast. Hij schudde hem door elkaar, de ander bood geen weerstand. Zijn hoofd slingerde als de kop van een lappenpop heen en weer. 'Nu moet je eens goed naar me luisteren.' De oudere veranderde zijn tactiek. Hij liet zijn metge-zel los en praatte langzaam en nadrukkelijk, als tegen een klein kind. 'We liquideren de hele zaak. We laten die paar maanden ook schieten. We kappen ermee. Hoor je? Maar je moet me vertellen waar we staan. Weet die bajesklant van je van ons af?'

'Ja. Van mij. Niet van jou, natuurlijk.'

Het pedagogische toontje was verdwenen en de oudste schreeuwde bijna: 'Wat bedoelde je dan verdomme, toen je zei dat je niet zo stom was als Hansa? Je zei dat jij geen contact had met de loopjongens!'

'Ik heb gelogen,' antwoordde de ander apathisch. 'Hoe had ik ze verdomme anders moeten ronselen? Ik heb ze in de gevangenis van dope voorzien. Niet veel, maar genoeg om ze aan het lijntje te krijgen. Ze rennen achter dope aan, als een reu achter een loopse teef.'

De oudste hief zijn vuist op om te slaan, maar net te langzaam om hem te verrassen. De jongere man deed een angstige stap achteruit, gleed uit over de natte bladeren en viel op zijn rug. Hij stond niet meer op. De oude schopte vol verachting tegen zijn voeten.

'Je zorgt maar dat dit opgelost wordt,' commandeerde hij.

'Heb ik gedaan,' piepte het uit het rottende loof. 'Dat heb ik al gedaan.'

Vrijdag 23 oktober

Hij voelde zich niet eenzaam, misschien een beetje alleen. De vrouwenstem van het zesuur-journaal, hard en alledaags, vond hij prima gezelschap. De leunstoel was een erfstuk van zijn grootmoeder. Hij had hem overgenomen omdat het een comfortabele stoel was, ook al had zijn grootmoeder in diezelfde stoel haar verlosser ontmoet. Er zaten nog steeds twee bloedvlekken op een van de armleuningen; de oude vrouw was vermoedelijk met haar hoofd tegen de boekenplank gevallen toen haar hart het begaf. De vlekken waren niet meer weg te krijgen, alsof zijn grootmoeder vanuit het hiernamaals halsstarrig haar eigendomsrecht wilde laten gelden. Håkon Sand vond het wel best. Grootmoeder was tijdens haar leven niet kapot te krijgen geweest en de verbleekte resten bloed op de lichtblauwe veloursbekleding herinnerden hem aan de sterke vrouw die in haar eentje de oorlog had gewonnen en zich over alle zwakken en hulpelozen had ontfermd, de heldin van zijn jeugd, die hem had overgehaald om rechten te gaan studeren, ondanks dat hij, op zijn zachtst gezegd, geen studiehoofd was.

De flat was smakeloos ingericht, inconsequent en zonder pogingen een bepaalde stijl door te voeren. De kleuren vloekten en toch hing er een vriendelijke, huiselijke sfeer in de kleine woning. Alle voorwerpen hadden hun eigen geschiedenis, sommige dingen waren erfstukken, andere kwamen van de rommelmarkt, aangevuld met een zit- en eethoek van Ikea. Een mannenwoning, maar schoner en opgeruimder; als enige zoon van een schoonmaakster had Håkon Sand het vak al vroeg geleerd. Hij deed graag huishoudelijk werk.

De hoofdofficier van justitie viel heftig uit tegen de manier waarop de pers strafzaken behandelde. De dame van het journaal had moeite de partijen in toom te houden en Håkon Sand luisterde ongeïnteresseerd en sloot zijn ogen. De pers laat zich niets voorschrijven, dacht hij. Toen hij wegdoezelde ging de telefoon.

Het was Karen Borg. Hij hoorde de echo van het geruis van zijn eigen oor in de telefoonhoorn en probeerde een paar keer te slikken. Het hielp niet. Zijn mond was zo droog als na een avond flink doorzakken.

Ze zei haar naam, hij zei zijn naam, maar verder kwamen ze niet. Het was pijnlijk om zonder iets te zeggen met een zwijgende hoorn in de hand te zitten en hij schraapte nerveus zijn keel om het vacuüm te vullen.

'Ik ben alleen,' zei Karen eindelijk. 'Zou je misschien langs willen komen? Ik ben een beetje bang,' voegde ze eraan toe, om haar wens naar gezelschap te legitimeren.

'En Nils dan?'

'Op cursus. Ik kan iets lekkers maken. Ik heb nog wat wijn staan. We kunnen het over de zaak hebben. En over vroeger.'

Hij zou het met haar over wat dan ook willen hebben. Hij was opgetogen, gelukkig, verwachtingsvol en doodsbenauwd. Na een lange douche en een twintig minuten durende taxirit arriveerde hij in Grünerløkka, bij een appartement zoals hij nog nooit had gezien.

De fladderende vlinders onder zijn overhemd kwamen al snel en teleurgesteld tot rust. Karen was niet erg tegemoetkomend. Ze gaf hem niet eens een welkomstkus, gunde hem slechts een afgemeten glimlachje, waar hij er al zoveel van had gehad. Ze vervielen snel in een rustig gesprekspatroon en zijn hartslag daalde. Håkon Sand was aan teleurstellingen gewend.

Het eten was niet echt lekker. Hij kookte zelf veel beter. De lamskoteletjes waren te lang aangebraden voordat ze werden gestoofd, het vlees was taai geworden. Hij kende het recept en wist dat er witte wijn in de saus moest. Karen Borg had er te veel in gedaan, de smaak van de wijn domineerde en maakte de saus scherp. Maar de rode wijn die ze erbij schonk was uitstekend. Ze praatten over koetjes en kalfjes en over oude studievrienden, veel te lang. Ze waren allebei op hun hoede. Het gesprek verliep soepel, maar volgde een strikt en smal spoor. Karen wees de weg aan.

'Zijn jullie eigenlijk nog verder gekomen?'

Ze waren klaar met eten. Het dessert was mislukt, een citroensorbet die geweigerd had meer dan dertig seconden stijf te blijven.

Håkon had getracht het te verdoezelen door de koude citroensoep glimlachend en ogenschijnlijk met smaak op te lepelen. 'We hebben wel een heleboel vermoedens, maar het duurt nog lichtjaren voor we iets kunnen bewijzen. Nu vervelen we ons. Alleen routine-onderzoek. We verzamelen alles wat van enigerlei waarde kan zijn en zoeken met een lampje of er iets bruikbaars bij zit. Voorlopig hebben we nog niets tegen Jørgen Lavik kunnen vinden, maar we rekenen erop dat we zijn leven over een paar dagen beter in beeld hebben.'

Karen onderbrak hem en hief haar glas om te toosten. Hij nam een iets te grote slok, wat een hevige hoestbui veroorzaakte. De rode wijn maakte vlekken op het tafelkleed en hij pakte vertwijfeld het zoutvaatje om de ramp te verzachten. Ze greep zijn hand, keek hem in zijn ogen en zei kalmerend: 'Laat maar, Håkon. Dat doe ik morgen wel. Vertel liever verder.'

Hij zette het zoutvaatje neer en verontschuldigde zich nog eens voor hij doorging. 'Als je eens wist hoe vervelend het is! Vijfennegentig procent van het werk in een moordzaak is absoluut vruchteloos. De kleinste dingen moeten nagetrokken worden. Dat hoef ik gelukkig niet te doen. Het zuiver praktische werk tenminste. Maar ik moet wel alles lezen. Tot nu hebben we tweeëntwintig getuigen verhoord. Tweeëntwintig! En niet eentje die iets nieuws heeft kunnen bijdragen. Het technisch onderzoek heeft ook zowat niets opgeleverd. De kogel waar Hansa Olsen mee om zeep is gebracht, is afkomstig van een wapen dat niet eens in Noorwegen wordt verkocht. Daarmee zijn we dus geen steek verder gekomen. We geloven wel wat grote lijnen te zien, maar de gemeenschappelijke noemer, het deeltje dat ons de samenhang toont waarmee we verder kunnen, hebben we nog niet kunnen vinden.' Met een stompe wijsvinger probeerde hij het zout een beetje in het tafellaken te duwen, in de hoop dat het huismiddeltje dan iets effectiever zou zijn. 'Maar misschien vergissen we ons grandioos,' voegde hij er gelaten aan toe. 'We dachten iets in handen te hebben toen de protocollen uitwezen dat Lavik op het bureau is geweest op de dag dat jouw cliënt doordraaide. Ik was opgetogen, maar de dienstdoende arrestantenbewaarder kon zich het bezoek nog precies herinneren en zweerde dat hij alleen zijn eigen cliënt had gesproken. Hij werd op de voet gevolgd, net als alle andere bezoekers.'

Håkon Sand wilde niet langer over De Zaak praten. Het was vrijdag, hij had een lange, slopende week achter de rug en de wijn steeg hem langzaam naar zijn hoofd. Hij voelde zich lichter en een langzaam van binnenuit verbreidende warmte maakte zijn bewegingen slomer. Hij pakte haar bord, schraapte de etensresten zorgvuldig op zijn eigen bord, legde het bestek er bovenop en wilde opstaan om alles naar de keuken te brengen.

Toen gebeurde het. Ze sprong op en liep om de grote grenen tafel heen. Ze stootte haar heup tegen de afgeronde hoek, wat duidelijk pijn moest doen, maar ze liet niets merken en ging bij hem op schoot zitten. Hij zat er sprakeloos en hulpeloos bij. Zijn handen hingen als klamme loden gewichten aan zijn armen, willoos en slap; waar moest hij ze laten?

Van schrik en verlangen kreeg hij tranen in zijn ogen en hij werd nog angstiger toen ze behendig zijn bril afzette. In zijn verbijstering knipperde hij met zijn ogen en er rolde een onvrijwillige traan over zijn linkerwang, klein en alleen, maar ze zag het toch, legde haar hand op zijn wang en veegde de traan met haar duim weg.

Ze legde haar mond op de zijne en kuste hem eindeloos lang. Dit was heel wat anders dan de lichte aanraking op Håkons kantoor, dit was een kus vol beloften, begeerte en verlangen. Het was de kus waar Håkon over had gefantaseerd, waar hij naar had verlangd en die hij lang geleden als een mooie droom opzij had geschoven. Het was precies zoals hij zich had voorgesteld. Totaal verschillend van alle andere kussen die hij in zijn vijftienjarige vrijgezellenbestaan had verzameld. Dit was de genoegdoening, zijn beloning voor het feit dat hij slechts van één iemand had gehouden, vanaf het eerste moment dat ze elkaar veertien jaar geleden tijdens een college hadden ontmoet. Veertien jaar! Hij herinnerde het zich beter dan de lunchvergadering van gisteren. Het auditorium in gebouw West, hij was vijf minuten te laat binnengestruikeld en had op de klapstoel vlak voor een leuk blond meisje plaatsgenomen. Toen hij de zitting van de stoel naar beneden klapte, waren de tenen van het meisje lelijk bekneld geraakt, ze had haar voeten op de stoel voor zich gehad. Ze had gegild en Håkon had zich hakkelend verontschuldigd, was ineengekrompen onder het gelach en de opmerkingen van de anderen. Maar toen hij naar zijn slachtoffer keek, was hij op slag verliefd geworden, een verliefdheid die hem sindsdien niet meer had losgelaten. Hij had het nooit genoemd. Hij had geduldig afgewacht, kwetsbaar en weemoedig, hij had Karens minnaars zien komen en gaan. Berustend had hij beseft dat vrouwen hem hooguit een maand of twee konden interesseren, zo lang de nieuwigheid het bedspel nog enigszins spannend maakte. Meer kon het nooit worden. Niet met andere vrouwen.

Een paar seconden zat hij er passief bij, maar langzaam maar zeker werd de eindeloos lange kus een wederzijds gebeuren. Zijn moed groeide en zijn handen hingen niet langer hulpeloos langs zijn lichaam, ze werden lichter en hij streelde haar rug en spreidde zijn benen zodat ze gemakkelijker zat.

Ze vreeën urenlang. Met een zeldzaam intieme, diepe hartstocht, twee oude maatjes met een gemeenschappelijk verleden van jaren; nog nooit hadden ze elkaar aangeraakt, nooit op deze manier. Het was als een zwerftocht door een dierbaar, bekend landschap, maar in een ongewoon jaargetijde. Vertrouwd en onbekend tegelijk, alles was waar het hoorde te zijn, maar in een ander licht, een onontdekt en vreemd landschap.

Ze fluisterden lieve woordjes en voelden zich buiten de werkelijkheid geplaatst. In de verte ratelde een tram. Het lawaai drong de zinderende stemming op de vloer van de woonkamer binnen, schrokte de dag van morgen naar binnen en verdween in de verte, als een goede vriend die het beste met hen voorhad. Karen en Håkon bleven alleen achter. Zij verward, uitgeteld en gelukkig. Hij blij, alleen maar blij.

*

Hanne Wilhelmsen besteedde de vrijdagavond aan heel andere dingen. Ze zat samen met Billy T. in een civiele dienstauto, die met gedoofde lichten in een zijstraat in de wijk Grefsenkollen geparkeerd stond. Het was een smalle straat en om het weinige verkeer zo laat op de avond niet te hinderen, stonden ze half op de stoep, waardoor de auto scheef hing. Hannes rug protesteerde, omdat haar ene bil enige centimeters lager zat dan de andere. Ze probeerde rechtop te gaan zitten, maar dat lukte niet.

'Hier,' zei Billy T. en hij pakte een jack van de achterbank. 'Leg dit onder je kont!'

Dat hielp voorlopig. Ze aten de door Hanne meegebrachte, keurig in plasticfolie verpakte boterhammen, zes voor Billy T. en twee voor haarzelf.

'Lunchpakket!' Billy T. betuigde luidkeels zijn enthousiasme en voorzag zich van koffie uit een thermosfles.

'Gezellig hè, zo'n vrijdagavond,' glimlachte Hanne met volle mond.

Ze zaten er al drie uur. Het was de derde avond dat ze het rijtjeshuis van Jørgen Lavik en zijn gezin in de gaten hielden. Het was een saai bruin huis, met gezellige gordijnen voor de ramen, die een zacht, warm licht doorlieten. Het gezin ging laat naar bed. Hanne en Billy T. hadden de lichten nu al een paar keer pas na middernacht uit zien gaan. Tot nog toe had het wachten in de koude auto niets opgeleverd. De familie Lavik gedroeg zich vreselijk normaal. Vanaf het kinderuurtje tot aan het laatste nieuws zagen ze door het woonkamerraam het blauwe schijnsel van de televisie. De lampen in twee kamers op de bovenverdieping gingen om een uur of acht uit, ze namen aan dat de kinderen daar sliepen. Slechts één keer was er iemand door de blankhouten deur, waar twee ganzen op gespijkerd waren die in semi-gotisch schrift welkom gakten, naar buiten gekomen. Vermoedelijk mevrouw Lavik en ze had alleen de vuilniszak buitengezet. Ze hadden haar niet zo goed kunnen zien, maar ze maakte op hen allebei de indruk een elegante vrouw te zijn, slank en goed gekleed, zelfs voor een avondje thuis.

Ze verveelden zich. Radio's en cassettespelers waren verboden in dienstauto's. De politieradio, met zijn berichten over de vrijdagse hoofdstedelijke criminaliteit, was ook niet erg onderhoudend. Maar de twee politiemensen hadden geduld.

Het was gaan sneeuwen. De sneeuwvlokken waren groot en droog en de auto had zo lang stilgestaan dat de sneeuw op de motorkap bleef liggen. Al snel was de hele auto ondergesneeuwd.

Billy T. liet de ruitenwissers een paar keer heen en weer gaan om wat meer zicht te krijgen.

'Nou, welterusten, slaap lekker,' zei hij naar het huis wijzend, waar kamer na kamer het licht uitging. In een van de bovenkamers bleef het licht nog een paar minuten branden, maar even later waren in het schijnsel van een buitenlantaarn bij de voordeur alleen nog de omtrekken van het donkere huis te onderscheiden.

'Nu zullen we eens zien of onze vriend Jørgen nog meer te doen heeft dan zich in bed te vermaken,' zei Hanne, weinig hoopvol.

Er ging een uur voorbij. De sneeuw bleef geduldig en geluidloos neerdalen. Hanne had net geopperd om het maar op te geven, waarop Billy T. verachtelijk had gesnoven. Had ze nooit eerder gepost? Ze moesten nog zeker twee uur blijven zitten.

Er kwam iemand naar buiten. De twee in de auto hadden het bijna niet gezien, omdat ze allebei een beetje slaperig met hun ogen zaten te knipperen. De man huiverde even en prutste onnodig lang met het slot. Hij droeg een lange donkere jas. Toen hij zich omdraaide, zette hij zijn kraag op en sloeg hij zijn armen over elkaar. Hij holde naar de garage, die aan de straat lag. De garagedeur ging open voor hij hem had bereikt. Automatische deuropener, stelden de twee in de politiewagen vast.

De Volvo was donkerblauw, maar met ontstoken lichten was hij makkelijk te volgen. Billy T. hield ruim afstand, er was op deze tijd van de dag zo weinig verkeer op de weg, dat het gevaar om de auto uit het oog te verliezen miniem was.

'Het is waanzin om maar met één wagen te volgen,' mompelde Billy T. 'Die jongens zijn paranoïde. We hadden op zijn minst met twee eenheden moeten zijn.'

'Geld, Billy T., geld,' antwoordde Hanne. 'Hij is blijkbaar niet gewend aan dit spelletje. Hij kijkt niet eens achterom.'

Ze naderden een grote kruising. De verkeerslichten knipperden geel en bedachtzaam, als onnozele cyclopen die de automobilisten het ongeluk in lokten. Midden op de Store Ringvei stonden twee auto's dwars op de weg, een van beide met aanzienlijke schade aan de voorkant. Hanne en Billy T. konden zich er niet om bekommeren en reden verder in de richting van Sandaker.

'Hij is gestopt!' zei Hanne plotseling luid.

De Volvo stond met draaiende motor bij een telefooncel in Torshov. Lavik had moeite de deur open te krijgen, de scharnieren waren door de vorst en de sneeuw stroef geworden. Toen de opening net groot genoeg was, wurmde hij zich naar binnen. Billy T. reed rustig verder en sloeg bij de eerstvolgende zijstraat af, waar hij slippend in de sneeuw de auto keerde. Hij reed terug naar het kruispunt en zette de wagen op zeker vijftig meter van de man in de telefooncel aan de kant. Die vond het licht in de kleine cel duidelijk onprettig, hij stond met zijn rug naar de twee in de politieauto en boog zijn hoofd om zijn gezicht te verbergen.

'Telefoneren uit een cel. Jawel. Op vrijdagnacht. We krijgen nog wel gelijk met onze verdenking,' zei Billy T. duidelijk tevreden.

'Misschien heeft hij een minnares.' Hanne schonk alsem in de kelk, zonder echter het enthousiasme van haar collega te kunnen temperen.

'Een minnares die hij 's nachts om twee uur vanuit een telefooncel opbelt? Kom nou,' wees hij haar terecht, met de intonatie van een vakman.

Het gesprek duurde een tijdje. De straat lag er zo goed als verlaten bij, alleen een aangeschoten nachtbraker zocht slingerend zijn weg naar huis. Alles was nu met sneeuw bedekt, waardoor er al in oktober een kerststemming ontstond.

Plotseling gooide de man de hoorn erop. Hij had nog steeds haast. Hij sprong in de auto, die even met slippende wielen bleef staan, maar zich vervolgens losrukte en wegscheurde.

De politieauto gleed de weg weer op en maakte vaart. Bij een zijstraat in Grünerløkka remde de Volvo plotseling weer af en schoot een vrij parkeerplekje in. De politieauto werd honderd meter verderop in de straat geparkeerd. Jørgen Lavik verdween om een hoek. Hanne en Billy T. keken elkaar aan, werden het zwijgend eens en stapten uit. Billy T. sloeg zijn arm om zijn collega en fluisterde dat ze geliefden waren. Innig gearmd slenterden ze naar het straatje waarin de advocaat was verdwenen. Het was glad en Hanne moest Billy T. een paar keer stevig vastpakken om niet uit te glijden. De zolen van haar laarzen waren van leer.

Toen ze de hoek omsloegen zagen ze hen meteen staan. Lavik stond zachtjes met een andere man te discussiëren, zijn heftig gebarende armen verraadden iets over de inhoud van het gesprek. Ze leken elkaar niet vriendelijk gezind. Hanne en Billy T. waren honderd meter van de twee mannen verwijderd. Honderd lange meters.

'We grijpen ze nu meteen,' fluisterde Billy T., fel als een Engelse setter die een sneeuwhoen ruikt.

'Nee, nee!' siste Hanne. 'Ben je helemaal! Op grond waarvan? Het is niet verboden om midden in de nacht met iemand te staan praten!'

'Hoezo op grond waarvan? Het gebeurt goddomme elke dag dat we enkel en alleen op intuïtie mensen aanhouden!'

Ze voelde hoe de reus zich schrap zette en hield hem bij zijn jack vast. De twee anderen hadden hen in de gaten gekregen. Hanne en Billy T. waren nu zo dichtbij dat ze hun stemmen konden horen, maar nog niet konden verstaan wat de mannen zeiden. Lavik reageerde door de kraag van zijn jas op te slaan en langzaam maar zeker naar zijn auto terug te wandelen. Hanne en Billy T. doken weg in een innige omhelzing. Ze hoorden de voetstappen in de richting van de donkere Volvo wegsterven. De andere man was blijven staan. Plotseling rukte Billy T. zich uit Hannes armen los en rende op de vreemde man af. Aan de overkant van de straat was Lavik al om de hoek verdwenen. De onbekende zette het op een lopen. Hanne bleef beduusd alleen achter.

Billy T. had een prima conditie en haalde zijn prooi per seconde een meter in. Na vijftig meter schoot de vreemde man een portiek in. Billy T., die op dat moment nog tien meter te gaan had, bereikte het portiek een seconde voordat de zware houten deur in het slot viel. De deur had blijkbaar opengestaan en de man had hem achter zich dicht willen gooien. Billy T. werd er even door opgehouden. Toen hij binnenkwam was de man verdwenen.

Hij stormde het portiek door en kwam uit op een binnenplaats. Het plaatsje was niet erg groot, misschien tien bij tien meter, en werd omgeven door drie meter hoge muren. Een van de muren leek de achterwand van een garage of schuur te zijn, met een zinken dak dat vanaf de bovenkant van de muur schuin omhoogliep.

In een hoek was een gemetselde bloembak, de gehavende resten van de bloemenpracht staken zielig uit de sneeuw. Erachter was een provisorisch latwerk voor klimplanten aangebracht. Het was helemaal kaal, de planten hadden nauwelijks de onderste dwarslat bereikt. Bovenaan was een man bezig over de muur te klimmen. Billy T. stak in tien stappen het plaatsje over. Hij kon nog net een laars vastgrijpen. De vluchtende man schopte verbeten van zich af, waarbij zijn hak hard tegen het voorhoofd van de politieman terechtkwam. Billy T. liet echter niet los en probeerde met zijn andere hand grip te krijgen op de broek van de man. Hij had pech; op het moment dat hij beet dacht te hebben, rukte de man zich met al zijn kracht los. Billy T. bleef sullig met een laars in zijn hand staan en hoorde hoe de ander aan de andere kant van de muur op de grond sprong. De politieman had slechts drie seconden nodig om hem te volgen, maar de vluchteling had zijn tijd goed benut. Hij was al op weg naar het volgende portiek, om zo de straat weer te bereiken. Toen hij bij de boogvormige poort was aangekomen, draaide hij zich naar Billy T. om. Hij had een vuurwapen in zijn rechterhand, dat hij op de politieman richtte.

'Politie!' schreeuwde Billy T. 'Laat je wapen vallen!'

Hij bleef staan. Zijn leren zolen konden de noodstop niet verwerken en gleden verder. De reusachtige gestalte maakte vijf, zes danspassen om zijn evenwicht te bewaren, met zijn wiekende armen leek hij een enorm orkest te dirigeren. Het was zinloos. Hij viel achterover op de grond, waar de pasgevallen sneeuw voorkwam dat hij zich al te veel pijn deed. Zijn trots had intussen wel een flinke deuk opgelopen en hij vloekte verbeten toen hij de deur achter de voortvluchtige hoorde dichtslaan.

Hij stond op en had net de sneeuw van zich afgeslagen, toen Hanne achter hem van de muur af sprong.

'Idioot!' zei ze, zowel waarderend als verwijtend. 'Waar zou je die vent voor hebben gegrepen, als je hem te pakken had gekregen?'

'Illegaal wapenbezit,' mompelde de kale politieman, terwijl hij de sneeuw van zijn jachttrofee, een stevige leren herenlaars maat vierenveertig, afklopte. Hij blies de aftocht. Behoorlijk nijdig.

Maandag 26 oktober

In haar postvakje lag een hele stapel gele memobriefjes. Hanne Wilhelmsen haatte telefoonnotities. Ze was veel te plichtsgetrouw om ze weg te gooien, maar wist dat minstens de helft van de elf opbellers niets belangrijks te melden had. Het meest enerverende deel van haar werk bestond uit het beantwoorden van vragen van het publiek, van ongeduldige slachtoffers die niet snapten waarom ze meer dan een halfjaar nodig hadden om een verkrachtingszaak met een bekende dader te onderzoeken, van opvliegende advocaten die geïnformeerd wilden worden over beslissingen ten aanzien van de tenlastelegging, en van getuigen die meenden belangrijker te zijn dan de politie scheen te beseffen.

Op twee briefjes stond dezelfde naam: Askhaug, Ullevål-ziekenhuis en een telefoonnummer. Verontrust dacht Hanne Wilhelmsen aan alle tests die met haar hoofd waren gedaan en toetste het nummer in. Askhaug was aanwezig, maar Hanne werd drie keer doorverbonden voor ze de juiste persoon aan de lijn kreeg. Hanne noemde haar naam.

'Ja, fijn dat je belt,' kwetterde de dame aan de andere kant van de lijn. 'Ik werk hier op de psychiatrische afdeling.'

Hanne haalde opgelucht adem. Het was dus niet haar eigen hoofd, waar iets aan mankeerde.

'We hadden hier een patiënt, een arrestant,' ging de verpleegkundige verder, 'een Nederlander, geloof ik. Ik heb gehoord dat ik jou daarvoor moet hebben. Klopt dat?'

Dat klopte.

'Toen hij werd opgenomen, was hij psychotisch, en we hebben hem een aantal dagen neuroleptica moeten geven voor er enige verbetering optrad,' verklaarde de verpleegkundige. 'Uiteindelijk hebben we zijn geest weer een beetje op orde kunnen krijgen, hoewel het maar de vraag is voor hoelang dat duurt. De eerste twee dagen moesten we hem in de luiers leggen, anders was het niet te doen, snap je.' Haar zachte Zuid-Noorse accent klonk verontschuldigend, alsof zij persoonlijk verantwoordelijk was voor de schrijnende personeelstekorten in de gezondheidszorg. 'Gewoonlijk is het de taak van de verpleegassistenten om de luiers te verschonen, snap je. Maar hij was totaal verstopt, tot ik anderhalve dag later nachtdienst had. Dan pakken wij ook aan, met de patiënten, bedoel ik. Dus ik heb hem een schone luier gegeven. Eigenlijk is dat het werk van de verpleegassistenten, snap je.'

Hanne snapte het.

'En toen ontdekte ik een witte, onverteerde klont in zijn ontlasting. Omdat ik nieuwsgierig was, heb ik het eruit gehaald. We dragen natuurlijk plastic handschoenen.' Gegiechel.

'En?' Hanne Wilhelmsen verloor langzaam haar geduld. Ze streek nerveus met haar wijsvinger over de stoppeltjes bij haar slaap. Haar haar groeide weer aan en dat jeukte.

'Het was een briefje. Zo groot als een ansichtkaart, verfrommeld, maar het was nog wel te lezen. Zelfs na een vluchtig wasbeurtje. Ik dacht dat het belangrijk kon zijn, snap je, daarom heb ik gebeld. Voor de zekerheid.'

Hanne Wilhelmsen prees haar uitbundig en hoopte dat de dame snel ter zake zou komen.

Uiteindelijk kreeg ze te horen wat er op het briefje stond.

'Ik ben over een kwartier bij je,' zei ze bliksemsnel. 'Hooguit twintig minuten.'

*

Intussen was er een projectkamer ingericht. Het klonk pretentieus, totdat je de kamer binnenkwam. Na de indeling van de afdeling was er aan het einde van de gang twintig vierkante meter overgebleven. De ruimte was onpersoonlijk en niet erg adequaat. Bij grotere opsporingszaken noemden ze het de projectkamer, waar alle papieren werden verzameld en waar de rechercheurs bijeenkwamen. In die zin functioneel. Twee telefoons, een op elk van de bureaus die tegenover elkaar voor het raam stonden, op dezelfde metalen klosjes als in de rest van het gebouw. De tafelbladen stonden schuin en vormden een soort dak. Een pennenbakje met afgekloven potloden, gummetjes en goedkope balpennen balanceerde op de nok. Tegen de wanden achter de bureaus stonden boekenrekken. Ze waren leeg en herinnerden iedereen eraan hoe weinig ze nog hadden. In het kamertje ernaast zoemde een aftandse kopieermachine.

Inspecteur Kaldbakken leidde de vergadering. Hij was een magere man, en sprak een dialect dat de helft van zijn woorden in een onduidelijk gemompel liet verdwijnen. Dat maakte niet veel uit. Alle aanwezigen waren eraan gewend en konden gissen wat hij zei. Veel was het niet.

Brigadier Hanne Wilhelmsen gaf een uiteenzetting. Ze nam door wat ze tot nog toe hadden, scheidde feiten van speculaties, gegevens van geruchten. Helaas waren het overwegend speculaties en geruchten. Toch maakte het een zekere indruk. Het technisch onderzoek had niet veel opgeleverd en niemand werd erdoor geïmponeerd.

'Hou advocaat Lavik aan,' opperde een jonge agent met sproeten en een wipneus. 'Zet alles op één kaart. Hij slaat wel door!'

Iedereen verstomde en uit de pijnlijke stilte begreep de roodharige dat hij een flater had geslagen. Beschaamd beet hij op zijn nagels.

'Wat zeg jij, Håkon, hebben we iets waarmee we verder kunnen komen?' Hanne stelde de vraag. Ze zag er nu beter uit, ze had de realiteit onder ogen gezien en haar haar kort laten knippen. Dat was een duidelijke verbetering, het asymmetrische kapsel waar ze meer dan een week mee gelopen had, was lachwekkend geweest. Håkon Sand zat afwezig voor zich uit te staren en schrok op.

'Als we Lavik zover kunnen krijgen dat hij vrijwillig een verklaring aflegt, zouden we misschien een stuk verder komen. Het probleem is dat we het verhoor tactisch gezien onschuldig moeten laten lijken. We weten immers...' Hij onderbrak zichzelf, en begon de zin overnieuw. 'We denken immers dat de man schuldig is, het is allemaal te toevallig. Dat nachtelijke rendez-vous met die gewapende man, zijn initialen op het bankbiljet, zijn aanwezigheid in het arrestantenverblijf op de dag dat Han van der Kerch doordraaide als gevolg van dat waarschuwingsbriefje. En dan nog iets: hij was slechts een paar uur voordat Jacob Frøstrup zijn laatste adem uitblies bij die arme kerel.'

'Eigenlijk zegt dat nog niets,' beweerde Hanne Wilhelmsen. 'We weten allemaal dat de gevangenissen vol dope zitten. De bewaarders bijvoorbeeld, die kunnen vrijelijk in en uit lopen, er is geen enkele controle. Als ze van buiten komen, kunnen ze als ze willen zo een cel binnengaan.' 'Niet te geloven eigenlijk,' voegde ze er na even nadenken aan toe. 'Nogal vreemd, dat het personeel van een warenhuis als Steen & Strøm het maar moet accepteren dat ze gefouilleerd worden om zo winkeldiefstal tegen te gaan, terwijl het gevangenispersoneel niet eens op verdovende middelen wordt gecontroleerd!' 'Vakbonden, vakbonden,' mompelde Kaldbakken. 'Misschien dat Han van der Kerch daarom zo bang was om naar het huis van bewaring te worden overgebracht. Misschien verdenkt hij mensen binnen het gevangenissysteem,' ging Hanne Wilhelmsen verder, zonder zich door de politieke beschouwingen van de inspecteur te laten beïnvloeden. 'Het lijkt mij onwaarschijnlijk dat Lavik het risico zou nemen om met een koffer vol drugs betrapt te worden. Frøstrups dood is eerder een aanwijzing dat Van der Kerchs angst voor de gevangenis niet ongegrond is... Maar dit briefje is Laviks werk. Daar ben ik van overtuigd,' zei ze, het plastic zakje met de onverteerde waarschuwing voor zich neerleggend. Het handschrift was onduidelijk en vaag, maar niemand had moeite de boodschap te lezen.

'Het ziet eruit als een slechte grap,' waagde de roodharige weer. 'Zulke briefjes horen in tv-series thuis, niet bij ons.' Hij grinnikte. Hij was de enige.

'Kan zo'n boodschap iemand echt een psychose bezorgen?' vroeg Kaldbakken sceptisch. Hij had in dertig jaar nog nooit zoiets meegemaakt.

'Ja, hij is zich letterlijk wezenloos geschrokken,' zei Hanne Wilhelmsen. 'Hij had het natuurlijk al moeilijk. Zo'n briefje kan dan net de druppel zijn. Het gaat trouwens beter met hem, hij is weer terug in het huis van bewaring. Nou ja, beter is misschien wat te veel gezegd, hij zit in een hoekje en weigert ook maar een woord te zeggen. Voor zover ik weet, krijgt Karen Borg ook geen contact met hem. Als je het mij vraagt, hoort hij in een ziekenhuis thuis. Maar zodra iemand zich zijn eigen naam kan herinneren, wordt hij weer in de gevangenis gestopt.'

Dat wisten ze allemaal maar al te goed. De gevangenispsychiatrie was een perpetuum mobile, heen en weer, heen en weer. Geen gevangene werd ooit beter. Alleen slechter.

'Als we Lavik nu eens voor een gesprek uitnodigen,' stelde Håkon Sand voor. 'We gokken erop dat hij niet weigert en dan zien we wel waar we uitkomen. Misschien is het het stomste wat we kunnen doen. Maar aan de andere kant: heeft iemand een beter voorstel?'

'Hoe zit het met Peter Strup?' Het was de eerste keer dat de afdelingschef het woord nam.

Hanne antwoordde: 'Tot nu toe hebben we nog niets tegen hem, op mijn papier is hij één groot vraagteken.'

'Schrijf hem nog maar niet af,' raadde de chef aan en sloot de vergadering. 'Laat Lavik komen, maar in hemelsnaam, doe het voorzichtig. We hoeven niet de hele advocatuur over ons heen te krijgen. Nog niet tenminste. Intussen doen jij...' Hij wees de jongen met de wipneus aan en liet zijn vinger verder springen, '...en jij en jij de rotklusjes. Loop maar even mee dan zal ik de taken verdelen. Er moet van alles worden uitgezocht. Ik wil alles over die twee advocaten weten. Van hun eetgewoonten tot hun deodorant. Hun politieke kleur en hun avontuurtjes met vrouwen. Zoek vooral naar overeenkomsten.'

De afdelingschef nam behalve de roodharige twee jongens mee die zo verstandig waren geweest om tijdens de hele zitting hun mond te houden. Het had niet geholpen. De jongsten kregen altijd de routineklussen.

Hanne Wilhelmsen en Håkon Sand verlieten als laatsten de kamer. Het viel haar op dat hij ondanks de situatie vrolijk en tevreden scheen.

'Het gáát ook goed met me,' antwoordde hij op haar vriendelijke, verbaasde vraag. 'Het gaat eigenlijk heel erg goed met me!'

*

Håkon Sand zeurde net zo lang tot hij erbij mocht zijn. Brigadier Wilhelmsen was alles behalve positief. Ze was zijn blunder bij het verhoor van Han van der Kerch nog niet vergeten.

'Ik ken die vent,' voerde hij aan. 'Misschien voelt hij zich meer op zijn gemak als ik erbij ben. Je hebt geen idee hoezeer goede juristen zich boven de slechte verheven voelen. Misschien wordt hij overmoedig.'

Ten slotte stemde ze toe, maar Håkon moest uitdrukkelijk beloven zijn mond te houden. Als ze een seintje gaf kon hij wat zeggen, maar hij mocht alleen over koetjes en kalfjes praten, en onder geen beding inhoudelijk worden.

'Let's take the good guy/bad guy routine,' zei ze uiteindelijk met een glimlach. Zij zou de kwaaie zijn, hij mocht hem een vriendschappelijk schouderklopje geven.

'Maar niet te grof,' waarschuwde de officier. 'Anders lopen we het risico dat hij zijn jas pakt en de deur uitloopt, en we kunnen hem nergens op vasthouden.'

Lavik verscheen vrijwillig. Zonder aktetas, maar verder volledig in stijl en gekleed volgens de eisen van zijn beroep, in kostuum en met een paar nette schoenen, te netjes voor de natte sneeuw die in de Oslose straten lag. Hij had natte voeten, het middelbruine leer vertoonde een twee centimeter brede, donkere rand langs de zool, waar een akelig herfstverkoudheidje op de loer lag. De schouders van zijn tweedjas waren vochtig en toen advocaat Lavik zijn jas uittrok en even uitschudde voor hij om zich heen keek en naar een haakje of een kleerhanger zocht, registreerde Håkon Sand het exclusieve merkje in de voering. Aangezien hij niets vond om zijn jas aan op te hangen, legde hij hem over de rugleuning van de stoel. Hij was vriendelijk en voorkomend en leek in het geheel niet nerveus.

'Ik ben benieuwd,' zei hij met een glimlach en veegde zijn dikke haar uit zijn gezicht. Het viel meteen weer terug. 'Word ik ergens van verdacht?' vroeg hij met een nog bredere grijns.

Hanne Wilhelmsen stelde hem gerust. 'Voorlopig niet.'

Håkon Sand vond dat nogal driest. Door schade en schande wijs geworden, zei hij echter niets. Noch hij noch Hanne hadden iets om mee te schrijven. Ze wisten allebei dat spraakzaamheid bij het zien van bandrecorders of schrijfwaren gemakkelijk verstek liet gaan.

'We lopen wat theorieën na over zaken die ons nogal wat hoofdbrekens kosten,' gaf ze toe. 'We hebben het gevoel dat u ons wellicht zou kunnen helpen. Een paar vragen maar. U kunt gaan wanneer u wilt.'

Dat hoefde ze hem niet te vertellen.

'Daar ben ik me volkomen van bewust,' zei hij vrolijk, maar ze hoorde een zekere ondertoon. 'Ik blijf tot ik er genoeg van heb. Oké?'

'Oké,' antwoordde Håkon in de hoop dat dat binnen de restricties viel. Hij had de behoefte iets te zeggen, iets waardoor hij zich minder overbodig zou voelen.

'Kende u Hans A. Olsen? De advocaat die kort geleden vermoord is?' Hanne kwam direct ter zake, maar advocaat Lavik had daar blijkbaar rekening mee gehouden.

'Nee, dat kan ik niet zeggen,' antwoordde hij kalm. Niet te snel, niet te aarzelend. 'Ik kende hem niet, maar ik heb hem natuurlijk wel eens gesproken. We opereren op dezelfde markt, als strafpleiters bedoel ik. Ik ben hem vast wel eens op de rechtbank tegengekomen en misschien ook wel eens op een vergadering van de bond. Maar zoals ik al zei, ik kende hem niet.'

'Wat denkt u van die moord?'

'De moord op Hansa Olsen?'

'Ja.'

'Tja, wat ik denk...' De aarzeling klonk volkomen natuurlijk, hij leek na te denken, alsof hij zich inspande om de politie tegemoet te komen, net als iedere andere onschuldige die een verklaring aflegt. 'Eerlijk gezegd heb ik daar niet zo over nagedacht! Ben er van uitgegaan dat één van zijn cliënten ontevreden was. Dat is tenminste de verklaring die in onze kringen gehanteerd wordt, om het maar zo te zeggen.'

'En hoe zit het met Jacob Frøstrup?'

De twee politiemensen beweerden later dat ze een zweem van onzekerheid bij de advocaat konden bespeuren op het moment dat zijn onfortuinlijke cliënt te berde werd gebracht. Ze konden dat gevoel evenwel niet hardmaken en gaven daarom toe dat het waarschijnlijk meer een gevolg was van hun hoop, dan van hun beoordelingsvermogen.

'Ach ja, die Jacob. Die heeft zijn hele leven alleen maar pech gehad. Hij is jarenlang mijn cliënt geweest, maar hij is nooit voor grote dingen veroordeeld. Ik begrijp niet waarom hij zich nu met zoiets moest inlaten. Hij had niet lang meer te leven, voor zover ik weet had hij al meer dan drie jaar aids.' Hij staarde uit het raam toen hij dit zei. Dat was de enige duidelijke verandering sinds het begin van het gesprek. Hij vermande zich en keek Hanne weer aan. 'Ik heb gehoord dat hij is overleden op de dag dat ik hem had bezocht. Vervelend. Hij kwam erg depressief over. Hij had het over zelfmoord, dat het leven voor hem geen zin meer had, met de pijn, de vernedering, en dan die nieuwe kwestie op de koop toe. Ik heb geprobeerd hem een beetje moed in te praten, hem getroost en gevraagd het vol te houden. Maar ik moet toegeven dat zijn dood voor mij niet als een verrassing kwam.' Advocaat Lavik schudde langzaam en meelevend zijn hoofd. Hij borstelde wat denkbeeldige roos van zijn schouders. Hij had dik, glanzend haar en een gezondere hoofdhuid dan waar Håkon Sand zich op kon beroemen. De officier voelde zich aangesproken, inspecteerde zijn eigen zwarte jasje en veegde snel de witte schilfers weg, die er pijnlijk scherp tegen afstaken. De advocaat schonk hem een medelijdende en zeer laatdunkende glimlach.

'Heeft hij verteld waarom hij zo'n grote partij verdovende middelen in zijn bezit had?'

'Hoor eens even,' zei Lavik afkeurend, 'ook al is hij dood, dan nog vind ik het hoogst ongepast om de politie hier te vertellen wat hij tegen mij heeft gezegd.'

De twee politiemensen accepteerden die redenatie zwijgend.

Voordat ze haar laatste troef uitspeelde, concentreerde Hanne Wilhelmsen zich. Ze wreef met haar vingers over haar geschoren slaap, een gewoonte die ze de laatste dagen had aangenomen. Het was zo stil in de kamer dat ze zich verbeeldde dat de anderen het schrapende geluid van haar vingertoppen konden horen.

'Waarom hebt u jongstleden vrijdag, 's nachts om drie uur, in Grünerløkka iemand opgezocht?' Haar stem klonk scherp, alsof ze het dramatischer wilde laten klinken dan het eigenlijk was. Hij was voorbereid.

'O, dat was een cliënt. Zit flink in de penarie en had meteen hulp nodig. De politie is hem nog niet op het spoor, maar daar is hij wel bang voor. Hij had alleen mijn raad nodig.' Lavik glimlachte geruststellend. Hij scheen het niet abnormaal te vinden om midden in de nacht op te staan, om in de minder welgestelde wijken van de stad cliënten op te zoeken. Bijna alledaags, vertelde zijn gelaatsuitdrukking. Allenachts.

Hanne boog zich voorover en trommelde met de vingers van haar linkerhand op het tafelblad. 'En dat moet ik geloven,' zei ze zacht. 'Dat moet ik geloven.'

'Wat u gelooft, maakt me niet uit,' zei Lavik en hij glimlachte weer. 'Het voornaamste is dat ik de waarheid spreek. Als u een andere mening bent toegedaan, kunt u proberen die te bewijzen.'

'Dat is precies wat ik ga doen,' antwoordde Hanne Wilhelmsen. 'U kunt gaan. Voorlopig.'

Advocaat Lavik deed zijn jas weer aan, bedankte vriendelijk, zei gedag en deed de deur voorzichtig en beleefd achter zich dicht.

'Nou, jij hebt ook veel gezegd!' snauwde Hanne tegen haar collega. 'Het heeft echt zin om jou erbij te hebben.' Door haar hoofdpijn raakte ze sneller geïrriteerd. Håkon sloot er zijn oren voor. Haar boosheid had te maken met de uitstekende manier waarop Lavik zich tijdens het verhoor had verweerd. Dat wist Håkon en daarom glimlachte hij slechts.

'Je kunt beter te weinig zeggen dan te veel,' verdedigde hij zich. 'Bovendien weten we nu één ding: de eigenaar van de laars moet na de episode van vrijdagnacht nog met Lavik hebben gesproken. Hij was goed voorbereid op die vraag. Waarom heb je trouwens niets over dat briefje gezegd?'

'Dat wil ik nog achter de hand houden,' zei ze peinzend. 'Ik ga naar huis en naar bed. Ik heb hoofdpijn.'

*

'Ze weten niets!'

Hij was uitgesproken tevreden en hoewel de telefoon zijn stem vervormde, kon de oudere man Laviks enthousiasme horen. Hij had zich zorgen gemaakt om zijn jongere collega, bij hun laatste ontmoeting in het Maridal had de man eruitgezien alsof hij op de rand van een instorting stond. Een confrontatie met de politie kon catastrofale gevolgen hebben. Maar Lavik was zeker van zijn zaak. De politie wist niets. Een kaalgeschoren agente en een domme studiegenoot van hem hadden hulpeloos geleken en geen troeven gehad. Natuurlijk was het voorval in de nacht van vrijdag op zaterdag een beetje ongelukkig geweest, maar zijn verklaring had hen overtuigd, dat wist hij zeker. Lavik was dolgelukkig.

'Ik zweer je dat ze niets weten,' herhaalde hij. 'En nu Frøstrup dood is, Van der Kerch gek en de politie met lege handen staat, gaan wij vrijuit!'

'Je vergeet één ding,' zei de ander. 'Je vergeet Karen Borg. Wij weten niet wat zij weet, maar waarschijnlijk weet ze wel het een en ander. Dat denkt de politie tenminste. Als jij gelijk hebt, en ze staan inderdaad met lege handen, heeft Borg waarschijnlijk nog niet gekletst. Maar we weten niet hoe lang dat zal duren.'

Daar had Lavik niet veel op te zeggen, zijn kinderlijke enthousiasme bekoelde een beetje. 'Ze kunnen zich vergissen,' probeerde hij timide. 'Misschien vergist de politie zich. Misschien weet ze helemaal niks. Zij en de officier van justitie hebben hun hele studie aan elkaar geklit. Ik wil wedden dat ze het hem verteld zou hebben, als ze iets te melden had. Daar ben ik zo goed als zeker van.'

Hij werd weer wat opgewekter, maar de oudere was niet overtuigd. 'Karen Borg is een probleem,' stelde hij nadrukkelijk vast. 'Ze is en blijft een probleem.'

Ze zwegen een paar seconden, toen beëindigde de oudste het gesprek. 'Bel me nooit meer op. Niet vanuit een cel, niet met de mobiele telefoon. Bel niet! Volg de gewone weg. Ik zal om de dag checken.'

Hij wierp de hoorn op de haak. Aan de andere kant van de lijn kromp Lavik ineen, de knal deed pijn aan zijn oor. Zijn maagzweer meldde zich weer. Hij trok een zakje Ballancid uit zijn binnenzak, beet de sluiting open en zoog de inhoud naar binnen. Er kwam een witte aanslag op zijn lippen, die er de rest van de dag zou blijven zitten, maar na tien seconden voelde hij zich al beter. Hij keek goed om zich heen en verliet de telefooncel. De vreugde over zijn succes bij de politie was gezakt en boerend wandelde hij terug naar kantoor.

Donderdag 29 oktober

'Hebzucht,' dacht hij. 'Hebzucht is de ergste vijand van een misdadiger. Matigheid is de sleutel tot succes.'

Het was bitterkoud en hier boven in de bergen lag al weken sneeuw. Nadat hij tot tweemaal toe de andere weghelft op was geslipt, had hij in Dokka een paar winterbanden laten monteren. Toch leverde de beklimming van de lange steile helling op de laatste kilometer voor zijn vakantiehuisje problemen op. Ten slotte had hij de helling achteruit genomen. Dergelijke moeilijkheden had hij ooit één keer eerder gehad, terwijl het huis toch al meer dan twintig jaar familiebezit was. Lag het aan de gladheid of speelden zijn zenuwen hem parten? Er stonden geen auto's op het parkeerplaatsje en hij ontwaarde de vage, donkere omtrekken van de vier huisjes. Menselijke lichtbronnen waren niet te zien, maar geholpen door de maan en op een paar sneeuwschoenen legde hij moeiteloos de tweehonderd meter naar het huis af. Zijn handen waren ijskoud en hij liet de sleutel twee keer in de sneeuw vallen, voor hij eindelijk de deur open kreeg.

Het rook er muf en bedompt. Hij deed de deur achter zich op slot, hoewel hij besefte dat dat niet nodig was. Het was moeilijk om de lont van de petroleumlamp aan het branden te krijgen, waarschijnlijk was de petroleum op en was de lont vochtig geworden van de klamme lucht. Na een paar pogingen gaf hij eindelijk licht, maar er steeg een vervaarlijke hoeveelheid roetvlokken op naar het plafond. Het aggregaat van de zonnepanelen gaf geen stroom, hij begreep niet waarom. Het moest kapot zijn. Hij bevestigde zijn zaklantaarn aan het plafond, deed zijn jas uit en trok een dikke IJslandse trui over zijn hoofd.

Na een uur was hij op orde. De petroleumkachel had kuren en uiteindelijk staakte hij zijn pogingen en ontstak in plaats daarvan een heerlijk, ouderwets haardvuur. Het was allesbehalve warm in de kamer, vooral omdat hij een halfuur gelucht had. Maar het vuur brandde goed en de schoorsteen leek de plotselinge gloed te verdragen. Het gaskomfoor deed zijn plicht en hij trakteerde zichzelf op een kop koffie. Hij besloot met zijn belangrijke missie te wachten tot het huis op temperatuur was. Het zou een natte, koude klus worden. In een rieten mand lag een dikke stapel strips uit de jaren zestig, hij pakte er een uit en bladerde er met verkleumde vingers in. Hij had hem al zeker honderd keer gelezen, maar het was een prima tijdverdrijf. Hij was onrustig.

Na middernacht kleedde hij zich weer aan. In de berging vond hij een winddicht Helly-Hansenpak en een paar oude legerlaarzen die dertig jaar nadat hij ze achterover had gedrukt nog steeds goed pasten. De maan stond nog steeds hoogzwanger aan de hemel en hij had voorlopig geen zaklamp nodig. Over zijn schouder droeg hij een opgerold touw en in zijn hand een aluminium sneeuwschep. De sneeuwschoenen stonden tegen de buitenmuur, de veertig meter naar de bron kon hij ook zonder afleggen.

De waterput lag iets lager dan het huis en het bronhuisje vormde een soort baken in het terrein dat bijna als een moeras betiteld kon worden. Ze waren voor het water gewaarschuwd, maar hadden nooit problemen ondervonden. Het was altijd helder en zoet, met in ieder jaargetijde een duidelijk andere smaak. Vier dikke balken waren als een spitse, eenvoudige wigwam tegen elkaar gezet. Daarop waren A-vormige fineerplaten getimmerd, met in een van de wanden een opening. Het eenvoudige luikje werd afgesloten met een klein hangslot. Oorspronkelijk was het zo klein geweest, dat je er alleen een emmer doorheen kon steken, maar vier jaar geleden had hij de opening groter gemaakt. Zo goed en zo kwaad als het ging, kon er nu een man in het bronhuisje kruipen, iets wat de familie niet nodig had gevonden. Maar het was beduidend makkelijker geworden om water op te halen.

Hij had bijna een kwartier nodig om het deurtje zo ver uit te graven dat het open kon. De man transpireerde en hijgde. Hij zette de open deur vast in de sneeuw, bukte zich en kroop naar binnen. Het onderste deel van het bronhuisje was ietsje groter dan een vierkante meter en het was zo laag dat hij niet rechtop kon staan. Met enige moeite richtte hij de zaklamp op het water. Dat was pikzwart en stil. Een oude schouderblessure beklaagde zich over zijn gebogen houding en van de inspanning ontsnapten een wind en een kreun. Uiteindelijk slaagde hij erin om de smalle lichtkegel op het kleine uitsteeksel vijftig centimeter lager, net boven het wateroppervlak te richten. Hij zette zijn voet voorzichtig neer en registreerde zoals hij al verwacht had, dat het plankje spekglad was. Hij stampte er een paar keer op en vond uiteindelijk houvast. Dit herhaalde zich aan de andere kant en ten slotte stond hij wijdbeens, maar min of meer veilig en rechtop. Hij trok zijn wanten uit en legde ze op een dwarsbalkje tegenover hem. Vervolgens stroopte hij de mouwen van het Helly-Hansenpak zo ver mogelijk op. Het was lastig, de stof was te dik en zijn vingers waren koud. Ten slotte gaf hij het op. Hij ging op zijn hurken zitten en stak zijn rechterarm in het ijskoude water, terwijl hij zich met zijn linkerhand aan de haak voor de emmer vasthield. Na een paar seconden werd zijn arm gevoelloos en hij voelde zijn hart sneller kloppen, het stak in zijn borst. Zijn vingers tastten een armlengte onder het wateroppervlak langs de wanden van de bron. Hij vond niet wat hij zocht. Hij vloekte en moest zijn arm terugtrekken. Het hielp een beetje als hij de mouw weer afrolde en hem tegen zijn huid aanwreef, hij blies tegen zijn bevroren hand. Na een paar minuten vatte hij moed en waagde een nieuwe poging.

Deze keer had hij meer geluk. Al na een paar seconden kreeg hij een losse steen te pakken, die hij voorzichtig uit het water trok. Zijn bezwete rug, de ijskoude arm en zijn heftig kloppende hart probeerden hem gezamenlijk over te halen ermee te stoppen. Hij zette zijn tanden op elkaar en stak zijn hand nogmaals in de bron. Dit keer wist hij de weg. Angstvallig voorzichtig trok hij een voorwerp ter grootte van een kleine, maar dikke diplomatenkoffer naar voren. Het handvat zat aan de onderkant en de man verzekerde zich ervan dat hij het koffertje stevig vast had, voor hij het voorzichtig uit zijn geheime bergplaats tilde.

Toen het koffertje, dat een kistje bleek te zijn, het wateroppervlak bereikte, hielden zijn verkleumde vingers het niet meer. De man verloor zijn greep en maakte enkele wanhopige armbewegingen om zijn buit weer te vangen. Daarbij verloor hij zijn evenwicht, zijn linkervoet gleed van het uitspringende plankje af. Ongeveer gelijktijdig met het kistje verdween hij onder water.

Hij zag niets, zijn oren, mond en neus vulden zich met water. Het zware pak zoog zich snel vol en hij voelde hoe kleding en laarzen hem naar de bodem trokken. De paniek sloeg toe. De angst gold niet zozeer hemzelf, als wel het kistje. Verrassend snel kreeg hij het kistje te pakken, dat door zijn lichaam werd tegengehouden op zijn weg naar de bodem. Met een geweldige krachtsinspanning strekte hij zich uit naar de deurpost, die een halve meter boven hem was, en duwde het kistje in de sneeuw. Toen werd hij echt bang. Hij maaide met zijn armen in het rond, maar voelde dat zijn bewegingen sloom werden, zijn armen en benen gehoorzaamden zijn bevelen niet. Toch lukte het hem uiteindelijk weer de emmerhaak te grijpen en inwendig deed hij een schietgebedje dat de bouten in de dunne fineerwand het zouden houden. Hij trok zich op, hoog genoeg om zijn ene arm over de rand van de deuropening te krijgen. Hij waagde het de haak los te laten en slaagde erin zijn bovenlichaam door de opening te trekken. Een minuut later stond hij druipend in het maanlicht naar adem te happen. Zijn hart protesteerde nu heftiger en hij greep naar zijn borst. De pijn was ondraaglijk. Hij sloot de brondeur niet af, maar pakte het kistje op en wankelde terug naar het huis.

Hij wrong zich uit zijn kleren en bleef naakt voor de open haard staan. Het was verlokkelijk er helemaal in te kruipen. Ineengedoken zat hij op de brede rand, slechts twintig centimeter van het vuur. Na een poosje kwam hij op het idee een deken te halen. Die was klam en koud, maar na een paar minuten begreep hij dat hij niet dood zou vriezen. De klauw in zijn borst had hem losgelaten, maar zijn huid prikte en brandde. Zijn tanden klapperden waanzinnig, hij nam aan dat dat een goed teken was. Het was binnen al minstens vijftien graden en na een halfuur was hij zodanig bijgekomen, dat hij een oud joggingpak kon aantrekken, een IJslandse trui, wollen sokken en een paar vilten pantoffels. Hij maakte nog een kop koffie, ging zitten en maakte het kistje open. Het was een metalen kistje, met een rubberen bekleding en een waterdicht slot.

Alles zat er nog in. Drieëntwintig vellen met gecodeerde boodschappen, een ingebonden document en een lijst met zeventien namen. Het lag allemaal in een plastic zak, een overbodige voorzorgsmaatregel, het kistje was volkomen waterdicht. Hij haalde de zak eruit. De resterende inhoud bestond uit zeven stapels bankbiljetten, van tweehonderdduizend kronen ieder. Vijf lagen dwars, de andere twee in de lengte. Eén miljoen vierhonderdduizend kronen. Op goed geluk pakte hij een kwart van een van de stapeltjes. De rest liet hij liggen. Hij deed het kistje zorgvuldig op slot en zette het op de vloer.

De papieren waren kurkdroog. Nadat hij eerst een blik op de namenlijst had geworpen, stak hij hem in het vuur. Hij hield hem vast tot hij los moest laten, wilde hij zijn verkleumde vingers niet branden. Daarna bladerde hij het negen bladzijden tellende document door.

De organisatie had een eenvoudige structuur. Zelf voelde hij zich een soort onbekende peetvader op de achtergrond. Hij had zijn twee helpers met zorg uitgekozen. Hansa Olsen, omdat hij goed lag bij de criminelen, uitgesproken geïnteresseerd was in geld en de wet op zijn eigen manier interpreteerde. Jørgen Lavik, omdat hij ogenschijnlijk het lijnrecht tegenovergestelde van Olsen was: vakkundig, succesvol, nuchter en ijskoud. De hysterie die de jongeman de afgelopen tijd aan de dag had gelegd, bewees echter dat de oude man zich had vergist. Hij was omzichtig te werk gegaan, bedachtzaam, alsof hij een jonge maagd moest verleiden. Een dubbelzinnige opmerking hier, een paar woorden met dubbele bodem daar. Ten slotte had hij hen allebei zover gekregen. Nooit – op geen enkel moment – was hijzelf direct bij het werk betrokken geweest. Hij was het brein, hij had het startkapitaal geleverd. Hij kende alle namen, bedacht alle zetten. Na talloze verdedigingszaken kende hij alle valkuilen. Hebzucht. De hebzucht deed hen de das om. Narcotica smokkelen was makkelijk. Hij had geleerd waar het spul vandaan kwam, welke verbindingen betrouwbaar waren. Talrijke cliënten hadden hem hoofdschuddend verteld over het kleine foutje dat hen de das omdeed: extreme hebzucht. Het was zaak om iedere operatie binnen de perken te houden. Niet te veel ineens willen pakken. Je kon beter een gelijkmatige, maar afgebakende stroom inkomsten hebben, dan je door een paar succesjes tot 'de grote slag' laten verleiden.

Nee, de invoer was niet het probleem. Het risico zat hem in de omzet. In een omgeving vol informanten, junks en hebzuchtige dealers, moest je omzichtig te werk gaan. Daarom had hij zich nooit direct met de basis van de organisatie bemoeid.

Het was maar twee keer fout gegaan. De koeriers hadden de tol moeten betalen, maar de transacties waren zo klein geweest, dat de politie geen achterliggende organisatie had vermoed. De jongens hadden hun mond gehouden, hadden hun straf als een man gedragen, en zich verheugd over de binnengesmokkelde belofte, dat hun een flinke beloning wachtte als ze over niet al te lange tijd Ullersmo mochten verlaten. De langste straf was vier jaar geweest. Maar de mannen wisten dat elk jaar binnen de gevangenismuren een goed jaarloon opleverde. En indien de koeriers hadden verkozen te praten, zouden ze niet veel te vertellen hebben gehad. Dat had hij tenminste tot voor kort geloofd, hij had niet beseft dat zijn twee kroonprinsen zich niet aan de afspraak hadden gehouden.

Hij had aanzienlijke bedragen binnengehaald. Bovenop een hoog legaal jaarinkomen, waardoor hij een ruim leven kon leiden. Na verloop van tijd had hij er wel eens wat van uitgegeven, maar altijd zo, dat het op grond van zijn officiële inkomen te verantwoorden viel. Het geld uit de put was van hem. Bovendien was er een vergelijkbaar bedrag op een Zwitserse bankrekening gezet. Maar het leeuwendeel van de winst stond op een rekening waar hij zelf niet over kon beschikken. Hij kon geld storten, maar niet opnemen. Die rekening was voor 'het doel'. Daar was hij trots op. Zijn vreugde om aan 'het doel' te kunnen bijdragen, had een levenslange overtuiging omtrent recht en onrecht, misdaad en gehoorzaamheid, met succes verdrongen. Hij was uitverkoren en wat hij deed was juist. Het lot, dat zoveel jaren een beschermende hand boven de operaties had gehouden, was hem goedgezind. De weinige fouten waren onvermijdelijk, de gebeurtenissen van de laatste tijd een waarschuwing van datzelfde lot om ermee op te houden. Het betekende gewoon dat zijn opdracht was volbracht. De grijzende man beschouwde het lot als een goede vriend en hij luisterde naar de signalen die het hem zond. Hij had talloze miljoenen verdiend. Nu moesten anderen het overnemen.

Door de beloning die de twee onfortuinlijke koeriers hadden gekregen, had hij wat op zijn kapitaal moeten interen, maar dat was het waard geweest. Alleen zijn beide collega's hadden geweten wie hij was. Olsen was dood. Lavik hield zijn mond. Voorlopig tenminste. Daar kwam hij nog wel uit, hij had voor alles een oplossing.

Hansa Olsen was de eerste moord die hij in vredestijd had gepleegd. Het was wonderbaarlijk makkelijk gegaan. Het was noodzakelijk, en het was in feite niet noemenswaardig anders geweest dan die keer toen er twee Duitse soldaten, ieder met een bloederig gat in hun uniform voor hem in de sneeuw hadden gelegen. Hij was toen zeventien geweest, op weg naar Zweden. De schoten dreunden nog na zijn oren, terwijl hij de twee op waardevolle dingen fouilleerde en vervolgens, boordevol nationale trots, verder naar Zweden en de vrijheid waadde. Het was vlak voor Kerstmis 1944 en hij wist dat hij bij de overwinnaars hoorde. Hij had twee vijanden vermoord en rouwde daar niet om.

Ook de moord op Hans A. Olsen had hem geen schuldgevoelens bezorgd. Nood breekt wet. Hij had een soort opwinding gevoeld, een vreugde die verwant was aan het zegevierende gevoel na een geslaagde inval in de appelboomgaard van de buurman, ruim vijftig jaar geleden. Het wapen was oud, niet geregistreerd, maar in prima staat, gekocht van een langgeleden overleden cliënt.

Hij had het document doorgelezen. Hij rolde het op tot een fakkel en gooide het in het vuur. De drieëntwintig codevellen was hetzelfde lot beschoren. Tien minuten later bestonden er nergens ter wereld nog documenten die hem met andere zaken dan respectabele activiteiten in verband konden brengen. Geen handtekeningen, geen handgeschreven teksten, geen vingerafdrukken. Geen bewijzen.

Hij huiverde en haalde droge kleren uit de berging. Het terugplaatsen van het kistje ging gemakkelijker dan het ophalen. De koffieprut belandde in de haard, daarna trok hij de kleren aan die hij had gedragen toen hij kwam, hing de natte spullen in het schuurtje en sloot het huis af. Het was twee uur, hij kon nog op tijd terug zijn in de stad om fris gedoucht op zijn werk te verschijnen. Verkouden en moe weliswaar, maar dat scheen te heersen. Dat meende zijn secretaresse in elk geval.

Dinsdag 3 november

Fredrick Myhreng was in topvorm. Toen hij nog leefde, had Hans A. Olsen hem eens een paar prima driekoloms artikelen bezorgd, in ruil voor een paar pilsjes in zijn stamkroeg. De man had achter journalisten aangehold, als een klein jongetje achter lege statie-geldflesjes. Toch zag Myhreng hem liever dood. Zijn hoofdredacteur had hem de vrije hand gegeven, zodat hij zich nu volledig op de maffiazaak kon concentreren. Zijn collega's, die begrepen dat de jongen iets beet had, knikten hem bemoedigend toe. 'Contacten, weet je, contacten,' grijnsde hij, als ze vragen stelden.

Hij stak een sigaret aan, de rook vermengde zich met de uitlaatgassen die loodzwaar en drie meter dik boven het asfalt hingen. Hij leunde tegen een lantaarnpaal, sloeg de kraag van zijn lammy-coat op en voelde zich net James Dean. Bij het inhaleren schoot er een stukje tabak in het verkeerde keelgat. Hij hoestte hevig en lang en kreeg tranen in zijn ogen. Zijn bril besloeg, hij zag niets meer. James Dean was verdwenen. Hij schudde zijn hoofd en sperde zijn ogen wijdopen om de mist kwijt te raken.

Aan overkant van de drukke straat lag het kantoor van Jørgen Ulf Lavik. Een grote messingplaat vertelde dat Lavik, Sætre & Villesen op de tweede verdieping van het hoge, bijna honderd jaar oude bakstenen gebouw was gevestigd. Centrale ligging, op een steenworp afstand van de rechtbank. Praktisch.

Lavik interesseerde hem. Myhreng had al een hele rij personen onder de loep genomen, wat rond gebeld, in oude belastingformulieren gebladerd, kroegen bezocht en hij had zich joviaal gedragen. In het begin hadden er twintig namen op zijn blocnote gestaan, nu had hij er nog vijf over. De selectie was ingewikkeld geweest, hij was voornamelijk op zijn intuïtie afgegaan. Lavik sprong eruit en stond nu bovenaan zijn blok, met een dikke streep eronder. Hij gaf verdacht weinig geld uit. Misschien was hij gewoon zuinig, maar er zijn grenzen. Het huis en de auto's die hij bezat, konden net zo goed een gemiddeld ambtenaar toebehoren. Ondanks dat zijn belastingaangiftes van de afgelopen jaren uitwezen dat de zaken goed liepen, bezat hij geen vakantiehuisje of een boot. Hij had veel geld aan een hotelproject in Bangkok verdiend waar hij nog steeds bij betrokken was. Dat scheen een bijzonder goede investering voor zijn Noorse cliënten te zijn en had tot meer projecten in het buitenland geleid, meestal met een flinke opbrengst, zowel voor de investeerders als voor Lavik zelf.

Als verdediger was hij redelijk succesvol te noemen. Zijn koers op de geruchtenbeurs was redelijk hoog, zijn percentage vrijspraken overtuigend en er was bijna niemand te vinden die kwaad over hem sprak.

Myhreng was niet uitzonderlijk intelligent, maar hij was slim genoeg om het een en ander te begrijpen. Bovendien was hij creatief en beschikte hij over een goede intuïtie. Hij had een goede leerschool genoten bij een oude rot in het vak en wist dat onthullende journalistiek hoofdzakelijk bestond uit missers en keihard werken.

'De waarheid is altijd goed verborgen, Fredrick, altijd goed verborgen,' had de oude krantenman hem ingeprent. 'Je moet altijd eerst een heleboel puin ruimen voor je hem vindt. Kleed je goed, geef nooit op en was je na afloop grondig.'

Het kon geen kwaad om een praatje te maken met advocaat Lavik. Hij kon maar beter geen afspraak maken. Dan was het verrassingseffect groter. Hij doofde zijn sigaret, spuugde op de grond en stak zigzaggend tussen toeterende auto's en een stilstaande vrachtwagen door de straat over.

De receptioniste was verbazingwekkend lelijk. Ze was oud en had het uiterlijk van een bibliothecaresse in een Amerikaanse jeugdfilm. Receptionistes hoorden mooi en vriendelijk te zijn. Maar dat was deze niet. Toen hij struikelend over de drempel de hal binnenviel, keek ze alsof ze hem tot stilte wilde manen. Vreemd genoeg glimlachte ze. Haar tanden waren ongewoon regelmatig en geel. Waarschijnlijk een kunstgebit.

'Die drempel is te hoog,' verontschuldigde ze. 'Ik heb het al zo vaak gezegd. Het is een wonder dat er nog nooit iets is gebeurd. Waar kan ik u mee helpen?'

Myhreng toverde zijn meest innemende glimlach tevoorschijn. Ze had hem door en haar mond kreeg een strenge trek, met rimpeltjes als kleine, woedende pijltjes rondom.

'Ik zou graag advocaat Lavik spreken,' zei hij, zonder zijn mislukte glimlach af te leggen.

De dame bladerde in een boek. 'Heeft u een afspraak?'

'Nee, maar het is nogal belangrijk.'

Toen Fredrick Myhreng vertelde wie hij was, snoerde de dame haar mond nog verder dicht. Zonder een woord te zeggen drukte ze twee toetsen van een telefoon in. Ze gaf zijn wens door, vermoedelijk aan de geadresseerde zelf.

Het duurde even voor ze neerlegde. Ze maakte met haar hand een wonderlijk gebaar naar een zitje en vroeg hem te wachten. Advocaat Lavik kon hem ontvangen, maar het zou een paar minuten duren voor hij tijd had.

Het werd een halfuur.

Laviks kantoor was groot en licht. In de vierkante kamer met parketvloer hingen slechts drie schilderijen aan de wanden. De akoestiek was onaangenaam, een andere stoffering zou het geluid misschien wat gedempt hebben. Het bureau was opvallend geordend, er lagen slechts drie of vier ordners op. Een enorme archiefkast van een dure houtsoort troonde in een van de hoeken, naast een kleine brandkast. De bezoekersstoel was comfortabel, maar Myhreng wist waar hij gekocht was en dat hij goedkoper was dan hij eruitzag. Hij had er zelf ook zo een. De boekenkast bevatte niet veel, Fredrick Myhreng nam aan dat het kantoor over een bibliotheek beschikte. Hij merkte glimlachend op dat een meter kastruimte gevuld was met oude jongensboeken, die naar de ruggen te oordelen in een benijdenswaardig goede staat waren.

Hij stelde zich nogmaals voor. De advocaat keek hem nieuwsgierig aan, het zweet op zijn bovenlip was waarschijnlijk aan een defecte thermostaat te wijten. Myhreng had het zelf ook warm en trok aan zijn wollen trui.

'Is dit een interview?' vroeg de advocaat redelijk vriendelijk.

'Nee, u kunt het eerder als een verzoek om informatie beschouwen.'

'Waarover?'

'Over uw relatie met Hansa Olsen en die drugszaak waar hij volgens de politie in verwikkeld was.'

Hij zou hebben kunnen zweren dat advocaat Lavik daarop reageerde. Er verscheen een lichte, bijna onzichtbare blos in zijn hals en hij zoog met zijn onderlip een paar zweetpareltjes van zijn bovenlip weg.

'Mijn relatie?' Hij glimlachte, maar niet erg innemend.

'Ja, uw relatie.'

'Maar ik heb nooit iets met Olsen te maken gehad! Was hij in een drugszaak verwikkeld? Na het lezen van uw krant had ik de indruk dat hij zelf het slachtoffer van een drugsbende was geworden, niet dat hij verwikkeld was in een...'

'We kunnen tot op heden nog niets anders beweren, maar we hebben zo onze theorieën. En de politie denk ik ook.'

Lavik had zichzelf weer onder controle. Hij glimlachte weer, iets innemender ditmaal. 'Als u denkt dat ik daar iets mee te maken heb, dan slaat u de plank goed mis. Ik kende de man amper. Ik ben hem natuurlijk wel eens tegengekomen, maar ik kan beslist niet zeggen dat ik hem kende. Tragisch trouwens, om zo te sterven. Had hij kinderen?'

'Nee, die had hij niet. Wat doet u eigenlijk met uw geld, Lavik?'

'Mijn geld?' Hij leek oprecht verbaasd.

'Ja, u hebt een dik salaris, als het klopt wat u aan de belastingdienst opgeeft. Eén komma vier miljoen in het afgelopen jaar. Waar is dat?'

'Dat gaat jou helemaal geen moer aan! Als je het wilt weten: ik heb een volkomen zuiver geweten en het is niet jouw zaak hoe ik mijn wettig verdiende geld investeer.' Hij hield opeens zijn mond, zijn welwillendheid was op. Hij wierp even een blik op zijn horloge en deelde mee dat hij zich nu op een vergadering moest voorbereiden.

'Maar ik heb nog meer te vragen, Lavik, nog veel meer,' protesteerde de journalist.

'Maar ik heb geen antwoorden meer,' zei Lavik vastbesloten. Hij stond op en wees naar de deur.

'Kan ik terugkomen als u meer tijd hebt?' zeurde Myhreng toen hij naar de deur liep.

'Je belt maar. Ik ben een drukbezet man,' besloot de advocaat en hij deed de deur achter hem dicht.

Fredrick Myhreng was alleen met de bibliothecaresse. Ze had de afwijzende houding van haar werkgever overgenomen en toen Myhreng vroeg of hij van het toilet gebruik mocht maken, dacht hij even dat ze nee zou zeggen. Beleefdheidshalve zei ze: 'Ga uw gang.'

Hij had buiten in de gang, vijftig centimeter van de voordeur, een matglazen raam gezien. Toen hij zat te wachten, was hij tot de conclusie gekomen dat het van het toilet moest zijn. Dat klopte niet helemaal. Achter de deur met het porceleinen hartje was een halletje met een wasbak en een deur naar de wc zelf.

Hij klapperde even met de wc-deur, maar in plaats van naar binnen te gaan, haalde hij een dik Zwitsers mes uit zijn zak. Het mes bevatte drie schroevendraaiers en zonder moeite draaide hij de zes schroeven die het matglas in het kozijn hielden los. Fredrick Myhreng wist genoeg van timmeren om in zichzelf te lachen vanwege het feit dat het raam was vastgeschroefd. Het moest met keilbouten worden vastgezet, anders zou het kromtrekken. Dat dat nog niet gebeurd was, kwam waarschijnlijk doordat het een binnenraam was en niet aan regen en sneeuw was blootgesteld. Hij lette erop dat de schroefdraad nog een klein beetje vastzat, ging stilletjes het wc-hokje binnen en trok door. Daarna waste hij zijn handen en glimlachte vrolijk tegen de dame, die niet eens gedag zei toen hij het advocatenkantoor verliet. Hij trok zich daar niets van aan.

*

Het was avond en al behoorlijk laat. Het was steenkoud, maar Fredrick Myhreng verlangde er toch niet naar om binnen in de warmte te zitten. Hij had lood in zijn schoenen. De overmoed van die ochtend had plaatsgemaakt voor aarzelende bedachtzaamheid. Op de school voor journalistiek had hij niets over inbraken en andere onwetmatigheden geleerd. Eerder het tegenovergestelde. Hij wist niet eens hoe hij moest beginnen.

De eerste drie verdiepingen van het gebouw waren kantoorruimten, de bovenste twee waren aan de naambordjes te zien woningen. In de film drukte de inbreker gewoonlijk alle bellen in en zei dan: 'Hi, it's Joe', in de hoop dat iemand een Joe kende en de deur openmaakte. Maar dat had hier weinig kans van slagen. De grote portiekdeur zat op slot. Hij koos de op een na beste oplossing en trok een breekijzer uit zijn leren jasje tevoorschijn. Het ging vrij makkelijk. Na twee keer drukken, gaf de deur mee. De scharnieren knarsten niet eens toen hij de deur wijd genoeg opendeed om zich net naar binnen te persen. In het portiek zag hij aan de linkerkant de volgende deur, met drie smalle, granieten traptreden, al gepekeld tegen de nachtvorst. Fredrick Myhreng verwachtte een nieuwe hindernis, maar voordat hij zich met het breekijzer op de deur stortte, voelde hij voor de zekerheid even aan de klink. Iemand was blijkbaar vergeten de deur op slot te draaien, want hij ging open. Dat was zo verrassend, dat hij terugdeinsde en zijn voet achter zich in de lucht neerzette. Hij kreunde toen zijn voet de grond later bereikte dan waar zijn reflexen op hadden gerekend. De pijn kon de vreugde over hoe eenvoudig alles ging echter niet wegnemen.

In de helft van de tijd die hij daar eerder die dag voor gebruikt had, liep hij met grote stappen de trap op. Bij het matglazen raam bleef hij stilstaan om weer op adem te komen, en om te luisteren of iemand hem had gehoord. Hij hoorde alleen zijn eigen oren suizen en na een minuut haalde hij een plastic potje met plastiline tevoorschijn. Hij duwde de weke massa voorzichtig tegen het glas en drukte het met zijn duim goed tegen de randen. Het was moeilijk te bepalen hoe hard hij kon drukken zonder dat het raam eruit zou vallen, maar na een poosje was hij tevreden en hij herhaalde de operatie verder naar onderen met een andere klont. Toen ook die op zijn plaats zat, legde hij zijn handen tegen beide klonten en duwde hard. Het raam bewoog niet.

Het zweet brak hem uit, hij had zin om zijn jasje uit te doen. Het belemmerde hem in zijn bewegingen en na een tweede poging trok hij het uit. Ondanks de handschoenen die hij droeg, hadden zijn vingers stevige grepen in de plastic massa gemaakt. Toen hij met heel zijn lichaamsgewicht een derde poging deed, voelde hij dat de schroeven meegaven. Gelukkig ging het raam eerst aan de onderkant los. Hij wipte het raamwerk omhoog en stapte meteen over het kozijn naar binnen. Het raam zat helemaal los en was nog heel. Hij graaide zijn jas naar zich toe, verwijderde de plastiline en zette het glas weer op zijn plaats. Voorzichtig maakte hij de deur naar de receptie open. Fredrick Myhreng was slim genoeg om rekening te houden met een alarminstallatie. Die was vermoedelijk niet erg geavanceerd. Boven het raam ontdekte hij een klein doosje met een rood lampje. Op zijn buik kroop hij naar Laviks deur toe. De zaklantaarn, die hij van achteren tussen zijn riem had gestoken, drukte pijnlijk tegen zijn ruggengraat toen hij zich nogal onbeholpen voortbewoog. De deur was open. Met de lichtkegel zocht hij naar een overeenkomstig alarmdoosje als in de receptie. Niets. In elk geval kon zijn zaklamp er geen vinden. Hij nam de gok en stond op.

Hij wist natuurlijk niet wat hij zocht. Daar had hij niet over nagedacht en hij voelde zich redelijk belachelijk, nu hij hier in een kantoor stond waar hij ongeoorloofd was binnengedrongen; zijn eerste overtreding, en dan zonder opzet of doel. De brandkast zat op slot, dat was nauwelijks verdacht. De archiefkast was niet afgesloten, hij trok de laden open en trof een rij kartonnen hangmappen aan, allemaal met een klein ruitertje in de hoek, waarop met een sierlijk, duidelijk leesbaar handschrift namen waren geschreven. De namen zeiden Myhreng niets.

De bureaula bevatte wat je mocht verwachten. Gele memoblaadjes, roze markers, een hele stapel balpennen en een paar potloden. Allemaal in een pennenbakje dat op de randen van de la steunde, met daaronder ruimte voor papieren en documenten. Hij tilde het bakje op, maar de documenten waren oninteressant. De wintercatalogus van Star Tours, een A4-blok met voorbedrukte declaratieformulieren en een gewoon blok ruitjespapier. Hij zette het pennenbakje weer op zijn plaats en duwde de la dicht. Onder het bureau stond een los rolkastje. Dat zat ook op slot.

Met zijn handschoenen tastte hij langs de onderkant van het bureaublad. Dat was glad en gepolijst, zijn vingers ondervonden nergens weerstand. Teleurgesteld draaide hij zich weer om naar de archiefkast in de hoek. Hij liep de kamer door, bukte zich en voelde op dezelfde manier onder de kast. Niets. Hij ging op zijn buik liggen en liet zijn zaklamp systematisch heen en weer gaan.

Hij had de sleutel bijna over het hoofd gezien, waarschijnlijk omdat hij er niet op rekende iets te vinden. De lichtstraal had zich al verder bewogen toen zijn hersenen registreerden wat hij had gezien. Ontsteld liet hij de lamp vallen. Die bleef zo liggen dat hij het kleine, donkere vlekje nog steeds zag. Hij trok het los en stond op. De straatlantaarns wierpen een bleek licht naar binnen, genoeg om het voorwerp meteen te kunnen herkennen. Een kleine sleutel die met plakband aan de onderkant van de kast bevestigd was geweest.

Fredrick Myhreng was opgetogen. Hij wilde de sleutel net in zijn zak stoppen, toen hij een veel beter idee kreeg. Hij pakte een stukje plastiline uit het potje in zijn zak, verwarmde het tegen zijn wang en vormde er twee platte, ovale mallen van. Toen drukte hij de sleutel stevig in de eerste. Hij moest zijn handschoenen uittrekken om de sleutel uit de gom te halen, zonder de afdruk te beschadigen. Vervolgens deed hij hetzelfde met de andere kant. Ten slotte maakte hij nog een afdruk van de dikte.

Het plakband was nog te gebruiken en hij dacht dat hij de sleutel zo ongeveer op zijn oorspronkelijke plaats terugzette. Hij trok zijn jas aan, kroop terug naar het toilethokje en zette het raam weer op zijn plaats, zonder met de schroevendraaier zichtbare sporen achter te laten. Hij haalde snel zijn hand langs de kozijnen om eventuele splinters weg te vegen en bleef in de deur naar de receptie staan, zich voorbereidend op de grote sprong. Hij telde af en bij nul schoot hij als een raket naar de voordeur, maakte hem open en trok hem achter zich dicht. Halverwege de trap naar beneden hoorde hij het snerpende alarm. Hij was al een blok verder voor de eerste bewoner van het grote gebouw zijn pantoffels had kunnen aantrekken.

'Nu hebben ze iets om hun hoofd over te breken,' dacht hij triomfantelijk. 'Geen tekenen van inbraak, niets gestolen, niets aangeraakt. Alleen een buitendeur die niet op slot is.'

Fredrick Myhreng was eraan gewend geraakt tevreden over zichzelf te zijn. Maar dit overtrof alles. Neuriënd holde hij verder, als een kind na een geslaagde streek. Met een schreeuw en een vette grijns op zijn gezicht haalde hij net de laatste tram naar huis.

Vrijdag 6 november

Ze had er intussen een gewoonte van gemaakt om iedere vrijdagmiddag even bij haar arme cliënt langs te gaan. Hij zei niets, maar wonderlijk genoeg leek hij zich op haar bezoekjes te verheugen. Ineengedoken en zo mager als een lat zat hij met een lege blik voor zich uit te staren, maar ze meende iedere keer een zweem van een glimlach op te merken. Hoewel Han van der Kerch, toen hij nog voldoende bij zijn verstand was om zijn mening te geven, volhard had in zijn verzet naar het huis van bewaring te worden overgeplaatst, zat hij nu in de districtsgevangenis, afdeling B. Karen Borg had toestemming om hem in zijn cel te bezoeken, het was zinloos om de jongen naar een spreekkamer te slepen. Hier was het lichter. De bewaarders waren redelijke wezens en zo zorgzaam als de werkdruk toeliet. Bij ieder bezoek werd de deur achter haar dichtgeslagen en vreemd genoeg vond ze het prettig om opgesloten te zijn; hetzelfde gevoel had haar vroeger thuis in Bergen, wanneer de grote boze wereld haar weer dwarszat, de trapkast ingedreven. Haar bezoekjes aan de gevangenis boden haar een gelegenheid alles eens rustig te overdenken. Ze zat tegenover de zwijgende jongen en hoorde op de gang het gerammel van het etenskarretje, de echo van obsceen geroep en gelach, het zware gerinkel van de sleutels als er een bewaarder voorbijkwam.

Hij zag vandaag niet zo bleek. Hij volgde haar met zijn ogen tot ze naast hem op de brits zat. Toen ze zijn hand pakte, voelde ze hoe hij toekneep, bijna onmerkbaar, maar ze voelde heel zeker even een lichte druk. Aarzelend optimistisch leunde ze naar voren en veegde het haar van zijn voorhoofd. Het was te lang geworden en viel meteen weer terug. Ze bleef hem over zijn voorhoofd strelen en haalde steeds haar vingers door zijn haar. Hij vond dat blijkbaar prettig, want hij sloot zijn ogen en leunde tegen haar aan. Zo bleven ze een poosje zitten.

'Roger,' mompelde hij, zijn stem was schor en gebarsten na zo lang ongebruikt te zijn.

Karen Borg schrok er niet eens van. Ze bleef hem strelen en stelde geen vragen.

'Roger,' zei de Nederlander weer, iets luider deze keer. 'Die vent in Sagene, die in tweedehands auto's doet. Roger.'

Toen viel hij in slaap. Hij ademde regelmatiger en hing zwaar tegen haar aan. Ze stond voorzichtig op, legde hem op de brits neer en kon het niet laten een kus op zijn voorhoofd te drukken.

'Roger in Sagene,' herhaalde ze zacht, klopte voorzichtig op de deur en werd twee minuten later naar buiten gelaten.

*

'Niets. Absoluut niets.'

Officier van justitie Håkon Sand pakte de dikke stapel op en legde hem hardhandig op zijn bureau. De mappen glipten uit zijn handen en de papieren vielen op de grond.

'Verdomme,' zei hij nadrukkelijk en hij bukte zich om de rotzooi weer bij elkaar te rapen. Hanne Wilhelmsen viel op haar knieën om hem te helpen. Geknield keken ze elkaar aan.

'Ik zal er nooit aan wennen. Nooit!' Hij praatte luid en snel.

'Waaraan niet?'

'Dat we zo vaak weten dat er iets niet klopt, dat iemand iets op zijn kerfstok heeft, wie het gedaan heeft, wat ze hebben gedaan, we weten zo verdomde veel. Maar kunnen we het ook bewijzen? Nee, we zitten er als een stel eunuchen bij, niet in staat iets te doen, kansloos. We weten het wel, maar als we daarmee naar de rechtbank durven gaan, wordt alles door een of andere advocaat uit elkaar geplozen en hoest hij voor iedere afzonderlijke aanwijzing een logische verklaring op. Ze plukken alles uit elkaar, tot het uiteindelijk één grote brij van vage feiten is, genoeg om zich op gerede twijfel te beroepen. En hups, de vogel is vrij en het recht heeft gezegevierd. Wiens recht? Niet het mijne. Het recht is goddorie een effectief werktuig voor schuldigen geworden. Het betekent alleen nog dat we zo weinig mogelijk mensen in de gevangenis stoppen. Dat is toch verdomme geen rechtszekerheid! Hoe zit het met al die mensen die vermoord of verkracht worden, die als kind zijn misbruikt, die beroofd en bestolen worden? Ik had verdomme sheriff in het wilde westen moeten worden. Die wisten er wel raad mee. Ik zou de bandiet in de eerste de beste boom ophangen. Een ster en een cowboyhoed zouden voor veel mensen een betere rechtszekerheid hebben betekend, dan zeven jaar rechtenstudie en tien domme juryleden. De inquisitie. Dat was recht. Rechter, aanklager en verdediger in één persoon. Toen was er actie, geen gezever over rechtszekerheid voor boeven en bandieten.'

'Dat meen je niet, Håkon,' zei Hanne rustig, terwijl ze de laatste papieren oppakte. Ze moest bijna plat op de vloer gaan liggen om een verhoor te grijpen dat onder het ladenblok was gegleden. 'Dat meen je niet echt,' herhaalde ze half gesmoord vanonder het bureau.

'Oké, niet helemaal, maar wel bijna.'

Ze waren allebei gefrustreerd. Het was een late vrijdagmiddag. Er waren te veel late middagen geweest. Zij kon er beter tegen dan hij. Ze legden de stapel documenten weer op hun oorspronkelijke volgorde.

'Vat nog eens samen,' commandeerde hij toen ze klaar waren.

Dat nam niet veel tijd in beslag. Hij kende de weinige resultaten van het technisch onderzoek en met het tactisch onderzoek kwamen ze geen steek verder. Er waren in totaal tweeënveertig getuigen verhoord. Niet één ervan had iets kunnen aandragen dat nieuw licht op de zaak wierp, niet eens iets dat een nader onderzoek waard leek.

'Heeft het volgen van Lavik iets opgeleverd?' De officier legde de stapel opzij, pakte een flesje lauwe pils uit een plastic boodschappentas en maakte het tegen de tafelrand open. Het houtwerk versplinterde en hij veegde een scherfje van de flessenhals. 'Het is tenslotte weekend,' verontschuldigde hij zich, terwijl hij de bierfles aan zijn mond zette. Omdat de inhoud lauw was, schuimde het verschrikkelijk en hij boog zich met gespreide benen voorover om niet op zijn kleren te knoeien. Hij veegde zijn mond af en wachtte op antwoord.

'Nee, met deze bezetting kunnen we hem onmogelijk dag en nacht blijven volgen. Het is gewoon een gok. Volgen heeft geen zin als je het niet consequent doet. Dan is het nog frusterender.'

'En hoe zit het met het zakelijke deel van Laviks portefeuille?'

'Het is een heel karwei om dat uit te zoeken. Hij heeft wat hotelprojecten in het Verre Oosten gedaan. Bangkok. Niet ver van de heroïnemarkten. Maar de investeerders voor wie hij werkt lijken serieus en de hotels staan er. Aan die opdracht zit dus geen luchtje. Als jij het geld ervoor weet te ritselen, ga ik graag naar Thailand voor een nader onderzoek.' Ze trok haar wenkbrauwen op, haar gezicht vertelde hoe ze de mogelijkheden voor zo'n budgettaire uitspatting inschatte. Buiten was het donker geworden en door hun vermoeidheid en de zwakke lucht van pils kreeg het kantoortje bijna iets gezelligs. 'Zijn we nog in dienst?'

Hij begreep waar ze op doelde, glimlachte ontkennend en reikte haar een bierflesje aan, dat hij op dezelfde manier als de vorige openmaakte. Het tafelblad kreunde, maar deze keer slaagde hij erin de hals van de fles heel te laten. Ze pakte het flesje aan, maar zette het meteen weer neer en verdween zonder iets te zeggen. Twee minuten later deed ze verwoede pogingen om twee kaarsen rechtop op zijn bureau te plaatsen. Met flink wat gesmolten kaarsvet bleven ze staan, enigszins scheef, ieder een andere kant op. Ze deed het grote licht uit en Håkon boog de bureaulamp naar de muur, zodat die een gedempt schijnsel de kamer in wierp.

'Als we nu betrapt worden, zijn de roddels niet van de lucht.'

Hij knikte instemmend. 'Maar dat zou voor mij gunstig zijn,' grijnsde hij.

Ze proostten en stootten hun flesjes iets te hard tegen elkaar.

'Dit is een goed idee! Is het toegestaan?'

'Ik doe in mijn eigen kantoor wat ik wil, vrijdags om half zeven. Ik word niet betaald voor mijn aanwezigheid, bovendien ga ik met de tram naar huis en daar zit niemand op me te wachten. Hoe zit het met jou? Zit er iemand op jou te wachten?'

Het was vriendelijk bedoeld. Een ondoordachte en welgemeende poging om de ongewone stemming te benutten, absoluut niet bedoeld om over de schreef te gaan. Ze verstijfde evenwel, ging rechtop zitten en zette haar bierflesje neer. Hij merkte de verandering en had er vreselijk spijt van.

'Hoe staat het met Peter Strup?' vroeg hij na een beklemmende stilte.

'We hebben hem nog niet zoveel prioriteit gegeven. Misschien moeten we dat wel doen. Ik weet alleen niet goed, waar we naar moeten zoeken. Ik ben meer geïnteresseerd in wat Karen Borg misschien weet.'

Zelfs in het vage licht kon ze zien hoe hij bloosde. Hij nam zijn bril af, een afleidingsmanoeuvre, en poetste de glazen met de boord van zijn katoenen trui.

'Ze weet meer dan ze zegt, dat is duidelijk. Het gaat vermoedelijk om andere strafbare feiten, dan wat we nu over Van der Kerch weten. Hij zit voor moord. Het technisch onderzoek is afgesloten en dat kost hem zijn kop. Maar als onze theorie klopt, kan hij best tot over zijn nek in een drugszaak verwikkeld zijn. Voor de strafmaat is het niet bepaald gunstig, als zoiets bovenop moord met voorbedachten rade komt. Ze houdt zich aan haar beroepsgeheim. Karen Borg is een vrouw met principes, dat kun je van me aannemen. Ik ken haar heel goed. Kende haar in elk geval.'

'Het ziet er in elk geval niet naar uit, dat mijn notitie vervelende gevolgen voor haar heeft gehad,' zei Hanne. 'Is haar nog iets ongewoons of verontrustends opgevallen?'

'Nee.' Hij was niet zo overtuigd als hij zich voordeed. Hij had haar al twee weken niet gesproken. Niet dat hij het niet had geprobeerd. Ze had hem net zo lang gekust totdat hij beloofd had haar niet op te bellen, maar die belofte had hij precies twee dagen nadat hij de zoldertrap was afgestruikeld al gebroken. Op maandagochtend had hij haar kantoor opgebeld, maar was door een vriendelijke telefoniste afgescheept. Karen Borg was in bespreking, maar ja hoor, ze zou een briefje neerleggen dat hij gebeld had. Sindsdien had hij bij diezelfde dame nog vier boodschappen achtergelaten, maar Karen had op geen ervan gereageerd. Hij had zich er net als vroeger berustend bij neergelegd, maar iedere keer als hij de telefoon opnam, met een intense en allesoverheersende hoop dat zij het was, moest hij teleurgesteld constateren dat ze standvastig was in haar besluit om hem een maand lang niet te spreken. Er waren nog twee weken te gaan.

'Nee,' herhaalde hij echter. 'Ze heeft niets ongewoons gemerkt.'

Het uitgelopen kaarsvet had twee grote cirkels op het bureau gemaakt. Håkon legde zijn hand onnodig beschermend achter de vlammetjes en blies ze uit. Hij stond op en deed het licht aan.

'Tot zover het aperitief,' zei hij gemaakt vrolijk. 'Aan het diner zullen we ieder apart moeten verschijnen!'

Zaterdag 7 november

Hoewel de winter zich even van zijn sterkste kant had laten zien, had hij voor een normale, gure herfst in het vorstbruine gras moeten bijten. De overblijfselen van de inleidende schermutselingen waren enkele dagen als grauwwitte sneeuwplekken blijven liggen, maar die waren nu ook verdwenen. De regen was een graad of drie van sneeuw verwijderd, maar veel onaangenamer. Het asfalt, dat een paar dagen geleden 's nachts in het donker nog had geglinsterd, als bezet met miljoenen zwarte diamanten, leek nu een plat kwijlend gedrocht, dat alle licht opslokte zodra het de grond raakte.

Hanne en Cecilie kwamen van een prima feestje. Cecilie had te veel gedronken en pakte flirtend Hannes hand vast. Ze liepen een paar meter hand in hand, maar zodra ze in het zwakke schijnsel van een straatlantaarn kwamen, liet Hanne los.

'Lafaard,' plaagde Cecilie.

Hanne glimlachte slechts en trok haar handen in haar mouwen, waar ze veilig waren voor nieuwe pogingen tot intimiteit. 'We zijn zo thuis,' zei ze.

Hun haar was al nat en Cecilie klaagde dat ze niets door haar bril kon zien.

'Neem dan ook contactlenzen.'

'Dat is op dit moment een beetje moeilijk! En nu zie ik niets! Geef me dan in elk geval een arm. Anders val ik en breek ik mijn nek en dan blijf jij helemaal alleen op de wereld over.'

Ze liepen gearmd verder. Hanne wilde niet helemaal alleen op de wereld overblijven.

Voor hen lag het park, donker. Ze waren allebei bang in het donker, maar de weg door het park was vijf minuten korter. Ze waagden het erop.

'Eigenlijk ben je heel erg grappig, Hanne. Je bent hartstikke grappig,' babbelde Cecilie, alsof menselijk stemgeluid de eventueel op een late herfstavond aanwezige duistere machten kon verjagen. 'Ik lach me altijd rot om jouw moppen. Vertel die mop over dat toneelgezelschap in Gryllefjord nog eens. Die is altijd weer even leuk. En hij duurt zo lekker lang. Vertel!'

En Hanne vertelde gewillig. Toen het toneelgezelschap voor de tweede keer in het gemeenschapshuis van Gryllefjord optrad, zweeg ze ineens. Met een afwerend, agressief gebaar hield ze Cecilie tegen en trok ze haar geliefde achter een grote, hoge beukenboom. Cecilie begreep het verkeerd en bood haar mond aan voor een kus.

'Laat dat, Cecilie. Wees eens stil!' Ze bevrijdde zich uit de omhelzing, leunde tegen de boomstam en loerde er voorzichtig omheen.

De twee mannen waren zo onvoorzichtig geweest om onder een van de twee lantaarns te gaan staan, die heel het donkere park rijk was. De vrouwen stonden dertig meter van hen af en konden niet verstaan wat ze zeiden. Hanne Wilhelmsen zag alleen de rug van de ene man, hij hield zijn handen in zijn zakken en sloeg zijn voeten tegen elkaar. Dat kon erop duiden dat ze er al een poosje stonden. Ze bleven tamelijk lang staan, de mannen in een gedempt gesprek gewikkeld, de vrouwen stil achter de boom. De ernst van de situatie was ten slotte tot Cecilie doorgedrongen en ze ging er gelaten vanuit dat Hanne haar gedrag later wel zou uitleggen.

De man die met zijn rug naar hen toe stond, was heel gewoon gekleed. De pijpen van zijn spijkerbroek staken in een paar afgetrapte sneeuwlaarzen. Zijn jack, ook van spijkerstof, had een voering van namaakbont, dat bij de kraag grijswit naar buiten stak. Zijn haar was kort, het waren bijna stekeltjes.

De man wiens gezicht Hanne goed kon zien, droeg een lichtbeige jas en was ook blootshoofds. Hij zei niet veel, maar scheen zich op de woordenvloed van de ander te concentreren. Na een paar minuten gaf die hem een mapje met iets wat blijkbaar documenten waren. Hij bladerde de papieren snel door en stelde een paar vragen, waarschijnlijk over de inhoud. Een paar keer wees hij in de documenten en draaide de stapel zodanig dat ze het allebei konden zien. Ten slotte vouwde hij het mapje in de lengte dubbel en deed enige moeite om ze in zijn binnenzak te stoppen.

Het licht kwam recht van boven, als van een zwak zonnetje boven aan de hemel. Zijn gezicht leek daardoor een karikatuur, bijna duivels. Maar dat speelde geen rol. Hanne Wilhelmsen had hem onmiddellijk herkend. Toen de twee mannen elkaar een hand gaven en ieder een andere kant op liepen, liet Hanne de beukenboom los en draaide ze zich naar haar vriendin om.

'Ik weet wie die man is,' constateerde ze tevreden.

De man in de lange jas holde met opgetrokken schouders naar een geparkeerde auto aan de andere kant van het park.

'Dat is Peter Strup,' stelde Hanne Wilhelmsen vast. 'Advocaat Peter Strup.'

Maandag 9 november

De schilderijen hingen dicht naast elkaar aan de wanden. Het maakte een gezellige indruk, hoewel de afbeeldingen elkaar doodsloegen. Ze herkende een paar signaturen. Bekende kunstenaars. Op een regenachtige avond had ze de eigenaar een aardige som geboden voor een schilderij van de Olaf Ryesplass, van bijna een vierkante meter groot. Waterverf, maar geen aquarel, de verf was op een soort bruin pakpapier gesmeerd, dat de kleuren niet had opgezogen. Het schilderij was krachtig en overweldigend, vol stadsleven en gebruis. Op de achtergrond stond het gebouw waar Karen Borg in woonde. Het schilderij was niet te koop.

De tafeltjes stonden te dicht bij elkaar, dat was het enige wat haar aan het restaurant ergerde. Het was moeilijk een vertrouwelijk gesprek te voeren, met het buurtafeltje op slechts enkele centimeters afstand. 's Maandags was het er rustig. Het was zo stil, dat ze geprotesteerd hadden tegen het tafeltje dat hen beleefd werd aangewezen en aangedrongen op een plekje aan de andere kant van het restaurant. Voorlopig zaten er nog geen gasten aan het tafeltje naast hen.

De witte servetten staken smaakvol af tegen het zwarte tafelzeil en de wijnglazen waren perfect, zonder tierlantijntjes. De wijn was fantastisch, ze moest hem complimenteren met zijn keuze.

'Je geeft je niet gewonnen,' glimlachte ze na het eerste slokje.

'Nee, daar sta ik niet om bekend, in ieder geval niet als het om mooie vrouwen gaat!'

Uit de mond van een ander zou het banaal en zelfs een beetje brutaal geklonken hebben. Peter Strup kon het als een compliment laten klinken en ze merkte – niet zonder enig zelfverwijt – dat ze het op prijs stelde.

'Een schriftelijke uitnodiging kon ik toch niet weigeren,' zei Karen Borg. 'Zo'n verzoek heb ik in jaren niet gehad.'

Het kaartje had die dag bovenop haar stapel post gelegen. Een geelbruine correspondentiekaart van geschept papier, rafelig aan de randen en met boven in de hoek een dun gedrukte tekst: *Peter Strup, advocaat.*

Het kaartje was met de hand geschreven, in een mannelijk, maar sierlijk en makkelijk leesbaar handschrift. Het was een hoffelijke uitnodiging om diezelfde avond met hem, in een met naam genoemd restaurant, te gaan dineren, heel attent slechts twee straten van Karens eigen woning verwijderd. Als afsluiting had hij geschreven: 'Dit is een uitnodiging met de beste bedoelingen. Met je beleefde afwijzingen nog vers in het geheugen, laat ik het aan jou over of je komt. Je hoeft me geen bericht te sturen, maar ik zal er om 19.00 uur zijn. Als je niet komt, beloof ik dat je niets meer van me zult horen – in ieder geval niet met betrekking tot deze zaak!'

Hij had ondertekend met zijn voornaam. Het kwam een beetje opdringerig over. Maar alleen dat met zijn naam. De brief op zich was stijlvol en liet haar een reële keuze. Als ze wilde, kon ze komen. Ze wilde. Maar voor ze iets besliste, belde ze Håkon.

Het was ruim twee weken geleden dat ze hem gevraagd had een poosje uit haar buurt te blijven. Sindsdien voelde ze afwisselend een sterke drang om hem op te bellen en paniek over wat er was gebeurd. Het was de fijnste nacht van haar leven geweest. Een nacht die alles bedreigde wat ze had en die haar deed beseffen dat iets binnenin haar niet te sturen was en haar uit haar veilige bestaan lokte waarvan ze zo afhankelijk was. Ze wilde er geen verhouding naast. En ze wilde onder geen beding scheiden. De enige verstandige oplossing was dat ze Håkon op afstand hield. Maar tegelijkertijd was ze ziek van verlangen en was ze, op weg naar een besluit waarvan de uitkomst nog niet duidelijk was, vier kilo aangekomen.

'Met Karen,' meldde ze, toen ze hem bij de derde poging eindelijk aan de lijn had.

Hij slikte zo heftig dat hij moest hoesten. Ze hoorde dat hij de hoorn even opzij moest leggen. Wat ze niet hoorde, was dat hij van het hoesten en de opwinding over haar telefoontje moest overgeven. Hij kon nog net bijtijds de prullenbak grijpen. Toen hij

147

eindelijk in staat was te antwoorden, schrijnde de zure smaak tegen zijn gehemelte.

'Sorry,' kuchte hij. 'Er schoot iets in mijn keel. Hoe gaat het met je?'

'Daar wil ik het nu niet over hebben, Håkon. Daar praten we nog wel over. Later. Ik moet nadenken. Mijn gevoelens op een rijtje zetten. Je bent een lieve jongen. Je moet me nog wat tijd gunnen.'

'Waarom bel je dan?' Een mengeling van wanhoop en een sprankje hoop maakten dat zijn stem onnodig gepikeerd klonk. Hij hoorde het zelf, maar hoopte dat de telefoonverbinding de scherpte uit zijn stem zou halen.

'Peter Strup heeft me voor een etentje uitgenodigd.'

Het werd muisstil. Håkon Sand was oprecht verbaasd en verschrikkelijk jaloers. 'Juist.' Wat moest hij nog meer zeggen? 'Juist,' herhaalde hij. 'Heb je ja gezegd? Heeft hij je verteld waarom hij je uitnodigt?'

'Eigenlijk niet,' antwoordde ze. 'Maar ik geloof dat het iets met onze zaak te maken heeft. Ik heb wel zin om te gaan. Vind je dat ik het moet doen?'

'Nee, natuurlijk niet! Hij is een verdachte in een ernstige strafzaak! Ben je helemaal gek geworden? De goden mogen weten wat hij van plan is! Nee, je er mag er niet naartoe gaan. Hoor je dat?'

Ze zuchtte en begreep welke vergissing ze begaan had door te bellen. 'Hij is toch geen verdachte, Håkon. Je moet niet zo overdrijven. Jullie hebben helemaal niets tegen de man! Dat hij een bijzondere interesse toont voor mijn cliënt, is toch geen reden om in het zoeklicht van de politie te komen. Eerlijk gezegd ben ik wel nieuwsgierig waarom hij zo geïnteresseerd is en dat dineetje zou wel eens verhelderend kunnen werken. Daar kunnen jullie dan toch ook iets aan hebben? Ik beloof je te vertellen wat het oplevert.'

'We hebben het nodige tegen die kerel,' zei Håkon pathetisch. 'Meer dan alleen maar wat pogingen om een cliënt in te pikken. Maar daar kan ik je niets over vertellen. Je moet me gewoon geloven.'

'Ik geloof dat je jaloers bent, Håkon.'

Hij hoorde dat ze glimlachte, verdorie. 'Ik ben helemaal niet jaloers,' brulde hij, nieuwe porties maagzuur opboerend. 'Ik maak me oprecht en professioneel zorgen om jouw veiligheid!'

'Nou ja,' sloot ze af. 'Mocht ik vanavond verdwijnen, dan moet je Peter Strup maar aanhouden. Ik ga erheen. Dag!'

'Wacht! Waar hebben jullie afgesproken?'

'None of your business, Håkon, maar als je het absoluut wilt weten: Markveien Mat- og Vinhus. Bel me niet. Ik bel jou. Over een poosje. Een paar dagen of weken.'

Er klonk een klikje en Karen werd door een honende, monotone zoemtoon afgelost.

'Verdomme,' mompelde Håkon Sand. Hij spuugde in de prullenbak en haalde de plastic zak eruit, waar hij voordat hij de stinkende inhoud weggooide een knoop in bond.

Het eten was verrukkelijk. Karen Borg kon erg van een goede maaltijd genieten. Haar eigen herhaalde pogingen in de keuken mislukten altijd. Een meter recepten en kookboeken op de plank hadden haar niet erg geholpen. In de loop der jaren had Nils de keuken geleidelijk overgenomen. Hij kon zelfs van instantsoep een vier-sterren maaltijd bereiden. Zelf was ze in staat een biefstuk te verwoesten.

Peter Strup zag er beter uit dan ze zich uit de kranten kon herinneren. Die zeiden dat hij vijfenzestig was. Op foto's zag hij er veel jonger uit, maar dat kwam waarschijnlijk doordat je de vele rimpeltjes dan niet kon zien. Nu, nog geen meter van hem verwijderd, kon ze zien dat het leven hem niet zo had gespaard als ze gedacht had. Toch maakten de lijnen in zijn gezicht hem geloofwaardiger, wijzer. Zijn indrukwekkende donkergrijze haar lag als een stalen helm om zijn hoofd. Een vikinghoofdman met ijsogen.

'Hoe bevalt het je als strafpleiter,' glimlachte hij boven de port, na drie gangen en kaastaart toe.

'Best,' zei ze, waarmee ze te veel noch te weinig zei.

'Is je cliënt nog zo psychotisch?'

Hoe wist hij van de gezondheidstoestand van de Nederlander? Ze vergat de vraag even snel als hij in haar opkwam. 'Ja. Een triest geval. Echt. Ze zijn nog niet eens met het gerechtelijk vooronderzoek begonnen, hij is nog te veel in de war. Hij zou moeten worden opgenomen. Maar je weet hoe het gaat... Frustrerend. Ik kan niet veel voor hem doen.'

'Ga je bij hem op bezoek?'

'Ja, dat wel. Iedere vrijdag. Diep in zijn mistige hoofd schijnt hij dat prettig te vinden. Vreemd.'

'Nee, helemaal niet vreemd,' zei Peter Strup en hij wuifde met zijn hand om de rook van Karens sigaret te verdrijven.

'Heb je er last van?' vroeg ze bedrukt en drukte de half opgerookte Prince uit.

'Welnee, helemaal niet,' verzekerde hij, greep het pakje, viste er een nieuwe sigaret uit en bood haar die aan. 'Ik heb er helemaal geen last van.'

Ze sloeg de sigaret toch af en stopte het pakje in haar handtas.

'Het is niet raar dat hij zich op jouw bezoekjes verheugt. Dat doen ze altijd. Jij bent waarschijnlijk de enige die langskomt. Een lichtpuntje in zijn bestaan, iets om naar uit te kijken, waar hij zich tot je volgende bezoek aan kan vastklampen. Hoe psychotisch hij ook is, hij registreert wel wat er gebeurt. Praat hij?'

Het was een onschuldige en in deze samenhang logische vraag. Toch was Karen op haar hoede, ondanks de ontspannen atmosfeer en de prettige, lichte roes na drie glazen wijn.

'Alleen wat onzinnig gemompel,' zei ze luchtig. 'Maar hij glimlacht als ik binnenkom. Hij trekt tenminste een grimas die op een glimlach lijkt.'

'Hij zegt dus niets,' stelde Peter Strup losjes vast en keek haar over de rand van zijn portglas aan. 'En wat mompelt hij zoal?'

Karen Borgs kaak verstijfde. Ze werd verhoord en dat vond ze niet prettig. Tot dusver had ze genoten van de maaltijd en zich in het gezelschap van deze wellevende, ontwikkelde en charmante man op haar gemak gevoeld. Hij had anekdotes uit de rechtszaal en de sporthal verteld en moppen met driedubbele bodem, gekruid met een aandacht waar ook aantrekkelijkere vrouwen dan Karen Borg zich door geflatteerd zouden voelen. En zij was open geweest, meer dan gewoonlijk, en had hem toevertrouwd hoe frustrerend ze haar leven als advocaat tussen de 'rich and beautiful' vond.

Nu verhoorde hij haar. Dat accepteerde ze niet.

'Ik heb geen zin om over concrete zaken te praten. En al helemaal niet over deze concrete zaak. Ik heb geheimhoudingsplicht. Bovendien denk ik dat je me onderhand een verklaring voor je opvallend nieuwsgierige gedrag schuldig bent.' Ze zat met haar armen over elkaar, dat deed ze altijd als ze boos of kwetsbaar was. Nu was ze beide.

Peter Strup zette zijn glas neer, zat erbij als haar masculiene spiegelbeeld, met zijn armen over elkaar, en keek haar recht aan. 'Die zaak interesseert me, omdat ik de contouren vermoed van iets dat mij aangaat. Als advocaat, als mens. Ik heb de mogelijkheid je ergens tegen te beschermen, tegen iets dat gevaarlijk kán zijn. Laat me de verdediging overnemen.'

Hij liet zijn armen zakken en boog zich naar haar toe. Zijn gezicht bevond zich hooguit dertig centimeter van het hare en onwillekeurig probeerde ze iets naar achteren te schuiven. Dat lukte niet, haar hoofd stootte met een zachte dreun tegen de wand.

'Je kunt dit als een waarschuwing opvatten. Of je laat de Nederlander aan mij over, of je moet zelf de consequenties dragen. Ik kan je één ding verzekeren: je zult er absoluut goed aan doen hieruit te stappen. Waarschijnlijk is het nog niet te laat.'

Het werd plotseling te warm in het restaurant. Karen voelde hoe een blos naar haar wangen steeg en een lichte rodewijn-allergie vlekken op haar hals tekende. De beugels van haar bh boorden zich in de bezwete huid onder haar borsten en ze stond abrupt op om de situatie te ontvluchten.

'En ik kan jóú ook één ding verzekeren,' zei ze zacht, terwijl ze zonder hem met haar ogen los te laten haar handtas oppakte. 'Ik geef die jongen voor geen goud ter wereld af. Hij heeft mijn hulp gevraagd. Ik ben door de rechtbank toegevoegd en ik zal hem helpen ook. Ongeacht dreigementen, of die nu van schurken of van advocaten komen.'

Hoewel ze zacht sprak, wekte de scène een zekere aandacht. De weinige gasten in het andere deel van het restaurant zwegen en keken geïnteresseerd naar de twee advocaten. Ze dempte haar stem nog meer en fluisterde bijna: 'Bedankt voor de maaltijd. Het was heerlijk. Ik reken erop niets meer van je te horen. Als ik in verband met deze zaak nog een woord van je hoor, zal ik me bij de orde van advocaten beklagen.'

'Ik ben geen lid,' glimlachte hij en veegde zijn mond af met een groot, wit servet.

Karen Borg beende naar de garderobe, schoot in haar jas en had slechts één minuut en vijfenveertig seconden nodig om thuis te komen. Ze was woest.

*

Toen ze wakker werd, bevond de nacht zich nog in de puberteit. De digitale cijfers van de wekkerradio slingerden haar het tijdstip driftig rood naar het hoofd: 02:11. Nils ademde langzaam en regelmatig, met een gek snurkje bij iedere vierde ademhaling. Ze probeerde zijn ritme op te pikken, de rust van de grote slapende man naast haar over te nemen, gelijk met hem adem te halen, haar kortademige longen hetzelfde tempo als dat van haar man op te dringen. Die protesteerden door haar een aanval van duizeligheid te bezorgen, maar uit ervaring wist ze dat na de duizeligheid de slaap gewoonlijk van zijn nachtelijke vluchtpoging terugkeerde.

Vannacht echter niet. Haar hart weigerde gewoonweg het tempo te verlagen en haar longen schreeuwden uit protest tegen een andere snelheid. Wat had ze gedroomd? Ze kon het zich niet herinneren, maar het gevoel van verdriet, onmacht en ondefinieerbare angst was zo sterk, dat het wel iets vreselijks moest zijn.

Voorzichtig schoof ze naar de rand van het bed en tastte met haar hand naar de stekker van de telefoon op het nachtkastje. Ze trok hem eruit en glipte toen, na ontelbare nachten training voorzichtig en zonder Nils wakker te maken het bed en de slaapkamer uit.

Het kleine lampje boven het telefoontafeltje maakte het mogelijk om iets in de gang te zien. Langzaam pakte Karen de draadloze telefoon uit de houder. Daarna ging ze naar wat ze allebei het kantoor noemden, dat achter de woonkamer lag. Het licht was aan, de grote grenenhouten tafel, die met twee vierkante zuilen aan het schuine dak was bevestigd, was bezaaid met psychologische vakliteratuur. De wanden van de kamer waren van de vloer tot het plafond volgebouwd met boekenkasten. Maar dat was niet voldoende, ook op de vloer lagen overal metershoge stapels boeken. De kamer was de gezelligste van de woning, met in een hock een leunstoel met een voetenbankje en een goede leeslamp. Karen ging zitten.

Ze kende zijn nummer uit haar hoofd, hoewel ze het maar één keer in haar leven had gebruikt, nu ruim twee weken geleden. Zijn nummer uit hun studietijd kende ze ook nog, maar dat had ze zes jaar lang minstens één keer per dag gedraaid. Om de een of andere reden leek het een groter bedrog om hem te bellen terwijl Nils een paar kamers verderop lag te slapen, dan met hem op de vloer van de kamer te vrijen terwijl Nils niet in de stad was. Ze zat enkele minuten naar de telefoon te staren voordat haar vingers uiteindelijk en bijna vanzelf de juiste cijfercombinatie kozen.

Na twee en een halve keer overgaan, hoorde ze een gesmoord 'hallo'.

'Hoi, met mij.' Iets originelers schoot haar niet te binnen.

'Karen! Wat is er?' Hij leek ineens klaarwakker.

'Ik kan niet slapen.'

Een ritselend geluid wees erop dat hij rechtop in bed ging zitten.

'Ik had je eigenlijk niet wakker moeten maken,' verontschuldigde ze zich.

'Jawel, dat geeft niet. Eerlijk gezegd ben ik blij dat je belt. Dat weet je wel. Je moet me altijd bellen als je daar behoefte toe voelt. Het maakt niet uit hoe laat. Waar ben je?'

'Thuis.'

Het werd stil.

'Nils slaapt,' verklaarde ze, om zijn vraag voor te zijn. 'Ik heb de stekker van de telefoon op de slaapkamer eruit getrokken. Bovendien slaapt hij altijd als een os om deze tijd van de nacht. Hij is eraan gewend dat ik wakker word en een beetje rondwandel. Ik geloof niet dat hij het merkt.'

'Hoe was je etentje?'

'Heel gezellig, tot de koffie. Toen begon hij weer te zeuren. Ik begrijp niet wat hij met die jongen wil. Hij was nogal vrijpostig, dus ik heb hem terechtgewezen. Ik geloof niet dat ik nog wat van hem hoor.'

'Ja, je zag er behoorlijk kwaad uit toen je wegging.'

'Toen ik wegging? Hoe weet jij dat?'

'Je hebt het restaurant precies om 22.04 uur verlaten en bent nijdig naar huis gehold.' Hij grinnikte even, alsof hij zich wilde verontschuldigen.

'Jij schurk! Heb je me bespioneerd?' Karen was verontwaardigd, maar voelde zich ook gevleid.

'Nee, niet bespioneerd, ik heb op je gepast. Het was een koud genoegen. Drie uur in een portiek in Grünerløkka is niet echt leuk.' Hij moest even stoppen en nieste twee keer krachtig. 'Ik heb verdorie een verkoudheid opgelopen. Je zou me dankbaar moeten zijn.'

'Waarom heb je niets gezegd, toen ik naar buiten kwam?'

Håkon gaf geen antwoord.

'Dacht je dat ik boos zou worden?'

'Met die mogelijkheid hield ik rekening, ja. Zoals jij vandaag door de telefoon deed!'

'Je bent lief. Je bent echt lief. Ik was vast en zeker spinnijdig geworden. Maar het is een prettige gedachte dat jij daar de hele tijd op mij hebt staan passen. Was je toen politieman of Håkon?'

De vraag verborg een uitnodiging. Overdag zou hij zich eruit hebben gepraat, en dat zou zij ook het liefste willen, dat wist hij. Maar het was donkere nacht. Zonder het eigenlijk te willen, sprak hij de waarheid. 'Een officier van justitie post niet, Karen. Een officier van justitie zit op kantoor en bekommert zich alleen om papieren en processen. Ík stond daar. Ik was jaloers en bezorgd. Ik hou van je. Daarom.'

Hij was tevreden en rustig, hij zou wel zien hoe ze reageerde. Haar reactie was zeer verrassend en bracht hem volkomen van zijn stuk.

'Ik denk dat ik ook een beetje verliefd op jou ben, Håkon.'

Plotseling barstte ze in huilen uit. Håkon wist niet wat hij moest zeggen.

'Niet huilen!'

'Jawel, ik huil als ik dat wil,' hikte ze. 'Ik huil omdat ik niet weet wat ik moet doen.'

Nu kon ze niet meer ophouden met huilen. Håkon kon bijna

niet verstaan wat ze zei. Daarom liet hij haar uithuilen. Dat duurde tien minuten.

'Ook een manier om telefoontikken te verspillen,' snufte ze uiteindelijk.

''s Nachts is het niet zo duur. Daar kom je wel overheen.' Ze was nu rustiger. 'Ik ben van plan een poosje weg te gaan,' zei ze. 'In mijn eentje naar het zomerhuis. Ik neem de hond mee, en wat boeken. Het is net of ik hier in de stad niet kan nadenken. In ieder geval niet hier thuis en op kantoor moet ik zorgen dat ik mijn werk af krijg. En dat lukt me al amper.'

Het gesnuf nam weer toe.

'Wanneer ga je weg?'

'Dat weet ik niet. Ik zal je bellen voor ik wegga. Misschien over een week of twee. Je moet me beloven niet te bellen. Tot nu toe is dat je ook gelukt.'

'Ik beloof het. Erewoord. Maar eh... kun je het nog een keer zeggen?'

Na een korte pauze kwam het.

'Ik ben misschien een beetje verliefd, Håkon. Misschien. Welterusten.'

Dinsdag 10 november

'Over tijdverspilling gesproken.'
Hanne Wilhelmsen had twee dikke elastieken om de documenten gedaan. Het zag er nu uit als een weinig aantrekkelijk kerstcadeau. Een pak waarmee gegooid kon worden. Pang.
'Nu hebben we Olsen én Lavik helemaal doorgenomen. Zero.'
'Niets? Helemaal niets?' Håkon Sand was verbaasd. Dat ze absoluut niets interessants konden vinden, was opvallender dan wanneer ze ergens op een kleinigheidje waren gestuit. Slechts weinigen konden het kritische oog van de politie verdragen zonder dat daarbij een of ander zwart schaap tussen de bomen opdook.
'Er is me trouwens iets vreemds opgevallen,' zei Hanne. 'We hebben geen toegang tot Laviks bankrekeningen, want hij is niet in staat van beschuldiging gesteld. Maar moet je zijn belastingaangiftes van de laatste jaren eens zien!'
Håkon kreeg een blad vol nietszeggende getallen voor zijn neus. Hij begreep er niets van. Behalve dat de man een jaarinkomen had waar iedere ambtenaar van het openbaar ministerie groen van afgunst van zou worden.
'Het lijkt alsof er geld is verdwenen,' verklaarde Hanne.
'Verdwenen?'
'Ja, zijn opgegeven inkomen klopt eenvoudigweg niet met zijn vermogen. Of de man moet een enorm uitgavenpatroon hebben, of hij heeft ergens geld weggestopt.'
'Maar waarom zou hij eerlijk verdiend geld wegstoppen?'
'Daar is maar één goede reden voor te bedenken: het ontduiken van belasting. Maar omdat de vermogensbelasting in Noorwegen zo laag is, is dat zowel stom als onwaarschijnlijk. Ik kan me gewoon niet voorstellen dat hij zich voor een paar luizige kronen schuldig zou maken aan belastingontduiking. Zijn boekhouding klopt en wordt ieder jaar door een accountant goedgekeurd. Ik begrijp het gewoon niet.'

Ze keken elkaar aan. Håkon stopte een dot pruimtabak onder zijn bovenlip.

'Ben jij met die troep begonnen?' vroeg Hanne vol afschuw.

'Alleen maar om te voorkomen dat ik weer ga roken. Het is maar tijdelijk,' verontschuldigde hij zich en spuugde wat tabak uit. 'Het is slecht voor je tandvlees. En bovendien stinkt het.'

'Er is niemand die aan mij gaat staan ruiken,' pareerde hij. 'Laten we er eens over brainstormen. Waarom zou jij geld wegstoppen?'

'Als ik zwart of illegaal geld had. In Zwitserland, misschien. Net als in misdaadromans. Tegenover de Zwitserse banken staan we machteloos. De rekeningen hoeven niet eens op naam te staan, een nummer is voldoende.'

'Zijn er reizen naar Zwitserland geregistreerd?'

'Nee, maar daar hoeft hij niet naartoe. Zwitserse banken hebben filialen in ettelijke van de landen die hij heeft bezocht. Bovendien kan ik me niet aan de indruk onttrekken dat er meer steekt achter zijn bezigheden in Azië. Drugs. Dat klopt precies met onze theorie. Jammer dat hij een uitstekende en legitieme verklaring voor zijn reizen heeft. Die hotels van hem staan er tenslotte.'

Er werd op de deur geklopt en voordat er iemand 'ja' had gezegd, stapte een blonde agent naar binnen. Håkon ergerde zich daaraan, maar hij hield zijn mond.

'Hier zijn de papieren waar je om hebt gevraagd,' zei hij tegen de brigadier, hij reikte haar vijf computeruitdraaien aan en verdween zonder de deur achter zich dicht te doen. Håkon stond op en deed het voor hem.

'Geen manieren meer, de jeugd van tegenwoordig.'

'Maar Håkon, luister eens: als ik heel veel illegaal geld had en een Zwitserse bankrekening gebruikte, en ik was gierig, zou ik daar dan niet ook een deel van mijn legale geld op zetten?'

'Gierig? Ja, zo zou je Lavik misschien wel kunnen noemen.'

'Moet je eens zien hoe sober hij leeft! Zulke mensen kicken op spaarrekeningen. Hij heeft alles op diezelfde rekening gezet!'

Het was geen geweldige theorie, maar bij gebrek aan iets beters was hij bruikbaar. Uit hebzucht maken zelfs de besten fouten. Nou ja, fouten, het was moeilijk onwettig te noemen als iemand minder geld had, dan uit zijn boekhouding bleek.

'Vanaf dit moment gaan we ervan uit dat Lavik in Zwitserland geld heeft weggestopt. We zullen wel zien hoe ver we daarmee komen. Niet heel ver, ben ik bang. En hoe zit het met Peter Strup? Heb jij met betrekking tot hem nog iets ondernomen, na dat geheimzinnige gesprek in het Sofienbergpark?'

Ze gaf hem een dunne map aan. Håkon Sand zag dat er geen zaaknummer op stond.

'Mijn eigen privé-materiaal,' verklaarde ze. 'Dit is een kopie voor jou. Neem het mee naar huis en bewaar het op een veilige plek.'

Hij bladerde in de papieren. Strups levensgeschiedenis was indrukwekkend. Tijdens de oorlog actief in het verzet, hoewel hij bij de bevrijding amper achttien was. Destijds al lid van de Arbeiderparti, maar hij had zich in de jaren erna niet binnen de partij geprofileerd. Hij had wel contact gehouden met zijn verzetskameraden en vandaag de dag had hij zodoende een kring vrienden op vooraanstaande posities. Hij was dik bevriend met verscheidene vroegere partijbonzen, stond op goede voet met de koning, met wie hij in zijn jonge jaren trouwens gezeild had (de goden mochten weten waar hij de tijd vandaan haalde), en hij kwam wekelijks over de vloer bij de staatssecretaris van Justitie, met wie hij vroeger ook had samengewerkt. Vrijmetselaar in de tiende graad, waardoor hij toegang had tot de meeste tempels van de macht. Destijds getrouwd met een vroegere cliënt, een vrouw die na twee jaar door een hel te zijn gegaan haar man had vermoord en die na anderhalf jaar gevangenisstraf bruiloftsklokken en een leven aan de zonzijde wachtte. Het huwelijk scheen gelukkig te zijn en niemand had de man ooit op buitenechtelijke avontuurtjes kunnen betrappen. Hij verdiende zeer goed, ondanks dat zijn honorarium grotendeels door het rijk werd betaald. Volgens zijn eigen herhaalde uitspraken in de kranten betaalde hij zijn belasting met plezier en daarbij ging het niet om kinderachtige bedragen.

'Niet bepaald de biografie van een grote crimineel,' zei Håkon, terwijl hij de map dichtsloeg.

'Nee, maar het ziet er ook niet bepaald rechtschapen uit, als je 's nachts in duistere parken mensen ontmoet.'

'Nachtelijke ontmoetingen met cliënten schijnen in deze zaak normaal te zijn,' stelde hij ironisch vast en duwde met zijn tong de pruimtabak weer op zijn plaats. 'We moeten voorzichtig zijn. Van Peter Strups vele vrienden zitten er ook een aantal bij de veiligheidsdienst.' 'Voorzichtig? Maar we zijn zo voorzichtig dat ik het bijna niet van een verlamming kan onderscheiden.' Håkon gaf de strijd tegen de tabak op en spuugde het in de prullenbak. Hij was niet meer in vorm.

*

Hij was echt fantastisch, en Hanne Wilhelmsens enige luxe. Net als voor de meeste luxeartikelen was het salaris van een brigadier er eigenlijk ontoereikend voor. Maar dankzij de bijdrage van een arts kon ze zich zes maanden per jaar vrij voelen op een Harley-Davidson uit 1972. Hij was roze. Helemaal roze. Cadillac-roze, met blank, glimmend chroom. Hij stond nu gedemonteerd in de kelder, in een knutselruimte met gele wanden en een oude allesbrander in de hoek; zonder de woningbouwvereniging om toestemming te vragen hadden ze een verbinding met de schoorsteen gemaakt. Langs de muren stonden Ikea-stellingen met een ruime keus aan gereedschap. Op de bovenste plank stond een draagbare zwart-wit tv.

De hele motor lag gedemonteerd voor haar, ze reinigde de onderdelen met wattenstaafjes. Niets was goed genoeg voor een Harley. Maart was nog veel te ver weg, dacht ze, en ze verheugde zich nu al mateloos op haar eerste voorjaarsrit. Het zou stralend weer zijn en er zouden grote plassen op straat liggen. Cecilie zou achterop zitten en het geluid van de motor zou oorverdovend en monotoon zijn. Jammer van die afschuwelijke helm! Jaren geleden had Hanne Wilhelmsen in de vs coast-to-coast gereden, met een band om haar hoofd waarop stond: *Fuck helmet laws*. Hier was ze politiefunctionaris en droeg ze een helm. Het was toch anders. Een deel van de vrijheid ging verloren, iets van de vreugde over het gevaar, het contact met de wind en alle geuren.

Ze rukte zich los uit haar dromen en deed de tv aan om een actualiteitenprogramma te zien. De uitzending was al begonnen en het ging er verhit aan toe. Een paar journalisten hadden een boek geschreven over de relatie van de Arbeiderparti met de geheime diensten en hadden daarin blijkbaar enkele beweringen gedaan die voor sommigen absoluut onverteerbaar waren. Slechts een van de drie schrijvers was aanwezig en hij kreeg de volle laag. Beschuldigingen over speculaties en niet-onderbouwde beweringen, over amateurjournalistiek en wat dies meer zij, waren niet van de lucht. De journalist, een knappe grijzende man van midden veertig, antwoordde zo rustig dat Hanne al na een paar minuten overtuigd was van zijn gelijk. Toen ze het programma een kwartier intensief had gevolgd, richtte ze haar aandacht weer op de motor. De ventielen waren na een lang seizoen dichtgeslibd.

Plotseling wekte het programma haar interesse weer. De gespreksleider, die op de hand van de schrijvers leek te zijn, stelde een van de critici een vraag. Hij vroeg of hij met zekerheid durfde te zeggen dat de inlichtingendienst geen werkzaamheden uitbesteedde of materieel inkocht, zonder dat het staatsbudget daarvoor werd aangesproken. De man, een door en door grijze verschijning in een antracietgrijs kostuum, spreidde zijn armen en deed dat direct. 'Waar zouden we het geld in hemelsnaam anders vandaan moeten halen?' was zijn retorische vraag.

Dat zaagde de poten weg onder het vervolg van de discussie en Hanne ging door met haar werk tot Cecilie in de deuropening verscheen.

'Ik heb ontzettend veel zin om naar bed te gaan,' glimlachte ze.

Woensdag 11 november

Hij was chagrijnig en ontevreden. Zijn zaak, dé grote zaak, leek te verzanden. Van de politie werd hij geen steek wijzer. Dat kwam waarschijnlijk doordat het onderzoek vastzat. Dat zat hijzelf ook. Misnoegd had de hoofdredacteur hem teruggeroepen in de gewone dienst. De bezoekjes aan de rechtbank en de pogingen om wat nietszeggende inlichtingen uit een weinig spraakzame politiewoordvoerder te halen, over kwesties die hooguit een éénkolommertje opleverden, verveelden hem.

Hij had zijn voeten op tafel gelegd en gedroeg zich als een narrige driejarige in de koppigheidsfase. Zijn koffie was lauw en zuur. Zelfs zijn sigaret smaakte naar kots. Zijn notitieblok was leeg.

Hij stond zo abrupt op dat hij zijn koffiekopje omgooide. De zwarte inhoud verspreidde zich snel over kranten, aantekeningen en een pocketboek, dat ondersteboven lag zodat het niet dicht zou vallen. Fredrick Myhreng bleef staan, bekeek de troep een paar seconden, en besloot vervolgens om zich er niets van aan te trekken. Hij pakte zijn jack en haastte zich de redactie uit, voordat iemand hem kon tegenhouden.

Het winkeltje werd gerund door een klasgenoot van de lagere school. Myhreng ging er af en toe eens langs om een set sleutels te laten bijmaken voor zijn van tijd tot tijd nieuwe veroveringen – ze gaven ze immers nooit terug – of om een paar nieuwe hakken onder zijn laarzen te laten zetten. Wat schoenlappen met sleutels slijpen te maken had, was hem een raadsel, maar de klasgenoot was niet de enige in Oslo die die twee dingen combineerde.

Het was hoi en hallo en 'give me five'. Fredrick Myhreng had het benauwende gevoel dat de man van het winkeltje er trots op was een journalist van *Dagbladet* te kennen, maar deed mee aan het ritueel. Er waren geen klanten in het petieterige zaakje en de eigenaar was bezig een afgetrapte, zwarte winterlaars op te lappen.

'Weer een nieuw grietje, Fredrick? Binnenkort zijn er hier in de stad zeker honderd sets sleutels van jouw flat in omloop!' De man grijnsde breed en grof.

'Nee, nog steeds dezelfde. Ik heb je hulp voor iets anders nodig.' De journalist haalde een metalen doosje uit een van zijn ruime jaszakken. Hij maakte het open en pakte er voorzichtig de twee plastiline-afdrukken uit. Voor zover hij kon zien, waren ze nog helemaal intact. Hij liet ze aan zijn schoolvriend zien.

'Nee maar, Fredrick, ben je met onwettige dingen begonnen?' Zijn stem had een ernstige ondertoon en hij voegde eraan toe: 'Is dit een genummerde sleutel? Daar maak ik geen kopieën van. Zelfs voor jou niet, oude rakker.'

'Nee, hij is niet genummerd. Dat zie je toch aan de afdruk.'

'Een afdruk is geen garantie. Je zou het nummer weggehaald kunnen hebben, dat kan ik niet weten. Maar ik geloof je op je woord.'

'Betekent dat dat je er een kopie van kunt maken?'

'Ja, maar het duurt wel even. Hier heb ik er de spullen niet voor. Ik gebruik kant en klare blanks, dat doen de meesten. Die slijp ik dan met dit geinige computergestuurde apparaat.' Hij streelde liefdevol over een monsterachtige machine met knoppen en hendels. 'Kom over een week maar terug. Dan is hij wel klaar.'

Fredrick Myhreng noemde hem een engel en stond alweer bijna buiten toen hij zich omdraaide. 'Kun je ook zeggen wat voor soort sleutel het is?'

De sleutelman aarzelde. 'Hij is klein. Kan niet van een grote deur zijn. Misschien een kast? Een bagagekluis misschien. Ik zal erover nadenken!'

Myhreng slenterde terug naar de krant, een tikje vrolijker nu.

*

Misschien had de jongen die in een andere wereld leefde zin in een wandelingetje. Hanne Wilhelmsen was in elk geval van plan nogmaals een poging te ondernemen. Vanuit de gevangenis was het bericht gekomen dat de Nederlander er iets beter aan toe was. Wat niet zo veel zei.

'Doe hem die boeien af,' commandeerde ze, terwijl ze zich afvroeg of jonge politiemensen niet in staat waren zelf te denken. De apathische, broodmagere gestalte die voor haar stond, zou niet veel tegen de twee stevige agenten kunnen uitrichten. Het was de vraag of hij überhaupt kon rennen. Zijn shirt slobberde om hem heen, zijn nek stak eruit, als van een Bosniër in Servische gevangenschap. Zijn broek had hem zeker ooit gepast; nu werd hij opgehouden door een strakke riem, waarin vele centimeters na het laatste een extra gat was gemaakt. Het gat zat scheef, zodat het losse uiteinde schuin omhoogstak, om vervolgens als een mislukte erectie onder zijn eigen gewicht te buigen. De man droeg geen sokken. Hij was bleek, onverzorgd en zag er tien jaar ouder uit dan de vorige keer dat ze hem gezien had. Ze bood hem een sigaret aan en een keelpastille. Ze wist het nog, hij glimlachte zwak.

'Hoe gaat het met je?' vroeg ze vriendelijk, zonder feitelijk een antwoord te verwachten. En dat kreeg ze ook niet. 'Wil je iets hebben? Cola, iets te eten?'

'Chocolade.' Zijn stem was zwak en hees. Hij had waarschijnlijk al die tijd bijna geen woord uitgebracht. De brigadier bestelde via de intercom drie chocoladerepen. En twee koppen koffie. Ze had geen papier in de schrijfmachine gedraaid. Het apparaat stond niet eens aan.

'Kun je me überhaupt iets vertellen?'

'Chocolade,' antwoordde hij zacht.

Ze wachtten zes minuten. Niemand zei iets. De repen en de koffie werden gebracht door een kantoorjuffrouw, licht geïrriteerd over het feit dat ze dienst moest doen als serveerster. De bedankjes van de brigadier stemden haar vrolijker.

Het chocolade-eten van de Nederlander was een wonderlijk schouwspel. Eerst haalde hij de chocolade voorzichtig uit zijn verpakking, langs de lijmkant, zonder het papier kapot te maken. Toen brak hij de reep nauwkeurig volgens de door de fabriek aangegeven lijnen in stukken. Hij spreidde de wikkel plat op het bureau uit en legde de stukjes er met precies een millimeter tussenruimte op. Vervolgens at hij in een zigzagpatroon van onder naar boven, voorzichtig in de ene hoek beginnend, en daarna het stukje dat er diagonaal boven lag en zo verder tot hij zigzaggend bovenaan kwam. Daarna begon hij bovenaan in hetzelfde patroon naar beneden te eten, tot de hele reep op was. Dat duurde vijf minuten. Ten slotte likte hij het papiertje schoon, streek het glad en vouwde het volgens een ingewikkeld patroon op.

'Ik heb toch al bekend,' zei hij uiteindelijk.

Hanne schrok op, ze was volledig in beslag genomen door de eetsessie. 'Nee, strikt genomen heb je nog niet bekend,' zei ze. Onverhoedse bewegingen vermijdend draaide ze een vel papier in de schrijfmachine, waarop ze van tevoren de vereiste personalia in de rechter bovenhoek had ingevuld. 'Je bent niet verplicht een verklaring af te leggen,' zei ze rustig. 'Bovendien kun je eisen dat je advocaat aanwezig is.' Daarmee had ze de voorschriften gevolgd. Ze vermoedde een glimlach op zijn gezicht toen ze de advocaat noemde. Een prettige glimlach. 'Je mag Karen Borg graag,' constateerde ze vriendelijk.

'Ze is aardig.'

Hij was aan de tweede reep chocolade begonnen, waarbij hij dezelfde procedure volgde als bij de eerste.

'Wil je haar erbij hebben, of vind je het ook goed om alleen met mij te praten?'

'Het is goed.'

Ze wist niet welke van de twee alternatieven hij bedoelde, maar interpreteerde zijn antwoord in haar eigen voordeel. 'Dus jij hebt Ludvig Sandersen vermoord.'

'Ja,' zei hij, meer geïnteresseerd in de chocolade. Hij had per ongeluk een stukje verschoven en het patroon in de war gebracht, hetgeen hem duidelijk dwarszat.

Hanne Wilhelmsen zuchtte en dacht bij zichzelf dat dit verhoor waarschijnlijk nog minder waard zou zijn, dan het papier waarop het werd opgetekend. Maar ze probeerde het nog eens. 'Waarom heb je het gedaan, Han?'

Hij keek haar niet eens aan.

'Wil je me vertellen waarom?'

Er kwam nog steeds geen antwoord. De reep chocolade was half opgegeten.

'Wil je me misschien iets anders vertellen?'

'Roger,' zei hij luid en duidelijk, en zijn blik leek een fractie van een seconde helder te zijn.

'Roger? Heeft Roger je gevraagd hem te vermoorden?'

'Roger.' Hij leek weer weg te glijden, zijn stem klonk weer als van een bejaarde. Of van een kind.

'Hoe heet Roger verder?'

Maar de mededeelzaamheid was afgelopen. Zijn blik stond weer op oneindig. De brigadier riep de twee breedgeschouderde agenten op, gaf opdracht geen handboeien te gebruiken en gaf de Nederlander de laatste reep mee voor in zijn cel. Toen hij vertrok glimlachte hij gelukzalig.

Het briefje met het telefoonnummer hing op het prikbord. Er werd meteen opgenomen. Karen Borg klonk vriendelijk, maar verbaasd. Ze praatten een paar minuten voor Hanne ter zake kwam. 'Je hoeft me geen antwoord te geven, maar ik vraag het toch. Heeft Han van der Kerch jou ooit de naam Roger genoemd?'

Het was een voltreffer. De advocaat viel stil. Hanne zweeg ook.

'Ik weet alleen dat hij ergens in Sagene is gevestigd. Probeer dat maar. Ik geloof dat je naar een autohandelaar kunt zoeken. Ik mag dit niet zeggen. Ik heb het niet gezegd.'

Hanne verzekerde haar dat ze het nooit had gehoord, bedankte haar uitbundig, beëindigde het gesprek en drukte een driecijferig nummer in op de intercom.

'Is Billy T. daar?'

'Hij heeft vrij, maar zou geloof ik nog wel langskomen.'

'Zeg hem dan dat hij bij Hanne moet komen!'

'Zal ik doen!'

*

Vanachter de autoruit leken het net driftige, scheve potloodstrepen. Ondanks de volhardende inzet van de ruitenwissers kleefde de natte sneeuw aan het glas. Het was een vreemde herfst geweest: strenge vorst, sneeuw, regen en acht graden boven nul hadden elkaar afgewisseld. Nu was de thermometer koppig ergens in het midden blijven staan, het was al een aantal dagen rond het vriespunt.

'Jij trekt een zware wissel op een oude vriendschap, Hanne.' Hij was niet boos, maar wilde zichzelf duur verkopen. 'Ik werk bij Onrust. Ik ben niet de loopjongen van Hare Hoogheid Wilhelmsen. Bovendien heb ik vandaag vrij. Je bent me met andere woorden een vrije dag verschuldigd. Noteer dat maar.' Hij moest zijn enorme lichaam tot vlak voor de voorruit buigen om iets te kunnen zien. Als hij niet zo groot en kaal was geweest, zou hij in die houding kunnen doorgaan voor een veertigjarige, BMW-rijdende dame uit de villawijk Frogner met een twee jaar oud rijbewijs.

'Ik ben je eeuwig dankbaar,' verzekerde ze en schrok toen hij ineens op de rem trapte voor een plotselinge schaduw, die een onvoorzichtige tiener bleek te zijn.

'Ik zie verdomme geen barst,' zei hij en hij probeerde de beslagen ruit schoon te vegen, die meteen weer besloeg.

Hanne draaide aan de verwarmingsknop, zonder dat er iets leek te gebeuren.

'Staatseigendom,' mompelde ze en ze prentte zich het nummer in, zodat ze deze dienstauto de volgende keer als het regende kon vermijden. 'Ik heb in Sagene maar één Roger kunnen vinden die in auto's doet. We hoeven dus niet lang te zoeken,' zei ze troostend.

De auto hotste een stoep op, Hanne werd tegen de deur geslingerd, waarbij ze met haar elleboog tegen de raamkruk stootte.

'Au, wil je me dood hebben?' zei ze woedend. Toen pas ontdekte ze dat ze er waren.

Billy T. parkeerde naast een grijze betonnen muur, waar een groot verboden-te-parkerenbord op was geschilderd. Hij zette de motor uit en bleef met zijn handen in zijn schoot zitten. 'Wat gaan we hier eigenlijk doen?'

'Alleen kijken. Misschien een beetje schrik aanjagen.'

'Ben ik van de politie of ben ik een boef?'

'Klant, Billy T. Je bent een klant. Tenzij ik iets anders zeg.'

'Wat zoeken we?'

'Whatsoever. Wachtwoord: alles van interesse.'

Ze stapte uit en sloot het portier af. Tamelijk overbodig. Billy T. sloeg het zijne zonder omhaal dicht.

'Die brik steelt niemand,' stelde hij vast. Hij trok zijn schouders op, vooral om zich te beschermen tegen de regenvlagen die de hoek omkwamen om hen te begroeten. 'Sagene Car Sale'. Ze raadde de naam, want de neonletters waren aan vervanging toe. In het schemerdonker was alleen 'Sa ene Ca S le' te lezen. 'Nou, nou, internationaal, hoor!'

Toen ze de winkel betraden, rinkelde er ergens in de verte een bel. Het rook er naar Volvo Amazone. Een misselijkmakende lucht, die afkomstig was van het meest uitgebreide assortiment zogeheten luchtverfrissers dat Hanne Wilhelmsen ooit had gezien. Vier kartonnen kerstbomen, elk zeker vijftig centimeter hoog, stonden naast elkaar op een vijf meter brede balie. De bomen hingen vol met kleinere kerstboompjes en rondborstige stripdames aan glanzende draadjes. Een leger geurende plastic schildpadden, dat als kleine kerstcadeautjes rond de boomstammen stond opgesteld, droeg ook zijn steentje bij om ervoor te zorgen dat de lucht rondom de kassa de meest frisse van de hele stad was. In de tocht van de deur knikten de verende koppen van de schildpadden hen hartelijk welkom toe.

De resterende ruimte was afgeladen met alle denkbare attributen die je in iets met vier wielen kon gebruiken. Uitlaten en tankdoppen, stoelovertrekken van nylon luipaardhuid, bougies en dobbelstenen van bont. Tussen de stellingen, waar geen plaats voor nog meer rekken was geweest, hingen oude kalenderplaten van halfontklede vrouwen. Driekwart van de foto's was gevuld met tieten, terwijl de weekdagen op een smalle, overbodige reep onderaan het blad waren geplaatst.

Ruim een minuut nadat de bel had geklonken, kwam er uit de achterste vertrekken een man naar voren. Hanne Wilhelmsen boorde de nagel van haar wijsvinger in haar hand om het niet uit te proesten.

De man was een wandelend cliché. Hij was kort en vierkant, nauwelijks langer dan één meter zeventig. Hij droeg een bruine terlenka broek, met een ingenaaide vouw. Op zijn knie had de naad het begeven. Het zag er komisch uit, de smalle, lange worstnaad die net boven zijn knie in een dun, los draadje oploste, om vijftien centimeter lager weer verder te gaan. De broek moest minimaal twintig jaar oud zijn. Toen had ze tenminste voor het laatst een ingenaaide vouw gezien.

Zijn overhemd was van het soort dat ze op het gymnasium een 'noppenhemd' hadden genoemd, het was lichtblauw met stippen en ze moest toegeven dat zijn stropdas erbij paste. Die was ook lichtblauw. Over al dat heerlijks droeg de man een colbertje met een pepitaruitje. Er ontbrak een knoop. Maar het colbertje was zo krap dat dichtknopen toch niet mogelijk was geweest. Zijn hoofd leek net een stekelvarken.

'Kan ik u helpen, kan ik u helpen?' vroeg hij luid en vriendelijk. Hij leek een beetje te schrikken van de enorme verschijning met de ring in zijn oor. Maar Hannes aanwezigheid scheen hem te kalmeren, want zijn gezicht straalde toen hij zich tot haar richtte en zijn aanbod herhaalde.

'Ja, we zoeken een tweedehands auto,' zei Hanne weifelend, terwijl ze over zijn schouder loerde naar een deur met een raam dat de afgelopen jaren niet was gelapt. Vermoedelijk ging daarachter een soort showroom schuil.

'Een tweedehands auto, ja, dan zijn jullie op het juiste adres,' lachte de man nog vriendelijker, alsof hij eerst had gedacht dat ze voor een paar bougies kwamen en hij nu kans zag een grotere slag te slaan. 'Wilt u mij volgen! Volgt u mij!'

Hij ging hen voor door de smerige deur. Billy T. ontdekte ernaast eenzelfde deur, die naar een soort kantoortje leidde.

Na de verfrissende geur van alle kerstboompjes, kwam de olielucht als een bevrijding. Hier rook het naar echte auto's. De zaak had blijkbaar geen ambities om zich te specialiseren, er stonden Lada's en Peugeots, Opels en twee ogenschijnlijk in goede staat verkerende, vier à vijf jaar oude Mercedessen.

'Keus genoeg! Mag ik vragen welke prijsklasse meneer en mevrouw in gedachten hadden?' Hij glimlachte hoopvol en loerde naar de dichtstbijzijnde Mercedes.

'Zo'n vierduizend kronen,' mompelde Billy T. De man tuitte zijn vochtige mond.

'Hij maakt een grapje,' kwam Hanne tussenbeide. 'We hebben zelf ongeveer zeventigduizend kronen, maar dat is geen absolute grens. Ik heb een paar lieve ouders die ook nog wat kunnen bijdragen,' fluisterde ze hem vertrouwelijk in het oor.

Het gezicht van de handelaar klaarde op en hij pakte haar bij haar arm. 'In dat geval moet u deze Kadett eens bekijken,' zei hij. De Kadett zag er prachtig uit.

'Bouwjaar 1987, slechts veertigduizend op de teller, ge-ga-randeerd, en hij heeft slechts één eigenaar gehad. Prachtwagentje. Ik kan hem voor een goede prijs laten gaan. Een goede prijs.'

'Mooie auto,' knikte Hanne, terwijl ze haar zogenaamde echtgenoot een veelzeggende blik zond. Billy T. greep naar zijn kruis en vroeg de man met het pepitaruitje of hij even van het toilet gebruik mocht maken.

'Direct naast de deur, direct naast de deur,' antwoordde hij vrolijk. Hanne begon zich af te vragen of hij een spraakgebrek had, waardoor hij alles twee keer moest zeggen. Een soort geavanceerde vorm van stotteren, dacht ze. Billy T. verdween.

'Hij heeft last van zijn zenuwen,' verklaarde ze. 'Hij heeft vanmiddag een sollicitatiegesprek. Dit is al de vierde keer dat hij naar de wc moet. De stakker.'

De verkoper uitte zijn medeleven en stelde haar voor in de Kadett plaats te nemen. Die was echt prachtig.

'Ik ken dit type niet,' zei ze. 'Kunt u misschien even naast me komen zitten om het een en ander uit te leggen?'

Dat deed hij met alle plezier. Hij draaide het contactsleuteltje om en demonstreerde alle snufjes. 'Machtig model,' zei hij met klem. 'Prachtkarretje. Tussen ons gezegd: de vorige eigenaar was een vrek. Maar daardoor heeft hij de wagen wel perfect onderhouden.' Hij streelde over het pasgeboende dashboard, liet de koplampen knipperen, verstelde de rugleuning, zette de radio aan, stopte er een cassette met Noorse country-muziek in en gebruikte onnodig veel tijd om Hannes veiligheidsgordel te stellen.

Ze draaide zich naar hem om. 'En de prijs?' Het was haar opgevallen dat geen van de wagens een prijskaartje had.

'De prijs, ja, de prijs...' Hij smakte en zoog even op zijn tanden, toen schonk hij haar een glimlach die naar ze aannam vriendschappelijk en vertrouwelijk was bedoeld. 'Je hebt zeventigduizend kronen en lieve ouders. Voor jou zeg ik vijfenzeventig. Inclusief radio en nieuwe winterbanden.'

Ze zaten hier nu al meer dan vijf minuten en ze wilde maar dat Billy T. terugkwam. Ze kon niet onbeperkt over een auto onderhandelen, zonder hem plotsklaps gekocht te hebben. Drie minuten later bonsde hij op de ruit. Ze draaide het raampje open. 'We moeten gaan. We moeten de kinderen halen,' zei hij. 'Nee, die haal ik op. Jij moet toch naar dat sollicitatiegesprek,' corrigeerde ze. 'Ik bel u nog wel,' beloofde ze de man in het terlenka, die moeite had zijn teleurstelling te verbergen, over een transactie die naar hij meende al in kannen en kruiken was. Hij vermande zich en gaf haar zijn visitekaartje. Dat was even smakeloos als de man zelf, in donkerblauwe hoogglans waarop in gouden letters Roger Strømsjord, alg. dir. stond gedrukt. Een pretentieuze titel. 'Ik ben de eigenaar,' verklaarde hij met een bescheiden schouderophalen. 'Maar je moet wel snel beslissen! Deze wagens vliegen weg. Machtig populair. Machtig populair, moet ik zeggen.'

Ze sloegen de hoek om, deze keer met de wind in de rug, stapten in de auto en gierden het twee minuten lang uit. Toen veegde Hanne haar tranen af. 'Heb je nog iets interessants ontdekt?'

Hij boog naar voren en tilde zijn bil op om een klein aantekenboekje uit zijn achterzak te trekken. Hij gooide het in haar schoot. 'Het enige dat van belang kan zijn. Ik heb het uit de zak van zijn parka gehaald.'

Hanne Wilhelmsen lachte niet meer. 'Godverdomme, Billy T.! Dat hebben we niet op de politieacademie geleerd. Bovendien is het hartstikke stom, als er echt iets belangwekkends in staat. Dan kunnen we het niet gebruiken. Onwettig verkregen bewijs! Hoe wil je dat verklaren?'

'Rustig maar, zeg. Dat boekje zal heus niemand achter slot en grendel brengen. Maar het kan je wel een stukje verder helpen. Misschien. Ik heb geen idee wat er in staat, ik heb het maar heel even doorgebladerd. Telefoonnummers. Je zou me dankbaar moeten zijn.'

Haar nieuwsgierigheid won het van haar ergernis. Ze begon in het boekje te bladeren. Vanzelfsprekend rook het ook naar dennengeur. Het stond inderdaad vol telefoonnummers. Op de eerste zes bladzijden stonden er namen bij, alfabetisch gerangschikt, daarna willekeurig door elkaar heen. De laatste telefoonnummers waren naamloos, een paar met initialen, de meeste alleen voorzien van onbegrijpelijke tekentjes. Hanne verbaasde zich. Sommige nummers begonnen met getallen die niet in Oslo voorkwamen. Toch stonden er geen kengetallen bij. Ze bladerde verder en stopte bij een paar initialen. 'H.v.d.K.,' riep ze ineens. 'Han van der Kerch! Maar het nummer herken ik niet...'

'Zoek eens op,' zei Billy T. Hij pakte het telefoonboek al uit het handschoenenkastje voordat Hanne kon reageren. 'Waar moet je Van der Kerch zoeken, bij Van of Der of Kerch?'

'Geen idee, probeer alles maar.'

Hij vond het bij Kerch. Het was een heel ander nummer dan in het notitieboekje. Hanne was teleurgesteld, maar ze had het gevoel dat er iets met die twee nummers aan de hand was, iets wat ze niet zomaar kon verklaren. Een soort overeenkomst, als het ware, ook al waren ze totaal verschillend. Ze had dertig seconden nodig het te begrijpen.

'Eureka! Het nummer in de gids is hetzelfde nummer als in het boekje, je trekt er steeds het volgende cijfer af, negatieve getallen meegerekend, maar dan zonder de min.'

Billy T. begreep er niets van. 'Wat?'

'Heb je nooit van die gezelschapsspelletjes met getallen gedaan? Je krijgt een rij getallen voor je neus en dan moet je het systeem ontdekken en het laatste getal toevoegen. Sommigen noemen het een soort intelligentietest, ik vind het meer een gezelschapsspel. Kijk: het nummer in het boekje is 93 24 35. Dan doe je negen min drie, dat is zes. Drie min twee is een, twee min vier is min twee, we halen de min weg. Vier min drie is een, en drie min vijf is min twee. Van vijf trek je het eerste cijfer, negen, af en dat wordt min vier. Het nummer in de gids moet dan 61 21 24 zijn.'

'Klopt als een bus!' Hij was oprecht onder de indruk. 'Hoe kom je daar in vredesnaam aan?'

'Och, ik ben ooit serieus van plan geweest om wiskunde te gaan studeren. Getallen zijn heel fascinerend. Dit kan geen toeval zijn. Zoek het nummer van Jørgen Lavik eens op.'

Ze gebruikte met succes dezelfde methode. Zijn gecodeerde

nummer stond op bladzijde acht van het notitieboekje. Billy T. startte de auto met de triomfantelijkste brul die maar uit een vermoeide Opel Corsa te krijgen was en scheurde de grijze namiddag in.

'Of Jørgen Lavik koopt veel tweedehands auto's, of dit is het tastbaarste bewijs dat we tot nu toe in deze zaak hebben,' zei Hanne, zeker van de overwinning.

Ze reden zwijgend verder.

'Eigenlijk had ik best zin in die Kadett,' mompelde Hanne, toen ze de garage van het politiebureau binnenreden.

Donderdag 12 november

Jørgen Ulf Lavik was even zelfverzekerd als de vorige keer. Håkon Sand voelde zich nogal shabby, in zijn lubberende corduroybroek en zijn vijf jaar oude trui met een uitgeput, rafelig krokodilletje, dat geleden had onder het waswater. Het kostuum van de advocaat was sterk in tegenspraak met de theorie dat de man op de penning was.

'Wat doet hij er eigenlijk bij?' vroeg Lavik aan Hanne, terwijl hij naar Håkon Sand knikte. 'Ik dacht dat het slavenwerk voor de lagere rangen was.'

Ze voelden zich allebei op hun tenen getrapt. Wat waarschijnlijk ook de bedoeling was.

'Wat is mijn status vandaag?' ging hij verder, zonder op een verklaring voor Håkons aanwezigheid te wachten. 'Word ik verdacht, of ben ik nog steeds "getuige"?'

'U bent getuige,' antwoordde de brigadier kortaf.

'Mag ik vragen waar ik getuige van ben? Dit is nu de tweede keer dat ik hier ben. Ik ben de politie natuurlijk graag ter wille, maar als jullie me niet snel iets concreets te vragen hebben, weiger ik hier verder te verschijnen.'

Hanne Wilhelmsen staarde hem secondenlang aan en Lavik moest zijn blik afwenden. Hij keek Håkon Sand spottend aan.

'In wat voor auto rijdt u, Lavik?'

Daar hoefde de man niet lang over na te denken. 'Dat weten jullie precies! De politie heeft me immers geobserveerd, toen ik een paar nachten geleden een van mijn cliënten bezocht! Een Volvo, uit 1991. Mijn vrouw heeft een oude Toyota.'

'Tweedehands of nieuw?'

'De Volvo was nieuw. Standaard stationcar. De Toyota was één jaar oud, als ik het me goed herinner. Misschien anderhalf.' Hij leek nog steeds zelfverzekerd.

'Die Volvo heb je zeker bij Isberg gekocht,' opperde de brigadier vriendschappelijk.

Dat was zo. De Toyota hadden ze van een collega overgenomen.

Het raam stond slechts een centimetertje open. Het waaide buiten hard en als de wind zo nu en dan over de metalen rand de kamer binnendrong, klonk er een klagend, fluitend geluid, een soort hoog gejank. Het werkte bijna kalmerend.

'Kent u iemand in Sagene die auto's verkoopt?' Ze had er meteen spijt van. Ze had slimmer moeten zijn, een subtielere val moeten opzetten. Dit was helemaal geen val. Beginneling! Had ze haar werk niet meer in de hand? Was haar listigheid, waar ze zo trots op was, aangetast door de klap op haar hoofd? Ze beet op haar nagel.

De advocaat nam de tijd. Hij dacht diep na, duidelijk langer dan noodzakelijk. 'Nu is het niet mijn gewoonte om over mijn cliënten te praten. Maar aangezien u het vraagt: een van mijn vroegere cliënten heet Roger. Hij zit in de autohandel en het kan kloppen dat dat in Sagene is. Ik ben er zelf nooit geweest. Meer kan ik niet zeggen. Discretie, weet u. In ons vak moet je discreet zijn. Anders lopen je cliënten weg.'

Hij sloeg zijn benen over elkaar en legde zijn handen om zijn knie. Hij had gezegevierd. Dat wisten ze alledrie.

'Merkwaardig, dat hij uw telefoonnummer in code bewaart,' probeerde Hanne Wilhelmsen nog, maar het mocht niet baten.

Advocaat Lavik glimlachte. 'Als u eens wist hoe paranoïde sommige mensen zijn, zou u daar niet verbaasd over zijn. Ik heb eens een cliënt gehad die iedere keer als we een bespreking hadden, erop stond om mijn kantoor met een afluisterdetector te doorzoeken. Ik hielp hem met een huurcontract! Een huurcontract!'

Zijn harde, vette lach werkte in het geheel niet aanstekelijk. Hanne Wilhelmsen had verder geen vragen. Er stond niets op haar papier. Ze capituleerde, advocaat Lavik mocht gaan. Terwijl hij bezig was zijn jas aan te trekken, kwam ze toch ineens overeind en ging ze dertig centimeter van hem af staan.

'Ik weet dat je iets op je kerfstok hebt, Lavik. En jij weet dat ik dat weet. Jij bent genoeg advocaat om je ervan bewust te zijn, dat de politie veel meer weet dan waar we ooit gebruik van kunnen maken. Maar ik kan je één ding beloven: ik hou je in de gaten. We hebben nog steeds onze informanten, onze inlichtingen en onze verborgen feiten. We hebben Han van der Kerch in hechtenis. Je weet dat hij momenteel niet veel zegt. Maar hij heeft met zijn advocaat gesproken en die advocaat is van een geheel ander ethisch kaliber dan de louche advocaat die jij bent. Je weet niet wat zij weet en je hebt er geen flauw benul van wat zij ons heeft verteld. Daar zul je mee moeten leven. Kijk achterom, Lavik, want ik zit achter je aan.'

De man was donkerrood aangelopen, waarbij zijn neuswortel zich krijtwit aftekende. Hij was geen centimeter geweken, maar zijn ogen leken in zijn hoofd te zijn verdwenen, toen hij terugsiste: 'Dat zijn dreigementen, agent. Dat zijn dreigementen. Ik dien een schriftelijke klacht in. Vandaag nog!'

'Ik ben geen agent, Lavik. Ik ben brigadier. En deze brigadier blijft je als een schaduw volgen, tot je erbij neervalt. Je klaagt maar een eind weg.'

Hij zou haar graag in haar gezicht hebben gespuugd, maar hij beheerste zich krampachtig en vertrok zonder nog een woord te zeggen. De deur sloeg achter hem dicht. De wanden trilden een paar seconden na. Håkons mond stond open, hij durfde niets te zeggen.

'Je lijkt wel een mongool, met die uitdrukking op je gezicht!'

Hij schrok op en deed zijn mond met een klap dicht. 'Waar was dat nou voor nodig? Moet je Karen zo nodig in gevaar brengen? De man gaat een klacht indienen!'

'Hij doet zijn best maar.' Ondanks de kapitale blunder die ze gemaakt had, leek ze tevreden. 'Ik heb hem behoorlijk bang gemaakt, Håkon. Bange mensen doen stomme dingen. Het zou me niet verbazen als je vriendin Karen Borg nog een strafpleiter onder haar aanbidders krijgt. En dat zou dan knap stom van hem zijn.'

'Maar stel je voor dat ze haar iets aandoen?'

'Karen Borg overkomt niets. Zó dom zijn ze niet.' Heel even voelde ze een ijzige twijfel, maar die zette ze meteen weer van zich af. Ze wreef over haar slaap en dronk haar koffiekopje leeg. Uit de bovenste bureaulade pakte ze een zakdoek en een plastic zakje met een vacuümsluiting. Ze pakte het koffiekopje, waar advocaat Lavik

slechts van genipt had, voorzichtig bij het oortje vast. 'Hij heeft
het hele kopje beetgepakt,' zei ze tevreden. 'Het loont de moeite
om het een beetje fris op kantoor te hebben. Hij wilde zijn poeze-
lige handjes zeker warmen.'
Het kopje verdween in de zak en de zakdoek ging terug in de la.
'Is er wat?'
'Je verdient je reputatie niet. Op die manier verzamelen we
geen vingerafdrukken.'
'Paragraaf 160, Wetboek van Strafvordering,' pareerde ze als
een brave leerling. 'Als iemand van een strafbaar feit wordt verdacht, heb je geen gerechtelijke toestemming nodig om vingerafdrukken te nemen. Ik verdenk hem. Jij ook. Daarmee voldoen we
aan de eisen van de wet.'
Håkon Sand schudde zijn hoofd. 'Dat is wel de meest letterlijke
wetsinterpretatie die ik ooit heb gehoord. Hij heeft het recht te
weten dat we zijn afdrukken hebben. Juridisch gezien kan hij zelfs
eisen dat we ze vernietigen als de verdenking ongegrond blijkt!'
'Dat gebeurt niet,' zei ze zelfverzekerd. 'Moet je niet eens aan
het werk?'

*

Ze waren de riem vergeten. Hij mocht immers niets houden.
Waarom waren ze de riem vergeten? Toen hij werd weggebracht
om door de politiedame met de chocolade te worden verhoord,
was zijn broek van zijn kont gezakt zodra hij opstond. Hij had geprobeerd om hem van voren vast te houden, maar toen de handboeien werden aangedaan, was hij weer afgezakt. De twee blonde
mannen hadden zijn riem laten halen en er met een schaar een
extra gat in gemaakt. Dat was aardig van ze. Maar waarom hadden
ze hem niet weer afgenomen? Het was vast een vergissing. Daarom had hij hem afgedaan en hem onder zijn matras gelegd. Hij
was 's nachts een paar keer wakker geworden om te kijken of hij er
nog lag. Hij had het niet gedroomd.
De riem werd een kleine schat. De Nederlander was de hele
dag gelukkig vanwege zijn geheime bezit. Het was iets waar niemand van wist, iets dat hij had, maar dat hij niet mocht hebben.

176

Het gaf hem een soort overwicht. Hij had hem die dag twee keer, vlak nadat de bewaarder door het controleluikje in zijn celdeur had gekeken, snel omgedaan. In zijn haast had hij een paar lusjes overgeslagen en met een brede glimlach op zijn gezicht had hij met zijn broek op zijn plaats een paar rondjes gelopen. Maar niet langer dan een paar minuten, daarna had hij de riem weer afgedaan en onder de matras verborgen.

Hij probeerde wat in de weekbladen te bladeren. Mannenbladen. Hij voelde zich beter. Toch kon hij zich niet concentreren, hij kon alleen denken aan wat hij zou gaan doen. Maar eerst moest hij een brief schrijven. Dat was zo gebeurd. Zou ze er blij mee zijn? Ze was aardig en ze had prettige handen. De laatste twee keer dat ze bij hem was, had hij zich slapend gehouden. Het was heerlijk om over zijn rug gestreeld te worden. Heerlijk om aangeraakt te worden.

De brief was klaar. Hij verschoof het krukje van de schrijftafel naar het raam, dat hoog in de muur zat. Als hij zich uitrekte, kon hij de riem om de tralies slaan. Hij maakte een knoop en hoopte dat het zou houden. Hij had eerst het uiteinde van de riem door de gesp gehaald en zo een lus gevormd. Een mooie, stevige lus, waar hij gemakkelijk zijn hoofd doorheen kon steken.

Zijn laatste gedachte ging uit naar zijn moeder in Nederland. Een fractie van een seconde had hij spijt, maar toen was het al te laat. Het krukje viel al om en de riem trok zich bliksemsnel aan rond zijn hals. Hij had vijf seconden de tijd om vast te stellen dat hij zijn nek niet had gebroken. Toen werd het zwart voor zijn ogen en het bloed, dat door de aderen diep in zijn hals naar zijn hoofd stroomde, werd op de terugweg naar zijn hart gehinderd door de strop die alle wegen blokkeerde. Een paar minuten later puilde zijn tong uit zijn mond, blauw en gezwollen, en zijn ogen deden denken aan die van een gestrande vis. Han van der Kerch was dood, hij was slechts drieëntwintig jaar oud geworden.

Vrijdag 13 november

Billy T. had het over een woning gehad. Die benaming verdiende het niet. Het gebouw had beslist de ellendigste ligging van heel Oslo. Het lag bekneld tussen de Mossevei en de Ekebergvei en was ergens rond 1890 gebouwd, lang voordat men zich een voorstelling kon maken van het verkeersmonster dat het huis later zou verslinden. Het was weer uitgespuugd als onverteerbaar, maar stond er nog steeds, in een ziekelijke staat, alleen nog acceptabel voor de reservespelers van de samenleving, voor wie het enige alternatief een container op de kade was.

Er hing een walgelijke, muffe geur. Vlak achter de voordeur stond een emmer met oud braaksel en nog iets, ondefinieerbaar maar vermoedelijk organisch. Hanne Wilhelmsen commandeerde de roodharige wipneus naar het keukenraam. Hij trok en duwde, maar het venster zat onwrikbaar vast.

'Dit raam is in jaren niet open geweest,' steunde hij en hij kreeg een knikje als antwoord. Hij nam aan dat het betekende dat hij zijn pogingen kon staken. 'Jezus, wat ziet het er hier uit,' zei hij. Hij leek zich niet te durven verroeren, uit angst onbekende en levensgevaarlijke bacillen aan te trekken.

'Te jong,' dacht Hanne Wilhelmsen, die al veel van dit soort holen, die sommigen een thuis noemden, had gezien. Er vlogen twee plastic handschoenen door de lucht. 'Hier, trek aan,' zei ze en ze deed er zelf ook een paar aan.

De keuken lag direct links van de nauwe gang. Overal stond aangekoekte vaat. Op de vloer stonden twee zwarte vuilniszakken. Met de punt van haar schoen maakte Hanne ze een stukje open. De stank kwam hen tegemoet en de roodharige kokhalsde.

'Sorry,' hikte hij. 'Sorry hoor.' Hij vloog langs haar de deur uit.

Ze glimlachte even en ging de kamer binnen. Die was krap vijftien vierkante meter groot, inclusief een provisorisch ingerichte slaapalkoof. De kamer was vierkant en ongeveer in het midden was tussen de vloer en het plafond een paal neergezet. Tussen de pilaar en de wand hing een gordijn van goedkope bruine stof, die met een lat tegen het plafond was gespijkerd. De lat zat scheef. Waarschijnlijk in dronkenschap aangebracht. Achter het gordijn stond een zelfgetimmerd bed, even breed als lang. Het beddengoed kon dit jaar onmogelijk gewassen zijn. Ze tilde met twee plastic vingers het dekbed op. Het laken was net een palet, met allerhande schakeringen bruin en hier en daar wat rood. Aan het voeteneinde lag een drankfles. Leeg. Tussen het bed en het gordijn stond een smal kastje. Verbazingwekkend genoeg stonden er een paar boeken in. Bij nadere beschouwing bleken het een stel Deense pornografische pockets te zijn. Verder stond het kastje vol met lege en halflege flessen, een paar souvenirs uit de buurlanden en een wazig fotootje van een jongetje van een jaar of tien. Ze pakte het op en bekeek het beter. Had Jacob Frøstrup een zoon? Was er ergens een klein jongetje, dat misschien had gehouden van die haveloze junk, die aan een overdosis in het huis van bewaring van Oslo was overleden? Onbewust veegde ze met haar mouw het stof van het glas, maakte wat meer ruimte voor de foto en zette hem terug.

Het enige raam dat de kamer rijk was, bevond zich tussen de alkoof en de rest van de kamer. Dit raam kon wel open. Drie verdiepingen lager, op de binnenplaats, zag ze hoe de jonge agent met zijn hoofd naar beneden tegen een muur leunde. Hij had de plastic handschoenen nog steeds aan.

'Hoe gaat het met je?'

Ze kreeg geen antwoord, maar hij richtte zich op, keek omhoog en maakte een geruststellend gebaar. Even later stond hij weer in de deuropening. Bleek, maar bedaard.

'Dat heb ik ook zeker een keer of zes moeten doormaken,' glimlachte ze troostend. 'Het went wel. Adem door je mond en denk aan frambozen. Dat helpt.'

Ze hadden hooguit vijftien minuten nodig om het appartement te doorzoeken. Er was niets interessants te vinden. Dat verbaasde Hanne Wilhelmsen niet in het minst. Billy T. had haar verzekerd dat er niets te halen was, hij had overal gezocht. Nou ja, niets zichtbaars tenminste. Dan moesten ze maar naar het onzichtbare zoeken. Ze stuurde de jongen naar de auto om gereedschap te halen. Dankbaar greep hij de nieuwe kans op wat frisse lucht aan. Drie minuten later was hij terug.

'Baar bil je dat ik bee begin?'

'Als je praat hoef je niet door je mond te ademen, je praat toch niet als je inademt?'

'Ik ga kotsen als ik diet de hele tijd bijn deus dichthou.'

Ze begonnen met de betimmering die er het nieuwst uitzag, de wand achter de bank. Die liet zich makkelijk verwijderen. De jongen kon goed overweg met de koevoet en werkte zich in het zweet. Niets. De betimmering werd weer op zijn plaats geslagen en ze duwden de bank weer terug.

'Het kleed,' beval Hanne, die in een hoek bukte. De vloerbedekking, die ooit groen moest zijn geweest, was loodzwaar van vuil en stof. Hanne en haar collega moesten hun hoofd afwenden vanwege al het stof dat opdwarrelde. Toch slaagden ze erin het tot de bank op te rollen. De planken onder het vloerkleed zagen er erg oud uit en zouden na een schuurbeurt best mooi kunnen zijn.

'Kijk eeds, deze is diet zo sberig als de rest,' mompelde de agent, op een korte plank wijzend.

Hij had gelijk. Het plankje was opvallend lichter gekleurd dan de rest van de smerige vloer. Bovendien ontbrak in de naden het vuil dat de vloer verder overal egaliseerde. Hanne pakte een schroevendraaier, wrikte de plank los en trok hem er voorzichtig uit. Er kwam een kleine holle ruimte tevoorschijn. Die was geheel gevuld met iets dat in een plastic zak was verpakt. De roodharige werd zo enthousiast, dat hij vergat door zijn mond te ademen: 'Geld, Wilhelmsen, kijk, geld! En niet zo weinig ook!'

De brigadier stond op, trok de smerige plastic handschoenen uit, gooide ze in een hoek en deed een stel schone aan. Vervolgens ging ze weer op haar hurken zitten en haalde het pakje uit het gat. De jongen had gelijk. Het was geld. Een dikke stapel duizendjes. Ze taxeerde het bedrag snel op minstens vijftigduizend kronen. De agent had een plastic zak uit zijn binnenzak gehaald en hield die voor haar open. De zak was maar net groot genoeg.

'Goed werk, Henriksen. Jij wordt nog eens een prima rechercheur.'

De jongen genoot van het compliment en uit pure vreugde, omdat hij dit verstikkende hok misschien zou gaan verlaten, ruimde hij vrijwillig op. Hij sloot de deur achter hen af en liep kwispelend als een jonge hond achter zijn meerdere de trap af.

Donderdag 19 november

Niemand kon beweren dat ze dit resultaat hadden verwacht. Om de waarheid te zeggen had behalve Hanne Wilhelmsen niemand enig resultaat verwacht. Håkon Sand had Laviks koffiekopje vorige week donderdag met een schouderophalen afgedaan. De dood van Han van der Kerch had alles overschaduwd. De vergeten riem had een hels spektakel doen losbarsten. Nogal onnodig, aangezien de jongen zijn hemd of zijn broek voor hetzelfde doel had kunnen gebruiken. Uit ervaring wisten ze dat wanneer iemand eenmaal besloten had zelfmoord te plegen, hij daar onmogelijk van weerhouden kon worden. En Han van der Kerch had dat besluit genomen.

'Ja!' Ze zakte door haar knieën, maakte een vuist en zwaaide haar arm omlaag, alsof ze aan een denkbeeldige stoomfluit trok. 'Ja!' Ze herhaalde de beweging. De andere aanwezigen in de projectkamer keken onnozel en enigszins verlegen toe.

Brigadier Hanne Wilhelmsen gooide een document voor de magere inspecteur op tafel. Kaldbakken pakte het rustig op, een demonstratieve terechtwijzing voor haar ongepaste gevoelsuitbarsting. Hij nam ruim de tijd. Toen hij het neerlegde, dachten ze een glimlach op zijn paardengezicht te zien.

'Dit is bemoedigend,' kuchte hij. 'Zeer bemoedigend.'

'What an understatement!' Hanne had graag iets meer enthousiasme gezien.

De vingerafdrukken van advocaat Jørgen Lavik, die duidelijk op een koffiekopje uit de kantine stonden afgetekend, waren identiek aan een fraaie, volledige afdruk op een van de briefjes van duizend kronen, die onder een vloerplank in het weerzinwekkende appartement van een dode drugsdealer aan de Mossevei waren aangetroffen. Het rapport van de technische recherche was eenduidig en onweerlegbaar.

'Hoe is het mogelijk!' Officier van justitie Sand rukte het rapport zo ruw naar zich toe, dat het bijna doormidden scheurde. Het was echt mogelijk.

'Nu hebben we hem!' riep de roodharige trots, omdat hij tot de opheldering had bijgedragen. 'Nu kunnen we hem aanhouden!'

Zo eenvoudig was het natuurlijk niet. De vingerafdrukken bewezen nog niets. Maar het was een verdomd sterke indicatie. Het probleem was dat Lavik vast en zeker allerlei verklaringen kon leveren. Zijn relatie met Frøstrup was legitiem geweest. De afdrukken op zich waren niet voldoende. Alle aanwezigen, met uitzondering van de ijverige agent, zagen dat in. Hanne Wilhelmsen trok een flapover naar voren en pakte een rode en een blauwe viltstift. Ze schreven geen van beide.

'Hier,' zei de roodharige en wierp haar een verse zwarte viltstift toe.

'Laten we eens op een rijtje zetten wat we hebben,' zei Hanne en begon te schrijven. 'Ten eerste: de verklaring van Han van der Kerch tegenover zijn advocaat.'

'Heeft zij ons verteld wat de jongen heeft gezegd?' Kaldbakken was oprecht verbaasd.

'Ja, kijk maar in document 11.12. De Nederlander heeft een briefje achtergelaten. Een soort afscheidsbrief. Een vriendelijke groet aan Karen Borg. Wat hem betrof, mocht ze alles vertellen. Ze was hier gisteren de hele dag. We hadden gelijk. Maar het was prettig om het bevestigd te krijgen! En dat hebben we nu op papier.' Ze draaide zich naar het bord om en schreef zwijgend verder:

1. Verklaring H.v.d.K. (Karen B.)
2. Rel. Lavik–Roger, autohandelaar (tel.nrs. in boekje)
3. Laviks vingerafdr. op geld van Frøstrup (!!!)
4. Vel met codes van J. F., zelfde type als bij Hansa Olsen aan getroffen.
5. Lavik op bezoek in arrest.verbl. op dag dat H.v.d.K. door draaide.
6. Lavik op bezoek in huis van bew. toen Frøstrup overdosis nam.

'De verklaring van Han van der Kerch is belangrijk,' zei ze, terwijl ze met een kapotte liniaal als aanwijsstok op punt één op het bord tikte. 'Het enige en nogal riskante nadeel is dat we het niet van hemzelf hebben. Informatie uit de tweede hand. Aan de andere kant: Karen Borg is een supergeloofwaardige getuige. Zij kan bevestigen dat Han al jarenlang meedeed. Bovendien heeft hij zijn relatie met auto-Roger toegegeven en had hij geruchten gehoord dat er op de achtergrond advocaten bij betrokken waren. Geruchten vormen een tamelijk zwakke bewijsgrond om iemand op aan te houden, maar het feit dat Van der Kerch niet iedere willekeurige advocaat wilde hebben, toont aan dat hij over redelijk concrete inlichtingen moest beschikken. Door Karen Borgs getuigenverklaring hebben we in elk geval Roger in de tang.' Ze verwisselde de liniaal voor een viltstift en onderstreepte Rogers naam driftig.

'En daarmee zijn we aangekomen bij onze vriend Jørgen.' Driftige strepen onder Laviks naam. 'Dit verband is flinterdun, ook al weten we dat ze elkaar kennen. Lavik heeft het een keer toegegeven en zal dat vast herhalen. Natuurlijk krijgen we weer dat gezwets over dat het een cliënt van hem was, maar het blijft zeer merkwaardig om telefoonnummers in code op te schrijven. Het is omslachtig en zoiets doe je nauwelijks zonder reden. Bovendien,' zei ze nadrukkelijk, terwijl ze voor de zekerheid een grote cirkel rond punt drie op het bord tekende, 'bovendien zijn Laviks vingerafdrukken op een bankbiljet van Jacob Frøstrup gevonden. Dat híj dealde, heeft de rechtbank zestien keer bewezen geacht. Bovendien dacht ik dat advocaten geld kregen van hun cliënten, in plaats van andersom. Daar krijgt Lavik nog flink problemen mee. Als je het mij vraagt, is dat onze sterkste troef.'

De brigadier wachtte even, alsof ze eventuele protesten verwachtte. Toen die niet kwamen, ging ze verder. 'Punt vier zegt me nog helemaal niks. In het grote geheel is het bijzonder interessant en als we erin slagen ze te kraken, ben ik ervan overtuigd dat die verdomde codes ons heel veel te vertellen hebben. Maar aangezien we niet van plan zijn om Lavik van moord te beschuldigen, betwijfel ik of we dit punt nu al moeten meenemen. Misschien hebben we die troef later nog nodig. Wat betreft het feit dat Lavik op kritische tijdstippen in Van der Kerchs en Frøstrups leven in de gevangenis aanwezig was: ook dat zijn ingrediënten die we misschien nog even moeten laten rusten. Voorlopig tenminste. Dus dan hebben we alleen punt één tot en met drie voor een eventuele inbewa-ringstelling.' Ze pauzeerde weer even. 'Is dat voldoende, Håkon?'

Hij keek haar aan en wist dat ze het wist: in feite was het niet voldoende. 'Een inbewaringstelling op grond waarvan? Moord? Nee. Drugshandel? Nauwelijks. We hebben geen enkel bewijs.'

'Jawel, dat hebben we wel,' protesteerde Kaldbakken. 'Wat we bij Frøstrup in beslag hebben genomen, is toch geen kleinigheid.'

'Gebruik je fantasie een beetje, Håkon,' vroeg Hanne met een scheef glimlachje. 'Hier kun je toch wel iets mee? Jullie vorderin-gen zijn meestal vaag en onvolledig, en toch krijgen jullie aan de lopende band inbewaringstellingen voor elkaar.'

'Je vergeet één ding,' zei Håkon. 'Je vergeet dat deze man zelf advocaat is. En dat weet de rechtbank ook. Dit inbewaring-stellingsbevel is niet in twintig minuten rond. Als we die smeerlap willen laten opsluiten, moeten we zeker van onze zaak zijn. Dit gaat hoe dan ook een verschrikkelijke opschudding geven. En als de rechtbank hem laat lopen, krijgen we het moeilijker dan ons lief is.'

Ondanks Håkons scepsis was Kaldbakken overtuigd. En als het om vakkundigheid ging, had niemand iets op de humeurige auto-ritaire inspecteur aan te merken. De zeven politiemensen namen alles nog eens punt voor punt door, verwierpen onhoudbare za-ken, maakten een lijst van wat ze nog meer moesten hebben, en hadden ten slotte de verdenking in concept klaar.

'Narcotica,' concludeerde de inspecteur uiteindelijk. 'We moe-ten hem op narcotica pakken. We moeten niet meteen zo hard van stapel lopen. Misschien moeten we genoegen nemen met de vier-entwintig gram die bij Frøstrup is gevonden.'

'Nee, we moeten het breder aanpakken. Als we alleen die paar gram aangrijpen, verspelen we de mogelijkheden om alles wat daar niet direct mee in verband staat te gebruiken. Willen we een kans maken, dan moeten we met alles wat we nu hebben op de proppen komen. Juist omdat de afzonderlijke zaken die op die lijst staan zo klein zijn, moeten we alles overleggen wat we weten.' Håkon maakte nu een zekerder indruk. Zijn hart ging als een razende te-keer bij de gedachte dat ze uiteindelijk toch een soort doorbraak konden forceren.

'We houden de verdenking algemeen, met een niet nader aangegeven periode en een ongespecificeerde hoeveelheid narcotica. Daarbij zetten we alles op de syndicaatstheorie, die we onderbouwen met Han van der Kerchs bewering, dat er feitelijk zo'n organisatie bestaat. Het is buigen of barsten.'

'En we kunnen zeggen dat we informanten hebben!' De jongen met de wipneus kon zich niet inhouden. 'Dat werkt altijd in drugszaken, heb ik gehoord!'

Het werd pijnlijk stil. Voordat inspecteur Kaldbakken de jongen kon neersabelen, greep Hanne kalm in. 'Zoiets doen we nóóit, Henriksen,' zei ze nadrukkelijk. 'Ik ga ervan uit dat je in je enthousiasme maar wat roept. Ik zal het net zo opvatten als je misselijkheid. Maar als je niet leert eerst na te denken voordat je iets zegt, zul je altijd een beginneling blijven. Je mag best iets weglaten, maar liegen is niet toegestaan. Nooit! Bovendien klopt het niet. Het slechtste wat je kunt doen, is met anonieme tips aan komen zetten. Dat je het maar weet,' voegde ze eraan toe.

De jongen was afdoende terechtgezet en de vergadering werd gesloten. Hanne en Håkon bleven zitten.

'We moeten dit met de hoofdcommissaris bespreken. En met de hoofdofficier. Strikt genomen zou ik zelfs met de koning moeten overleggen, om helemaal ingedekt te zijn.' Het was duidelijk dat de gedachte aan wat hem te wachten stond, hem niet erg vrolijk stemde. Zijn hart was weer gekalmeerd, maar er had zich nu een mistroostig gevoel in zijn borst verankerd. Hij had zin om te vragen of Hanne niet wilde wachten met de vordering tot inbewaringstelling.

Ze ging naast hem op het bankje zitten. Tot zijn stomme verbazing legde ze haar hand op zijn dij en leunde ze vertrouwelijk tegen zijn schouder. De zwakke geur van een parfum dat hij niet kende, maakte dat hij diep inademde.

'Nu gaat het beginnen,' zei ze zacht. 'Wat we tot nu toe hebben gedaan, was puzzelstukjes verzamelen, eentje hier, eentje daar, zo klein dat het geen zin had om de puzzel in elkaar te leggen. Dat gaan we nu doen. We missen nog een heleboel stukjes, maar zie je de afbeelding niet, Håkon! Je moet nu hard zijn. Wij zijn de helden. Vergeet dat niet.'

'Daar lijkt het anders niet altijd op,' zei Håkon gemelijk. Hij legde zijn hand op de hare, die nog steeds op zijn dij lag. Tot zijn verbazing trok ze hem niet weg. 'Dan moeten we het maar proberen,' zei hij bleekjes, liet haar hand los en stond op. 'Ik zal zien wat ik kan doen, om alles voor een aanhouding voor elkaar te krijgen. Ik neem aan dat jij hem zelf wilt halen?'

'Daar kun je vergif op innemen,' zei ze nadrukkelijk.

*

Iedereen was er. De hoofdcommissaris in een pas gesteven uniform, ernstig en stram in de rug, alsof ze verkeerd had gelegen. De hoofdofficier, een miezerig, flets mannetje met een pilotenhemd en snuggere oogjes achter zijn dikke brillenglazen, had de beste stoel gekregen. De chef van de afdeling narcotica – een plaatsvervanger aangezien de eigenlijke narcoticachef waarnam voor de commissaris van Hønefoss, die tijdelijk de functie van hoofdofficier bekleedde omdat die op zijn beurt was benoemd tot raadsheer bij het gerechtshof – had voor de gelegenheid ook zijn uniform aangetrokken. Dat was te klein en de sluiting van zijn overhemd kierde oncharmant over zijn kogelronde buik. Hij zag er vriendelijk uit, een joviale Bromsnor met een rond blozend gezicht en dunne grijze krulletjes. Vrouwe Justitia stond in haar vertrouwde houding op de tafel, met hoog opgeheven weegschaal, het zwaard klaar voor de executie.

Er werd op de deur geklopt. Een kantoorjuffrouw serveerde zwijgend koffie in plastic bekertjes. Hanne Wilhelmsen en Håkon Sand waren als laatsten aan de beurt en ze kregen ook geen vol bekertje. Dat maakte niet uit, Hanne raakte haar bekertje niet eens aan. Ze stond op. Ze had ongeveer een halfuur nodig om de zaak door te nemen. De inhoud was hetzelfde als eerder die dag, maar gestructureerder. Bovendien was er ondertussen nog iets bij gekomen. Ze glimlachte voor het eerst toen ze kon toevoegen: 'Een drugshond heeft het geld gemarkeerd!'

De narcoticachef knikte veelzeggend, maar toen zowel de hoofdcommissaris als de hoofdofficier vragend hun wenkbrauwen optrokken, verklaarde ze: 'Het geld is met drugs in aanraking geweest. Of nog waarschijnlijker: iemand heeft het geld aangepakt, direct nadat hij drugs in handen heeft gehad. Dat is het kleine stukje dat we nog nodig hadden. Helaas zat het spul niet op het biljet met de afdrukken, maar toch...'

'Wat betreft die vingerafdrukken,' onderbrak de hoofdofficier. 'Formeel hebben jullie Laviks afdrukken niet. Daarom moeten we dat gedeelte buiten beschouwing laten bij de beoordeling van de aanhoudingsgronden. Hebben jullie daaraan gedacht?'

Hij keek naar Håkon Sand, die opstond en naar Hanne en de flapover slofte. 'Ja, daar hebben we natuurlijk aan gedacht. We houden hem aan op grond van wat we verder hebben en nemen dan zijn vingerafdrukken. We hebben met de technische recherche afgesproken dat ze maandagochtend een officieel proces-verbaal klaar hebben. Dat is vroeg genoeg. We zijn van plan om Lavik en auto-Roger morgenmiddag aan te houden. Niemand kan van ons verwachten dat we in een dergelijk grote zaak de vordering tot inbewaringstelling zaterdag al kunnen overleggen. Dus dan hebben we tot maandag één uur de tijd om een goed onderbouwde vordering op te stellen. In dat licht gezien, is vrijdagmiddag een uitstekend tijdstip voor aanhouding.'

Het werd helemaal stil. De commissaris, die nerveus en onwel leek, zat rechtop in haar enorme bureaustoel, zonder de rugleuning aan te raken. Deze zaak kon een zware druk op het bureau leggen en daar zaten ze niet op te wachten. Het leven van korpschef was veel inspannender dan ze zich had voorgesteld. Ze kreeg iedere dag kritiek en drek over zich heen. Deze zaak zou hun een hoop trammelant kunnen bezorgen. Een dikke ader klopte lelijk in haar magere hals.

De narcoticachef had zijn misplaatste glimlach nog altijd op zijn gezicht. Met die schaapachtige grijns en zijn toegeknepen ogen zag hij er minder intelligent uit. De hoofdofficier stond op en liep naar het raam. Hij bleef met zijn rug naar de anderen toe staan en praatte alsof de toehoorders buiten op een steiger stonden.

'Strikt genomen moet de rechtbank toestemming geven voor een aanhouding,' zei hij luid. 'We krijgen een hoop herrie, als we niet eerst naar de rechter gaan.'

'Maar dat doen we nooit,' protesteerde Håkon.

'Nee,' zei de hoofdofficier, zich plotseling omdraaiend. 'Maar dat zouden we wel moeten doen! Maar ja... jij bent degene die het allemaal over zich heen krijgt. Hoe had je gedacht je te verdedigen?'

Merkwaardig genoeg leek Håkons nervositeit te bedaren. De hoofdofficier stond aan zijn zijde. In principe.

'Om eerlijk te zijn: zonder vingerafdrukken krijgen we geen toestemming om hem aan te houden. Zonder aanhouding krijgen we geen vingerafdrukken. Hopelijk heeft zijn raadsman het druk in het weekend. Zo druk, dat hij geen tijd heeft om zich over formaliteiten te bekommeren. Ik ben bereid om de kritiek op me te nemen. En aangezien wij zelf moeten beslissen of we de rechtbank toestemming vragen om hem aan te houden, kunnen ze ons niet al te veel verwijten maken. In het ergste geval schelden ze ons de huid vol. Daar kan ik wel tegen.'

De kleine man in het pilotenhemd glimlachte en verplaatste zijn blik naar Hanne Wilhelmsen. 'Hoe gaat het eigenlijk met jou? Ben je weer helemaal hersteld van de overval?'

Ze voelde zich bijna gevleid en dat ergerde haar. 'Goed, dank u. Maar we weten nog steeds niet wie het gedaan heeft. We denken dat het met deze zaak te maken heeft, dus er kunnen gaandeweg nog nieuwe sporen opduiken.'

Het werd langzaam donker en de nevelige novemberlucht drukte tegen de ramen van de zesde verdieping. Ergens vanuit het binnenste van het gebouw hoorden ze blaasmuziek. De politiekapel oefende. Iedereen was weer gaan zitten en Hanne raapte haar stapel papieren bijeen.

'Tot slot, Sand: hoe wil je de verdenking tegen Lavik formuleren? Onbekende hoeveelheid, onbekende plaats, onbekend tijdstip, zoiets?'

'We leggen hem de hoeveelheid die bij Frøstrup is gevonden ten laste. Twintig gram heroïne, vier gram cocaïne. Niet heel veel, maar meer dan genoeg tot de volgende stap. Meer dan genoeg voor een inbewaringstelling.'

'Neem nog een tweede punt mee in de verdenking,' beval de hoofdofficier. 'Omdat hij in de afgelopen jaren een onbekende

hoeveelheid narcotica heeft ingevoerd. Of iets van die strekking.'
'Goed,' antwoordde Håkon met een knikje.

'Bovendien,' vroeg de hoofdofficier, zich tot de narcoticachef wendend, 'waarom heeft de afdeling ernstige delicten deze zaak? Moet hij niet door narcotica worden behandeld? Ondanks die moorden is het langzamerhand een drugszaak geworden.'

'We werken samen,' zei Hanne bliksemsnel, zonder het antwoord van de narcoticachef af te wachten. 'De samenwerking is heel goed. En de moordzaken vormen immers de basis, zoals u zelf al zegt.'

De vergadering was afgelopen. De hoofdcommissaris had nauwelijks een woord gezegd. Ze gaf de hoofdofficier een hand ten afscheid, de anderen moesten genoegen nemen met een knikje. Håkon ging als laatste de deur uit. In de deuropening draaide hij zich om en wierp een laatste blik op het mooie beeldje. Ze zag het en glimlachte.

'Veel succes, Sand. Heel veel succes.' Het klonk warempel alsof ze het meende.

Vrijdag 20 november

Als er groene marsmannetjes met rode ogen voor hem hadden gestaan, had hij er niet verbaasder uit kunnen zien. Zelfs Hanne Wilhelmsen werd een ogenblik door twijfel overvallen. Advocaat Jørgen Ulf Lavik las het blauwe formulier een aantal keren door en staarde haar met wijd opengesperde ogen aan. Daarbij stootte hij klagende keelklanken uit. Zijn gezicht was gezwollen en donkerrood aangelopen, de man leek een hartinfarct nabij. Twee agenten in burger hadden voor de gesloten kantoordeur plaatsgenomen, ze stonden wijdbeens en met hun handen op de rug, alsof ze elk moment verwachtten dat de advocaat een vluchtpoging zou ondernemen, naar een vrijheid die, naar hem nu wel duidelijk moest zijn, ver in het verschiet lag. Zelfs de lamp aan het plafond trilde en flikkerde van opwinding en razernij, toen een zware vrachtwagen buiten met hoge snelheid over de kruising denderde, om nog net het oranje licht te halen.

'Wat ís dit?' brulde hij, nadat hij het blauwe formulier minstens zes keer had doorgelezen. 'Wat is dit in godsnaam?' Hij liet zijn vuist met een geweldige klap op het tafelblad neerkomen. Dat deed duidelijk pijn, waardoor hij tegen zijn zin zijn hand schudde.

'Dít is een arrestatiebevel. Je wordt aangehouden. Gearresteerd, zo je wilt.' Hanne wees naar het papier, dat na de woedeuitbarsting van de advocaat half verscheurd op het bureau lag. 'Hier staat waarom. Je krijgt alle tijd om protest aan te tekenen. Alle tijd die je maar wilt. Maar nu moet je met ons meekomen.'

De razende man probeerde krampachtig zich te beheersen. Zijn kaakspieren golfden op en neer, en zelfs de mannen bij de deur konden zijn tanden horen knarsen. In een razend tempo balde en opende hij zijn vuisten. Na een minuut werd hij iets rustiger.

'Ik moet mijn vrouw bellen. En ik moet een advocaat regelen. Willen jullie even buiten wachten?'

De brigadier glimlachte. 'Van nu af aan mag je niemand spreken, zonder dat de politie daarbij aanwezig is. Met uitzondering van je raadsman natuurlijk. Maar dat kan wachten tot we op het bureau zijn. Doe je jas aan. Ga niet moeilijk doen. Daar is niemand bij gebaat.'

'Maar mijn vrouw!' Nu was hij bijna zielig. 'Ze verwacht me over een uur thuis!'

Het kon geen kwaad als hij zijn vrouw even belde. Dat zou hen op dat punt tenminste voor kritiek behoeden. Hanne pakte de hoorn van de telefoon en reikte hem die aan.

'Zeg haar wat je wilt over het feit dat je niet thuiskomt. Voor mijn part vertel je haar dat je bent aangehouden, maar geen woord over het waarom. Ik breek het gesprek af als je iets zegt wat me niet aanstaat.'

Ze hield een waarschuwende vinger boven het telefoontoestel en liet hem het nummer kiezen. Het gesprek duurde niet lang, hij sprak de waarheid. Aan de andere kant van de lijn hoorde Hanne een huilende stem 'waarom, waarom' vragen. Hij slaagde er bewonderenswaardig genoeg in kalm te blijven en sloot af met de belofte dat zijn advocaat in de loop van de avond contact met haar zou opnemen. Hij gooide de hoorn op de haak en stond op.

'Laten we deze farce achter de rug zien te krijgen,' zei hij mopperend. Hij trok zijn jas binnenstebuiten aan, vloekte toen hij dat ontdekte, corrigeerde zijn vergissing en keek naar de twee mannen bij de deur. 'Word ik ook nog in de handboeien geslagen?'

Dat was niet nodig. Een kwartier later bevond hij zich in het arrestantencomplex van het politiebureau. Daar was hij eerder geweest. Toen had het er heel anders uitgezien.

*

Jørgen Laviks advocaatkeuze had hen allemaal verrast. Ze hadden een van de supersterren verwacht en zich op een ware hel voorbereid. Tegen zes uur die avond was Christian Bloch-Hansen verschenen. Hij had zich correct en met een zachte stem aan zowel Hanne als inspecteur Kaldbakken voorgesteld en voordat hij naar zijn cliënt ging beleefd om een gesprek met Håkon Sand verzocht. Dat werd natuurlijk ingewilligd. Hij had met licht opgetrokken wenkbrauwen het dunne mapje kopieën in ontvangst genomen en zonder veel tegenspraak Håkons uitleg geaccepteerd, dat ze momenteel helaas niet meer documenten konden afgeven, zonder het onderzoek in gevaar te brengen. Bloch-Hansen liet zich niet provoceren. Hij zat al dertig jaar in het vak en werd alom gerespecteerd en geprezen. De doorsnee krantenlezer zou zijn naam echter niet herkennen. Hij had nooit de publiciteit gezocht, integendeel, hij scheen iedere ophef over zijn persoon te willen vermijden. Dit had zijn reputatie bij de rechtbanken en het ministerie versterkt en hem allerlei functies en speciale opdrachten opgeleverd, die hij allemaal grondig en met gedegen vakkundigheid uitvoerde.

Håkon Sands aanvankelijke opluchting ten aanzien van zijn prettige opponent, moest alras wijken voor het besef dat hij geen ergere tegenstander had kunnen krijgen. Advocaat Christian Bloch-Hansen zou geen stennis schoppen. Hij zou hen geen krijgszuchtige koppen in de boulevardpers bezorgen. Hij zou zich ook niet in futiliteiten vastbijten. Maar hij zou geen spaan van hen heel laten. Niets zou hem ontgaan. Bovendien was hij een specialist in strafprocessen.

De verzorgde advocaat van middelbare leeftijd beschikte na dertig minuten over voldoende informatie. Vervolgens had hij met zijn cliënt een twee uur durend onderhoud onder vier ogen. Toen hij klaar was, vroeg hij of Laviks verhoor tot de volgende dag kon wachten.

'Mijn cliënt is moe. Dat zullen jullie ook wel zijn. En zelf heb ik ook een lange dag achter de rug. Hoe laat schikt het morgen?'

Overrompeld door Bloch-Hansens beschaafde optreden liet Hanne de advocaat zelf het tijdstip kiezen.

'Is tien uur te laat?' vroeg hij glimlachend. 'Ik wil in het weekend graag rustig ontbijten.'

Voor Hanne Wilhelmsen was het noch te laat noch te vroeg. Het verhoor zou om tien uur beginnen.

Zaterdag 21 november

Wat een verschrikkelijk kabaal. Eerst begreep hij niet wat het was, hij draaide zich om en knipperde verward naar de wekker. Het was een ouderwetse mechanische wekker, met een uurwerk dat tik-tak zei, een wijzerplaat met gewone getallen en aan de achterkant een sleuteltje dat hem aan de rolschaatsen uit zijn jeugd deed denken. De wekker moest iedere avond helemaal worden opgedraaid, anders bleef hij om vier uur al stilstaan. Het was tien voor zeven. Hij gaf een klap op de grote bel bovenop de wekker. Het geluid verdween niet. Hij kwam langzaam bij zijn positieven, richtte zich op en eindelijk drong het tot hem door dat het de telefoon was. Hij tastte naar de hoorn, met als resultaat dat het hele apparaat met een klap op de vloer terechtkwam. Ten slotte had hij de hoorn te pakken en mompelde: 'Håkon Sand. Met wie spreek ik?'

'Hallo, Sand. Met Myhreng. Sorry dat ik...'

'Sórry? Waarom bel je me op zaterdagochtend verdomme om zeven uur, nee, nog vóór zevenen op? Wie denk je wel dat je bent?'

Pang. De hoorn erop smijten was niet genoeg, hij stond woedend op en rukte de stekker uit het contact. Toen dook hij weer in bed en na nog twee minuten ergernis sliep hij weer even diep verder. Anderhalf uur. Toen werd er hard en driftig aan de deur gebeld.

Half negen was een prima tijd om wakker te worden. Toch nam hij de tijd, in de hoop dat wie er ook voor de deur stond ondertussen zijn geduld zou verliezen. Toen hij zijn tanden poetste, werd er weer gebeld. Nog driftiger. Håkon waste rustig zijn gezicht en voelde zich heerlijk vrij, terwijl hij zijn ochtendjas aantrok en een ketel water opzette. Toen liep hij naar de huistelefoon.

'Ja?'

'Hallo, Myhreng hier. Kan ik je even spreken?'

Die jongen wist van geen ophouden. Maar Håkon Sand ook

niet. 'Nee,' zei hij en hing de hoorn terug.

Het hielp hem niets. Meteen zoemde het onprettige geluid weer als een doorgedraaide reuzenwesp door het appartement. Håkon dacht even na en nam de hoorn nogmaals op. 'Haal een paar verse broodjes bij de Seven-Eleven op de hoek. En sinaasappelsap. Met van dat vruchtvlees erin. En de kranten. Alledrie.'

Hij bedoelde *Aftenposten*, *Dagbladet* en *VG*. Myhreng bracht *Arbeiderbladet* en de twee laatste mee. Bovendien was hij dat vruchtvlees vergeten.

'Machtig mooie woning,' zei Myhreng bewonderend. Hij wierp een lange blik in de slaapkamer.

Zo nieuwsgierig als een politieman, dacht Håkon, terwijl hij de slaapkamerdeur dichtdeed.

Hij liet Myhreng achter in de kamer, liep naar de badkamer en zette een extra tandenborstel en een zeer vrouwelijk parfumflesje neer, ooit door een vroeger vriendinnetje achtergelaten. Hij kon maar beter niet te zielig overkomen.

Fredrick Myhreng was niet voor een kletspraatje gekomen. De koffie was nog niet klaar of hij barstte los. 'Zeg, hebben jullie hem opgepakt, of zo? Hij is nergens te vinden. Zijn secretaresse zegt dat hij in het buitenland is, maar als ik zijn huis bel, krijg ik een jongetje dat zegt dat pappa niet aan de telefoon kan komen. En mamma ook niet. Ik heb me al afgevraagd of ik de kinderbescherming misschien moest bellen, toen ik bij de zesde poging weer alleen maar dat vijfjarige mannetje of hoe oud hij ook was aan de lijn kreeg.'

Håkon schudde zijn hoofd, haalde de koffie en ging zitten. 'Wat ben jij nou voor een kindermishandelaar? Als de gedachte bij je is opgekomen dat wij iemand hebben aangehouden, dan begrijp je toch wel dat jouw telefoonterreur niet erg aangenaam kan zijn, niet voor zo'n knulletje, noch voor de rest van de familie!'

'Journalisten kunnen niet overal rekening mee houden,' verklaarde Myhreng en hij ontfermde zich over een ongeopend blikje makreel in tomatensaus.

'Ja, maak maar open,' zei Håkon korzelig, nadat Myhreng de halve inhoud van het blikje op zijn broodje had gesmeerd.

'Makreelburger! Heerlijk!' Met volle mond en tomatensaus op het witte tafellaken spetterend, babbelde hij verder. 'Geef het maar toe, jullie hebben Lavik gepakt. Ik zie het aan je. Ik heb de hele tijd al gedacht dat die vent niet deugde. Ik heb wel het een en ander door, weet je.'

De blik, die hij over de rand van zijn te kleine bril wierp, was uitdagend, maar niet helemaal zeker. Håkon permitteerde zich een glimlach en smeerde langzaam margarine op zijn broodje. 'Noem me één goede reden, waarom ik jou iets zou vertellen.'

'Ik kan er wel meer dan één noemen. In de eerste plaats is goede informatie de beste bescherming tegen verkeerde berichtgeving. In de tweede plaats staan de kranten er morgen toch vol mee. Denk maar niet dat de arrestatie van een advocaat de andere kranten langer dan een dag ontgaat. En in de derde plaats...' Hij onderbrak zichzelf, veegde met zijn vingers zijn tomatensnor af en leunde flemerig over de tafel. 'En in de derde plaats hebben wij al eerder goed samengewerkt. Het is in ons beider belang als we dat voortzetten.'

Officier van justitie Håkon Sand liet zich ogenschijnlijk overtuigen. Fredrick Myhreng dacht dat dat meer aan hem te danken was dan waar hij reden toe had. Want terwijl Myhreng in afwachting van vreselijk spannende nieuwtjes, als een gehoorzaam schooljongetje zat te wachten, nam Håkon Sand een lange en weldadige douche. Het dossier, waar hij tot diep in de nacht aan had zitten werken, ging mee naar de badkamer.

Håkon Sand douchte bijna een kwartier en in die tijd ontwierp hij de schets voor een krantenverhaal dat een solide waarschuwingsschot zou betekenen voor degene of degenen die daarbuiten in het sombere novemberweer zaten te klappertanden. Want dát er iemand zat, daar was Håkon van overtuigd. Nu was het zaak om ze tevoorschijn te lokken. Of misschien beter tevoorschijn te jagen...

Maandag 23 november

Het werd een circus van jewelste. Drie televisiecamera's, talloze persfotografen, minstens twintig journalisten en een groot aantal kijklustigen hadden zich in de grote foyer van de rechtbank verzameld. De zondagskranten hadden elkaar overtroffen. Bij nadere beschouwing vertelden ze niet veel meer dan dat een vijfendertigjarige advocaat uit Oslo was gearresteerd en dat hij ervan werd verdacht de centrale figuur achter een drugssyndicaat te zijn. Meer wisten de journalisten niet. Maar ze hadden er veel kolommen mee gevuld. Ze hadden van de schrale spijker een goedgevulde soep gekookt en waren daarbij goed geholpen door Laviks collega's. Die hadden zich in vette interviews nadrukkelijk van de ongehoorde aanhouding van een geliefd en gerespecteerd collega gedistantieerd. Dat de geëerde collega's niets van de zaak afwisten, weerhield hen er niet van in brede bewoordingen commentaar te leveren. De enige waar de krantenjongens niets uit hadden gekregen, was degene die wél op de hoogte was: advocaat Christian Bloch-Hansen.

Hij baande zich met moeite een weg door de mensenmassa die de ingang van rechtszaal 17 versperde. Hoewel slechts twee of drie van de aanwezige journalisten hem herkenden, reageerde de massa als een zwerm bijen toen een televisieman de advocaat een microfoon onder de neus duwde. De microfoon van de tv-journalist was via een kabel met de cameraman verbonden, een twee meter lange man, die over zijn eigen benen struikelde toen de interviewer de leiding plotseling naar zich toe trok. Deze probeerde wanhopig om zijn evenwicht te bewaren en werd nog een ogenblik door de omstanders overeind gehouden. Maar slechts een ogenblik. Ten slotte stortte hij neer, zes personen in zijn val meetrekkend. In de daaropvolgende complete chaos glipte Bloch-Hansen stilletjes zaal 17 binnen.

Håkon Sand en Hanne Wilhelmsen hadden het niet eens geprobeerd. Ze waren in een politiewagen met geblindeerde ramen blijven zitten, tot Lavik met het gebruikelijke jasje over zijn hoofd door het poortje naast de hoofdingang naar binnen werd gevoerd. Bijna niemand bekommerde zich om die arme Roger uit Sagene. Met zijn beige parka over zijn oren getrokken zag hij er ronduit komisch uit. Direct daarna waren alle kijklustigen het gerechtsgebouw binnengedromd en konden Hanne en Håkon door een eigen politie-ingang aan de achterzijde naar binnen sluipen. Via de kelder kwamen ze rechtstreeks in de rechtszaal terecht.

Een schuchtere bode moest alle zeilen bijzetten in zijn poging om de orde in de zaal te handhaven. Het bleef bij een poging. De oudere, in uniform gestoken man zag geen kans om de druk van de mensenmassa te weerstaan. Håkon zag zijn vertwijfelde gezicht en gebruikte de intercom op de tafel van de rechter om vanuit de kelder versterking op te roepen. Al snel hadden de vier agenten iedereen eruit gewerkt voor wie op de enige toehoordersbank geen plaats meer was.

De rechter was verlaat. De zitting zou om precies één uur beginnen. Om vier minuten over één kwam hij binnen, zonder ook maar iemand aan te kijken. Hij legde de stapel documenten voor zich neer. Hij had een iets dikker dossier dan waar advocaat Bloch-Hansen drie dagen tevoren mee was afgescheept. Håkon stond op en gaf de advocaat nog enkele bijlagen. De onderzoeksrechter mocht niet over meer stukken beschikken dan de verdediging.

De rechter informeerde op gedempte toon bij Håkon Sand naar de verdachte. Håkon knikte naar de verdediging. De advocaat stond op.

'Mijn cliënt heeft niets te verbergen,' zei hij luid, om er zeker van te zijn dat alle journalisten hem hoorden. 'Maar zijn aanhouding heeft hem vanzelfsprekend erg aangegrepen – zowel hemzelf als zijn gezin. Ik wil daarom vragen of de zitting achter gesloten deuren kan plaatsvinden.'

Een teleurgestelde, bijna gelaten zucht ging door het kleine groepje toeschouwers. Niet omdat ze op een openbare behandeling hadden gerekend, maar omdat ze verwacht hadden dat het zoals gewoonlijk de politie zou zijn, die de deuren wilde sluiten.

Deze zwijgzame, discrete raadsman beloofde niet veel goeds. De enige die het glimlachend aanhoorde, was Fredrick Myhreng. Hij meende verzekerd te zijn van een continue informatiestroom. Zijn krant had gisteren wezenlijk meer te melden gehad dan de concurrenten. Myhreng had het uur voor de zitting genoten. Veel oudere collega's hadden hem met vragende blikken en bedekte vragen benaderd, zonder hun eigen tekortkomingen toe te geven, maar met een doorzichtige nieuwsgierigheid die hem goed deed.

De rechter sloeg met zijn vuist op tafel en beval dat de zaal ontruimd zou worden om te onderhandelen over een zitting achter gesloten deuren. De bode slofte opgelucht achter de laatste, tegenstribbelende journalist aan naar buiten en hing het zwarte bordje met witte letters op: Besloten zitting.

Er hoefde natuurlijk niet onderhandeld te worden. Met een gelaatsuitdrukking die vaag aan een glimlach deed denken, stond de kleine man op van zijn zetel, liep naar het aangrenzende kantoortje en kwam met een reeds van tevoren geschreven besluit terug.

'Dit had ik al wel verwacht,' zei hij, het papier signerend. Vervolgens bladerde hij een paar minuten in het dossier, waarna hij het besluit weer oppakte en de zaal verliet om de mensenmassa mede te delen wat ze al wisten. Terug in de zaal trok hij zijn jas uit en hing die over de stoelleuning. Daarna sleep hij zorgvuldig drie potloden en boog hij zich naar de intercom. 'Breng Lavik binnen,' beval hij, hij trok zijn stropdas losser en glimlachte tegen de stijve notuliste achter de computer. 'Dit wordt een lange dag, Else!'

Hoewel Hanne Wilhelmsen hem van tevoren had gewaarschuwd, schrok Håkon toen Lavik in de deur achter zijn raadsman verscheen. Als het fysiek niet onmogelijk was geweest, zou de officier van justitie gezworen hebben dat Jørgen Lavik in het weekend tien kilo was afgevallen. Zijn kostuum slobberde om hem heen en de man leek uitgehold. Zijn gezicht was schrikbarend grauw, zijn ogen waren gezwollen en roodomrand. Hij zag eruit alsof hij op weg was naar zijn eigen begrafenis; en voor zover Håkon wist, was die misschien wel dichterbij dan iemand durfde denken.

'Heeft hij wel eten en drinken gekregen?' fluisterde hij bezorgd tegen Hanne, die met een gelaten knikje antwoordde.

'Maar hij wilde alleen wat cola hebben. Hij heeft sinds vrijdag geen hap gegeten,' zei ze zacht. 'Het is niet onze schuld, hij heeft echt een zeer speciale behandeling gekregen.'

Ook de rechter leek bezorgd over de toestand van de verdachte. Hij monsterde Lavik een paar keer en vroeg de twee bewakers toen om het hekje weg te halen en een stoel neer te zetten. De strenge computerdame liet haar imago een ogenblik varen, stapte achter de balie vandaan en bood Lavik een plastic bekertje met water en een papieren servet aan.

Nadat de rechter zich ervan had overtuigd dat Lavik de dood niet zo nabij was als het leek, kwamen ze eindelijk op gang. Håkon Sand kreeg het woord en Hanne stootte hem toen hij opstond bemoedigend tegen zijn dij. Dat kwam harder aan dan bedoeld. Door de pijn voelde hij een sterke aandrang om te plassen.

Vier uur later hadden de aanklager en de verdediger het voorbeeld van de rechter gevolgd en hun jasjes uitgetrokken. Hanne Wilhelmsen had haar trui uitgedaan, maar Lavik leek het koud te hebben. Alleen de computerdame zag er volkomen onberoerd uit. Ze hadden een uur tevoren een korte pauze ingelast, maar niemand in de zaal had het risico durven nemen zich voor de wolven in de gang te vertonen. Telkens als het in de zaal stil werd, konden ze horen dat het buiten nog steeds vol mensen stond.

Lavik legde bereidwillig een verklaring af, maar gebruikte daar godsjammerlijk veel tijd voor. Elk woord werd op een goudschaaltje gewogen. Zijn verhaal bevatte niets nieuws. Hij ontkende alles en hield zich aan de verklaring die hij tegenover de politie had afgelegd. Ook de vingerafdrukken kon hij verklaren. Zijn cliënt had hem heel eenvoudig om een leninkje gevraagd, hetgeen volgens Lavik niet ongebruikelijk was. Håkon had hem op wrevelige toon gevraagd of hij aan al zijn armlastige cliënten geld uitdeelde. Daar had hij bevestigend op geantwoord, hij kon er getuigen voor laten opdraven. Lavik kon natuurlijk niet uitleggen waarom een wettig verworven biljet van duizend kronen samen met drugsgeld in een plastic zak onder een planken vloer van een woning aan de Mossevei lag, maar het kon hem toch niet worden aangerekend, dat zijn cliënt zich merkwaardig gedroeg. Zijn relatie met Roger had hij al eerder aannemelijk gemaakt. Hij had de man een enkele keer met wat kleine dingen geholpen, met zijn belastingaangifte en een paar verkeersovertredingen. Håkon Sands probleem was dat Roger precies hetzelfde beweerde.

Wat Lavik over het duizendje zei was in ieder geval zwak. Hoewel ze onmogelijk iets van het gezicht van de kleine, gedrongen rechter konden aflezen, was Håkon er zeker van dat juist dit punt in de verdenking overeind zou blijven. Of het ook voldoende was, zou over enkele uren blijken. Het kon vriezen of dooien. Håkon begon zijn betoog.

Het geld en de vingerafdrukken waren het belangrijkst. Vervolgens ging hij in op Laviks verdachte relatie met Roger en op de gecodeerde telefoonnummers. Tot slot besteedde hij vijfentwintig minuten aan hetgeen Han van der Kerch aan Karen Borg had verteld, voor hij afsloot met een waarschuwende tirade over bewijsvernietiging en vluchtgevaar.

Dat was alles wat hij had. Punctum finale. Geen woord over de lijnen naar Hans A. Olsen, via de vermoorde en gezichtsloze Ludvig Sandersen. Niets over de papieren met de codes. Absoluut niets over Laviks aanwezigheid op het tijdstip van Van der Kerchs sprong in de psychose en Frøstrups fatale overdosis.

Gisteren was hij nog zo zeker van zijn zaak geweest. Ze hadden alles besproken en doorgenomen, ze hadden gekibbeld en gediscussieerd. Kaldbakken had alles wat ze hadden in de strijd willen gooien en zich daarbij beroepen op het feit dat Håkon daar enkele dagen tevoren ook absoluut van overtuigd was geweest. Uiteindelijk had de inspecteur zich toch gewonnen gegeven. Håkon was zowel zelfverzekerd als overtuigend overgekomen. Maar nu niet meer. Hij zocht naar de slagvaardige afsluitende conclusie, waar hij vannacht op had geoefend en die had zich ergens verstopt. Maar hij bleef steken, hij slikte een paar keer en perste er toen uit dat de politie vasthield aan haar vordering tot inbewaringstelling. Hij vergat weer te gaan zitten en er volgde een secondenlange pijnlijke stilte. De rechter kuchte en zei dat hij niet hoefde te blijven staan. Hanne glimlachte zwak maar opbeurend en gaf hem een por in zijn zij, ditmaal iets voorzichtiger.

'Meneer de rechter,' begon de advocaat, nog voor hij helemaal van zijn stoel was opgestaan. 'Wij hebben hier ongetwijfeld met een zeer delicate zaak te maken. Wij hebben te maken met een advocaat, die zich schuldig heeft gemaakt aan een ernstige overtreding.'

De anderen schrokken op. Wat was dit in vredesnaam? Wilde advocaat Bloch-Hansen zijn cliënt in de rug aanvallen? Ze keken naar Lavik, nieuwsgierig naar zijn reactie, maar zijn vermoeide grauwe gezicht vertrok geen spier.

'Het is een goede leefregel geen sterkere woorden te gebruiken dan men kan waarmaken,' ging hij verder, terwijl hij zijn jasje weer aantrok om een formele houding aan te nemen, die tot nog toe ontbroken had in de grote warme zaal. Het speet Håkon Sand dat hij niet hetzelfde had gedaan. Het zou er dwaas uitzien, als hij dat nu alsnog deed.

'Maar het is zeer beklagenswaardig...' Bloch-Hansen bouwde een kunstmatige pauze in om zijn woorden kracht bij te zetten. 'Het is in ieder geval zeer beklagenswaardig om te zien dat Karen Borg, die voor zover ik weet een goede reputatie heeft en als een bekwaam advocaat bekendstaat, niet heeft opgemerkt dat zij zich schuldig heeft gemaakt aan overtreding van paragraaf 144 van het Wetboek van Strafrecht.'

Weer een pauze. De rechter zocht de betreffende bepaling op. Håkon Sand zat als verlamd op het vervolg te wachten.

'Karen Borg heeft geheimhouding gezworen,' vervolgde de advocaat. 'Die eed heeft ze gebroken. Ik verneem uit het dossier, dat zij een soort instemming van haar cliënt als reden opgeeft om deze ernstige overtreding te begaan. Maar zoiets kan op geen enkele wijze toereikend zijn. In de eerste plaats wil ik erop wijzen, dat haar cliënt bewezen psychotisch was en als zodanig niet kon beoordelen wat voor hem het beste was. Vervolgens wil ik de rechtbank wijzen op de zogenaamde zelfmoordbrief zelf, document 17-1.' Hij zweeg en diepte de kopie van het onbeholpen briefje op. 'Het is tamelijk, ja hoogst, hoogst onduidelijk of deze formulering überhaupt een ontheffing van de geheimhoudingsplicht kan inhouden. Zoals ik dit schrijven lees, moeten wij het als een afscheidsgroet beschouwen, een soort pathetische liefdesverklaring aan een advocaat die waarschijnlijk vriendelijk en humaan is geweest.'

'Maar hij is immers dood!' Håkon kon zich niet langer inhouden, stond half op en maakte een hulpeloos gebaar. Hij liet zich weer in zijn stoel vallen, voordat de rechter hem tot de orde kon roepen. De advocaat glimlachte.

'Jurisprudentie 1983, pagina 430,' verwees hij, liep om de balie heen en legde een kopie voor de rechter neer. 'Ik heb er ook een voor jou,' zei hij en hield een kopie in Håkons richting, die op moest staan en hem zelf moest komen halen.

'De meerderheid was destijds de mening toegedaan, dat beroepsgeheim op geen enkele wijze bij de dood van de cliënt ophoudt,' zette hij uiteen. 'De minderheid overigens ook. Daarover kan geen enkele twijfel bestaan. En daarmee zijn we terug bij deze brief.' Hij hield hem op een armlengte afstand en citeerde: 'Je bent lief voor me geweest. Je kunt vergeten wat ik zei over je mond houden. Schrijf een brief aan mijn moeder. Bedankt voor alles.'

De brief werd in het dossier teruggelegd. Hanne wist niet wat ze moest denken. Håkon had kippenvel en hij voelde zijn scrotum als tijdens een ijskoud bad ineenschrompelen tot een teer en weinig mannelijk klompje.

'Dit,' ging de advocaat verder, 'dit is geen ontheffing van de geheimhoudingsplicht. Advocaat Borg had op grond hiervan nooit een verklaring mogen afleggen. Nu zij deze misstap heeft begaan, is het belangrijk dat het gerecht niet hetzelfde doet. Ik wijs in deze context op paragraaf 119 van het Wetboek van Strafvordering en wil stellen dat het in strijd is met de bepalingen indien de rechtbank Borgs verklaring meeneemt in haar beoordeling.'

Håkon Sand bladerde in het wetboek dat voor hem lag. Zijn handen beefden zó, dat hij zijn bewegingen nauwelijks kon coördineren. Uiteindelijk vond hij de bepaling. Verdomme nog aan toe! De rechtbank mocht geen verklaringen aannemen, die op informatie berustten die een advocaat beroepsmatig had verkregen. Hij werd bang. Hij bekommerde zich niet om Lavik, de drugshandelaar en vermoedelijke moordenaar Jørgen Ulf Lavik. Hij dacht alleen aan Karen Borg. Misschien kwam zij nu in ernstige moeilijkheden. En dat was allemaal zijn schuld. Hij had op haar verklaring aangedrongen. Ze had weliswaar niet geprotesteerd, maar ze zou het nooit hebben gedaan als er niet om was gevraagd. Het was allemaal zijn schuld.

Aan de andere kant van de zaal had de advocaat zijn paperassen bij elkaar gepakt. Hij was naar het uiteinde van de balie gelopen, het dichtst bij de rechter, en leunde met zijn hand op de tafel.

'En dan, meneer de rechter, staat het openbaar ministerie met lege handen. De telefoonnummers in het aantekenboekje van Roger Strømsjord kunnen onmogelijk van doorslaggevende aard zijn. Dat de man graag met getallen speelt, bewijst niets. Het indiceert niet eens iets. Behalve misschien dat hij een beetje een vreemde vogel is. En de vingerafdrukken op het bankbiljet? Daar weten we weinig van. Maar, meneer de rechter, niets wijst erop dat advocaat Lavik hier niet de waarheid spreekt! Hij kan een cliënt met wie hij medelijden had een duizendje geleend hebben. Niet erg slim natuurlijk, Frøstrup stond niet als bijzonder kredietwaardig bekend, maar de lening was ongetwijfeld goed bedoeld. Ook dit kan in geen geval doorslaggevend zijn.' Met een breed armgebaar gaf hij aan dat hij wilde afronden. 'Ik wil me niet uitlaten over het feit dat het buiten proporties zou zijn, om mijn cliënt in hechtenis te nemen. Dat is niet nodig. Er is niets boven water gekomen dat een gegronde reden voor een verdenking vormt. Mijn cliënt moet in vrijheid worden gesteld. Dank u.'

Het had precies acht minuten geduurd. Håkon had een uur en tien minuten nodig gehad. De twee politieagenten die Lavik bewaakten, hadden gedurende zijn betoog zitten gapen. Tijdens Bloch-Hansens pleidooi hadden ze met gespitste oren zitten luisteren.

De onderzoeksrechter was echter niet erg gespitst. Hij deed geen moeite om te verbergen dat hij uitgeput was, hij knikkebolde en wreef zich in het gezicht. Håkon Sand werd niet eens in de gelegenheid gesteld een weerwoord te geven. Het maakte niet uit. Een duistere leegte vulde zijn maag, hij voelde zich niet in staat ook maar iets uit te brengen. De rechter keek op de klok. Het was al half zeven. Over een halfuur begon het journaal.

'Laten we meteen maar met Roger Strømsjord verdergaan. Dat hoeft niet zo lang te duren. De feiten zijn de rechtbank nu immers bekend,' zei hij hoopvol.

Het duurde een krap uur. Hanne kon zich niet aan het gevoel onttrekken dat die arme Roger als een soort aanhangsel van Lavik werd beschouwd. Als Lavik eraan ging, dan ging Roger er ook aan. Als Lavik vrijuit ging, dan Roger ook.

'Ik hoop de uitspraak vandaag nog rond te hebben, maar het zou best middernacht kunnen worden,' verklaarde de rechter, toen de zitting uiteindelijk kon worden opgeheven. 'Willen jullie wachten of kan ik jullie faxnummers krijgen?'

Ze gaven hem hun faxnummers. Roger werd, na een fluisterend onderhoud met zijn advocaat, weer naar de kelder geleid. De rechter was al in het aangrenzende kantoortje verdwenen en de computerdame was hem gevolgd. Advocaat Bloch-Hansen nam zijn versleten, eerbiedwaardige aktetas onder zijn arm en kwam naar de officier van justitie toe. Hij leek vriendelijker dan te verwachten was.

'Jullie kunnen niet veel concreets hebben gehad, toen jullie vrijdag toesloegen,' zei hij zacht. 'Ik vraag me af wat jullie gedaan zouden hebben, als dat notitieboekje niet was opgedoken en jullie niet zo'n mazzel met die vingerafdrukken hadden gehad. Kort gezegd, toen jullie die twee aanhielden, waren jullie waarschijnlijk nog kilometers verwijderd van een gegronde reden tot verdenking.'

Håkon dacht dat hij zou bezwijmen. Misschien zagen de andere twee dat ook, want de advocaat kalmeerde hem.

'Ik zal er geen punt van maken, maar in alle vriendschappelijkheid: waag je niet aan zaken die groter zijn dan je aankunt. Dat is een goede raad – onder alle omstandigheden.' Hij knikte kort en beleefd, en begaf zich naar de journalisten die hun geduld nog niet hadden verloren. Dat waren er nog vrij veel. Hanne en Håkon bleven alleen achter.

'Laten we maar wat gaan eten,' stelde Hanne voor. 'Ik blijf met je wachten. Ik weet zeker, dat het goed gaat.' Dat was een klinkklare leugen.

Weer nam hij de prettige, zwakke parfumgeur waar. Als troost en om hem een beetje op te vrolijken, had ze hem toen ze alleen waren omhelsd. Het had niet geholpen. Toen ze het grote, eerbiedwaardige gebouw verlieten, merkte ze op hoe slim het was geweest om een halfuurtje te wachten. De kijklustigen zaten allang weer in hun warme huiskamers. De lui van de televisie hadden voor het dwingende zendschema moeten capituleren en waren haastig met hun magere oogst teruggegaan. Ook de schrijvende pers was na een paar korte commentaren van Bloch-Hansen verdwenen. Het was kwart over acht.

'Ik heb nog helemaal niets gegeten vandaag,' stelde Håkon verbaasd vast. Hij voelde dat zijn eetlust, die zich meer dan vierentwintig uur dodelijk verschrikt in een hoekje van zijn maag had verscholen, langzaam was teruggekeerd.

'Ik ook niet,' antwoordde Hanne, hoewel dat niet helemaal waar was. 'We hebben ruimschoots de tijd. De rechter heeft minstens drie uur nodig. Laten we een rustige tent opzoeken.'

Arm in arm wandelden ze een kleine helling af, probeerden de grote druppels uit een regengoot van een oud gebouw te ontlopen en vonden een rustig tafeltje in een Italiaans restaurant vlak om de hoek. Een beeldschone jongen met ravenzwart haar bracht hen naar hun plaats, slingerde een menu op tafel en vroeg ongeïnteresseerd of ze iets wilden drinken. Na een korte aarzeling bestelden ze allebei een groot glas bier. Die verschenen in recordtempo op tafel. Håkon dronk in één teug het halve glas leeg. Het bier deed hem goed, hij voelde de alcohol onmiddellijk zijn werk doen. Of misschien trok alleen zijn ingezonken maagzak zich ineens samen.

'Het gaat helemaal mis,' zei hij bijna vrolijk, het schuim van zijn bovenlip vegend. 'Ha, dit gaat nooit van zijn leven goed. Die lopen zo weer buiten en gaan gewoon verder. Let op mijn woorden. Het is mijn schuld.'

'Niet op de dingen vooruitlopen,' zei Hanne, al kon ze niet helemaal verbergen dat ze zijn pessimisme deelde. Ze keek op haar horloge. 'We hebben nog een paar uur te gaan, voor we eventueel moeten inzien dat we verloren hebben.'

Ze zaten er lang, zwijgend en met vage, afwezige blikken. Hun glazen waren leeg toen het eten op tafel kwam. Spaghetti. Het zag er goed uit en was bloedheet.

'Het is niet jouw schuld als het fout gaat,' zei ze, terwijl ze zwoegde om de lange, witte draden met tomatensaus naar binnen te krijgen. Enigszins verontschuldigend had ze haar servet in de halsopening van haar trui gestoken om die tegen onvermijdelijk gemors te beschermen. 'En dat weet je,' voegde ze er nadrukkelijk aan toe. Ze bestudeerde zijn gezicht. 'Als dit fout gaat, hebben we allemaal gefaald. Iedereen was het ermee eens, niemand kan jou iets verwijten.'

'Mij iets verwijten?' Zijn lepel kletterde op zijn bord, zodat de saus opspatte. 'Mij iets verwijten? Natuurlijk zullen ze het mij verwijten! Niet jij of Kaldbakken of de hoofdcommissaris of wie dan ook, heeft zich daarbinnen urenlang uitgesloofd! Ik! Ik heb het grote ei gelegd. Ze zouden het me móéten verwijten.' Hij had plotseling geen trek meer en schoof zijn halfvolle bord van zich af, met afschuw bijna, alsof er tussen de mosselen een vervelend bevel tot invrijheidstelling op de loer lag. 'Ik geloof dat ik nog nooit van mijn leven zulk slecht werk voor de rechtbank heb geleverd. Dat moet je van me aannemen, Hanne.' Hij ademde zwaar en wenkte de gladgestreken ober om een glas mineraalwater te bestellen. 'Als ik een andere advocaat tegenover me had gehad, had ik het er waarschijnlijk beter vanaf gebracht. Bloch-Hansen maakt me onzeker. Zijn correcte, zakelijke stijl brengt me van mijn stuk. Misschien had ik me op een heftig openlijk gevecht voorbereid. Maar als mijn tegenstander dan zijn toevlucht neemt tot een elegant degengevecht, sta ik erbij als een zak aardappelen.' Hij wreef zich hard in zijn gezicht, glimlachte en schudde zijn hoofd. 'Wil je me beloven geen lelijke dingen over mijn optreden te vertellen?' vroeg hij.

'Dat beloof ik met de hand op mijn hart,' zweerde Hanne, terwijl ze haar rechterhand omhoogstak. 'Maar zó slecht was je nou ook weer niet. Trouwens,' vroeg ze, van onderwerp veranderend, 'waarom heb je die journalist verteld over een mogelijke derde persoon, die nog steeds op vrije voeten is? Zoals het er stond, zou het opgevat kunnen worden alsof we een concreet iemand in de peiling hebben. Ja, ik neem aan dat hij dat van jou heeft.'

'Weet je nog wat je zei, toen ik zo geshockeerd was over hoe jij Lavik tijdens het laatste verhoor voor zijn aanhouding behandelde?'

Een diepe rimpel boven haar neuswortel gaf aan dat ze diep

nadacht. 'Tja, nee,' zei ze en wachtte op zijn uitleg.

'Je zei dat bange mensen fouten maken. Daarom wilde je Lavik bang maken. Nu is het mijn beurt om de boeman te zijn. Misschien is het een losse flodder. Maar misschien loopt er daarbuiten iemand rond die nu bang is. Heel erg bang.'

Slechts een paar seconden na Håkons discrete wenk kwam de rekening op tafel. Ze grepen er allebei naar, maar Håkon was het snelst.

'Geen sprake van,' protesteerde Hanne. 'Of ik betaal alles, of anders in elk geval de helft.'

Met een smekende blik drukte Håkon de rekening tegen zijn borst. 'Mag ik me vandaag tenminste één keer een man voelen, alsjeblieft?' vroeg hij zielig.

Dat was niet te veel gevraagd. Hij betaalde en rondde het bedrag met drie kronen fooi af. De jongen met het oliehaar liet hen glimlachend uit en sprak de hoop uit hen snel weer te zien. Het scheen niet bepaald een hartenwens van hem te zijn.

*

De vermoeidheid lag als een strakke, zwarte kap om zijn schedel en telkens als hij een paar minuten niet gepraat had, vielen zijn ogen dicht. Uit zijn jaszak haalde hij een klein medicijnflesje met kunstmatig traanvocht tevoorschijn. Hij leunde achterover, schoof zijn bril omlaag en druppelde het vocht rijkelijk in zijn ogen. Nog even en dan had hij het hele flesje opgebruikt. Het was die ochtend nieuw geweest.

In een poging om zijn nekspieren die zo strak als snaren op een harp aanvoelden iets soepeler te maken, draaide Håkon Sand zijn hoofd heen en weer. Hij kromp ineen toen hij iets te heftig bewoog en aan de linkerkant een kramp omhoog voelde schieten.

'Au, auau, áu!,' schreeuwde hij uit, koortsachtig het pijnlijke gebied knedend.

Hanne keek voor de zevenenzestigste keer op de klok. Vijf minuten voor middernacht. Het was onmogelijk te zeggen of het een goed of een slecht teken was dat de uitspraak tijd vergde. Indien hij een advocaat in bewaring zou stellen, wilde de rechter waarschijnlijk zeer zorgvuldig te werk gaan. Aan de andere kant zou hij ook met een invrijheidstelling niet slordig omspringen. Het mocht duidelijk zijn dat de uitspraak, ongeacht hoe hij besliste, zou worden aangevochten.

Ze gaapte zo hartgrondig, dat haar smalle hand niet haar hele mondopening kon bedekken. Doordat ze haar hoofd in haar nek legde, viel het Håkon op dat ze geen amalgaam in haar kiezen had.

'Wat zijn jouw ervaringen met die kunststof vullingen,' vroeg hij volkomen misplaatst.

Ze staarde hem verbaasd aan. 'Kunststof vullingen? Wat bedoel je?'

'Ik zie net dat jij geen amalgaam in je gebit hebt. Ik denk er zelf ook over om mijn vullingen te laten vervangen. Ik heb laatst een artikel gelezen over hoeveel troep er in dat spul zit. Kwik en zo. Er zijn zelfs al mensen invalide van geworden, heb ik gelezen. Maar mijn tandarts raadt het me af. Amalgaam is veel sterker, zegt hij.'

Ze boog zich met wijdopen mond naar hem toe, hij kon zien dat alles echt helemaal wit was.

'Geen gaatjes,' zei ze met een glimlach en een vleugje trots. 'Ik ben weliswaar een beetje te oud voor de geen-gaatjes-generatie, maar waar ik opgroeide hadden we bronwater. Een heleboel natuurlijke fluor. Vast erg gevaarlijk, maar bij ons in de buurt waren zestien kinderen die volwassen werden zonder naar de tandarts te hoeven.'

Tanden. Wat een gespreksonderwerp. De officier van justitie keek nogmaals het faxapparaat na. Net als de vorige keer en de keer daarvoor was alles in orde. Het groene lichtje staarde hem arrogant aan, maar voor de zekerheid checkte hij nog een keer of er papier in de la zat. Natuurlijk zat dat er. Hij onderdrukte een gaap door zijn kaken op elkaar te persen. De tranen sprongen in zijn ogen. Hij greep het versleten spel kaarten en keek Hanne vragend aan. Ze haalde haar schouders op.

'Mij best, maar laten we dan iets anders spelen. Hartenjagen of zo.'

Ze haalden twee rondjes, toen begon de fax veelbelovend te brommen. Het groene lichtje was geel geworden en een paar seconden later trok het apparaat het bovenste, witte vel papier naar binnen. Het bleef een poosje in het apparaat en stak aan de andere kant zijn kop weer naar buiten, fraai versierd met een faxvoorblad van het Oslo Onderzoeksgerecht.

Ze voelden allebei hun hart sneller kloppen. Een onbehaaglijke kriebel kroop langs Håkons rug omhoog en hij rilde even.

'Zullen we het blad voor blad pakken, of zullen we wachten tot alles er is,' vroeg hij met een fletse glimlach.

'We gaan een kop koffie halen. Als we terugkomen is alles er. Dat is beter dan hier op de laatste bladzijde te staan wachten.'

Toen ze de kamer verlieten en door de gang liepen, voelden ze zich afschuwelijk alleen. Geen van hen zei iets. De koffie in de wachtkamer was op. Dan moest er toch nóg iemand op de afdeling zijn, want Hanne had nog geen uur tevoren een nieuwe kan gezet. Håkon ging zijn kantoor binnen, maakte het raam open en trok een plastic tasje naar binnen dat aan een spijker aan het kozijn hing. Hij haalde er twee halveliter flessen sinas uit.

'Gegarandeerd de enige frisdrank die alleen tegen de dorst helpt,' citeerde hij met galgenhumor.

Mismoedig sloegen ze de flesjes proostend tegen elkaar. Håkon nam niet de moeite om een ferme boer te onderdrukken. Hanne deed het iets zachter. Daarna liepen ze terug naar de projectkamer. Heel langzaam. Er hing een geur van boenwas en de vloeren hadden in tijden niet zo geglommen.

Toen ze de kamer binnenkwamen, had het nare groene oogje het weer van zijn gele collega overgenomen. Het apparaat was weer in zijn zoemende slaaptoestand teruggevallen. Er lag een dun stapeltje papier in het bakje dat een paar minuten geleden nog leeg was geweest. Met een hand die meer van vermoeidheid dan van spanning beefde, pakte Håkon het op en bladerde snel naar de laatste pagina. Hij liet zich in de kleine sofa vallen en las hardop: 'Verdachte Jørgen Ulf Lavik wordt voorlopig in hechtenis genomen, totdat de rechtbank of het openbaar ministerie anders beslist, doch uiterlijk tot maandag 6 december. Hij krijgt gedurende deze periode een brief- en bezoekverbod opgelegd.'

'Twee weken!!' Zijn vermoeidheid was door een fikse dosis adrenaline verjaagd. 'Twee weken voor Lavik!' Hij stond abrupt op, struikelde om het kleine tafeltje heen en viel Hanne om de hals. De papieren vlogen in het rond.

'Rustig,' lachte ze, 'twee weken zijn eigenlijk maar een halve overwinning, je hebt om vier weken gevraagd.'

'Twee weken is niet veel, nee, maar we kunnen vierentwintig uur per dag doorwerken. En ik zweer je...' Hij sloeg met zijn vlakke hand op tafel voor hij verderging: 'Ik verwed mijn maandsalaris er onder, dat we voor die twee weken om zijn, meer tegen die klootzak in handen hebben!'

Zijn kinderlijke enthousiasme en optimisme sloegen niet direct op de brigadier over. Ze zocht de papieren bij elkaar en legde ze op volgorde. 'Laten we eens kijken wat de rechter nog meer te zeggen heeft.'

Bij nader inzien kon de uitspraak niet eens een halve overwinning genoemd worden. Met veel moeite was er misschien een achtste van te maken.

Christian Bloch-Hansens bezwaren tegen Karen Borgs getuigenverklaring waren voor een groot deel gegrond verklaard. Het gerecht deelde zijn opvatting dat Van der Kerchs afscheidsbrief nauwelijks een ontheffing van haar geheimhoudingsplicht genoemd kon worden. De intenties van de Nederlander moesten nader beoordeeld worden, waarbij met name bekeken moest worden of hij ermee gediend was dat zijn informatie bekend werd. Er waren redenen om aan te nemen dat dat niet het geval was, aangezien de verklaring in belangrijke mate belastend voor hemzelf was en als zodanig zijn naam schaadde. In elk geval, meende de rechtbank, was het verhoor van Karen Borg veel te beperkt in relatie tot deze probleemstelling. Op het huidige tijdstip verkoos de rechtbank daarom haar verklaring buiten beschouwing te laten, aangezien deze in strijd kon zijn met de processuele bepalingen.

Voorts was de onderzoeksrechter echter van mening, onder voorbehoud, dat er gegronde redenen bestonden om Lavik van een strafbaar feit te verdenken. Maar slechts in relatie tot het eerste punt van de vordering: de gespecificeerde hoeveelheid die bij Frøstrup in beslag was genomen. Zolang Karen Borgs verklaring niet bij de zaak betrokken kon worden, waren er volgens de rechtbank geen gegronde redenen om de advocaat van iets anders te verdenken. Het gevaar voor vernietiging van bewijs was evident, de rechter had het voldoende gevonden om dit in één zin vast te stellen. Een voorlopige hechtenis van twee weken kon, gezien de ernst van de zaak, niet als een onevenredig zware maatregel beschouwd worden. Vierentwintig gram harddrugs vormde een aanzienlijke hoeveelheid, die een straatwaarde van bijna tweehonderdduizend kronen vertegenwoordigde. Uitslag, zoals gezegd, twee weken binnenzitten.

Roger ging vrijuit.

'Verdomme,' zeiden ze beiden als uit één mond.

Roger was slechts via de verklaring van Han van der Kerch bij de zaak betrokken. Zolang die verklaring niet bruikbaar was, had de rechtbank alleen de gecodeerde telefoonnummers. Dat was bij lange na niet voldoende. Hij moest op vrije voeten worden gesteld.

De telefoon ging. Ze schrokken zich allebei rot, alsof het zachte, lichte gerinkel een brandalarm was.

Het was de rechter, die zich ervan wilde overtuigen dat de uitspraak goed was overgekomen. 'Ik verwacht van beide partijen een verzet,' zei hij vermoeid, hoewel Håkon meende door de telefoon een vage glimlach te kunnen bemerken.

'Ja, ik vecht in elk geval de vrijlating van Roger Strømsjord aan en vraag daarbij om uitstel. Het zou een ramp zijn als hij vannacht nog in vrijheid wordt gesteld.'

'Uitstel krijg je zeker,' zei de rechter sussend. 'Maar nu gaan we eerst slapen, niet waar?'

Daar waren ze het roerend mee eens. Het was een lange, lange dag geweest. Ze deden hun jassen aan, sloten de deur zorgvuldig achter zich af en lieten de twee half opgedronken sinasflesjes eenzaam achter. De reclame was waar, ze hadden alleen tegen de dorst geholpen.

Dinsdag 24 november

Het was als wakker worden met een flinke kater. Toen ze thuis was gekomen, had Hanne Wilhelmsen de slaap niet kunnen vatten, ondanks een beker warme melk en een schoudermassage. Na amper vier uur onrustig te hebben geslapen, trok een vervelende nieuwsuitzending op de wekkerradio haar de dag in. Lavik was het eerste item. De nieuwslezeres was van mening dat het gelijk spel was geweest en uitte zich zeer kritisch over de vraag of de politie inderdaad iets in handen had. Natuurlijk kende niemand de motivering van de uitspraak en daarom werd er minutenlang gespeculeerd over waarom de automan was vrijgelaten. Het waren nogal wilde speculaties.

Ze rekte zich zuchtend uit en dwong zichzelf het warme bed te verlaten. Naar een ontbijt kon ze fluiten, ze had Håkon beloofd om om acht uur op het werk te zijn. Het zou waarschijnlijk net zo'n lange dag als gisteren worden.

Onder de douche probeerde ze aan iets anders te denken. Ze leunde met haar voorhoofd tegen de gladde tegels en liet het veel te warme water haar rug vuurrood kleuren. Ze kon de zaak niet uit haar hoofd zetten. Haar hersens werkten op volle toeren en trokken haar tegenstribbelend mee. Op dit moment zou ze zich met plezier, met onmiddellijke ingang, laten overplaatsen. Drie maanden bij de verkeerspolitie zou leuk zijn. Ze was weliswaar niet iemand die een moeilijke opdracht uit de weg ging, maar deze zaak nam haar volkomen in beslag. Nooit had ze rust, alle losse eindjes maalden door haar hoofd, speelden met nieuwe oplossingen, nieuwe theorieën, nieuwe ideeën. Hoewel Cecilie niet klaagde, wist Hanne heel goed dat ze momenteel geen bijzonder goede minnares of vriendin was. Tijdens feestjes was ze teruggetrokken en stil, ze was afgemeten beleefd en dronk bijna geen slok. Seks was een routinezaak geworden, zonder hartstocht of enthousiasme.

Het water was zo heet dat haar rug bijna verdoofd werd. Ze

richtte zich op uit haar gebogen houding en schrok toen het water haar borsten verbrandde. Terwijl ze aan de mengkraan draaide om te voorkomen dat ze levend gekookt werd, schoot het haar ineens te binnen.

De laars. Billy T.'s jachttrofee. Die moest ergens een tweelingbroertje hebben. Het leek een onmogelijke taak om in deze tijd van het jaar, in Oslo, een bepaalde winterlaars, maat vierenveertig, te zoeken. Aan de andere kant: de groep mogelijke eigenaars was niet zo heel groot en het kon het proberen waard zijn. Als ze de eigenaar te pakken kregen, zouden ze in elk geval tegenover een man staan die bijna gegarandeerd bij de zaak betrokken was. Dan zouden ze eens zien hoe stoer hij was. Loyaliteit was nooit de sterkste kant van drugscriminelen geweest.

De laars. Die moest gevonden worden.

*

De dag begon zich net te roeren. De zon kwam nog niet boven de horizon uit, maar lag ergens achter Ekeberg te stralen en kondigde een mooie, koude novemberdinsdag aan. Het vroor weer. Alle lokale radiozenders waarschuwden de automobilisten en berichtten over volle, vertraagde bussen en trams. Een enkele harde werker bleef op weg naar een nieuwe werkdag even voor het kantoor van *Dagbladet* staan om de krant te lezen die voor het raam hing.

Zijn zaak was weer voorpaginanieuws. In zijn agenda had hij diezelfde dag stiekem zijn twaalfde voorpagina binnen een jaar genoteerd. Een beetje puberaal misschien, maar het was goed om het overzicht te houden, dacht hij trots. Hij had tenslotte slechts een tijdelijke baan. Net een soort proeftijd.

De sleutel brandde in zijn zak. Hij had er voor de zekerheid drie kopieën van laten maken en die op veilige plaatsen opgeborgen. Zijn sleutelvriend had hem niet veel verder kunnen helpen. De sleutel kon op van alles passen. Maar waarschijnlijk niet iets groters dan een bagagekluis. Een kast misschien, maar zeker geen gewone deur. Of het moest een ongewoon klein deurtje zijn.

De bagagekluizen op de meest voor de hand liggende plaatsen hadden niets opgeleverd. De sleutel paste niet op de kluizen van het centraal station, de luchthavens Fornebu en Gardermoen, of van de grotere hotels. Aangezien de sleutel niet genummerd was geweest, was het eigenlijk ook niet logisch dat hij voor gebruik op een openbare plaats bestemd was.

Zou hij hem aan Håkon Sand geven? De politie zat vast in de stress, twee weken was niet veel en na de verzetsprocedure kregen ze misschien niet eens twee weken.

Er was veel voor te zeggen om de politie te helpen. Met hun apparaat kon veel effectiever gezocht worden naar het slot waar die verdomde sleutel op paste. Bovendien zou hij nog meer good-will kweken. Daar was hij van overtuigd. Hij kon een goede deal sluiten. En eigenlijk, als hij er goed over nadacht, was het ook niet juist om met een voorwerp rond te lopen, dat van doorslaggevende aard in een dergelijk grote zaak kon zijn. Moorden en zo. Was zoiets strafbaar? Hij wist het niet zeker.

Aan de andere kant: hoe moest hij verklaren dat de sleutel bij hem was beland? De inbraak in Laviks kantoor was op zich al strafbaar. Als zijn hoofdredacteur ervan hoorde, kon hij zijn boeltje inpakken. Voorlopig viel hem geen verhaal te binnen dat plausibel genoeg leek.

De conclusie was duidelijk, hij moest op eigen houtje verder zoeken. Als hij erin slaagde de kast of de kist of wat het ook was te vinden, zou hij naar de politie gaan. Indien het iets interessants opleverde, wel te verstaan. Dat zou zijn eigen twijfelachtige handelwijze waarschijnlijk overschaduwen. Ja, het was verstandiger om de sleutel zelf te houden.

Hij hees zijn broek op en ging het grote grijze redactiegebouw binnen.

*

Zijn reusachtige bureau lag bezaaid met kranten. Peter Strup was al vanaf half zeven op kantoor. Ook hij was wakker geworden met het bericht over de uitspraak. Onderweg naar zijn werk had hij zeven verschillende kranten gekocht, die allemaal grote artikelen aan de zaak wijdden. Eigenlijk zeiden ze geen van alle veel, maar ze hadden allemaal een andere invalshoek. De communistische

Klassekampen was van mening dat de inbewaringstelling een overwinning voor de gerechtigheid betekende en bracht een hoofdartikel over het geruststellende feit dat de rechtbanken zo nu en dan bewezen niet alleen klassejustitie te bedrijven. Vreemd, dacht hij bitter, hoe dezelfde mensen die zwaar geschut gebruiken tegen de primitieve behoefte van een verrotte maatschappij om mensen bij wijze van wraak in de gevangenis te zetten, plotseling voor diezelfde regeling warmlopen zodra het iemand aan de zonzijde van de samenleving treft. De boulevardbladen brachten, afgezien van de enorme koppen, meer foto's dan tekst. *Aftenposten* had een nuchter en bovendien nogal tam verslag gepubliceerd. Strup meende dat de zaak, ondanks alles, toch iets meer aandacht verdiende. Misschien waren ze bang voor een aanklacht wegens laster. Het kon nog lang duren voor Lavik definitief werd veroordeeld. En als hij niet veroordeeld werd, zou hij ongetwijfeld genadeloos wraak nemen.

Zijn ouderwetse vulpen schraapte over het papier, toen hij in ijltempo notities maakte. Het was altijd moeilijk om juridische problemen aan de hand van krantenartikelen te begrijpen. Journalisten haalden begrippen door elkaar en doolden als loslopende kippen door het juridische landschap. Alleen *Aftenposten* en *Klassekampen* hadden de kennis in huis om te weten dat er sprake was van een inbewaringstelling, niet van een veroordeling, en dat er verzet was aangetekend, geen beroep.

Nadat hij het belangrijkste eruit had geknipt, vouwde hij alle kranten samen en propte ze in de prullenbak. De knipsels werden aan zijn handgeschreven notities vastgeniet, in een plastic mapje gedaan en in een afsluitbare lade gelegd. Daarna toetste hij het nummer van zijn secretaresse in en vroeg haar alle afspraken voor de komende twee dagen af te zeggen.

De secretaresse was duidelijk verbaasd en begon met een 'maar', voor ze zichzelf onderbrak. 'Goed. Zal ik nieuwe afspraken maken?'

'Ja, doe dat maar, wil je? Zeg maar dat er iets is tussengekomen. Ik moet nu eerst een paar belangrijke telefoontjes plegen. Ik wil niet gestoord worden. Door niemand.'

Hij stond op en deed de deur naar de gang dicht. Daarna haalde hij een praktische kleine mobiele telefoon tevoorschijn en liep naar het raam. Na een paar keer overgaan, werd er opgenomen. 'Hallo Christian, met Peter.'

'Goedemorgen.' Zijn stem klonk somber, wat slecht bij de boodschap paste.

'Nou, die is waarschijnlijk voor geen van ons erg goed, maar ik mag je wel feliciteren, als ik de kranten goed heb begrepen. Eentje in vrijheid gesteld en de hechtenis van de ander gehalveerd, dat is toch geen slecht resultaat.'

Met vlakke stem antwoordde Bloch-Hansen: 'Dit is een helse brij, Peter. Een gruwelijke brij.'

'Dat wil ik wel geloven.'

Ze zwegen en de verbinding kraakte nadrukkelijk.

'Hallo, ben je daar nog?' Peter Strup dacht dat de verbinding was verbroken. Dat was niet zo.

'Ja, ik ben er nog. Ik weet eerlijk gezegd niet wat beter is. Dat hij blijft zitten of dat hij vrij komt. We moeten maar zien. Ik verwacht de uitspraak met betrekking tot het aangetekende verzet niet voor vanavond. Misschien pas morgen. Die jongens staan er niet om bekend dat ze graag overuren maken.'

Peter Strup beet op zijn onderlip. Hij nam de telefoon in zijn andere hand, draaide zich om en bleef met zijn rug naar het raam staan. 'Zie je een mogelijkheid deze lawine te stoppen? Op een enigszins fatsoenlijke manier, bedoel ik?'

'Ik weet het niet. Voorlopig bereid ik me op alles voor. Als de zaak explodeert, dan wordt dat de hardste knal van na de oorlog. Ik hoop dat ik dan niet in de buurt hoef te zijn. Vandaag had ik liever gehad dat je me er buiten had gelaten.'

'Maar ik móést, Christian. Dat Lavik jou koos, was echt een geluk bij een ongeluk. Iemand die ik kan vertrouwen. Echt vertrouwen.'

Het was geenszins als een dreigement bedoeld. Toch werd Christian Bloch-Hansens stem scherper. 'Laten we één ding duidelijk stellen,' zei hij hard, 'mijn welwillendheid is niet onuitputtelijk. Er zijn grenzen. Dat heb ik je zondag al gezegd. En dat moet je niet vergeten.'

'Alsof je me daar de kans toe geeft,' antwoordde Peter Strup droogjes en hij beëindigde het gesprek.

Hij bleef tegen het koude vensterglas aan staan. Dit was geen gruwelijke brij. Dit was een krankzinnige soep. Hij voerde nog een tweede telefoongesprek, dat slechts een paar minuten duurde, daarna ging hij ontbijten. Maar niet met smaak.

*

Aan een vurenhouten keukentafel, voor een raam met een vensterkruis en roodgeruite gordijntjes, zat Karen Borg met een geheel andere eetlust te eten. Ze was al aan haar derde boterham bezig. De boxer lag met zijn kop op zijn poten treurig en bedelend zijn bazin aan te staren.

'Schooier,' vermaande ze en ze verdiepte zich weer in de roman die voor haar lag. Een ouderwetse draagbare radio op het plankje boven het aanrecht stond zacht op het ochtendprogramma van Radio 2 afgestemd.

Het huisje lag op een klif, en had een uitzicht dat helemaal tot Denemarken reikte. Dat had ze zich vroeger tenminste ingebeeld. Als achtjarig meisje had ze zich dat vlakke land daar in het zuiden voorgesteld en het werkelijk gezien, met beuken en vriendelijke mensen. Het beeld was onverwoestbaar geweest, ook wanneer haar grote broer haar ermee plaagde en haar vader haar wetenschappelijk uitlegde dat het allemaal maar inbeelding was. Omstreeks haar twaalfde was het beeld verbleekt en toen ze naar de middelbare school ging, was heel Denemarken in zee weggezonken. Het was een van de meest pijnlijke ervaringen van het opgroeien geweest, dat gevoel dat niet alles was zoals ze altijd had geloofd.

Ze had het huisje moeiteloos warm kunnen krijgen. Het was goed geïsoleerd en er was elektriciteit. Toen het hele huis behaaglijk van temperatuur was, had ze nog een groot deel van de zondag over. Ze had de elektrische waterpomp niet aan durven zetten, de buizen zouden kunnen bevriezen. Maar dat gaf niets, want de put lag op slechts een steenworp afstand van het huis.

Nu, twee dagen later, voelde ze zich rustiger dan sinds weken. De mobiele telefoon stond voor de zekerheid aan, maar alleen haar kantoor en Nils kenden het nummer. Hij had haar met rust gelaten. De afgelopen weken waren voor hen allebei een beproeving geweest. Ze kromp ineen bij de gedachte aan zijn gekwetste, vragende blik, al zijn hulpeloze pogingen om het haar naar de zin te maken. Het was een gewoonte geworden hem af te wijzen. Ze spraken beleefd over hun werk, over het nieuws en over de noodzakelijke, dagelijkse dingen. Geen intimiteit, geen communicatie. Misschien was hij wel opgelucht toen ze besloot een poosje weg te gaan, ook al had hij met tranen in zijn ogen en met vertwijfelde vragen geprobeerd te protesteren. Hij had in elk geval niets meer van zich laten horen, sinds haar verplichte telefoontje om te vertellen dat ze goed was aangekomen. Hoewel ze blij was dat hij haar wens om met rust te worden gelaten respecteerde, stak het haar een beetje dat hij daar ook echt in slaagde.

Ze huiverde en morste een beetje thee op het schoteltje. De hond tilde geschrokken van de plotselinge beweging zijn kop op en ze wierp hem een plakje kaas toe, dat hij in de lucht opving.

'Vreetzak,' zei ze, maar de hond leek de hoop niet op te geven dat nog een plakje kaas de weg naar zijn kwijlende bek zou vinden.

Plotseling schrok ze op en zette de radio harder. Er moest een contactje loszitten, want er klonk een luid gekraak toen ze aan de knop draaide.

Lavik was aangehouden! Jeetje, dat moest toch een overwinning voor Håkon zijn. Een tweeënvijftigjarige man was in vrijheid gesteld, maar tegen beide uitspraken was verzet aangetekend. Dat moest Roger zijn. Waarom hadden ze de een laten lopen en de ander vastgehouden? Ze was ervan overtuigd geweest, dat ze of allebei moesten zitten, of allebei zouden worden vrijgelaten.

Veel meer kon ze er niet uit opmaken.

Haar slechte geweten begon op te spelen. Ze had Håkon beloofd te bellen voor ze zou vertrekken. Dat had ze niet gedaan. Ze kon het gewoonweg niet. Misschien zou ze hem vanavond opbellen. Héél misschien.

Ze was klaar met eten en de boxer had nog twee plakjes kaas gekregen. Ze zou eerst de afwas doen en dan de twee kilometer naar de winkel wandelen om de kranten te kopen. Het kon geen kwaad om op de hoogte te blijven.

*

'Waar is dat mens goddomme gebleven!' Hij knalde de hoorn op tafel. Die brak. 'Verdorie,' zei hij een beetje geschrokken en staarde sullig naar de vernielde telefoon. Voorzichtig hield hij de hoorn tegen zijn oor. De zoemtoon was er nog. Een elastiekje moest als tijdelijke reparatie dienstdoen.

'Ik begrijp het niet,' zei hij, rustiger nu. 'Op kantoor zeggen ze dat ze een poosje niet te bereiken is. Thuis wordt niet opgenomen.'

En Nils bel ik onder geen voorwaarde, dacht hij zonder het te zeggen. Waar was Karen Borg?

'We moeten haar vinden,' stelde Hanne volkomen overbodig vast. 'We moeten haar dringend opnieuw verhoren. Het liefst vandaag nog. Als we geluk hebben, wordt het aangetekende verzet pas morgen behandeld en dan zouden we nog een nieuw verhoor kunnen opvoeren, niet waar?'

'Ja, dat zou kunnen,' mompelde Håkon. Hij wist niet wat hij moest denken. Karen had beloofd hem te vertellen waar ze heen ging. En wanneer. Gedwee had hij zich aan zijn deel van de afspraak gehouden. Hij had niet gebeld, haar niet opgezocht. Gek, dat zij haar belofte niet was nagekomen. Als ze tenminste werkelijk was vertrokken. Er waren meerdere mogelijkheden. Ze kon ook in een discrete bespreking met een cliënt zitten. Dat was geen reden tot paniek. Maar sinds zondag liet een vaag gevoel van onrust hem niet meer los. Het geruststellende idee, dat hij zich in elk geval in dezelfde stad als Karen bevond, was verdwenen.

'Ze heeft een mobiele telefoon met een geheim nummer. Zet al je politie-invloed in om dat te achterhalen. Het telefoonbedrijf, haar kantoor, wat dan ook. Zorg dat je dat nummer te pakken krijgt. Dat zou toch niet al te moeilijk moeten zijn. Bovendien ga ik door met de jacht op die laarsloze man, wat je ook zegt,' zei Hanne Wilhelmsen en ging terug naar haar eigen kantoor.

*

De oudere, grijze man was bang. Angst was een onbekende vijand voor hem, die hij krampachtig probeerde te bestrijden. Hoewel hij de kranten had uitgekamd, had hij onmogelijk een duidelijke indruk kunnen krijgen van wat de politie eigenlijk wist. Het artikel dat afgelopen zondag in *Dagbladet* had gestaan, was in dat opzicht verontrustend geweest. Maar het kon niet kloppen. Jørgen Lavik had gezworen dat hij onschuldig was, dat stond tenminste in de kranten. Ergo kon hij niets hebben losgelaten. Niemand anders wist wie hij was. Dus hij kon geen gevaar, hij kón eenvoudigweg geen gevaar te duchten hebben.

De schrijnende angst liet zich niet overtuigen. Die had zijn bloederige klauwen in zijn hart gezet en dat veroorzaakte een intense pijn. Een ogenblik hapte hij kuchend naar adem en probeerde zichzelf weer onder controle te krijgen. Naarstig zocht hij in zijn binnenzak naar het pillendoosje, ploeterde om het open te krijgen en legde een tablet onder zijn tong. Dat hielp. Hij kreeg weer adem en slaagde erin het meest wanhopige deel van zijn ziel af te sluiten.

'Mijn god, wat is er met jou aan de hand?' De goedgeklede secretaresse stond geschrokken in de deuropening en vloog direct op haar chef af. 'Ben je wel in orde? Je gezicht is helemaal grauw.' Haar bezorgdheid leek oprecht, wat ook zo was. Ze verafgoodde haar chef en was bovendien doodsbang voor grauwe klamme huid sinds haar man vijf jaar geleden naast haar in bed was gestorven.

'Het gaat alweer beter,' verzekerde hij haar en duwde haar hand van zijn voorhoofd. 'Echt waar. Veel beter.'

De vrouw rende weg om een glas water te halen en voordat ze terugkeerde had de oude man zijn natuurlijke gelaatskleur weer een beetje teruggekregen. Gulzig dronk hij het glas leeg en vroeg met een verwelkte glimlach om meer. Ze vloog weer naar buiten. Het tweede glas werd net zo snel geleegd.

Nadat hij haar een paar keer op het hart had gedrukt dat alles in orde was, trok de secretaresse zich met tegenzin terug. Met een bezorgde frons op haar voorhoofd liet ze de deur op een kier staan, alsof ze erop rekende dat hij, voordat hij stierf, in ieder geval nog een kik zou geven. De grijze man stond stijf op en deed de deur achter haar dicht.

Hij moest zich bedwingen. Misschien moest hij een paar dagen verlof vragen. Het was trouwens het belangrijkst om volkomen neutraal te reageren op wat er gebeurde. Ze konden hem niets maken. Het was het verstandigste om de schijn op te houden. Zolang dat maar mogelijk was. Maar hij moest, hij móést erachter komen wat de politie wist.

*

'Hoeveel geld gaat er eigenlijk in drugs om?' De vraag was bijzonder, aangezien hij gesteld werd door een rechercheur die al wekenlang aan een drugszaak werkte. Maar Hanne Wilhelmsen schuwde banale vragen nooit en de laatste tijd was ze zich dat werkelijk gaan afvragen. Als gerespecteerde mannen met een in haar ogen zeer dik inkomen toch alles op het spel zetten, moest het om grote bedragen gaan.

Billy T. was allerminst verbaasd. Drugs waren voor de meesten een diffuus onderwerp, ook bij de politie. Voor hem was het een redelijk tastbaar begrip: geld, dood en ellende.

'Dit najaar hebben de narcotica-afdelingen van de politiekorpsen in Scandinavië in zes weken tijd elf kilo heroïne in beslag genomen,' vertelde hij. 'We hebben dertig koeriers aangehouden. Allemaal dankzij de Noorse narcoticabrigade.' Hij leek trots en had daar ook reden toe. 'Eén gram levert minimaal vijfendertig shots. Een shot kost op straat tweehonderdvijftig kronen. Reken dus maar uit over welk bedrag we het hebben.'

Ze pende de getallen neer op een servet. Dat scheurde. 'Ruim achtduizend-zevenhonderd kronen per gram! Dat is...' Met gesloten ogen en geluidloos haar lippen bewegend, schoof ze het servetje opzij en rekende uit haar hoofd. Toen sperde ze haar ogen wijdopen. 'Acht komma zeven miljoen per kilo, bijna honderd miljoen kronen voor elf kilo. Elf kilo! Dat is niet meer dan een volle wateremmer! Maar is er een markt voor zulke grote hoeveelheden?'

'Als er geen markt voor was, zou het niet worden ingevoerd,' was Billy T.'s droge commentaar. 'En het is zo verdomde makkelijk in te voeren. Met zo'n lange grens als die van ons, weet je, talloze schepen die de havens aandoen, de luchtvaart, en dan nog al het autoverkeer dat over de grensovergangen dendert. Het spreekt voor zich dat een effectieve controle zo ongeveer onmogelijk is. Maar gelukkig is de verkoop problematischer. Dan heb je met een door en door rot milieu te maken. Daar maken wij gebruik van. Bij de opsporing van narcotica zijn we geheel afhankelijk van verklikkers. En die zijn er godzijdank erg veel.'

'Maar waar komt het allemaal vandaan?'

'De heroïne? Vooral uit Azië. Uit Pakistan bijvoorbeeld. Zestig, misschien wel zeventig procent van de Noorse heroïne komt daarvandaan. Gewoonlijk komt het spul via Afrika naar Europa.'

'Via Afrika? Maar dat is toch een omweg?'

'Ja, geografisch gezien wel, maar daar stikt het van de gewillige koeriers. Schaamteloze uitbuiting van straatarme Afrikanen die weinig te verliezen hebben. In Gambia hebben ze zelfs slikscholen! Gambian Swallow Schools. Die knapen kunnen grote hoeveelheden drugs doorslikken. Eerst maken ze bolletjes van ongeveer tien gram elk, die ze in plastic folie verpakken. Ze warmen het pakje op om het plastic te verzegelen. Dan stoppen ze een kondoom vol met zulke bolletjes, smeren dat ergens mee in en slikken het hele geval door. Het is werkelijk ongelooflijk wat ze op die manier weten weg te stouwen. Ergens tussen de één en de drie dagen later komt het er aan de andere kant weer uit. Ze roeren een beetje in de stront en hopla! Ze zijn rijk!' Billy T. vertelde het met een mengeling van afschuw en enthousiasme. Hij had zijn eten op, een enorme stapel dikke volkoren boterhammen. Het enige waar hij zichzelf uit de kantine op had getrakteerd, waren twee halve liters melk en een kop koffie. Het verdween allemaal in een sneltreinvaart.

'Zoals Meester Galenus zegt: Wie eten wil en langzaam werkt, moet slim werken.'

Billy T. stopte een ogenblik met kauwen en staarde haar verbaasd aan.

'De koran,' verklaarde Hanne.

'O, de koran.' Hij at naarstig verder.

Hanne had 's morgens geen tijd gehad om te ontbijten, laat staan om een lunchpakket te smeren. Op het bordje voor haar lag een half opgegeten droge witte boterham met gepelde garnalen. De garnalen zaten niet bepaald in de verdrukking, was Billy T.'s commentaar geweest, de schrale sandwich bekijkend. De mayonaise was ranzig. Het had haar ergste honger gestild. De rest liet ze staan.

'Cocaïne daarentegen, komt gewoonlijk uit Zuid-Amerika. Mijn god, hele regimes leven daar van de door de westerse samenleving gekweekte behoefte aan drugs. Wereldwijd gezien is narcotica een multimiljarden-industrie. Zelfs hier in Noorwegen wordt jaarlijks voor enige miljarden omgezet. Veronderstellen we. Met zevenduizend junks, die ieder dagelijks voor tweeduizend kronen aan drugs gebruiken, kom je tot een gigantisch bedrag. We weten natuurlijk niet precies hoeveel. Maar veel geld? Absoluut. Als het niet verboden was, zou ik er zelf ook mee beginnen. Nu meteen.'

Daar twijfelde ze niet aan, ze was op de hoogte van Billy T.'s hoge alimentatieverplichtingen. Aan de andere kant: zoals hij eruit zag, zou hij behoorlijk kwetsbaar zijn bij een douanecontrole. Hij zou in elk geval de eerste zijn, die zíj zou aanhouden.

De kantine liep langzaam vol. Het liep tegen lunchtijd. Toen verschillende mensen er blijk van gaven bij hen aan tafel te willen gaan zitten, achtte Hanne de tijd rijp om weer aan het werk te gaan. Maar eerst moest Billy T. met de hand op zijn hart beloven naar de ontbrekende laars te zoeken.

'We houden onze ogen open,' grijnsde hij. 'Ik heb alle daarvoor in aanmerking komende eenheden een foto van het in beslag genomen voorwerp gegeven. De grote laarzenjacht is begonnen!' Hij grijnsde nog breder en maakte met twee vingers een padvindersgroet tegen zijn glimmende schedel.

Hanne glimlachte. Wat een politieman!

*

Het was onmogelijk deze kamer af te luisteren. Uiteraard. Hij lag aan het einde van een gang op de tweede verdieping van de Platousgate 16. Van buiten zag het gebouw er volkomen saai en anoniem uit en die indruk versterkte zich nog bij de weinigen die er werden binnengelaten. Het was sinds 1965 het hoofdkwartier van de inlichtingendienst. Het was klein en benauwd, maar doelmatig. Het was discreet.

Het kantoor was ook niet groot. Afgezien van een vierkante formicatafel in het midden, met aan iedere kant vier buisstoelen, was het volkomen leeg. In een hoek op de vloer stond een telefoon. De wanden waren kaal en vuilgeel en ketsten het geluid gul terug naar de drie mannen rond de tafel.

'Zien jullie ergens een mogelijkheid om de zaak over te nemen?' De man die de vraag stelde, een lichtblonde veertiger, werkte hier. Datzelfde gold voor de zwartharige man in spijkerbroek en trui. De derde, ouder dan de twee anderen en gekleed in een grijs, flanellen kostuum, werkte bij de veiligheidsdienst. Hij had zijn ellebogen op tafel gezet en sloeg zijn vingertoppen ritmisch tegen elkaar.

'Te laat,' constateerde hij kort. 'Een maand geleden had het misschien nog gekund. Voordat de zaak zulke grote dimensies aannam. Nu is het definitief te laat. Het zou een niet te tolereren opzien baren.'

'Kunnen we dan überhaupt nog iets doen?'

'Nauwelijks. Zolang we de volle omvang van de zaak niet kennen, kan ik jullie slechts aanraden je op Peter Strup te richten, onze vriend in de gaten te houden en te proberen alle anderen voor te zijn. Hoe? Dat moet je mij niet vragen.'

Meer was er niet te zeggen. De stoelpoten schraapten protesterend toen de drie mannen tegelijk opstonden. Voor ze naar de deur liepen, gaf de gast zijn twee gastheren somber een hand, alsof ze net een begrafenis hadden bijgewoond.

'Dit is niet best. Helemaal niet best. Ik hoop in godsnaam maar dat jullie je vergissen. Veel succes.'

Tien minuten later bevond hij zich weer op de onzichtbare, hoogste etage van het politiebureau. Zijn chef luisterde een halfuur naar hem. Daarna keek hij zijn ervaren medewerker meer dan een minuut zwijgend aan.

'Dit is niet te geloven,' zei hij. Nadrukkelijk.

*

De korpschef voelde zich door de volharding van de staatssecretaris enigszins geprovoceerd. Maar misschien gebruikte hij de zaak alleen als voorwendsel om haar te spreken. Een vleiende gedachte. Ze keek in de spiegel en tuitte haar mond in een oncharmante grimas over wat ze zag. Deprimerend. Hoe magerder ze werd, hoe ouder ze leek. De laatste maanden wachtte ze steeds nerveuzer op haar volgende menstruatie, die niet meer zo trouw kwam. De ongesteldheid treuzelde, kwam zeer onregelmatig en was van een vierdaagse rivier ingedroogd tot een tweedaags beekje. Ze miste de steeds minder wordende pijn. In plaats daarvan had ze ontsteld de eerste opvliegers geregistreerd. In de spiegel zag ze een vrouw die door de natuur onbarmhartig in de categorie grootmoeders was geplaatst. Met een dochter van drieëntwintig was die mogelijkheid niet denkbeeldig. De gedachte bezorgde haar een koude rilling langs haar ruggengraat. Ze moest het eens wagen!

Uit een bureaulade pakte ze een pot dure vochtigheidscrème, *Visible difference.* 'Invisible difference,' had haar man een paar weken tevoren droog opgemerkt, terwijl hij zijn wang strak trok voor het scheermes. Ze had hem zo'n harde duw gegeven dat hij zich lelijk in zijn bovenlip had gesneden.

Ze ging weer voor de spiegel staan en masseerde de crème langzaam in haar huid. Tevergeefs.

De staatssecretaris scheen nog steeds getrouwd te zijn. De sensatiepers had in elk geval niets anders bericht. Maar toch. Ze hield de mogelijkheid open. Ze ging weer in haar stoel zitten, wierp nogmaals een blik op het faxbericht en pakte toen de telefoon. De minister had de brief persoonlijk ondertekend, maar ze werd gevraagd de staatssecretaris te bellen.

Zijn stem was donker en prettig. Hij sprak met een Oslo-tongval, maar accentueerde sommige woorden op een geheel eigen wijze, wat zijn stem een bijzonder en makkelijk herkenbaar, bijna zangerig karakter gaf.

Hij stelde geen dineetje voor. Niet eens een armzalige lunch. Hij was kort aangebonden en verontschuldigde zich voor het verzoek. De minister zat hem op zijn nek. Kon ze hem even briefen?

De pers begon de minister van Justitie te belagen. Hij wenste een bespreking. Met de korpschef zelf of eventueel met de afdelingschef. Maar geen dineetje.

Best. Als de staatssecretaris afwijzend wilde zijn, dan kon zij dat eveneens. 'Ik kan de vordering faxen. Meer niet.'

'Prima,' antwoordde de staatssecretaris en ging helaas niet eens een discussie aan. 'Het kan mij in principe niets schelen. Maar kom je niet bij mij beklagen, als de minister zelf begint te zeuren. Ik heb je gewaarschuwd. Tot ziens.'

Met stomheid geslagen staarde ze naar de hoorn. Wat een afknapper. Hij zou geen enkele inlichting krijgen. Geen enkele verdomde inlichting.

Woensdag 25 november

Het geluid kwam zo onverwacht dat ze van stomme verbazing bijna uit bed viel. Ze zat nog te lezen, hoewel het al bijna twee uur 's nachts was. Niet omdat het boek zo spannend was, maar omdat ze na het eten drie uur diep geslapen had. Op het nachtkastje, dat ze jaren geleden zelf getimmerd had, stonden een kaars en een glas rode wijn. De fles ernaast was half leeg. Karen Borg half teut.

Ze stond op en stootte haar hoofd tegen het schuine dak boven het bed. Het deed niet erg pijn. De mobiele telefoon stond in de oplader bij het stopcontact naast de deur. Ze pakte hem op en kroop weer in bed voor ze de gespreksknop indrukte en antwoordde.

'Hallo, Håkon,' zei ze, voordat ze wist wie het was. Daarmee nam ze een behoorlijk risico, het kon Nils zijn. Maar haar intuïtie vergiste zich niet.

'Hallo,' hoorde ze zacht aan de andere kant. 'Hoe gaat het met je?'

'Hoe gaat het met jóú?' pareerde ze. 'Wat heeft de verzetscommissie gezegd?'

Ze wist het dus al. 'Ze zijn er vandaag niet uit gekomen. Ik bedoel gisteren. Dus er is nog hoop. Over een paar uur is het weer een nieuwe dag en dan komt de uitspraak vast snel. Ik kan er gewoon niet van slapen.' Hij gebruikte een halfuur om haar uit te leggen wat er was gebeurd. Hij nam geen blad voor de mond over zijn eigen beklagenswaardige rol.

'Zó slecht was het vast niet,' zei ze, zonder veel overtuiging. 'De rechter kon zich ondanks alles vinden in een inbewaringstelling van de hoofdverdachte.'

'Ja, voor zolang het duurt,' antwoordde hij korzelig. 'Dat wordt morgen van tafel geveegd. Zo goed als zeker. Ik heb geen idee wat we dan moeten doen. Bovendien heb ik jou in een lastig parket gebracht door je tot strafbare handelingen te verleiden. Je hebt je beroepsgeheim geschonden.'

'Maak je geen zorgen,' scheepte ze af. 'Daar heb ik van tevoren over nagedacht en ik heb er lang met mijn meest ervaren en verstandigste collega over gesproken.'

Håkon had zin om te zeggen dat de rechter ook niet bepaald onervaren was en dat Christian Bloch-Hansen eveneens geen groentje in strafzaken was. Hij twijfelde meer aan Greverud & Co's competentie op dat gebied. Maar hij slikte het in. Het was beter als ze zich geen zorgen maakte.

'Waarom heb je niet gebeld voor je wegging,' vroeg hij plotseling, een beetje verwijtend.

Ze bleef hem het antwoord schuldig. Ze wist niet goed waarom. Niet waarom ze niet had gebeld en ook niet waarom ze geen antwoord kon geven. Daarom zei ze niets.

'Wat wil je eigenlijk met me,' vroeg hij toen, geprovoceerd door haar zwijgen. 'Ik voel me net een jojo. Jij bepaalt wat mag en wat niet mag, en ik probeer me daar zo goed mogelijk aan te houden. Maar zelf doe je dat niet! Wat moet ik eigenlijk geloven?'

Er bestonden geen heldere antwoorden. Ze staarde naar een kleine litho boven haar bed, alsof het blauwgrijze landschap de oplossing van het raadsel verborg. Dat was niet zo. Het werd haar allemaal te veel. Ze kon nu niet met hem praten. In plaats van hem dat te zeggen, drukte ze met haar slanke wijsvinger de afbreekknop in. Toen ze losliet, waren alle beschuldigingen verdwenen. Ze hoorde alleen nog de kalmerende, zachte zoemtoon, vermengd met de snuffende ademhaling van de boxer, die opgerold op het vloerkleedje lag.

De telefoon meldde zich weer met een klaaglijk geluid. Ze liet hem meer dan tien keer overgaan, toen nam ze op.

'Oké,' zei de stem, ver, ver weg. 'We hoeven het nu niet meer over ons te hebben. Hou me maar op de hoogte, als je daar zin in hebt. Wanneer dan ook.' Zijn sarcasme drong niet door het dunne, beschermende laagje alcohol dat haar omhulde heen. 'Het punt is dat we je nog een keer moeten verhoren. Kun je naar de stad komen?'

'Nee, dat wil ik niet. Ik kan het niet. Ik bedoel... ik kan het niet opbrengen. Ik heb twee weken vakantie en behalve de oude man van de kruidenierswinkel hier wil ik niemand zien. Alsjeblieft, hoeft het niet?'

De gelaten zucht werd door de honderdtwintig kilometer lange telefoonlijn niet opgeslokt. Karen had geen zin om zich daar druk om te maken. Ze had meer dan haar plicht gedaan in die afschuwelijke zaak. Ze wilde alles vergeten, de arme jonge Nederlander, het gruwelijk toegetakelde lijk, drugs, moord en alle ellende van de wereld. Ze wilde alleen aan zichzelf en haar eigen leven denken. Daar had ze meer dan genoeg aan. Veel meer dan genoeg.

Na even te hebben nagedacht, kwam Håkon met een alternatief. 'Dan stuur ik Hanne Wilhelmsen naar je toe. Op vrijdag. Schikt dat?'

Het schikte helemaal niet op vrijdag. En ook niet op donderdag of op zaterdag. Maar als dat betekende dat ze niet naar Oslo hoefde, moest ze het maar accepteren.

'Oké dan maar,' stemde ze toe. 'Jij weet de weg wel. Zeg maar dat ik een Noorse vlag bij de afslag neerzet. Dan kan ze niet verkeerd rijden.'

Natuurlijk kende hij de weg. Hij was er vier of vijf keer geweest, samen met Karens wisselende minnaars. Meer dan eens had hij 's nachts Ohropax moeten gebruiken om de kwellende geluiden uit de aangrenzende kamer niet te hoeven horen, liefdesgesteun en beddengekraak. Trouw als een hond had hij zich in zijn smalle bed opgerold en had hij de was zo diep in zijn oren geduwd dat hij het er de volgende ochtend met moeite weer uit had kunnen krijgen. Hij had in het zomerhuisje van Karen Borgs ouders nooit veel geslapen. Maar hij had er vaak in zijn eentje ontbeten.

'Ik zal haar vragen of ze rond twaalf uur bij je kan zijn. Dan wens ik je verder nog een prettige voortzetting van de nacht.'

Het was geen prettige nacht en van een prettige voortzetting kon dus ook geen sprake zijn. Toen Karen het gesprek beëindigde, werd hij voor Håkon echter iets beter.

'Geef me niet op, Håkon,' zei ze zachtjes. 'Welterusten.'

Vrijdag 27 november

Het had geen zin om een reiskostenvergoeding aan te vragen. Tweehonderdveertig kilometer in een stinkende dienstwagen, zonder radio of verwarming, was zo weinig aanlokkelijk, dat ze besloten had haar eigen auto te nemen. Een aanvraag voor kilometervergoeding zou via een groot aantal instanties moeten gaan en waarschijnlijk worden afgewezen.

Tina Turner krijste iets te luid: *We don't need another hero.* Mooi zo, ze voelde zich toch al niet bijzonder heldhaftig. De zaak was in een impasse geraakt. De verzetscommissie van de rechtbank had de vrijlating van Roger gebillijkt en Laviks inbewaringstelling gehalveerd tot een magere week. De eerste vreugde over het feit dat de verzetscommissie ook gegronde redenen zag om Lavik als een schurk te karakteriseren, was na enkele uren weggeëbd. Het pessimisme had al snel weer zijn lelijk grijnzende kop opgestoken, waardoor iedereen zich lusteloos en akelig voelde. Zo bezien was het heerlijk om een dagje weg te kunnen gaan. Als de krib leeg is, bijten de paarden, en iedereen op de afdeling beet venijnig van zich af. De deadline op maandagochtend rees als een muur voor hen op en niemand voelde zich sterk genoeg om er overheen te klauteren. Op het appèl dat Hanne voor ze in de auto was gestapt nog had bijgewoond, hadden alleen Kaldbakken en Håkon er blijk van gegeven nog in de zaak te geloven. Kaldbakken had dat ongetwijfeld oprecht gemeend. Die man gaf pas na het laatste fluitsignaal op. Het sprankje optimisme dat Håkon toonde, was meer voor de tribune, naar ze aannam. Hij had rode ogen, zag wit van een tekort aan slaap en was blijkbaar afgevallen. Dat laatste stond hem goed.

Er werkten nu in totaal veertien rechercheurs aan de zaak, waarvan vijf van de afdeling narcotica. Ze hadden evenzogoed met zijn honderden kunnen zijn, de klok tikte onverbiddelijk door naar maandag – de genadeloze limiet die de drie oude mannen van de rechtbank hun hadden opgelegd. De uitspraak was hard geweest. Als de politie niet meer boven water kon krijgen dan ze tot nu toe gepresteerd had, zou Lavik weer een vrij man zijn. Technische onderzoeken, lijkschouwingsrapporten, lijsten van buitenlandse reizen, een afgetrapte winterlaars, papieren met onbegrijpelijke codes, analyses van Frøstrups drugs... Alles lag in de projectkamer opgestapeld, als flarden van een werkelijkheid die ze zo goed kenden, maar die ze niet zodanig konden samenvoegen dat het anderen kon overtuigen. Een analyse van het handschrift op Van der Kerchs noodlottige doodsdreigement had ook geen eenduidig antwoord opgeleverd. Ze hadden ter vergelijking wat notities van Laviks kantoor meegenomen en Lavik een briefje met precies dezelfde boodschap laten schrijven. Bleek en ogenschijnlijk niet-begrijpend had de advocaat de test zonder te protesteren afgelegd. De grafoloog had geaarzeld. Hij meende hier en daar enige overeenkomst te zien, maar kon niets met zekerheid zeggen. Tegelijkertijd had hij benadrukt dat het niet uitgesloten was, dat Lavik de boodschap met de beangstigende inhoud had geschreven. Misschien was hij op zijn hoede geweest en had hij zijn handschrift verdraaid. Een klein haaltje boven aan de T en een fraaie krul aan de U konden daarop duiden. Maar bewijs? Absoluut niet.

Bij Sandefjord verliet ze de grote weg. Het vakantieplaatsje zag er in de novembermist niet erg aantrekkelijk uit. Het stadje leek een winterslaap te houden. Slechts een enkeling, gehard en voor de herfst gekleed, huiverde in de storm die de regen bijna horizontaal vanaf zee landinwaarts joeg. De wind was zo krachtig, dat ze verscheidene keren haar stuur extra stevig vast moest grijpen, de windvlagen rukten aan de auto en dreigden hem in een greppel te slingeren.

Na vijftien minuten rijden over een kronkelig, misselijkmakend landweggetje zag ze het kleine vlaggetje. Als een halsstarrige hulde aan het vaderland sloeg het rood, wit en blauw nijdig tegen een boomstam, die niet erg onder de indruk leek van de afranseling. Ook een manier om een bosweg mee te markeren! Op een bepaalde manier beschouwde ze het als vlagschennis om de nationale driekleur zomaar aan de natuurkrachten over te laten, daarom stopte ze en haalde het vlaggetje naar binnen. Ze vond het huis probleemloos. De ramen waren uitnodigend verlicht, als een warm contrast met de norse, voor de winter afgesloten huisjes in de buurt.

Ze herkende haar bijna niet. Karen Borg droeg een oud trainingspak. Hanne Wilhelmsen moest glimlachen toen ze het zag. Het pak was blauw en had witte schouderstukken die aan de voorkant in een punt bijeenkwamen. Als kind had Hanne er zelf precies zo een gehad. Het had als speelkleding, trainingspak en pyjama gediend, tot het van ellende uit elkaar was gevallen en ze geen zelfde meer hadden kunnen vinden.

Aan haar voeten had Karen Borg een paar afgetrapte, wollen pantoffels, met gaten in allebei de hielen. Haar haar was niet gekamd en ze had geen make-up opgedaan. De verzorgde, knappe advocaat was verstopt en Hanne betrapte zichzelf erop in de kamer naar haar rond te kijken.

'Sorry voor mijn uiterlijk,' glimlachte Karen. 'Maar het lekkere van de vrijheid hier is dat je er zo kunt uitzien.'

Hanne kreeg koffie aangeboden, maar bedankte. Misschien een glas limonade, alsjeblieft. Ze kletsten een halfuurtje en daarna mocht Hanne het huis bezichtigen, waarbij ze haar oprechte bewondering uitsprak. Ze had zelf nooit zo'n huisje gehad, haar ouders gingen in de vakanties liever naar het buitenland. De andere kinderen in de straat hadden haar benijd. Zelf zou ze graag twee maanden bij een grootmoeder op het platteland hebben doorgebracht. Maar ze had slechts één grootmoeder, een alcoholiste, een aan lager wal geraakte actrice die in Kopenhagen woonde.

Uiteindelijk namen ze plaats aan de keukentafel. Hanne tilde de draagbare schrijfmachine uit de grijze koffer en maakte zich klaar voor het verhoor. Dat duurde vier uur. Op drie pagina's vertelde Karen Borg over de gemoedstoestand van haar cliënt, zijn verhouding tot zijn advocaat en haar eigen interpretatie van wat de jongen eigenlijk had gewild. Daarna volgde een verslag van vijf kantjes dat in hoofdlijnen hetzelfde was als de vorige keer. Ieder vel werd onderaan in de marge sierlijk geparafeerd en de laatste pagina werd ondertekend.

Het was laat geworden. Hanne keek op haar horloge en nam toen de uitnodiging te blijven eten weifelend aan. Ze had honger als een paard en rekende uit dat als ze bleef eten, ze toch nog voor achten terug kon zijn.

De maaltijd was niet bijzonder geraffineerd. Rendiergehaktballen uit blik met aardappelen en komkommersalade. Hanne dacht stiekem dat komkommersalade er helemaal niet bij paste, maar het vulde in ieder geval.

Karen trok een grote gele regenjas aan en hoge groene regenlaarzen om de brigadier naar de auto te begeleiden. Ze bleven nog even over de omgeving staan praten. Toen omhelsde Karen Borg de andere vrouw impulsief en wenste haar een goede reis. Hanne glimlachte en wenste de advocaat verder een prettige vakantie.

Ze startte de auto, zette de verwarming en Bruce Springsteen zo hard mogelijk aan en hobbelde het beroerde weggetje af. Karen Borg zwaaide haar na. In haar spiegeltje zag Hanne het felgele figuurtje steeds kleiner worden, tot ze achter een scherpe bocht verdween. Dat daar, dacht ze breed glimlachend, is Håkon Sands grote liefde. Dat begreep ze heel goed.

Zaterdag 28 november

'Kennen jullie die mop over die man, die bij de hoeren kwam en geen geld bij zich had? Die toen naar boven werd gestuurd voor een vluggertje bij oude Olga?'

'Jahaa,' steunden de anderen en de grappenmaker liet zich zwijgend weer in zijn stoel vallen en dronk knorrig de rest van zijn rode wijn op. Het was de vierde schuine mop die hij probeerde. Met minimaal succes. De stilte duurde niet lang. Hij schonk zijn glas nog eens vol, haalde diep adem en probeerde het nogmaals.

'Weten jullie wat meisjes zeggen als ze een mooie, grote...'

'Jahaaa,' riepen de vijf anderen in koor en de moppentapper hield zijn mond weer.

Hanne boog zich over de tafel en gaf hem een zoen op zijn wang. 'Kun je niet ophouden met die moppen, Gunnar. Ze zijn gewoon niet meer zo grappig, als je ze al een paar keer hebt gehoord.'

Ze glimlachte en gaf de man een aai over zijn bol. Ze kenden elkaar al dertien jaar. Hij was zo mak als een lammetje, dommer dan een halfje wit en de meest zorgzame man die ze kende. Als hij met andere vrienden van Hanne en Cecilie samen was, viel hij altijd een beetje uit de toon. Toch hoorde hij erbij, zijn gastvrouwen waren dol op hem en beschouwden hem zo ongeveer als een deel van het meubilair. Als de twee een ouderwetse, trouwe huisvriend hadden, dan was hij het. Hij woonde naast hen en zijn appartement zag er niet uit. Hij had geen smaak, nam het huishouden niet zo nauw en zakte liever in een van de diepe fauteuils bij de buren weg, dan een avond in zijn eigen, vuile nest door te brengen. Hij kwam minstens twee keer per week langs en was bij alle feestjes en partijen letterlijk vanzelfsprekend aanwezig.

Ondanks vermoeiende Gunnar met zijn schuine moppen leek het een geweldige avond te worden. Voor het eerst sinds er op een regenachtige septemberavond bij de Akerselv een ernstig toegetakeld lijk zonder gezicht was gevonden, ontspande Hanne zich. Het was half twaalf en de zaak was al twee uur lang niet meer dan een vergeten en verbleekte schim. Misschien had de alcohol zo'n barmhartig effect. Na bijna twee maanden geheelonthouding waren vijf glazen rode wijn voldoende voor een behaaglijk zweverig gevoel en verleidelijk charmant gedrag. Door Cecilies hevige voetjevrijen had ze bijna zin om het partijtje te beëindigen. Maar dat zou waarschijnlijk niet gelukt zijn. Bovendien had ze het naar haar zin. Toen ging de telefoon.

'Voor jou, Hanne,' krijste Cecilie vanuit de gang.

Hanne struikelde over haar eigen benen toen ze opstond en ze giechelde. Ze zou wel eens even horen, wie er zo brutaal was om op zaterdagavond rond middernacht op te bellen. Ze trok de deur van de kamer achter zich dicht en was nuchter genoeg om de gelaten gezichtsuitdrukking van haar vriendin te registreren. Cecilie hield haar hand voor de hoorn.

'Het is iemand van je werk. Ik krijg goed de pest in als je nu weggaat!' Vol verwijt op voorhand gaf ze de telefoon aan Hanne.

'Je gelooft het niet, Hanne, maar we hebben die kerel te pakken!'

Het was Billy T. Ze wreef over haar neuswortel om iets helderder in haar hoofd te worden, maar het hielp niet veel. 'Welke kerel? Wie heb je te pakken?'

'Die laarzenman, natuurlijk! Midden in de roos! Hij schijt in zijn broek van angst, 't is net een overrijpe tomaat, als je erin prikt, barst 'ie. Lijkt het.'

Het kon niet waar zijn. Ze wilde het niet geloven. De zaak was immers al zo ongeveer in de plee beland en zelfs doorgetrokken en onderweg naar het riool. En dan dit. Misschien de doorbraak. Een levende, aangehouden, bij de zaak betrokken persoon. Iemand die iets concreets te vertellen had. Iemand die ze bij zijn ballen konden grijpen. Iemand die Lavik in het slijk kon duwen, waar de politie al dagenlang in rondbaggerde. Een verklikker. Precies wat ze nodig hadden.

Ze schudde haar hoofd en vroeg of hij haar kon komen halen. Autorijden was uitgesloten.

'Ik ben er over vijf minuten.'

'Maak er maar een kwartier van. Ik moet me even douchen.'

Veertien minuten later kuste ze haar vrienden gedag en gebood hen door te gaan tot ze terug was. Cecilie liep met haar mee naar de voordeur. Hanne probeerde haar een afscheidskus op te dringen, maar Cecilie ontweek haar. 'Zo nu en dan haat ik je werk,' zei ze ernstig. 'Niet vaak, maar zo nu en dan.'

'En wie zat er avond aan avond moederziel alleen op een godvergeten stek ergens in Nordfjord op jou te wachten, toen jij daar werkte? Wie had er vier jaar lang vijftien ton geduld met jouw avond- en nachtdiensten in het Ulleval-ziekenhuis?'

'Jij,' zei Cecilie schoorvoetend, maar met een verzoenende glimlach. Ze liet zich toch kussen.

*

'Hij is zo schoon als een pasgewassen baby. Nog niet eens een bekeuring voor te hard rijden.'

Zijn smerige vingers dansten over het papier, dat het strafblad van de minister-president had kunnen zijn. Helemaal niets.

'En daarom,' grijnsde Billy T. van oor tot oor, 'en daarom, met zo'n schoon strafblad, zal hij een verdomd goede reden moeten hebben om de politie op straat met een pistool te bedreigen en nu als een gelatinepudding te zitten trillen.'

Goed punt. Er was veel op te maken uit iemands reactie wanneer hij aangehouden werd. Wie onschuldig was, werd weliswaar bang, maar dat was altijd een hanteerbare angst, een angst die zich liet sussen door de verzekering dat alles snel opgeklaard zou zijn als het op een misverstand bleek te berusten. Het duurde nooit langer dan een kwartier om een onschuldige te kalmeren. Volgens Billy T. was deze arrestant na twee uur nog doodsbang.

Het had geen zin om vannacht nog een verhoor af te nemen. Zelf was ze niet nuchter en het wachten scheen de gevangene goed te doen. De officier van justitie had hem wegens bedreiging van de politie aan laten houden, dat was genoeg om hem tot maandag vast te houden.

'Hoe heb je hem gevonden?'

'Ik niet, Leif en Ole hebben hem gepakt. Pure mazzel. Je zult het niet geloven.'

'Probeer het maar eens!'

'Nou, we hebben al geruime tijd een knaap in de peiling, maar we hebben hem nooit ergens op kunnen betrappen. Student medicijnen, weet zich goed te gedragen. Woont keurig netjes in Røa, in een keurig rijtjeshuis. Rijdt in een auto die net iets te keurig is en omgeeft zich met dames, die allesbehalve keurig zijn. Maar wel mooi. Onze jongens dachten dat hij thuis een flinke partij had en besloten dat te checken. Raak. Ze vonden vier gram, plus een aardige hoeveelheid hasj. Ole begreep dat hij later thuis zou zijn dan hij met zijn vrouw had afgesproken. Een volledige huiszoeking zou enige tijd in beslag nemen. Ongelooflijk genoeg had die vent geen telefoon, dus onze kleine Ole belt aan bij de buren, een man van een jaar of dertig. In 1961 geboren, om precies te zijn.' Zijn vingers dansten weer over de computeruitdraai van het politie-archief. 'Natuurlijk krijgt niemand op zaterdagavond om half tien graag de politie aan de deur, maar het is nou ook weer niet zo erg, dat je verlamd van schrik de deur voor een agent zijn neus dichtsmijt.'

Hanne Wilhelmsen vond het helemaal niet raar dat iemand de deur voor de neus van Ole Andresen dichtsmeet. Hij had haar tot op zijn middel en ging er prat op dat hij het eens in de veertien dagen waste, 'ook al was het niet vies'. Hij had een middenscheiding, als een overjarige hippie, en uit het gordijn van haar stak een ongelooflijk grote puistige neus naar voren, boven een baard waar Karl Marx hem om benijd zou hebben. Logisch dat je dan bang wordt, dacht ze weer, maar ze hield wijselijk haar mond.

'Iets stommers had hij niet kunnen doen. Ole belde weer aan en die arme knaap moest uiteindelijk toch opendoen. Het stomme was, dat hij een paar minuten alleen had kunnen zijn. En het fantastische is, dat toen hij uiteindelijk opendeed...'

Billy T. brulde van het lachen. Hij lachte alsmaar harder en Hanne moest ook een beetje grinniken, hoewel ze geen idee had wat er zo verschrikkelijk grappig was. Billy T. bedaarde.

'En toen hij uiteindelijk opendeed, hield hij zijn handen omhoog!' Hij sloeg weer dubbel. Nu lachte Hanne ook. 'Hij hield zijn armen omhoog, als in de film, en voor Ole iets kon zeggen – hij had hem alleen zijn politiekaart laten zien – ging die knaap wijdbeens met zijn handen omhoog tegen de muur staan. Ole begreep er niks van, maar zit gelukkig lang genoeg in het vak om te snappen dat hier een luchtje aan zat. In de schoenenkast stond de verdwenen laars. Onze kleine Ole haalde mijn kopietje uit zijn zak om te vergelijken. Raak. De knaap stond tegen de muur te huilen, met zijn handen plat tegen het behang geplakt.

Ze hikten ondertussen allebei van het lachen, de tranen liepen over hun wangen.

'En Ole wilde alleen maar even bellen!'

Zo vreselijk komisch was het misschien niet eens. Maar het was nacht en ze waren opgelucht. Verschrikkelijk opgelucht.

'Dit hebben ze in zijn woning gevonden,' zei de politieman, moeizaam voorover bukkend naar een zak die bij zijn voeten lag.

Een klein-kaliber pistool viel op de tafel. Daarna smakte er nog een afgetrapte winterlaars, maat vierenveertig, voor Hanne Wilhelmsen op de grond.

'Dat is toch geen reden om zo verschrikkelijk zenuwachtig te worden,' stelde Hanne tevreden vast. 'Hij heeft vast nog meer op te biechten.'

'Trakteer hem maar op een Hanne Wilhelmsen speciaal. Morgen. Nu ga je naar huis en feest je nog even verder.'

En dat deed ze.

Zondag 29 november

'Gelatinepudding, rietje, espenblad, zoek maar uit. Je zit zo te trillen, dat ik denk dat je het in je broek doet van angst, als je tenminste geen doktersverklaring kan ophoesten dat je aan de ziekte van Parkinson lijdt, en wel in een vergevorderd stadium.'

Dat had ze niet moeten zeggen. Onder zijn stoel breidde zich langzaam een plas uit, die steeds groter werd, totdat hij alle vier de stoelpoten raakte. Ze zuchtte luid, zette het raam open en besloot om hem een poosje in zijn natte broek te laten zitten. Hij huilde nu ook een beetje. Een jammerlijk, armzalig huilen, dat geen enkel gevoel van medelijden opriep, maar haar enorm ergerde.

'Hou op met dat gejank. Ik zal je heus niet vermoorden.'

Die garantie hielp niet, hij jankte door, zonder tranen en tergend als een jengelend, dwars kind.

'Ik heb een aantal getuigenverklaringen,' blufte ze. 'Uitgebreide getuigenverklaringen. We hebben je stevig in de tang. De greep kan losser worden, als jij je goede wil toont. Een beetje flexibiliteit. Een beetje informatie. Wat is je relatie met advocaat Jørgen Lavik?' Ze vroeg het nu voor de twaalfde keer. En ook nu had ze geen geluk. Uitgeput liet ze de arrestant aan Kaldbakken over, die tot dan toe zwijgend in een hoek had gezeten. Misschien kon hij iets uit de man krijgen. Hoewel ze daar niet veel vertrouwen in had.

Håkon werd, zoals te verwachten viel, gedeprimeerd toen ze rapport uitbracht. De man uit Røa leek liever helse pijnen te lijden, dan zich represailles van Lavik en zijn organisatie op de hals te halen. De politie had hem niet zo stevig in de greep als Hanne en Billy T. 's nachts hadden gedacht. Maar de strijd was nog niet verloren.

Vijf uur later was hij dat wel. Kaldbakken zette er een punt achter. Hij liet de snotterende arrestant alleen en trok Hanne mee naar de gang. 'Zo kunnen we niet doorgaan,' zei hij zacht, met zijn hand stevig om de deurkruk, alsof hij er zeker van wilde zijn dat die niet gestolen werd. 'Hij is totaal afgepeigerd. Hij moet kunnen uitrusten. Bovendien moet er een arts naar hem kijken. Dat trillen is niet normaal. We moeten het morgen maar weer proberen.'

'Morgen is het misschien te laat!' Brigadier Wilhelmsen was radeloos. Het hielp niet. Kaldbakken had een besluit genomen en dan was hij niet tot andere gedachten te brengen.

Håkon hoorde het slechte nieuws zwijgend aan. Hanne bleef eventjes besluiteloos zitten, maar vond het toen toch beter om hem alleen te laten.

'Ik heb Karens verhoor trouwens in je map gelegd,' zei ze voor ze wegging. 'Ik heb het vrijdagavond niet meer kunnen kopiëren. Wil jij dat doen voor je weggaat? Ik ga ervandoor. Het is de eerste zondag in advent.'

Dat laatste was bedoeld als een verontschuldiging, maar overbodig. Hij wuifde haar weg. Toen de deur achter haar dichtviel, liet hij zijn hoofd op zijn armen zakken. Hij was zo moe als een hond. Hij wilde naar huis.

Het vervelende was dat hij vergat om het verhoor te kopiëren. Toen hij in de auto zat en al halverwege huis was, schoot hem dat te binnen. Nou ja. Dat kon wel tot morgen wachten.

*

Hoewel hij de pensioengerechtigde leeftijd naderde, bewoog hij zich nog zo soepel als een atleet. Het was vier uur, in de nacht van zondag op maandag, het tijdstip waarop vijfennegentig procent van de bevolking slaapt. De pas ontstoken, reusachtige kerstboom in de foyer knipperde met zijn lichtjes om wakker te blijven en er sijpelde een blauwbleek licht door de glaswand van de meldkamer. Verder was het pikdonker. Zijn rubberzolen maakten geen geluid toen hij door de gang holde. Hij hield de dikke sleutelbos stevig vast, om gerammel te voorkomen. Toen hij het kantoor met Håkon Sands naamplaatje had bereikt, vond hij snel de juiste sleutel. Enkele seconden later had hij de deur achter zich dichtgetrokken en haalde hij een zware, in rubber gevatte zaklantaarn tevoorschijn. De lichtstraal was extreem krachtig, hij werd een ogenblik bijna verblind.

Het was bijna té gemakkelijk. De map lag voor hem op het bureau en de verklaring die hij zocht lag bovenop. Hij bladerde snel de rest van de stapel door, maar er waren blijkbaar geen kopieën gemaakt. Niet in dit dossier tenminste. Hij liet het licht van de zaklantaarn over het papier glijden. Dit was het origineel! Hij vouwde het snel op en stak het in de diepe binnenzak van zijn ruime tweedjasje. Hij keek snel om zich heen om er zeker van te zijn dat alles er precies hetzelfde uitzag als toen hij binnenkwam. Daarna liep hij naar de deur, knipte de zaklantaarn uit, glipte de gang in en deed de deur achter zich op slot. Verderop in de gang maakte hij nog een deur open, met een andere sleutel. Ook hier lag het desbetreffende dossier op het bureau, in twee rommelige stapels verdeeld, alsof het van uitputting, doordat het zo groot was geworden, in slaap was gevallen. Ditmaal moest hij langer zoeken. De verklaring lag niet waar hij hoorde te liggen. Hij bladerde verder, maar toen het acht bladzijden tellende document niet te vinden was, begon hij systematisch op andere plekken te zoeken.

Na vijftien minuten gaf hij het op. Er bestond blijkbaar geen enkele kopie. De gedachte was opbeurend en niet geheel onlogisch. Hij had gehoord dat Hanne Wilhelmsen pas om ongeveer half acht was teruggekomen. Dat kon betekenen dat ze geen zin had gehad om twintig minuten te wachten tot het aftandse kopieerapparaat was opgewarmd.

Hij werd in deze theorie gesterkt, toen hij het derde en laatste kantoor had doorzocht, Kaldbakkens hokje. Als Wilhelmsen noch de inspecteur kopieën bezaten, was het zeer waarschijnlijk dat er alleen een origineel bestond. En dat zat nu in zijn binnenzak.

Enkele minuten later zat het daar ook niet meer. Eerst was het door de papierversnipperaar gedraaid, tot een droge, mislukte klont spaghetti. Daarna lag het even in een schaal, totdat de vlammen het volledig vernietigd hadden. Ten slotte werden de asresten opgeveegd met een stukje wc-papier en doorgespoeld. Het toilet lag aan het einde van de gang, in het meest onzichtbare deel van het politiebureau. De man van de veiligheidsdienst verwijderde met een veelgebruikte wc-borstel de laatste kleine roetdeeltjes uit de wc-pot en daarmee was Hanne Wilhelmsens regenrit naar Sandefjord volkomen zinloos geworden.

Terug in zijn kantoor haalde de man een mobiele telefoon tevoorschijn. Hij toetste het nummer in van een van de twee mannen, die hij een paar dagen tevoren aan de Platousgate gesproken had.

'Nu heb ik alles gedaan wat ik kan,' zei hij gedempt, als uit respect voor het slapende gebouw. 'Karen Borgs verklaring is uit het dossier verwijderd. Het is verdomd lullig om je collega's zoiets aan te doen. De rest moeten jullie zelf maar opknappen.'

Hij wachtte niet op antwoord en brak het gesprek af. Toen liep hij naar het raam en staarde over Oslo uit. De stad lag zwaar en moe onder hem, als een oude slapende walvis, in het lichten van de zee. Hij was zelf ook moe en oud. Ouder dan sinds jaren. Na een poosje leken zijn ogen vol zand te zitten en hij moest ze dichtknijpen om het dansen van de kleine lichtjes daar beneden, ver, ver beneden hem te laten stoppen. Hij zuchtte en ging op een kleine, uitermate ongerieflijke bank liggen wachten tot het dag werd. Voor hij insliep, drong het nogmaals tot hem door: het was verdomd lullig om je collega's zoiets aan te doen.

'Geen wonder dat die lui het zo lang hebben volgehouden. De manier waarop die hun mensen in de greep hebben, zoiets heb ik nog nooit gezien. Niet in het drugscircuit in elk geval. Heel bijzonder. Zegt hij helemaal niets?' Kaldbakken was oprecht verbaasd. Hij had vroeger zes jaar bij de afdeling narcotica gewerkt en wist waar hij over sprak.

'Nu hebben we natuurlijk niet zo heel veel tegen die kerel,' stelde Hanne Wilhelmsen somber vast. 'Bedreigen van een ambtenaar in functie levert hooguit een kort vakantieverblijf in een keurig nette cel op. Wat dat betreft is hij er zeker bij gebaat zijn mond te houden. Hij lijkt inderdaad doodsbenauwd, maar hij weet zijn hoofd nog koel te houden. Bovendien was hij slim genoeg om toe te geven dat hij degene was die op Billy T. had gericht. Dus dan zullen we hem vandaag moeten laten gaan. We hebben verder niets om hem op vast te houden. Nu hij bekend heeft, bestaat er niet eens gevaar voor vernietiging van bewijs.'

Ze konden de man natuurlijk laten volgen. Ze konden hem een paar dagen in de gaten houden. Maar hoe lang? Het grootste deel van hun menskracht was ingezet om Roger uit Sagene te volgen. Als Lavik vandaag moest worden vrijgelaten, zouden ze heel eenvoudig een personeelsprobleem hebben. Dat kon op korte termijn opgelost worden, jazeker, maar deze jongens zouden de eerstkomende dagen of weken niets verkeerds doen. Er konden maanden overheen gaan voordat ze weer iets ondernamen dat van belang kon zijn. En dat zou de politie ontgaan. Heel eenvoudig omdat het budget een dergelijke extravagantie niet toestond. Zelfs niet bij een zaak met zulke dimensies. Zij hadden zoals gewoonlijk de slechtste kaarten.

Håkon had niets gezegd. Hij was overvallen door apathie. Hij was bang, moe en diep teleurgesteld. Het grijze haar bij zijn slapen was grijzer geworden, de zure oprispingen zuurder, zijn klamme handen nog klammer. Nu hadden ze alleen Karens verklaring nog. Het was de vraag of die voldoende zou blijken te zijn. Hij stond gelaten op en verliet zwijgend de vergadering. Er bleef een drukkende stilte hangen toen hij weg was.

Het verhoor lag niet waar hij het had neergelegd. Verstrooid trok hij enkele lades open. Had hij hem daarin gelegd? Nee, hij vond alleen wat onbelangrijke zaken, die zo lang waren blijven liggen, dat hij geprobeerd had ze voor zijn slechte geweten te verbergen. Hij was zo moe, dat zijn geweten niet eens reageerde op het weerzien.

De verklaring bevond zich niet in zijn kantoor. Vreemd, hij was ervan overtuigd dat hij hem bovenop die dikke stapel had neergelegd. Met een diepe frons tussen zijn ogen dacht hij terug aan de vorige dag. Hij zou kopieën maken. Maar was dat vergeten. Of was hij wel in de kopieerkamer geweest? Hij liep erheen om het te checken.

Het apparaat draaide op volle toeren en een gedrongen kantoorjuffrouw van in de zestig verzekerde hem dat er niets had gelegen toen zij kwam. Voor de zekerheid keken ze achter en onder het apparaat. Daar had het verhoor zich ook niet verstopt.

Hanne had het niet meegenomen. Kaldbakken had al naar een kopie gevraagd, hij haalde vertwijfeld zijn schouders op en zweerde dat hij het nog nooit had gezien.

Nu begon Håkon zich werkelijk zorgen te maken. Het document was het enige wat nog enige hoop op een inbewaringstelling bood. Voor hij gisteravond naar huis was gegaan, had hij zijn roodomrande ogen er overheen laten gaan. Het was precies zoals hij gehoopt had. Grondig en diepgaand. Overtuigend en goed geschreven. Maar waar was het in hemelsnaam gebleven?

Hoogste tijd om alarm te slaan. Het was half tien en de vordering tot verlenging van de inbewaringstelling moest voor twaalf uur klaarliggen om naar de rechtbank gebracht te worden. De zitting zou eigenlijk al om half negen 's morgens plaatsvinden, maar Christian Bloch-Hansen had vrijdag al om uitstel gevraagd. Dat was de politie uitstekend uitgekomen. De advocaat had 's morgens een openbare rechtszitting en wilde liever geen plaatsvervanger naar de zaak Lavik sturen. Ze hadden nog twee en een half uur. In feite was dat net voldoende om de vordering te dicteren. Ze hadden geen tijd voor een zoekactie. Maar zonder verhoor, geen inbewaringstelling.

Om half elf werd de actie afgeblazen. Het verhoor was en bleef zoek. Hanne voelde zich ellendig en nam alle schuld op zich. Ze had onmiddellijk kopieën moeten maken. Haar onvoorwaardelijke overname van de verantwoordelijkheid hielp Håkon geen zier. Iedereen wist dat hij de papieren als laatste had gehad.

Karen moest maar komen om een verklaring af te leggen. Hij kon een uur uitstel krijgen, zodat ze genoeg tijd had om vanuit Vestfold naar Oslo te komen. Ze móést het halen.

Maar ze nam de telefoon niet op. Håkon probeerde het vijf keer. Tevergeefs. Verdomme nog aan toe! De paniek nam bezit van de officier van justitie en kroop met dunne, scherpe klauwen langs zijn ruggengraat omhoog. Het was afschuwelijk. Hij schudde heftig zijn hoofd, alsof dat zou helpen.

'Bel Sandefjord of Larvik. Zij moeten haar gaan halen. Nu meteen.'

Zijn commanderende toon kon zijn angst niet verdoezelen. Het maakte niet uit, Hanne Wilhelmsen was net zo bang. Nadat ze de politie van Larvik had gesproken, omdat ze stom genoeg dacht dat dat het dichtst bij lag, rende ze terug naar Håkons kantoor. Hij was nors en afwijzend en bezig een vordering in elkaar te timmeren die nog enigszins solide moest lijken. Dat was niet makkelijk met het gebrekkige en derdeklas materiaal dat ze hadden.

Die klote laarzenman! Håkon had zin om naar het arrestantenverblijf te gaan en de man duizend kronen aan te bieden als hij wilde praten. Als dat niets opleverde, kon hij hem altijd nog in elkaar slaan. Of misschien vermoorden. Uit pure razernij. Aan de andere kant hadden zowel Frøstrup als Van der Kerch hun eigen ticket naar het hiernamaals gekocht en betaald, dus wie weet had de politie binnenkort misschien een derde zelfmoord op haar nek. God verhoede het. Bovendien zouden ze de man in de loop van de dag moeten laten gaan. Ze moesten het maar zo lang mogelijk zien te rekken.

Een uur later kon hij niets meer doen. De secretaresse had twaalf minuten nodig om zijn dictaat uit te typen. Hij las het door en zijn mismoedigheid nam bij iedere zin toe. De secretaresse keek hem meelevend aan, maar zei niets. Dat was maar goed ook.

'Karen is niet in het huis.' Hanne Wilhelmsen stond in de deuropening. 'Haar auto staat voor de deur en er brandt licht in de keuken. Maar er is niemand te zien. Ook de hond niet. Ze is waarschijnlijk gaan wandelen.'

Gaan wandelen. Zijn liefste Karen, zijn laatste strohalm, zijn enige hoop. De vrouw die hem van de totale vernedering kon redden, die de politie voor schreeuwende krantenkoppen kon behoeden, die het land van een moordenaar en drugsbandiet kon bevrijden. Zij was gaan wandelen. Op dit moment slenterde ze langs de stranden van Ula, gooide stokken weg voor de hond en ademde de frisse zeelucht in. Vele mijlen en lichtjaren verwijderd van een plakkerig en benauwd kantoor in het politiebureau, waarvan de wanden begonnen te bewegen, op hem af kwamen en hem dreigden te verstikken. Hij zag haar voor zich, in haar oude gele regenjas, met nat haar en onopgemaakt gezicht, zoals ze er altijd op regenachtige dagen in het zomerhuis uitzag. Wandelen. Een verdomde rotwandeling in de zeikregen.

'Dan gaan ze ook maar wandelen, die politiemensen daarginds! Dat gebied is niet zo groot!' Het was onredelijk om zijn frustratie op Hanne bot te vieren en hij had er meteen spijt van. Een fletse glimlach en een hulpeloze beweging van zijn hoofd moesten de snibbige uitval afzwakken.

Hanne zei zacht dat ze dat al aan de collega's had gevraagd. Ze hadden nog tijd en er was nog hoop. Een snelle blik op de klok dwong haar te vragen of hij de vertraging had gemeld.

'Ik heb uitstel tot drie uur gevraagd. Ik kreeg tot twee uur. We hebben nog een uur. Als ik kan beloven dat ze inderdaad komt, wordt dat vast meer. Zo niet, dan begint de zitting om twee uur.'

Ver, ver weg liep een geel figuurtje langs een happende winterzee die ze met stenen voerde. De boxer stortte zich steeds weer in het onrustige water en rilde van de kou. Maar hij gaf het niet op, zijn instinct gebood hem ieder voorwerp dat gegooid werd te volgen. Hij was nog nooit verkouden geweest, maar bibberde nu hevig. Karen Borg bleef staan en pakte een oude trui uit haar rugzak, die ze de hond aantrok tegen de kou. Hij zag er belachelijk uit, de roze mohairtrui krulde om zijn voorpoten en slingerde onder zijn magere lichaam. Maar hij rilde tenminste niet meer.

Ze had het uiterste puntje van de landtong bereikt en zocht naar de beschutte hoek waar ze op dagen als deze zo vaak haar toevlucht had gezocht, maar die altijd even moeilijk te vinden was. Daar was het. Ze ging op haar meegebrachte zitmatje zitten en haalde een thermosfles tevoorschijn. De warme chocolademelk smaakte onmiskenbaar naar jarenlang ingetrokken koffie, maar dat gaf niets. Ze bleef lang zitten, diep in gedachten verzonken, met in haar oren het geluid van de rumoerige zee en de fluitende wind. De boxer lag opgerold aan haar voeten en zag eruit als een roze poedel. Om de een of andere reden voelde ze zich onrustig. Ze zocht naar de rust hier buiten, maar die was verdwenen. Vreemd, juist hier was een rendez-vous met de rust altijd mogelijk geweest. Misschien had hij zijn oog op een ander laten vallen. Wat een verraad.

De politie kon Karen Borg niet vinden. Ze kwam die dag niet naar Oslo. Ze wist niet eens dat ze daar nodig was.

Het moest fout gaan. Ze hadden de rechtbank niets nieuws te bieden, nog niet het kleinste aanknopingspuntje. Deze keer had Christian Bloch-Hansen twintig minuten nodig om de rechter ervan te overtuigen dat een voortduren van de voorlopige hechtenis een inbreuk betekende, die alle proporties te buiten ging. Het werk van advocaat Lavik leed natuurlijk enorm onder zijn opsluiting. Een verlies van dertigduizend kronen per week. En hij was niet de enige die schade leed, hij had twee medewerkers, wier aanstelling door zijn afwezigheid gevaar liep. Bovendien stonden zijn status en sociale positie onder zware druk en de enorme aandacht van de media kwam de situatie niet bepaald ten goede. Als rechtbank, wat niet te verwachten was, nog steeds gegronde redenen zag om hem van een strafbaar feit te verdenken, moesten ze tenminste rekening houden met de extreme belasting die de inbewaringstelling met zich meebracht. De politie had een week de tijd gehad om aanvullend materiaal te leveren. Dat was hen niet gelukt. De advocaat moest in vrijheid worden gesteld. En wel voordat er onherstelbare schade was aangericht. Ook zijn gezondheid stond op het spel. De onderzoeksrechter kon zelf zien hoe het hem verging.

Dat zag de rechter. Hij had er de vorige keer al deerniswekkend uitgezien en hij zag er nu niet veel beter uit. Je hoefde geen arts te zijn om vast te stellen dat de man er slecht aan toe was. Zijn kleren waren samen met hun bezitter verschoten en de voorheen zo struise, jonge advocaat zag eruit alsof hij na een ontaarde kerstmaaltijd voor daklozen uit de goot was opgeraapt.

De rechtbank stelde hem in het gelijk. De uitspraak werd ter plekke gedicteerd. Håkons diepe depressie stootte op enige weerstand, toen de rechter bij de gegronde redenen tot verdenking kwam. Die waren er nog steeds. Zijn hart zakte echter weer terug naar zijn middenrif toen de rechter in tamelijk krasse bewoordingen de incompetentie van de politie beschreef en met name wees op het beklagenswaardige feit, dat het ontbreken van Karen Borgs verklaring niet nader kon worden uitgelegd.

Het gevaar voor vernietiging van bewijs lag natuurlijk voor de hand, maar helaas was het de rechter ook duidelijk dat een verlengde inbewaringstelling een inbreuk betekende die buiten proportie was. De man moest in vrijheid worden gesteld. Met iedere vrijdag meldingsplicht.

Meldingsplicht! Ja, dat zou geweldig helpen. Håkon vocht de uitspraak ter plekke aan en vroeg om uitstel. Dan zouden ze in elk geval nog een dag hebben. Een dag was een dag. Ook al werden Keulen en Aken ook niet op één dag gebouwd, veel zaken hadden na een paar extra, gestolen uurtjes hun doorbraak gekend.

Officier van justitie Håkon Sand geloofde zijn oren nauwelijks toen de rechter liet doorschemeren dat hij ook op die eis niet zou ingaan. Hij probeerde te protesteren, maar zijn protest werd direct afgewezen. De politie had haar kans gehad. Die was niet benut. Nu moesten ze het maar zonder de hulp van de rechtbank stellen. Håkon Sand antwoordde demonstratief dat aanvechten onder deze omstandigheden dan ook geen zin had en trok uit pure woede zijn bezwaar terug. De rechter liet zich niet beïnvloeden en zei droog, voordat hij de zitting ophief: 'Met een beetje geluk ontlopen jullie een eis tot schadeloosstelling. En dan mogen jullie in je handen knijpen.'

Advocaat Jørgen Ulf Lavik werd nog diezelfde avond in vrijheid gesteld. Hij leek zich vrijwel onmiddellijk in zijn kostuum op te richten, een paar centimeter te groeien en weer enkele van de verloren kilo's aan te komen. Bij het verlaten van het politiebureau lachte hij. Voor de eerste keer in tien dagen tijd.

Hanne Wilhelmsen en Håkon Sand lachten niet. En verder trouwens ook niemand in het grote, kromme gebouw aan de Grønlandsleiret 44.

Het was goed afgelopen. Het was toch nog goed afgelopen. De nachtmerrie was voorbij. Ze hadden niets kunnen vinden. Anders zou hij nog steeds hebben vastgezeten. Maar wat hadden ze moeten vinden? Godzijdank had hij twee dagen voordat hij werd opgepakt het sleuteltje onder de kast weggehaald en op een veiliger plaats verborgen. Misschien had de oude gelijk en stonden de goede machten aan hun zijde. De goden mochten weten waarom.

Maar één ding begreep hij niet. Hij had advocaat Christian Bloch-Hansen als raadsman gekozen, omdat hij wist dat hij de beste was. Iemand die schuldig is, heeft de beste nodig. Een onschuldige kan zich met iedereen tevreden stellen. Bloch-Hansen had ruimschoots aan zijn verwachtingen beantwoord. Zelf zou hij niet zomaar op het idee van Karen Borgs beroepsgeheim zijn gekomen. Zijn verdediger had zijn werk uitstekend gedaan en hem correct en beleefd bejegend. Maar nooit warm, nooit begrijpend of tegemoetkomend. Hij was niet betrokken geweest. Bloch-Hansen had zijn opdracht vervuld, en goed ook, maar in zijn oplettende ogen had regelmatig iets opgelicht dat op haat of misschien zelfs verachting kon lijken. Geloofde hij niet in zijn onschuld? Geloofde hij zijn verhalen niet, verhalen die zo overtuigend waren dat hij er zelf bijna in was gaan geloven?

Advocaat Lavik zette die gedachte opzij. Het speelde geen rol meer. Hij was een vrij man en hij had er het volste vertrouwen in, dat de politie na korte tijd haar onderzoek zou staken. Hij zou Bloch-Hansen vragen daarvoor te zorgen. Dat met dat duizendje was een stomme fout geweest, maar voor zover hij wist, was dat de enige echte fout die hij ooit gemaakt had. Nooit, nooit zou zoiets hem weer overkomen. Er stond hem nog maar één ding te doen, maar hij had voldoende tijd voor de voorbereidingen. Dagenlang. Hij moest weliswaar een paar correcties aanbrengen, wat dat betreft was het een geschenk geweest, toen Håkon Sand de onduidelijkheden rond Karen Borgs verklaring had toegeschreven aan haar vakantie. De rechter had gelaten en geërgerd gereageerd op het feit dat de politie niet in staat was om iemand in Vestfold te bereiken, alsof dat aan de ander kant van de wereld lag. Dat lag het niet. Hij wist precies waar Karen Borg was. Negen jaar geleden waren ze er met alle studentleden van de faculteitsraad een keer geweest. Zowel links als rechts. Hij had destijds gedacht dat de dame in kwestie misschien een beetje verliefd op hem was. De politieke afgrond tussen hen had alle toenaderingspogingen echter onmogelijk gemaakt. Maar er zou een numerus clausus worden ingevoerd en ze hadden allemaal even hun politieke strijdbijlen begraven, om samen tegen de uitsluiting van studenten te vechten. Karen Borg had zich voor deze historische bijeenkomst als gastvrouw opgeworpen. Daarbij had de wijn een grotere rol gespeeld dan de politiek, maar voor zover hij zich kon herinneren, was het een leuk weekend geweest.

Hij had haast en het zou niet eenvoudig zijn om de horzels, die nog een poosje om hem heen zouden zwermen, van zich af te slaan. Maar het zou hem wel lukken. Het moest lukken. Als hij Karen Borg kwijt was, konden ze hem nergens meer op pakken. Zij was de laatste hindernis tussen hem en de onherroepelijke vrijheid.

De donkerblauwe Volvo was bij de garage aangekomen, slipte even op de gladde oprit, maar vond als een oud paard na een stevige werkdag zijn stal. Lavik boog zich over zijn bleke vrouw, die achter het stuur zat, kuste haar teder en bedankte haar voor haar steun.

'Nu komt alles weer goed, poesje,' zei hij.

Ze leek hem niet helemaal te geloven.

*

Zou hij opbellen of niet? Zou hij erheen gaan of niet? Rusteloos drentelde hij door zijn kleine appartement, waar hij zichtbaar al lange tijd alleen maar even binnenkwam om schone kleren te halen en een beetje te slapen. Nu had hij geen schone kleren meer en de slaap kon hij er ook niet vinden.

Hij was duizelig en moest de boekenkast vastgrijpen om niet te vallen. Achterin de keukenkast stond gelukkig nog een stoffige fles rode wijn. Een halfuur later was die leeg.

Hij had de zaak verloren. En Karen waarschijnlijk ook. Het had geen zin om haar op te bellen. Alles was voorbij.

Hij voelde zich ellendig en deed zich tegoed aan een half flesje aquavit dat al sinds vorig jaar kerst in de diepvriezer lag. De alcohol deed uiteindelijk zijn werk. Hij viel in slaap. Een nare, gemene slaap, met nachtmerries over grote duivelse advocaten die hem achtervolgden en een minuscuul geel figuurtje, dat hem vanaf een wolk aan de horizon riep. Hij probeerde naar haar toe te rennen, maar zijn benen waren als stroop en hij kwam geen centimeter vooruit. Ten slotte verdween ze en hij bleef op de grond achter. Het gele figuurtje vloog weg en de gieren in hun toga's pikten een miezerig officiertje de ogen uit.

Dinsdag 1 december

Eindelijk werden al het geglitter en de bonte plastic lichtjes die kerstversiering werden genoemd zinvol. Nu was het in ieder geval december. De sneeuw was teruggekomen en de winkeliers hadden enthousiast opgemerkt dat het Noorse volk het afgelopen jaar een paar procent meer had besteed. Dat schiep hoge verwachtingen en vormde de basis voor uitbundige kerstetalages. De lindebomen aan de Karl Johansgate, die invielen voor hun in dennentakken gehulde neven, droegen naakt en verlegen hun kerstverlichting. De lichtjes in de enorme kerstboom op het universiteitsplein waren twee dagen eerder plechtig ontstoken. Vandaag beleefde alleen een kleumende heilssoldaat er plezier aan, hij sloeg zijn benen tegen elkaar en glimlachte verwachtingsvol naar alle ochtendmensen die langs zijn geldpot snelden zonder dat ze ook maar een minuutje bleven staan om de grote boom te bewonderen.

Jørgen Lavik wist dat hij gevolgd werd. Hij bleef een paar keer ineens staan en keek speurend achterom. Het was onmogelijk te zien wie hem volgde. Iedereen had diezelfde lege blik, slechts een enkeling loerde nog eens nieuwsgierig met een blik van herkenning naar de advocaat. Waar hadden ze hem eerder gezien? De foto's in de kranten waren gelukkig zo oud en vaag geweest, dat bijna niemand hem onmiddellijk herkende.

Maar hij wist dat hij in de gaten werd gehouden. Dat maakte de dingen ingewikkelder, maar verschafte hem tegelijkertijd een schitterend alibi. Hij kon alles in zijn voordeel wenden. Hij haalde diep adem en voelde zich kristalhelder in zijn hoofd.

Zijn bezoek aan kantoor was kort. De receptioniste verloor uit blijdschap vanwege het weerzien bijna haar kunstgebit en vergastte hem op een omhelzing die naar oude vrouw en lavendel rook. Hij was bijna ontroerd. Na een paar uur, waarin hij de meest dringende zaken afwerkte, zei hij dat hij de rest van de week in zijn vakantiehuisje zou zijn. Hij zou telefonisch bereikbaar zijn en nam een stapel werk mee, een draagbaar faxapparaat en een laptop. Misschien kwam hij vrijdag nog even langs, hij had immers meldingsplicht.

'Jij moet maar zolang op de zaak passen, Caroline, dat heb je tot nu toe prima gedaan,' zei hij vrolijk.

Haar mond opende zich weer in een grijze glimlach en de vreugde over het complimentje tekende kleine rode zonnetjes op haar wangen. Ze maakte een koket kniksje, maar beheerste zich voor de buiging al te diep werd. Ja, zij zou wel op de zaak passen en hij moest vooral een prettige vakantie hebben. Dat had hij verdiend!

Dat vond hij zelf ook. Maar voor hij vertrok, ging hij nog even naar de wc en haalde de mobiele telefoon tevoorschijn, die hij uit het postbakje van zijn collega had gegrist. Hij kende het nummer uit zijn hoofd. 'Ik ben er weer. Je hoeft je nergens zorgen over te maken.' Het gênante geruis van de defecte spoelbak overstemde zijn gefluister.

'Je moet me niet bellen, zeker niet nu,' siste de ander, maar hing niet op.

'Het is zo veilig als wat. Je hoeft je nergens zorgen over te maken,' herhaalde Lavik, maar dat hielp niets.

'Jij hebt mooi praten!'

'Karen Borg zit in haar vakantiehuisje in Ula. Daar blijft ze niet lang meer. Je hoeft je nergens zorgen over te maken. Zij is de enige die mij kan verraden, ik ben de enige die jou kan verraden. Als mij niets overkomt, gebeurt jou ook niets.'

De protesten van de oude drongen niet meer tot hem door, de verbinding was al verbroken. Jørgen Ulf Lavik plaste, waste zijn handen en ging weer naar zijn onzichtbare bewakers.

*

Hij moest binnenkort iets aan zijn hart laten doen. De medicijnen werkten niet meer. Niet meer zo goed, in ieder geval. Nog geen drie jaar geleden had zijn hart het op beangstigende en levensbedreigende wijze begeven en daarna was hij alweer twee keer dichtbij een infarct geweest. Regelmatig trainen en een karig dieet hadden hem tot nu toe kunnen helpen, maar tegen de situatie van de afgelopen weken hielpen joggen en worteltjes niet.

Ze waren hem op het spoor. Ergens had hij daarop gewacht, sinds de sneeuwbal aan het rollen was geraakt. Het was alleen nog een kwestie van tijd. Hoewel de beschrijving van de veronderstelde hoofdverdachte in *Dagbladet* zeer algemeen was geweest en vast en zeker op honderden mensen had gepast, was het voor de jongens in de Platousgate blijkbaar iets te duidelijk geweest. Toen hij op een middag van zijn werk naar huis wandelde, stonden ze daar plotseling. Net zo anoniem als hun werk, twee gelijk uitziende mannen, even groot, gelijk gekleed. Vriendelijk, maar vastbesloten hadden ze hem in een auto gezet. De rit had een halfuur geduurd en was voor zijn eigen inrit geëindigd. Hij had alles ontkend. Ze geloofden hem niet. Maar zij wisten dat hij wist dat ze er allemaal mee gediend waren dat hem niets overkwam. Zo bezien voelde hij zich een weinig gerustgesteld. Indien bekend werd waar het geld aan was uitgegeven, zouden ze allemaal in het kielzog worden meegesleurd. Hij was dan wel de enige die wist waar het geld vandaan kwam, maar de anderen hadden het aangenomen. En uitgegeven. Zonder te vragen, zonder ooit iets te checken, zonder wat dan ook te onderzoeken. Dat plaatste hen in een uiterst kwetsbare positie.

Lavik was nu het grote probleem. Die kerel was gek geworden. Het zat er dik in dat hij van plan was advocaat Borg om te brengen. Alsof dat iets zou oplossen. Hij zou immers de hoofdverdachte zijn. Onmiddellijk. Bovendien: wie weet had zij al iemand anders op de hoogte gesteld, of iets opgeschreven dat nog niet in handen van de politie was gevallen. Karen Borg vermoorden zou absoluut niets oplossen.

Jørgen Lavik vermoorden, daarentegen, zou alles oplossen. Zodra die gedachte bij hem opkwam, leek het de enige mogelijkheid. Met de geslaagde moord op Hans A. Olsen waren direct alle problemen in die tak van de organisatie opgelost. Maar Lavik had zichzelf en de oude man steeds verder in moeilijkheden gebracht. Hij moest verdwijnen.

Deze gedachte schrok hem niet af, hij stelde hem eerder gerust. Voor het eerst sinds vele dagen was zijn hartslag weer rustig en regelmatig. Zijn hersens leken helder en zijn concentratievermogen keerde van een lange vakantie terug.

Hij kon zich het beste van Lavik ontdoen voordat die erin slaagde Karen Borg naar de twijfelachtige advocatenhemel te sturen. De moord op een mooie, jonge en in dit geval onschuldige vrouwelijke advocaat zou te veel opschudding veroorzaken. De dood van een van drugshandel verdachte, mannelijke en wanhopige advocaat zou natuurlijk ook niet zonder opzien wegebben, maar toch... Eén moord was beter dan twee. Maar hoe?

Jørgen Lavik had het over Ula gehad. Een zomerhuisje. Dat moest erop duiden dat hij van plan was daarheen te gaan. Hoe hij de staart van achtervolgers die uiteraard achter hem aan hing wilde afschudden, was hem een raadsel. Maar dat was Laviks probleem. Hij moest Lavik zien te vinden, zonder door diezelfde achtervolgers opgemerkt te worden en liefst voordat hij Karen Borg had bereikt. Hij had geen alibi nodig. De politie had hem niet in de peiling en zover zou het ook niet komen. Als alles goed ging.

Het zou hem weinig tijd kosten om het juiste adres van Karen Borgs zomerhuisje te achterhalen. Hij kon haar kantoor bellen, of de plaatselijke notaris. Die kon het in het kadaster nakijken. Maar dat was te riskant. Een paar minuten later had hij een besluit genomen. Voor zover hij zich kon herinneren, was er maar één weg naar Ula, een kleine zijweg van de kustweg tussen Sandefjord en Larvik. Daar zou hij wachten.

Opgelucht dat hij een besluit had genomen, wierp hij zich op het meest urgente werk van die dag. Zijn handen waren rustig en zijn hart had zich gestabiliseerd. Misschien had hij toch geen andere medicijnen nodig.

*

Het kon amper een huisje genoemd worden. Het solide houten huis uit de jaren dertig was volledig in oude glorie hersteld en zelfs op een sombere decemberdag kon je de idylle die het roodgeverfde huis omgaf vermoeden. De plek was behoorlijk aan de elementen overgeleverd en hoewel er wat sneeuw op de oprit lag, waren de rotsen achter het huis door de eeuwige zeewind schoongeveegd. Slechts enkele meters van de linker huismuur stond een spar halsstarig te zwaaien. De wind had de stam scheef doen groeien, maar hem niet klein gekregen. De boom nijgde landinwaarts, alsof hij naar zijn familie daar verderop verlangde, maar zich toch niet kon losrukken. Tussen de sneeuwplekken in de luwte van het huis waren vaag de omtrekken van de zomerse bloemperken te zien. Het was allemaal goed onderhouden. Het huis was niet het eigendom van advocaat Lavik, maar van zijn oude, seniele en kinderloze oom. Toen zijn oom nog in staat was iets te voelen, was Jørgen zijn lievelingsneef geweest. De jongen was trouw iedere zomer gekomen, ze hadden samen gevist, de boot geteerd en bonen met gebakken spek gegeten. Jørgen was voor hem het kind dat hij nooit had gehad en zijn neef zou het fraaie zomerhuis erven wanneer Alzheimer zich, over vermoedelijk niet al te lange tijd, aan zijn enige meerdere – de dood – moest overgeven.

Jørgen Ulf Lavik had aardig wat geld in het huis gestoken. Zijn oom was niet onbemiddeld en had zelf voor het belangrijkste onderhoud gezorgd. Maar Jørgen had een badkamer met bubbelbad laten aanleggen, een kleine sauna en een telefoonlijn. Bovendien had hij zijn oom voor zijn zeventigste verjaardag een pittig bootje cadeau gegeven, in de stellige wetenschap dat dat in werkelijkheid zijn eigen bezit bleef.

Tijdens de rit naar Hurumland had hij zijn achtervolgers geen enkele keer gezien. Er hadden aldoor auto's achter hem gereden, maar geen ervan was verdacht lang achter hem blijven hangen. Toch: hij wist dat ze er waren. En daar was hij blij om. Hij nam de tijd om de auto te parkeren en door de bagage in meerdere etappes naar binnen te dragen, liet hij zien dat hij van plan was om langere tijd te blijven. Langzaam liep hij de kamers door, deed de lichten aan en hielp de elektrische verwarming een handje door de petroleumkachel in de kamer aan te steken.

Na het eten maakte hij een ommetje. Hij wandelde over het vertrouwde terrein, maar ook nu kon hij niets verdachts ontdekken. Even werd hij onrustig. Waren ze er niet? Hadden ze hem helemaal opgegeven? Dat kon toch niet! Zijn hart klopte snel en onregelmatig. Nee, ze moesten in de buurt zijn. Ze moesten er gewoonweg zijn. Hij kalmeerde iets. Misschien waren ze gewoon zeer professioneel. Waarschijnlijk.

Hij moest nog het een en ander voorbereiden. En daar was haast bij. Hij bleef een poosje op het stoepje staan, rekte zich eens uit en stampte de sneeuw van zijn schoenen, lang en volkomen onnodig. Vervolgens ging hij naar binnen om alles in orde te maken.

*

Het ergste was dat ze allemaal zo opbeurend deden. Ze sloegen hem op zijn rug, 'wie niet waagt die niet wint'. Ze glimlachten waarderend en betuigden vriendelijk hun steun. Zelfs de hoofdcommissaris getrooste zich de moeite om officier van justitie Sand op te bellen en hem te zeggen dat ze zijn inzet, ondanks de teleurstellende uitslag, appreciceerde. Hij noemde de mogelijkheid van een schadevergoedingsprocedure, maar daarop snoof ze alleen maar. Ze dacht werkelijk niet dat Lavik dat zou wagen, hij was tenslotte schuldig. Waarschijnlijk genoot hij eenvoudigweg van zijn vrijheid en zou hij deze hele geschiedenis zo snel mogelijk achter zich willen laten. Håkon moest toegeven dat het daarop leek, volgens het observatieteam bevond advocaat Lavik zich momenteel in een vakantiehuisje in Hurumland.

Al die solidariteit hielp niet veel. Hij voelde zich alsof hij gedwongen was geweest een volautomatisch wasprogramma te doorlopen, compleet met centrifugeren en de hele mikmak. Hij was gekrompen door de behandeling. Voor hem op zijn bureau lagen een paar zaken met duivelse deadlines, maar hij was niet in staat iets uit te richten en besloot dat het werk tot morgen kon wachten.

Alleen Hanne begreep hoe hij er eigenlijk aan toe was. In de loop van de middag kwam ze even binnen, met twee koppen gloeiendhete thee. Hij hoestte en spuugde de inhoud uit zodra hij het proefde, hij had koffie verwacht.

'Wat doen we nu, officier Sand?' vroeg ze en ze legde haar voeten op tafel. Mooie benen, merkte hij voor de zoveelste keer op.

'Dat moet je mij niet vragen.' Hij proefde weer van de thee, iets voorzichtiger deze keer. Eigenlijk was het wel lekker.

'We geven het in elk geval niet op. We nemen die kerel wel te grazen. Hij heeft de oorlog nog niet gewonnen, dit was slechts een kleine schermutseling.'

Het was onbegrijpelijk dat ze zo optimistisch kon blijven. Ze leek zelfs te menen wat ze zei. Misschien was dat het verschil tussen een politiefunctionaris en een medewerker van het openbaar ministerie. Hij kon nog alle kanten op. Hij kon ieder ogenblik iets anders gaan doen. Derde secretaris bij het ministerie van Visserij, bijvoorbeeld, dacht hij chagrijnig. Maar Hanne Wilhelmsen had een politie-opleiding. Voor haar was er maar één mogelijke werkgever. De politie. Daarom kon ze nooit opgeven.

'Maar luister nou eens, joh,' zei ze, terwijl ze haar voeten weer op de grond zette. 'We hebben toch veel meer! Je moet de moed nu niet verliezen! In nederlagen heb je de kans te tonen wat je waard bent.'

Banaal. Maar misschien waar. Als dat zo was, was hij een doetje. Hij kon dit absoluut niet aan. Hij wilde naar huis. Misschien was hij meer geschikt voor huishoudelijk werk. 'Bel me thuis maar, als er iets is,' zei hij en hij verliet zijn bijna onaangeroerde kop thee en zijn vermoeide collega.

'You win some, you lose some,' hoorde hij haar roepen, toen hij door de gang stampte.

*

De volgers, zes in getal, begrepen dat hun een lange avond en een koude nacht wachtte. Een van hen, een flinke kerel met smalle schouders en scherpe ogen, had de achterzijde van het rode huis gecontroleerd. Drie meter van de muur die naar de fjord was gekeerd, bevond zich een steile afgrond naar een kleine baai met een zandstrandje. De baai was slechts vijftien tot twintig meter breed en omheind met prikkeldraad, dat aan beide zijden aan de rotsen was bevestigd. Nergens gold het privé-eigendomsrecht zo sterk als aan zee, dacht hij glimlachend. Achter de afrastering verrees aan beide kanten een steile, vijf à zes meter hoge rotswand. Het was vast mogelijk om er tegenop te klimmen, maar het zou moeilijk zijn. Lavik zou hoe dan ook in de buurt van het huis op de landweg stuiten. De weg scheidde de landtong waar het huis op stond van het vasteland, en iedereen die weg wilde komen, moest de weg oversteken.

Twee van de volgers waren ieder aan een kant van de weg geposteerd. Een van hen nam in het midden post en daarmee hadden ze de tweehonderd meter tussen de weg en het huis helemaal in het oog. Lavik kon er niet ongezien langskomen. De drie overigen verspreidden zich over het terrein om het huis in de gaten te houden.

Binnen zat Lavik zich te verkneukelen bij de gedachte dat de mannen buiten, hoeveel het er ook waren, zich de kont van het lijf vroren. Zelf had hij het lekker warm en hij werd opgewonden en meegesleept door zijn bezigheden. Voor hem stond een ouderwetse wekker, zonder glas. Met wat gefriemel maakte hij een stokje aan de kleine wijzer vast. Hij sloot het faxapparaat aan, legde een vel papier in de invoerbak en probeerde het uit. Hij zette de wijzer op iets voor drieën en zorgde ervoor dat het uiteinde van het stokje net boven de startknop van het faxapparaat hing, hij koos zijn nummer op kantoor en wachtte. Er ging een kwartier voorbij, er gebeurde niets. Na nog enkele minuten begon hij zich zorgen te maken, het hele project kon de mist in gaan. Maar toen, op het moment dat de kleine wijzer een sprongetje naar de drie maakte, functioneerde alles zoals hij bedacht had. Het stokje aan de wijzer raakte zachtjes de elektronische startknop aan. Dat was voldoende. Het apparaat gehoorzaamde, trok het vel papier naar binnen en verzond de vertrouwelijke boodschap.

Opgevrolijkt door dit succes, maakte hij snel een ronde door het huis en bracht hij de tijdklokken aan die hij van huis had meegenomen. Thuis moesten ze stroom besparen, ze schakelden de verwarmingsradiatoren om middernacht uit en zetten ze om zes uur weer aan, zodat het huis warm was als ze opstonden.

Het nam niet veel tijd, hij kende de apparaatjes. Het moeilijkste kwam nog. Tijdens zijn afwezigheid moest er iets bewegen, het was niet voldoende als de lampen aan en uit gingen. Hij had het allemaal van tevoren uitgedacht, maar nooit geprobeerd. Het was moeilijk te zeggen of het praktisch uitvoerbaar was. Beschut door de dichtgetrokken gordijnen, spande hij drie touwen in de kamer. Hij bond alledrie de uiteinden vast aan de kruk van de keukendeur. De andere uiteinden bevestigde hij op verschillende plekken aan de andere kant van de kamer. Daarna hing hij er een keukenhanddoek, een oude zwembroek en een servet overheen. Hij had even tijd nodig om de kaarsen op de juiste plaats te zetten. Ze moesten vlak bij de touwen staan, zo dichtbij dat die vlam zouden vatten, zodra de kaars tot dezelfde hoogte was opgebrand. Hij brak de kaarsen af op verschillende lengtes en zette ze met een flinke klodder gesmolten kaarsvet stevig op porceleinen schoteltjes vast. De kaars bij het snoer met het servet was het kortst, slechts een paar millimeter hoger dan het strakgespannen touw. Hij wachtte vol spanning.

Het werkte. Na een paar minuten was de kaars zo ver opgebrand, dat de vlam aan het snoer begon te likken. Het touw brak, het servet daalde neer op de vloer en tekende daarbij schaduwen op de gordijnen voor het raam dat op de weg uitkeek. Perfect.

Hij verving het gebroken snoer door een nieuw en pakte een iets langere kaars. Toen zette hij de klok zo, dat de kleine wijzer op een paar minuten over één stond. Over ongeveer twee uur zou Jørgen Ulf Lavik een fax naar een advocaat in Tønsberg versturen. Het ging om een dringende boodschap, die hij helaas wegens onvoorziene omstandigheden niet eerder had kunnen verzenden. Hij verontschuldigde zich en hoopte dat de vertraging geen grote problemen had opgeleverd.

Toen kleedde hij zich aan. Het camouflagepak was bedoeld om in te jagen. Het paste goed. Hij stak voorzichtig de kaarsen aan en verzekerde zich er nogmaals van dat ze goed vaststonden. Daarna ging hij naar de kelder en kroop hij door het kelderluik aan de achterzijde van het huis naar buiten.

Beneden op het strand wachtte hij een ogenblik. Hij drukte zich tegen de rotswand en wist bijna zeker dat hij volkomen in de omgeving opging. Toen hij weer op adem was, sloop hij naar de plaats waar hij vele zomers geleden een opening in het hek had geknipt, om makkelijker bij de buren te kunnen komen, waar een jongen van zijn eigen leeftijd logeerde.

Hij kroop naar de weg. Ze hielden ongetwijfeld de hele omgeving in het oog. Aan de rand van het bos bleef hij liggen luisteren. Niets. Maar ze moesten er zijn. Toen kroop hij parallel aan de weg verder, vijf meter er vanaf, in de beschutting van de bomen. Daar was hij: de grote betonnen pijp die een klein beekje veilig onder de weg door naar zee leidde, zonder dat het werd overreden. Hij was talloze keren door deze pijp gekropen, maar dat was vele kilo's en twintig centimeter geleden. Toch had hij zich niet verrekend, toen hij er vanuit ging dat hij er nog steeds in paste. Hij werd wel een beetje nat, maar het was winter en het was maar een schamel beekje, het vennetje dat een stukje verderop lag was waarschijnlijk al bevroren. De pijp eindigde drie meter van de weg af, in verband met een wegverbreding die lang was beloofd, maar er nooit was gekomen. Hij stak zijn hoofd naar buiten en bleef weer een paar minuten liggen luisteren. Nog steeds niets. Hij hijgde en voelde hoe hij tijdens zijn gevangenschap was verzwakt. Het krachtverlies werd intussen grotendeels gecompenseerd door een flinke dosis adrenaline en hij zette zich geluidloos af en verdween tussen de struiken aan de andere kant van de weg.

Hij hoefde niet ver te rennen en na een minuut of zes was hij er. Hij keek op zijn horloge. Half acht. Perfect. Het houtwerk kraakte zacht toen hij de deur van het kleine schuurtje openmaakte, maar de politiemensen waren te ver weg om dat te kunnen horen. Hij glipte naar binnen op het moment dat er twintig meter verderop een auto passeerde. Direct gevolgd door nog een. Toen zat hij al in de donkergroene Lada en kon hij vaststellen dat de accu, na twee maanden rust, nog kracht genoeg had voor een hoestende start. Hoewel zijn oom volkomen van de wereld was en hem bijna niet herkende wanneer hij hem in het verpleeghuis opzocht, had hij er schijnbaar van genoten als Jørgen hem zo nu en dan meenam voor een tochtje met de kleine Lada. De neef had de auto onderhouden, als een gebaar tegenover zijn oom. Nu was de wagen voor hem een geschenk uit de hemel. Hij liet het gas een paar keer opkomen en reed de garage uit. Hij zette koers naar Vestfold.

*

Het was bijtend koud. De volger sloeg met zijn armen, terwijl hij tegelijkertijd zowel geluidloos als onzichtbaar probeerde te blijven. Dat was moeilijk. Hij moest zijn wanten uitdoen als hij de verrekijker wilde gebruiken. Daarom deed hij dat maar zelden. Hij vloekte zachtjes en benijdde die klote advocaat, die lekker warm zat, in een huis dat onmogelijk vanuit de auto te bewaken was. Daarnet was het licht in een van de kamers op de bovenverdieping uitgedaan, maar die vent zou toch niet zo vroeg al gaan slapen? Het was amper acht uur. Verdomme, nog vier uur voor de aflossing kwam. Een ijzige windvlaag trok aan zijn pols toen hij op zijn horloge keek, en hij pakte hem snel weer in.

Hij kon wel proberen om de verrekijker met zijn wanten aan vast te houden. Er was niet veel te zien. Die vent had natuurlijk alle gordijnen dichtgetrokken en eigenlijk kon de volger dat wel begrijpen ook. De man was heus niet zo stom dat hij niet wist dat zij daar stonden. Wat dat betreft was het nogal achterlijk dat ze zoveel moeite deden om onzichtbaar te zijn. Hij zuchtte. Wat een rotklus. Advocaat Lavik zou zich vast en zeker een aantal dagen gedeisd houden, aangezien hij zakken vol etenswaar naar binnen had gedragen, een draagbare computer en een faxapparaat.

Plotseling verstijfde hij. Hij knipperde snel met zijn ogen om een paar tranen kwijt te raken die door de koude wind naar buiten waren gelokt. Even later trok hij zijn wanten uit, liet ze op de grond vallen en stelde de verrekijker scherp. Wat waren dat in hemelsnaam voor dansende schaduwen? Had hij de open haard aangestoken? De volger liet de kijker een ogenblik zakken en tuurde naar de schoorsteen, die zwart tegen de donkergrijze hemel afstak. Nee, geen rook. Maar wat was het dan? Hij pakte de verrekijker weer en zag het nu duidelijk. Er brandde iets. En hevig ook. Ineens stonden de gordijnen in lichterlaaie.

Hij gooide de kijker op de grond en stormde op het huis af. 'Het huis staat in brand!' brulde hij in zijn portofoon. 'Dat rothuis staat in brand!'

De portofoon was niet nodig. Ze konden hem allemaal duidelijk horen en twee van de anderen kwamen al aangerend. De eerste vloog op de voordeur af, merkte bliksemsnel op dat het voorgeschreven brandblusapparaat direct achter de deur stond en stormde daarmee de kamer binnen. De rook en de hitte sloegen meteen op zijn ogen, hij ontdekte snel waar de brandhaard was. Met de schuimstraal als een woedend zwaard voor zich uit, vocht hij zich de kamer in. De brandende gordijnen wierpen grote vonken omhoog, waarvan er één op zijn schouder landde. Zijn jasje vatte vlam. Hij doofde het vuur met zijn handen, maar verbrandde zijn handpalm daarbij lelijk. Toch gaf hij niet op. Intussen waren de twee anderen binnengekomen. Een van hen pakte een wollen deken van de sofa, de ander trok respectloos een prachtig wandkleed van de muur. Na een paar minuten was het bluswerk gedaan. Het grootste deel van de kamer was gered. Ook was er nog stroom. Maar advocaat Lavik was verdwenen.

De drie politiemannen bleven buiten adem staan en namen de kamer in ogenschouw. Ze ontdekten de twee gespannen draden en de geprepareerde wekker die het faxbericht nog niet had verzonden.

'Godverdomme,' vloekte de eerste zacht, terwijl hij met zijn pijnlijke, verbrande hand wapperde. 'Die klote advocaat heeft ons ertussen genomen. Hij heeft ons volledig in de maling genomen.'

*

'Hij kan niet voor zevenen vertrokken zijn. Het observatieteam heeft hem om vijf voor zeven nog naar buiten zien kijken. Hij kan, met andere woorden, niet meer dan een uur voorsprong hebben. Hopelijk minder. Misschien is hij er pas enkele minuten voor het ontdekt werd tussenuit geglipt.' Hanne Wilhelmsen probeerde tevergeefs de opgewonden officier te kalmeren.

'Je moet de omliggende bureaus waarschuwen. Ze moeten hem hoe dan ook tegenhouden.' Hij was buiten adem en slikte vaak en luid.

'Håkon, luister naar me. We hebben geen idee waar hij is. Misschien is hij naar huis gegaan en zit hij nu samen met zijn vrouw iets te drinken, terwijl ze zich rotlachen om die stomme gasten van de volgerij. Of misschien is hij de stad ingegaan. Maar het allerbelangrijkste is dat we geen enkele reden hebben om hem opnieuw aan te houden. Dat onze mensen zich hebben laten misleiden, is natuurlijk een probleem, maar dat is ons probleem, niet het zijne. We kunnen de man wel volgen, maar het is niet strafbaar als hij ons om de tuin weet te leiden.'

Hoewel Håkon Sand zich geen raad wist van angst, moest hij toegeven dat Hanne Wilhelmsen gelijk had. 'Goed, goed,' onderbrak hij de brigadier midden in een nieuwe verhandeling. 'Goed. Ik begrijp dat we niet hemel en aarde kunnen bewegen. Je hebt helemaal gelijk. Maar geloof me, hij heeft het op Karen gemunt. Het klopt allemaal: jouw notitie die verdwenen is toen je werd neergeslagen, het verhoor dat spoorloos is. Daar zit híj achter.'

Hanne zuchtte. Nu ging hij toch echt te ver. 'Je wilt toch zeker niet zeggen dat je denkt dat Jørgen Lavik mij heeft neergeslagen? Dat hij vanuit het arrestantencomplex naar boven heeft weten te komen, het verhoor uit jouw kantoor heeft gestolen, om vervolgens weer naar beneden te sluipen en de deur achter zich dicht te trekken? Dat meen je niet.'

'Hij hoeft het niet zelf te hebben gedaan. Hij kan helpers hebben. Hanne, alsjeblieft! Ik weet dat hij het op Karen heeft gemunt!' Håkon was echt wanhopig.

'Zou het helpen als we in de auto stappen en erheen gaan?'

'Ik dacht dat je het nooit zou vragen... Pik me over een kwartier op, bij de manege in Skøyen.'

Misschien was het slechts een voorwendsel om Karen te zien. Hij kon er niet voor instaan dat dat níét zo was. Maar de angst die zich onder zijn ribben samenbalde, was allesbehalve inbeelding.

'Noem het mannelijke intuïtie,' zei hij ironisch en hij vermoedde dat ze glimlachte, al kon hij het niet zien.

'Je intuïtiet maar een eind heen,' snoof ze. 'Ik doe dit voor jou, maar niet omdat ik denk dat je gelijk hebt.' Dat was niet helemaal waar. Sinds ze hem twintig minuten geleden had gesproken, had het gevoel haar bekropen dat Håkons angst niet helemaal ongegrond was. Ze kon niet goed onder woorden brengen wat haar van gedachten had doen veranderen. Zijn overtuiging misschien, ze liep lang genoeg mee om vermoedens en gevoelens serieus te nemen. Bovendien had Lavik, toen ze hem de laatste keer had gezien, zo uitgeput en wanhopig geleken, dat hij overal toe in staat kon zijn. Dat Karen Borg de hele avond de telefoon niet had opgenomen, beviel haar ook niet. Het hoefde vanzelfsprekend niets te betekenen, maar het beviel haar niet.

'Probeer haar nummer nog eens,' vroeg ze, terwijl ze een andere cassette in de radio duwde.

Karen Borg nam nog steeds niet op. Hanne wierp even een blik op Håkon, legde toen haar hand op zijn dij en streelde die even.

'Rustig maar, het is alleen maar een goed teken als ze er niet is. Bovendien...' Ze keek snel naar het klokje dat op het dashboard oplichtte. 'Bovendien kan hij er nog niet zijn, zelfs in het meest ongunstige geval niet. Hij heeft eerst nog een auto op de kop moeten tikken en zelfs als er, tegen de verwachting in, eentje in de buurt van het huis klaarstond, kan hij pas na zevenen op pad zijn gegaan. Waarschijnlijk nog later. Het is nu tien voor half negen. Geen paniek dus.'

Dat was makkelijker gezegd dan gedaan. Håkon trok aan een hendel aan de rechterkant van de stoel en klapte de rugleuning achterover. 'Ik zal het proberen,' mompelde hij gespannen.

Tien voor half negen. Hij had honger. Hij had de hele dag nog niets gegeten. Door alle voorbereidingen had hij geen tijd gehad om iets te eten. Bovendien was zijn maag na tien dagen vasten niet meer aan voedsel gewend. Maar nu rommelde hij gebiedend. Hij deed zijn richtingaanwijzer aan en reed langzaam de verlichte parkeerplaats op. Hij had tijd genoeg om een hapje te eten. Het was nog grofweg drie kwartier rijden. Plus een kwartier om het juiste huisje te vinden. Of misschien een halfuur, die studentenbijeenkomst was zo lang geleden.

De auto kreeg een plekje tussen twee Mercedessen, maar leek zich in dat goede gezelschap prima thuis te voelen. Advocaat Jørgen Lavik glimlachte even, streelde de Lada liefdevol over zijn bagageklep en wandelde het wegrestaurant binnen. Het was een merkwaardig gebouw, het leek net een ufo die aan de grond was vastgegroeid. Hij bestelde een grote portie erwtensoep en ging met een krant aan een tafeltje aan het raam zitten. Daar bleef hij geruime tijd zitten.

*

Ze waren Holmestrand al gepasseerd en de andere kant van de cassette stond nu op. Håkon had genoeg van country en zocht in het ordelijke handschoenenkastje naar iets anders. Ze zeiden niet veel tijdens de rit. Dat was niet nodig. Håkon had aangeboden om te rijden, maar dat had ze afgeslagen. Eigenlijk was hij daar wel blij om. Hij was er minder blij mee dat ze sinds ze Drammen achter zich hadden gelaten aan één stuk door rookte. Het was te koud om het raam open te zetten en hij voelde dat hij misselijk werd. Een dot pruimtabak maakte het er niet beter op. Hij spuugde het uit in een papieren servetje, maar slikte desondanks een paar stukjes door.

'Vind je het erg om even niet te roken?'

Ze verontschuldigde zich verward en drukte haar net opgestoken sigaret uit. 'Waarom heb je dat niet eerder gezegd?' vroeg ze licht verwijtend en gooide het pakje sigaretten over haar schouder naar achteren.

'Het is jouw auto,' antwoordde hij zacht, terwijl hij naar buiten keek.

De uitgestrekte akkers waren bedekt met een dun laagje sneeuw. Hier en daar lagen rijen in wit plastic gewikkelde balen hooi.

'Die dingen lijken net reusachtige marshmallows,' zei hij en hij werd nog misselijker.

'Wat?'

'Die plastic rollen. Hooi, of wat het ook is.'

'Stro, neem ik aan.'

Aan de linkerkant van de weg ontdekte hij ineens minstens twintig van die grote rollen. Het plastic was hier echter zwart. 'Drop-marshmallows,' zei hij, nog misselijker. 'We moeten zo stoppen. Ik ben wagenziek.'

'Het is nog maar twintig minuten. Kun je niet nog even wachten?' Ze leek niet geïrriteerd, wilde er alleen snel zijn.

'Nee, eerlijk gezegd kan het niet wachten,' zei hij. Hij sloeg zijn hand voor zijn mond, om te benadrukken hoe precair de situatie was.

Ongeveer vijf minuten later vond ze een geschikte plek om te stoppen, een bushalte bij een zijweggetje naar een wit huis. Er brandde geen licht. De plek was zo verlaten als langs een hoofdweg door Vestfold maar mogelijk was. Met enige regelmaat zoefden er weliswaar wat auto's voorbij, maar verder was er geen levende ziel te bekennen.

De frisse buitenlucht deed hem ongelooflijk goed. Hanne bleef in de auto zitten wachten, terwijl hij het weggetje even opliep. Hij bleef een paar minuten met zijn gezicht in de wind staan. Dat hielp en hij wandelde weer terug.

'Het gevaar is geweken,' zei hij, terwijl hij zijn veiligheidsgordel vastmaakte.

De motor hoestte woedend toen ze het sleuteltje omdraaide. Toen gaf hij de geest. Ze draaide en draaide. Geen reactie. De motor was volkomen dood. Het kwam zo onverwachts dat ze geen van beiden iets zeiden. Ze probeerde het nogmaals. Nog steeds geen geluid.

'Vocht in de verdeelkap,' zei ze met opeengeklemde tanden. 'Of iets anders. Misschien is die hele klere-auto kapot.'

Håkon zweeg nog steeds, en dat was hem geraden ook. Boos sprong ze uit de auto en maakte de motorkap open. Even later zat ze weer naast hem, met iets in haar handen dat naar hij aannam de verdeelkap was. Het zag er in elk geval uit als een soort kapje. Hanne haalde wat tissues uit het handschoenenkastje en veegde het ding droog. Daarna inspecteerde ze de binnenzijde kritisch en ging naar buiten om het weer op zijn plaats te zetten. Dat was snel gedaan.

Maar het hielp niets. De auto had nog steeds geen zin om mee te werken. Na nog twee pogingen met het contactsleuteltje sloeg ze nijdig op het stuur.

'Mooie boel! Uitgerekend nu! Sinds ik hem drie jaar geleden heb gekocht, heeft deze auto gelopen als een trein. Niets mee aan de hand. En precies nu laat hij me in de steek. Weet jij iets van auto's?'

Haar blik was redelijk kritisch en hij veronderstelde dat ze het antwoord al wist. Hij schudde langzaam zijn hoofd. 'Niet zo veel,' overdreef hij. In werkelijkheid wist hij helemaal niets van auto's, behalve dat ze benzine moesten hebben.

Toch ging hij met haar mee naar buiten om te kijken. Als een soort morele steun, misschien liet de auto zich overhalen als ze met zijn tweeën waren.

Naar haar gevloek te oordelen, leverde het zoeken naar het defect niet veel op. Wijselijk trok hij zich terug en hij merkte dat de onrust in zijn lichaam weer toenam. Het was koud en hij hupte een beetje op en neer, terwijl hij de langsrazende auto's nakeek. Niemand maakte aanstalten om te stoppen. Ze waren waarschijnlijk allemaal op weg naar huis en hadden weinig zin om op zo'n gure en ongezellige decemberavond een greintje medemenselijkheid te tonen. De bestuurders moesten hen wel zien, naast het wachthuisje bij de bushalte stond een eenzame straatlantaarn. Het werd stiller, een kleine onderbreking in het regelmatige, maar niet erg drukke verkeer. In de verte zag hij de koplampen van een naderende auto. In tegenstelling tot de meeste anderen, hield deze bestuurder zich schijnbaar aan de maximumsnelheid, zeventig kilometer per uur. Vier auto's hingen ongeduldig veel te dicht achter hem.

Hij kreeg de schrik van zijn leven. Toen de auto passeerde, viel het licht van de lantaarn bij het wachthuisje een fractie van een seconde op het gezicht van de bestuurder. Hij lette extra goed op, omdat hij een weddenschap met zichzelf was aangegaan: alleen een vrouw kon zo langzaam rijden. Het was geen vrouw, het was Peter Strup.

Het duurde één seconde voor de consequenties van zijn observatie het juiste deel van zijn hersenen bereikten. Maar slechts één seconde. Geschokt stormde hij naar de auto, die als een snoek in het riet, met zijn motorklep open stond te gapen.

'Peter Strup,' gilde hij. 'Peter Strup reed hier net langs!'

Hanne richtte zich abrupt op en stootte haar hoofd tegen de klep. Ze merkte het niet eens. 'Wat zeg je?' riep ze, hoewel ze het heel duidelijk had verstaan.

'Peter Strup! Hij is hier langsgereden! Nu net, nog geen minuut geleden!'

Alle stukjes vielen op hun plaats, zo snel dat het beeld nauwelijks te bevatten was, hoewel het hen zo helder als een koude, zonnige lentedag voor ogen stond. Ze kon zichzelf wel voor haar kop slaan. De man had zich immers de hele tijd al verdacht gedragen. Hij was het meest voor de hand liggende alternatief. Eigenlijk het enige. Waarom had ze dat niet willen zien? Lag dat aan Strups smetteloze reputatie, zijn correcte verschijning, de foto's in de weekbladen, zijn lange huwelijk, zijn voorbeeldige kinderen – had dat er allemaal voor gezorgd dat haar intuïtie zich tegen die logische verdenking verzet had? Haar verstand had haar verteld dat hij het was, maar haar politie-instinct, haar verdomde, overschatte instinct had geprotesteerd.

'Shit,' zei ze zacht en ze sloeg de motorklep dicht. 'So much for my damned instincts.' Ze had de man niet eens voor een verhoor opgeroepen. Godverdegodver.

'Hou een auto aan,' schreeuwde ze naar Håkon, die het bevel opvolgde door in de berm te gaan staan en met beide armen begon te zwaaien. Zelf pakte ze haar jas, sigaretten en portefeuille uit haar ellendige wrak en controleerde of de auto op slot zat. Daarna ging ze naast de angstige en opgewonden officier van justitie staan.

Geen enkele auto maakte aanstalten om te stoppen. Ze raasden langs, zonder de twee zwaaiende en springende personen in de berm op te merken en sneden hen op slechts twintig centimeter afstand, of ze toeterden driftig en waarschuwend naar de verkeersverstoorders en zoefden in een boog voorbij.

Toen er meer dan twintig auto's gepasseerd waren, was Håkon op de rand van een instorting. Hanne begreep dat er snel iets moest gebeuren. Het was levensgevaarlijk om midden op de weg te gaan staan, dus dat was uitgesloten. Als ze telefonisch hulp vroegen, kon het te laat zijn. Ze wierp een blik op het donkere huis. Het stond slechts twintig meter van de E 18, ineengedoken en bescheiden met gesloten luiken, alsof het zich probeerde te verontschuldigen voor zijn slechte ligging. Ze zag geen auto staan.

Ze rende op het huis af. Het schuurtje aan de achterkant, nauwelijks zichtbaar vanaf de weg, was misschien een garage. Håkon wist niet of ze verwachtte dat hij door zou gaan met zijn pogingen om een wagen aan te houden. Hij kwam achter haar aan en hoorde geen protesten.

'Bel eens aan, misschien is er toch iemand thuis,' riep ze naar hem en ze rukte aan de schuurdeur.

Die zat niet op slot.

Geen auto. Maar een motor. Een Yamaha FJ, 1200 cc. Nieuw model. Met ABS-remmen.

Hanne Wilhelmsen verachtte rijstkokers. Alleen een Harley was een motor. Alle andere waren vervoermiddelen op twee wielen. Afgezien van Motoguzzi misschien, ook al kwam die uit Europa. Toch had ze zich stiekem altijd een beetje aangetrokken gevoeld tot de snelle Japanse motoren. Vooral de ef-jee.

Hij leek in een rijklare toestand te verkeren, alleen de accu was eruit gehaald. Het was tenslotte december. De motor stond waarschijnlijk al minstens drie maanden stil. De accu stond op een opengeslagen krant, netjes en schoon volgens de voorschriften voor de winter opgeslagen. Ze greep een schroevendraaier en verbond de beide de polen met elkaar. Het vonkte en na een paar seconden begon het dunne, buitenste deel van het metaal zwak te gloeien. Stroom genoeg.

'Niemand thuis,' hijgde Håkon in de deuropening.

Op een plank lag een ruime sortering gereedschap, ongeveer hetzelfde als ze thuis in de kelder had. Ze vond snel wat ze nodig had en binnen de kortste keren had ze de accu op zijn plaats gezet. Ze aarzelde even. 'Strikt genomen is dit diefstal.'

'Nee, het is noodrecht.'

'Noodweer?' Ze begreep het niet helemaal en dacht dat hij zich in zijn opwinding versprak.

'Nee, noodrecht. Dat leg ik je later wel uit.' Als ik daar de gelegenheid nog voor krijg, dacht hij.

Hoewel het haar door haar ziel sneed om een nieuwe motor te ruïneren, had ze slechts dertig seconden nodig om de ontsteking te koppelen. Met een snelle, krachtige ruk brak ze het stuurslot. De machine bromde regelmatig en veelbelovend. Ze keek om zich heen naar de helm. Die lag er niet. Natuurlijk niet, waarschijnlijk hadden ze een paar dure BMW- of Shoei-helmen binnen in het warme huisje opgeborgen. Zouden ze inbreken? Hadden ze daar tijd voor?

Nauwelijks. Dan maar zonder rijden. In een hoek, naast vier

paar aan de wand bevestigde alpineski's, hing een skibril aan een haakje. Daar moest ze het maar mee doen. Ze ging schrijlings op de motor zitten en manoeuvreerde hem naar buiten.

'Heb je wel eens op een motor gezeten?'

Håkon zei niets, schudde alleen heftig met zijn hoofd.

'Luister: leg je armen om mijn middel en doe precies wat ik ook doe. Wat er ook gebeurt, je mag niet in de tegenovergestelde richting leunen. Begrepen?'

Deze keer knikte hij en terwijl ze de bril opzette, ging hij achter op de motor zitten en legde zijn armen zo stevig mogelijk om haar heen. Hij hield haar zo stijf vast dat ze zijn greep iets losser moest maken, voordat ze de motor de E 18 op liet brullen.

Håkon was doodsbang en zag niets. Maar hij deed wat ze gezegd had. Om zijn angst te onderdrukken, sloot hij zijn ogen en probeerde aan iets anders te denken. Dat was niet eenvoudig. De motor maakte een hels lawaai en hij rilde als een verzopen katje.

Het verging Hanne Wilhelmsen niet anders. De handschoenen, haar eigen dagelijkse handschoenen, waren al doornat en ijskoud. Toch was het beter om ze aan te houden, ze boden in elk geval enige bescherming. Ook de bril hielp iets, maar weinig. Ze moest hem voortdurend met haar linkerhand afvegen. Ze wierp een blik op het verlichte, digitale klokje voor zich. Ze had het voor ze vertrokken niet meer gelijk kunnen zetten, maar hij vertelde haar dat ze een kwartier geleden het weggetje achter zich hadden gelaten. Toen was het vijf over half tien geweest.

Ze zouden best eens in tijdnood kunnen zitten.

De oude man constateerde tevreden dat zijn herinnering hem niet in de steek liet. Er was maar één weg naar Ula. Die was wel geasfalteerd, maar hij was smal en nodigde niet uit tot hard rijden. Bij een scherpe bocht zag hij een kleine afrit, omgeven door dicht struikgewas. Hij hobbelde een paar meter het weggetje op en keerde op een open plek. De vorst had de aarde hard en coöperatief gemaakt. Even later stond hij goed verborgen met de voorkant naar de weg, door een kleine opening kon hij de langsrijdende auto's zien. De radio stond zacht aan en naar omstandigheden had hij het comfortabel. Hij zou Laviks Volvo wel herkennen. Het was gewoon een kwestie van afwachten.

Karen Borg luisterde ook naar de radio. Een programma voor vrachtwagenchauffeurs, maar de muziek was oké. Voor de zesde keer begon ze aan het boek op haar schoot. *Ulysses* van James Joyce. Ze was nooit verder gekomen dan tot bladzijde vijftig, maar nu moest hij eraan geloven.

Het was warm in de ruime woonkamer, bijna te heet. De boxer jankte. Ze deed de verandadeur open om hem eruit te laten. Hij weigerde en bleef ongedurig rondlopen. Geërgerd riep ze hem tot de orde en uiteindelijk ging hij met tegenzin in een hoek liggen, maar met opgeheven kop en waakzame oren. Hij had waarschijnlijk wat klein wild geroken. Of misschien een eland.

Maar in de bosjes aan de lage kant van het huis lagen geen hazen of elanden. Het was een man en hij lag er al een poosje. Toch had hij het niet koud. Hij was opgewonden en warm gekleed. Hij had Karen Borgs huisje makkelijk kunnen vinden. Slechts één keer was hij een verkeerde bosweg ingereden, maar dat had hij snel ontdekt. In deze tijd van het jaar waren alle andere huisjes onbewoond en hij had op slechts vijf minuten lopen een goede schuilplaats voor de auto gevonden. Het verlichte huisje fungeerde als een baken en wees de weg.

Hij leunde met zijn hoofd en armen op een jerrycan met tien liter benzine. Hoewel hij bij het vullen zorgvuldig geprobeerd had niet te morsen, sneed de geur van de brandstof in zijn neus. Hij stond een beetje stram op, pakte de jerrycan en liep voorovergebogen naar het huis. Die voorzichtigheid was waarschijnlijk niet nodig, de woonkamer lag aan de andere kant, met uitzicht op de fjord. Aan de achterkant bevonden zich alleen de raampjes van twee donkere slaapkamers en van een toilet in het souterrain. Hij betastte zijn borst om te voelen of de Engelse sleutel op zijn plaats zat, hoewel hij wist dat dat zo was. De sleutel sloeg bij iedere voetstap tegen zijn borstbeen. De deur was niet eens op slot. Eén hindernis minder dan waar hij op gerekend had. Hij glimlachte en drukte de klink onnoemelijk langzaam omlaag. De deur was goed gesmeerd en gleed geluidloos open toen hij naar binnen ging.

De oude man keek op zijn horloge. Hij zat hier nu al vrij lang. Er waren geen Volvo's gepasseerd, alleen een Peugeot, twee Opels en een oude, donkere Lada. Het verkeer was minimaal. Hij probeerde zich een beetje uit te rekken, maar dat was niet zo eenvoudig op een autostoel. Hij waagde het niet uit te stappen om zijn benen te strekken.

Waanzin! Een motorrijder en passagier kwamen met een noodgang over de slechte weg aangescheurd. Ze droegen geen helmen, niet eens motorkleding. En dat in deze tijd van het jaar! Hij huiverde, dat moest toch steenkoud zijn! In de bocht slipte de motor hevig en hij was een ogenblik bang dat hij zo tegen zijn eigen auto aan zou glijden. De berijder slaagde er echter in om de motor op het allerlaatste moment weer op te richten, gaf gas en verdween. Waanzin. Hij gaapte en keek nog eens op zijn horloge.

Karen Borg was tot bladzijde vijf gekomen. Ze zuchtte. Het boek was goed, dat wist ze, want dat had ze ergens gelezen. Zelf vond ze het stierlijk vervelend. Maar ze was vastbesloten. Toch bedacht ze voortdurend allerlei bezigheden om het lezen te onderbreken. Nu wilde ze meer koffie hebben.

De hond was nog steeds onrustig. Ze kon hem er beter helemaal niet meer uitlaten, hij was al twee keer eerder een hele dag op hazenjacht gegaan. Grappig, het was immers helemaal geen jachthond. Maar misschien was het een instinct dat alle honden hadden.

Plotseling hoorde ze iets. Ze draaide zich om naar de hond. Die lag doodstil, het gejank was ineens gestopt, maar hij hield zijn kop schuin en hij had zijn oren gespitst. Er ging een lichte trilling door zijn lichaam en ze wist dat hij ook iets had gehoord. Het kwam van beneden. Ze liep naar de trap.

'Hallo?' Belachelijk. Natuurlijk was er niemand. Ze stond een paar seconden muisstil, haalde toen haar schouders op en keerde zich om. 'Liggen blijven,' commandeerde ze streng, ze zag dat de hond wilde opstaan.

Toen hoorde ze de voetstappen achter zich en draaide ze zich snel om. Ongelovig staarde ze naar de gedaante die de vijftien traptreden oprende. Hoewel hij zijn muts ver over zijn gezicht had getrokken, herkende ze hem meteen.

'Jørgen La...'

Verder kwam ze niet. De Engelse sleutel raakte haar boven haar oog en ze zakte in elkaar, zonder zich verder te verwonden. Dat zou ze trouwens niet eens gemerkt hebben, ze was bewusteloos.

De hond werd helemaal wild. Hij stormde grommend en blaffend op de indringer af en sprong hem woedend naar de borst. Daar beet hij zich in de wijde jas vast, maar Lavik schudde hem met een paar onbeheerste bewegingen van zich af. De hond gaf het echter niet zomaar op en beet stevig in de onderarm van de advocaat, die er deze keer niet in slaagde zich los te rukken. Het deed verschrikkelijk pijn. Gesterkt door de intense pijn tilde hij de hond helemaal van de vloer, maar hij raakte hem niet kwijt. De moersleutel was op de grond gevallen, Lavik nam het risico om het beest weer even grond onder de poten te geven. Dat had hij beter niet kunnen doen. De hond liet zijn arm een ogenblik los, om vervolgens iets hoger nog harder toe te bijten. Dat deed nog meer pijn. Hij raakte langzaam beneveld door de pijn en wist dat hij niet veel tijd meer had. Uiteindelijk kreeg hij de Engelse sleutel te pakken. Met een dodelijke klap vermorzelde hij de schedel van de uitzinnige hond, die nog steeds niet losliet. Dood en slap hing hij aan zijn arm en het kostte hem bijna een minuut om zich uit de sterke kaken te bevrijden. Hij bloedde als een rund. Met tranen in zijn ogen keek hij de kamer rond en ontdekte in de hoek van de keuken een paar groene handdoeken aan een haakje. Hij legde snel een provisorisch verband aan, nu deed het ook niet meer zo zeer. Maar hij wist dat de pijn later gruwelijk zou terugkeren. Pokkenhond!

Hij rende weer naar beneden en maakte de jerrycan met benzine open. Systematisch sprenkelde hij de inhoud door het hele huis. Hij had niet geweten dat tien liter zó veel was. Al snel stonk het overal naar een oud tankstation. De jerrycan was leeg.

Iets stelen! Het moest op een inbraak lijken. Waarom had hij dat niet eerder bedacht? Hij had niets bij zich om iets in mee te nemen, maar er lag vast wel ergens een rugzak. Beneden. Die lag vast beneden. Daar was een hok voor sportspullen. Hij rende de trap weer af.

Ze begreep niet wat er zo raar smaakte. Ze smakte zacht. Het was vast bloed. Zeker van haarzelf. Ze wilde verder slapen. Nee, toch niet, ze moest haar ogen opendoen. Waarom? Ze had vreselijke hoofdpijn. Beter om verder te slapen. Het stonk verschrikkelijk. Rook bloed zo? Nee, het was benzine, dacht ze en ze probeerde te glimlachen omdat ze zoveel wist. Benzine. Ze wilde haar ogen weer opendoen. Het ging niet. Misschien moest ze het nog eens proberen. Misschien ging het beter als ze zich omdraaide. Het deed vreselijk pijn, toen ze dat probeerde. Toch kwam ze uiteindelijk bijna op haar buik terecht. Iets verhinderde haar zich helemaal om te draaien. Iets warms en zachts. Cento. Haar hand streelde langzaam over het hondenlichaam. Ze begreep het meteen. Cento was dood. Ineens sloeg ze haar ogen op. De kop van de hond lag vlak naast haar eigen hoofd. Zijn kop was totaal verbrijzeld. Wanhopig probeerde ze op te staan. Door haar bebloede wimpers zag ze een man buiten voor het raam staan. Hij drukte zijn gezicht tegen het glas en schermde met zijn handen zijn ogen af, om beter te kunnen zien.

Wat doet Peter Strup hier, kon ze nog denken, voor ze weer bezweek en zacht op het hondenlijk landde.

Het huisje bevatte niet veel van waarde. Een paar siervoorwerpen en drie zilveren kandelaars moesten voldoende zijn. Het bestek in de keukenladen was van staal. Het was niet zeker of de diefstal überhaupt ontdekt zou worden. Met een beetje geluk brandde het hele zaakje tot de grond toe af. Hij snoerde de grijze rugzak dicht, trok moeizaam een doosje lucifers uit zijn binnenzak en liep naar de verandadeur.

Toen zag hij Peter Strup.

Het was niet bepaald een crossmotor. Bovendien was ze stijfbevroren en merkte ze dat haar coördinatievermogen en kracht voor vandaag op waren. Toen ze een paar meter het bosweggetje op waren gereden, stopte ze en stapte enigszins stijf van het voertuig af. Håkon zei geen woord. Het was tijdverspilling te proberen hem op de hobbelige ondergrond op de standaard te zetten, dus trachtte ze de zware motor voorzichtig neer te leggen. Dertig centimeter boven de grond gleed hij uit haar handen. De eigenaar zou pisnijdig zijn. Zelf zou ze iemand erom hebben vermoord.

Zo goed en zo kwaad als het ging, renden ze het weggetje op. Wat niet erg snel was. Na een bocht bleven ze opeens staan. Een angstwekkend oranje licht schemerde tweehonderd meter verderop door het bos en boven de kale bomen probeerden gele steekvlammen de buik van de hemel te kietelen.

Drie seconden later renden ze verder. Veel sneller nu.

Jørgen Ulf Lavik had niet geweten wat hij moest doen. Die besluiteloosheid had slechts een ogenblik geduurd. Hij had drie lucifers om zich heen geworpen, die allemaal doel hadden getroffen. Enkele seconden later laaiden de vlammen hoog op. Hij zag dat Peter Strup aan de verandadeur rukte, maar die zat gelukkig op slot. De man zou heus niet weglopen, hij moest Karen Borg op de vloer hebben zien liggen. Had ze zich bewogen? Hij wist bijna zeker dat ze eerst op haar rug had gelegen.

Het was niet zeker dat Strup hem herkend had. Zijn muts was nog steeds ver over zijn voorhoofd getrokken en zijn jas had een hoge kraag. Maar hij durfde de gok niet wagen. Het was de vraag wat Peter Strup het belangrijkst vond: hem te pakken krijgen, of Karen Borg redden. Waarschijnlijk het laatste.

Hij nam snel een besluit, pakte de Engelse sleutel van de grond en rende naar de verandadeur. Peter Strup was blijkbaar verrast, want hij liet de deur los en deed drie passen naar achteren. Kennelijk lag daar een steen of een stronk. Strup wankelde een ogenblik en viel vervolgens achterover. Dit was zijn kans! Hij deed de deur open en de vlammen, die nu goed vat hadden op de wanden en een deel van de meubels, laaiden krachtig op.

Hij wierp zich met de Engelse sleutel in zijn hand op de liggende man, klaar om toe te slaan. Een fractie van een seconde voor hij hem vol op zijn mond geraakt zou hebben, wendde Strup zich af. De sleutel raakte de grond en glipte uit Laviks hand.

In de verwarring en terwijl hij probeerde zijn slagwapen weer te pakken te krijgen, lette hij even niet goed op. Strup was tot naast hem geschoven en kon zijn knie in Laviks genitaliën rammen. Hij raakte hem weliswaar niet erg hard, maar Lavik kromp ineen en vergat de hele moersleutel. De pijn wekte zijn woede en hij greep de benen van de ander, op het moment dat die probeerde op te staan. Strup stortte weer neer. Maar deze had nu zijn armen vrij en terwijl hij schoppend zijn benen probeerde los te wringen, kon hij zijn hand in zijn jasje steken. Het schoppen had effect, hij voelde dat hij Lavik een trap in zijn gezicht gaf. Plotseling had hij beide benen vrij. Hij sprong op en wankelde naar de bosrand, twintig meter verderop. Achter zich hoorde hij iemand schreeuwen, hij draaide zich verschrikt om.

Officier van justitie Håkon Sand en brigadier Hanne Wilhelmsen kwamen precies op tijd bij het brandende huis om een in jachtkledij gestoken man met een enorme Engelse sleutel in zijn hand te zien afstormen op een andere, meer urbaan geklede gedaante. Ze bleven machteloos naar adem staan happen.

'Stòòòòp,' gilde Hanne Wilhelmsen, in een vruchteloze poging een ramp te verhinderen. De jager reageerde niet.

Hij had nog maar drie meter te gaan, toen er een schot klonk. Niet erg luid, maar kort en heftig, en heel, heel duidelijk. De jager trok een verwonderd gezicht, dat was in het felle licht van de vlammen goed te zien, alsof hij zich amuseerde over een kinderstreek die hij niet echt wilde geloven. Zijn mond, die tijdens het rennen wijdopen was geweest, sloot zich in een voorzichtige glimlach, toen viel het gereedschap uit zijn hand, hij liet zijn armen zakken, keek nieuwsgierig naar zijn eigen borstkas en zakte in elkaar.

Peter Strup draaide zich om naar de twee politiemensen en gooide openlijk en geruststellend zijn pistool op de grond. 'Ze is nog binnen!' schreeuwde hij, naar het brandende huis wijzend.

Håkon dacht nergens aan. Hij rende naar de flakkerende verandadeur en hoorde de waarschuwende kreten van de twee anderen niet, toen hij de brandende kamer binnenstoof. Door zijn hoge snelheid kwam hij pas midden in de kamer tot stilstand, waar voorlopig alleen een punt van het vloerkleed brandde. Het was zo intens heet, dat hij de huid van zijn gezicht voelde verstrakken.

Ze was zo licht als een veertje. Of misschien was hij zo sterk als een os. Binnen enkele seconden had hij haar op zijn schouders, in een heuse brandweergreep. Toen hij zich omdraaide om via dezelfde weg als hij gekomen was naar buiten te stormen, ontplofte de boel. Het geluid was oorverdovend, als bij een gigantische explosie. De grote ramen hadden tot het uiterste geprobeerd de hitte te weerstaan, maar moesten zich ten slotte gewonnen geven. Door de enorme luchtstroom was het geraas van de vlammen bijna ondraaglijk en Håkon zag geen enkele mogelijkheid om naar buiten te komen. In ieder geval niet via die weg. Hij draaide zich om, langzaam, als een helikopter, met Karen als een mislukt dood rotorblad op zijn schouders. Door de hitte en de rook kon hij bijna niets zien. De trap brandde.

Maar misschien nog niet zo erg? Hij had geen keus. Hij haalde een keer diep adem, waardoor hij een hevige hoestbui kreeg. De vlammen hadden nu zijn broekspijpen te pakken. Brullend van pijn sprong hij de trap af. Bij iedere stap hoorde hij Karens hoofd tegen de muur bonzen.

Het vuur had de buitendeur gastvrij opengeslagen. Met een laatste krachtsinspanning bereikte hij de deur en de frisse lucht gaf hem de extra energie om nog zeven, acht meter van het huis weg te lopen. Karen viel op de grond en voor hij zelf ook het bewustzijn verloor, zag hij nog net dat zijn broekspijp nog steeds brandde.

Dit klopte van geen kanten. Lavik kon bijvoorbeeld al voorbijgekomen zijn, voordat hij op zijn post was. Dat lag niet erg voor de hand, een moord liet zich nu eenmaal beter 's nachts uitvoeren. Bovendien zou hij na het invallen van de duisternis gemakkelijker zijn achtervolgers kunnen afschudden.

Maar het was vervelend om daar zo te zitten. Hij nam het risico en stapte even uit. Sinds die idiote motorrijders was er niemand meer gepasseerd. Het was steenkoud, maar droog. De rijm knerpte onder zijn voeten en hij strekte zijn armen boven zijn hoofd.

Ongeveer op de plaats waar hij dacht dat Sandefjord lag, reflecteerde het lage wolkendek een zwak, roze schijnsel. Hij draaide zich om in de richting van Larvik en zag daar hetzelfde. Boven Ula daarentegen, was het schijnsel oranje en veel feller. Bovendien meende hij rook te zien. Hij tuurde naar het licht. Vuur!

Ja verdomd, dan moest Lavik toch voor hem zijn aangekomen. Of misschien was hij niet met zijn Volvo? Misschien was hij van auto gewisseld om de politie op een dwaalspoor te brengen. Hij probeerde zich voor de geest te halen welke auto's waren langsgereden. Een paar Opels. En een Renault. Of was het een Peugeot? Wat maakte het ook uit. Die brand kon geen toeval zijn. Wat een manier om iemand om te brengen! De man moest krankzinnig zijn.

Waarschijnlijk kwam hij te laat. Het zou nu moeilijk zijn om Lavik uit de weg te ruimen. De brand was zo duidelijk te zien, dat hij zeker door iemand zou worden opgemerkt die de brandweer zou waarschuwen. Over enkele minuten zou het hier wemelen van de rode auto's en de brandweerlieden.

Maar hij kon zich niet bedwingen. Hij kroop weer achter het stuur, zette de auto in de versnelling en reed langzaam in de richting van het grote kampvuur.

'De ambulance is het belangrijkst. Het allerbelangrijkst!'

Ze gaf de telefoon terug aan Peter Strup, die opstond en hem in zijn zak stak.

'Karen Borg is er het slechtst aan toe,' stelde hij vast. 'Maar die brandwond van je officier ziet er ook niet best uit. Bovendien is het voor geen van beiden erg bevorderlijk geweest om zoveel rook in te ademen.'

Ze hadden samen de twee bewusteloze mensen naar de parkeerplaats gedragen, waar Karen Borgs auto stond. Zonder te aarzelen had Hanne met een grote steen een zijruit ingeslagen en er een wollen plaid en twee kussentjes uit gehaald. Bovendien hadden ze het dekzeil van de auto getrokken en onder de twee gewonden gelegd. Eerst hadden ze er een stuk afgescheurd, dat ze met ijskoud water uit een klein beekje langs de parkeerplaats vulden. Hoewel het water er snel weer uitliep, geloofden ze allebei dat het een enigszins verkoelend effect op Håkons geschroeide been had. De warmte van het brandende huis reikte tot op het parkeerplaatsje en Hanne had het niet langer koud. Ze hoopte dat de toestand van de twee op de grond ook redelijk was. De wond boven Karens oog zag er niet erger uit dan de wond die ze zelf een paar lange weken geleden had opgelopen. Hopelijk zei dat iets over de kracht waarmee de klap was toegediend. Haar hartslag was regelmatig, maar een beetje snel. In een EHBO-doosje uit de auto had ze brandzalf gevonden, die ze op de lelijke brandwonden had gesmeerd, voordat ze ze in vochtig zeil hadden gewikkeld. Het was waarschijnlijk hetzelfde als tuberculose met hoestdrank bestrijden, dacht ze gelaten, maar ze deed het toch. Ze waren allebei nog steeds bewusteloos. Dat was misschien maar beter ook.

Peter Strup en Hanne Wilhelmsen stonden naar de vlammen te kijken, die eruitzagen alsof ze bijna voldaan waren. Het was een fascinerend schouwspel. De gehele bovenetage was verdwenen. De kelderetage was moeilijker te verteren, die bestond voornamelijk uit bakstenen en beton. Toch moest ook daar vrij veel hout zijn, want hoewel de vlammen niet meer zo hoog oplaaiden, hadden ze het nog steeds aardig druk. Eindelijk hoorden ze in de verte brandweersirenes. Het geluid klonk honend, alsof de rode wagens de stervende hut ermee wilden plagen dat ze nu pas kwamen, nu het te laat was.

'Je moest hem wel doodschieten,' zei ze, zonder de man naast haar aan te kijken.

Hij zuchtte diep en schopte tegen het bevroren gras. 'Je hebt het zelf gezien. Het was hij of ik. Wat dat betreft is het goed dat ik getuigen heb.'

Dat klopte. Een klassiek geval van noodweer. Lavik was al dood toen Hanne hem bereikte. De kogel had hem midden in de borst getroffen en het was duidelijk dat er een vitaal orgaan geraakt moest zijn. Merkwaardig genoeg had hij niet erg gebloed. Ze had hem van het huis weggetrokken, het had geen zin om de man onmiddellijk te cremeren.

'Waarom ben je hier?'

'Op dit moment ben ik hier, omdat jij me gearresteerd hebt. Het zou niet netjes zijn als ik er nu vandoor ging.'

Er was deze dag te veel gebeurd om nog te kunnen glimlachen. Ze probeerde het, wat slechts een vermoeide grimas opleverde. Ze vroeg niet verder, maar keek hem met opgetrokken wenkbrauwen aan.

'Ik hoef je niet te vertellen wat ik hier doe,' zei hij rustig. 'Maar je kunt me nu aanhouden. Ik heb een man vermoord en zal verhoord moeten worden. Ik zal alles vertellen wat ik hier vanavond heb meegemaakt. Maar verder niets. Dat kan ik niet en dat wil ik niet. Jij dacht waarschijnlijk dat ik iets met dat beruchte drugssyndicaat te maken had. Misschien denk je dat nu nog.' Hij keek haar aan om te zien of zijn veronderstelling bevestigd of ontkend werd. Hanne Wilhelmsen vertrok geen spier. 'Ik kan alleen zeggen dat je je dan totaal vergist. Maar ik heb ook zo mijn vermoedens gehad. Als Jørgen Laviks vroegere patroon en als iemand die zich verantwoordelijk voelt voor de advocatuur en voor...' Hij zweeg, alsof hij plotseling meende te veel gezegd te hebben.

Ze draaiden zich om toen een van de patiënten achter hen een zwak gekreun liet horen. Håkon leek bij te komen. Hanne hurkte naast zijn hoofd neer.

'Doet het erg pijn?'

Het lichte knikje en zijn vertrokken gezicht zeiden voldoende. Ze streelde hem voorzichtig over zijn verschroeide en branderig ruikende haar. De sirenes klonken steeds luider en toen de rood met witte ambulance naast hen stopte, verstomden ze in een gesmoord geloei. De twee brandweerauto's die er achteraan kwamen, waren te groot om helemaal tot aan het huis door te rijden.

'Het komt allemaal goed,' beloofde ze, terwijl twee sterke mannen hem voorzichtig op een draagbaar tilden en in de auto schoven. 'Nu komt het allemaal goed.'

De grijsharige man had genoeg gezien. Lavik was blijkbaar dood, anders hadden ze hem niet onbewaakt en alleen op het veld laten liggen. Van het lot van de twee die op het parkeerplaatsje lagen, was hij minder zeker. Maar dat maakte hem niet veel uit. Zijn probleem was opgelost. Hij trok zich terug in het bos en bleef uit het zicht staan om een sigaret op te steken. De rook brandde in zijn longen, eigenlijk was hij jaren geleden al gestopt. Maar dit was een bijzondere gelegenheid.

'Een sigaar was nog beter geweest,' dacht hij toen hij zijn auto bereikte en de peuk zorgvuldig in de bruine bladeren wegtrapte. 'Een dikke Havana!'

Met een brede grijns op zijn gezicht zette hij koers naar Oslo.

Dinsdag 8 december

Het liep voor beiden goed af. Karen Borg had een rookvergifti-
ging, een scheurtje in haar voorhoofdsbeen en een zware hersenschudding. Ze lag nog in het ziekenhuis, maar zou naar verwachting aan het einde van de week worden ontslagen. Håkon Sand
was weer op de been, hoewel niet letterlijk. Zijn brandwonden
waren niet zo ernstig als gevreesd, maar hij moest een poosje op
krukken lopen. Hij was voor de komende vier weken ziek gemeld.
Zijn been deed vreselijk pijn en als gevolg van een week slechte
nachtrust en het slikken van grote doses pijnstillers gaapte hij aan
één stuk door. Bovendien hoestte hij dagen na de brand nog zwarte roetdeeltjes op. Iedere keer als iemand een lucifer aanstak,
schrok hij.

Toch was hij redelijk tevreden. Bijna blij. De zaak was dan misschien niet opgehelderd, maar hij was tenminste tot een soort einde gebracht. Jørgen Lavik was dood, Hans A. Olsen was dood,
Han van der Kerch was dood en Jacob Frøstrup was dood. Om
nog maar te zwijgen van die arme, onbelangrijke Ludvig Sandersen, die de twijfelachtige eer had gehad het bal te openen. De
moordenaars van Sandersen en Lavik waren bekend bij de politie,
Van der Kerch en Frøstrup hadden de weg zelf gekozen. Alleen
Olsens onzachte ontmoeting met een loden kogel bleef een raadsel. Officieel waren ze van mening dat Lavik dat op zijn geweten
had. Daar hadden zowel Kaldbakken, de hoofdcommissaris als de
hoofdofficier op aangedrongen. Een dode maar bekende moordenaar was beter dan een onbekende moordenaar die nog vrij rond-
liep. Håkon moest toegeven dat de theorie van een derde man niet
meer gegrond leek. Peter Strup had met zijn opvallende optreden
aanleiding gegeven tot dat idee, maar de steradvocaat was nu uit
beeld. De man had zich voorbeeldig gedragen. Hij had zich zonder mokken bij twee dagen inverzekeringstelling neergelegd, tot
het onderzoek naar de moord op Jørgen Lavik werd afgesloten

zonder dat het openbaar ministerie daarbij op een strafbaar feit stuitte. Zuiver en alleen noodweer. Zelfs de hoofdofficier, die om principiële redenen vond dat alle moordzaken door de rechtbank moesten worden behandeld, had met een seponering ingestemd. Strup had een wapenvergunning, hij was lid van een schietclub.

De meesten meenden dat er geen derde man bestond en haalden opgelucht adem. Zelf wist Håkon niet wat hij moest geloven. Hij was bijna geneigd de logische gevolgtrekkingen van zijn meerderen te volgen. Maar Hanne Wilhelmsen protesteerde. Ze was nog steeds van mening dat de derde man degene was, die haar op die fatale zondag had neergeslagen. Lavik kon het niet gedaan hebben. De chefs waren het niet met haar eens. Ofwel Lavik had het gedaan, ofwel een loopjongen die wat lager op de ladder stond. Een dergelijk onbeduidend bagatel mocht de kant en klare oplossing die nu op tafel lag in ieder geval niet in de weg staan. Ze slikten het, allemaal. Behalve Hanne Wilhelmsen.

*

Strike. De derde op rij. Jammer genoeg was het nog zo vroeg op de dag, dat er maar één andere baan bezet was. Daar speelden vier rumoerige pubers, die de twee oudere mannen geen blik meer waardig hadden gekeurd, sinds ze hen bij binnenkomst kritisch hadden opgenomen. Daardoor was alleen zijn tegenstander getuige van zijn geweldige prestatie. En die liet zich niet imponeren.

Het computerscherm dat boven hun hoofd aan het plafond hing, wees uit dat ze allebei een fraaie serie hadden gespeeld. Alles boven de honderdvijftig punten was goed, hun leeftijd in beschouwing genomen.

'Nog een rondje?' vroeg Peter Strup.

Christian Bloch-Hansen aarzelde even. Toen haalde hij zijn schouders op en glimlachte. Nog eentje dan. 'Maar haal eerst even wat te drinken.'

Ze gingen elk met hun zware kogel op hun schoot zitten en deelden een flesje mineraalwater. Peter Strup aaide over de gladde bowlingbal. Hij zag er ouder en smaller uit dan toen ze elkaar de vorige keer zagen. Zijn vingers waren mager en droog en de huid op zijn knokkels was gebarsten.

'Had je gelijk, Peter?'

'Ja. Helaas.' Zijn hand stokte midden op de bal, hij legde hem op de grond en plaatste zijn ellebogen op zijn knieën. 'Ik geloofde echt in die jongen,' zei hij met een trieste glimlach, als een clown die te lang is doorgegaan en iets te oud is geworden.

Christian Bloch-Hansen meende tranen in de ogen van zijn vriend te zien. Hij klopte hem onhandig op zijn rug en wendde verlegen zijn blik op de tien kegels, die stram in het gelid op hun lot stonden te wachten. Wat moest hij zeggen?

'Niet dat die jongen een zoon voor me was, maar hij heeft me een tijd erg na gestaan. Toen hij bij me wegging om voor zichzelf te beginnen, was ik teleurgesteld... misschien ook gekwetst. Maar we hebben contact gehouden. Als het even kon, gingen we iedere donderdag samen lunchen. Het was gezellig en inspirerend. Voor ons allebei, geloof ik. Het laatste halfjaar zijn die lunchafspraken er een beetje bij in geschoten. Hij was veel in het buitenland. Ik was ook minder belangrijk voor hem, denk ik.' Peter Strup ging rechtop zitten op het ongemakkelijke plastic stoeltje, haalde adem en ging verder: 'En ik was zo stom te denken dat hij iets met een vrouw had. Bij zijn eerste scheiding heb ik me nogal als een strenge vader opgesteld. Toen hij zich zo terugtrok, nam ik aan dat zijn huwelijk weer op barsten stond en dat hij geen zin had in mijn verwijten.'

'Maar wanneer had je door dat er iets mis was? Echt mis, bedoel ik?'

'Dat weet ik niet precies. Eind september begon ik langzaam te vermoeden dat een aantal mensen in onze branche zich met andere activiteiten bezighielden. Het begon toen een van mijn cliënten instortte. Een arme drommel die ik al jaren help. Hij huilde en was ten einde raad. Het bleek dat het hem er voornamelijk om te doen was, dat ik me over een vriend van hem zou ontfermen. Een jonge Nederlander, Han van der Kerch.'

'Was dat niet die jongen die in de gevangenis zelfmoord heeft gepleegd? Waar toen zo'n heisa over was?'

'Precies. Je weet zelf wel hoe die jongens ook voor hun vrienden bijstand proberen te regelen. Dat is niet vreemd. Maar na drie

uur snotteren vertelde hij me dat er een drugsliga bestond, waar
één of meer advocaten achter zaten, een soort bende. Of een maffia. Ik was nogal sceptisch. Toch leek het me zinvol om het nader
te onderzoeken. Ik heb eerst geprobeerd die Nederlander te spreken te krijgen. Ik heb mijn diensten aangeboden, maar Karen
Borg was onvermurwbaar.' Hij lachte een kort, droog en absoluut
vreugdeloos lachje. 'Die weigering heeft haar bijna het leven gekost. Tja, en toen de hoofdbron niet toegankelijk was, moest ik het
via een omweg proberen. Ik voelde me soms net een ordinaire
Amerikaanse detective. Op de vreemdste plaatsen en op de meest
idiote tijdstippen heb ik mensen gesproken. Maar... het was ergens
nog wel spannend ook.'

'Maar Peter,' zei de ander zacht, 'waarom ben je niet naar de
politie gegaan?'

'De politie?' Hij keek zijn vriend verontwaardigd aan, alsof hij
had voorgesteld om voor het eten nog even een massamoord te
plegen. 'Wat had ik hen in vredesnaam moeten melden? Ik had
niets concreets. Wat dat betreft denk ik dat ik met hetzelfde probleem worstelde als de politie: we vermoedden, geloofden en namen aan, maar we konden geen moer bewijzen. Weet je wanneer
mijn groeiende argwaan jegens Jørgen voor het eerst enigszins
concreet werd?'

Bloch-Hansen schudde even zijn hoofd.

'Ik heb een van mijn cliënten tegen de muur gezet, dat wil zeggen, ik zette hem op een stoel, zonder tafel ervoor. Toen ben ik
wijdbeens voor de jongen gaan staan en heb hem recht in zijn
ogen gekeken. Hij was bang. Niet voor mij, maar voor een onrust
op de markt waar iedereen blijkbaar door was aangestoken. Ik heb
langzaam een aantal advocaten uit Oslo opgenoemd. Toen ik bij
Jørgen Ulf Lavik kwam, werd hij merkbaar zenuwachtig, hij sloeg
zijn blik neer en vroeg iets te drinken.'

De rumoerige jongens gingen naar buiten. Drie van hen gooi-
den lachend een jack over en weer, terwijl de vierde, de kleinste,
het klaaglijk vloekend probeerde te vangen. De twee advocaten
zwegen tot de glazen deuren achter de jongens waren dichtgeval-
len.

'Stel je eens voor. Ik had naar oom agent kunnen gaan om te

286

zeggen dat ik door middel van een amateuristische leugendetector een negentienjarige junk ertoe had gebracht te vertellen dat Jørgen Ulf Lavik een schurk was. Of ze hem alsjeblieft voor me konden aanhouden. Nee, ik kon niets zeggen. Bovendien begon ik toen al brokstukken van de uiteindelijke waarheid te zien. En daarmee kon ik echt niet naar een broekje van een officier van justitie, die op de tweede verdieping van het politiebureau zat, hollen. Nee, dan zocht ik liever mijn oude vrienden bij de geheime dienst op. Het beeld dat we toen met vereende krachten in elkaar hebben gezet, was niet zo fraai. Om eerlijk te zijn: het was lelijk. Foeilelijk.'

'Hoe hebben ze het opgevat?'

'Het werd natuurlijk een helse schoonmaakactie. Ik geloof warempel dat het nog niet schoon is. Het ergste is dat ze niet aan Harry Lime kunnen komen.'

'Harry Lime?'

'*The Third Man*. Ken je die film nog? Ze weten genoeg van die ouwe om hem het vuur aan de schenen te leggen, maar ze durven niet. Dan wordt het hen ook te warm.'

'Maar laten ze hem dan gewoon zitten waar hij zit?'

'Ze hebben geprobeerd hem tot aftreden te dwingen. Daar gaan ze mee door. Hij heeft een hartkwaal, nogal ernstig. Hij zou zich stilletjes kunnen terugtrekken, om gezondheidsredenen. Maar je kent onze vroegere collega immers. Die man geeft pas op als hij ter aarde stort. Hij ziet geen redenen om te stoppen.'

'Is zijn chef op de hoogte?'

'Wat denk je?'

'Nee, waarschijnlijk niet.'

'Zelfs de minister-president weet van niets. Het is om misselijk van te worden. En de politie zal hem nooit te pakken krijgen. Ze verdenken hem niet eens.'

De laatste serie ging niet goed. Geërgerd moest Peter Strup toekijken, hoe zijn vriend hem met bijna veertig punten versloeg. Hij begon echt oud te worden.

*

287

'Nu moet je me één ding toch eens vertellen, Håkon.'

'Wacht even.'

Het was niet makkelijk om zijn stijve been in de auto te krijgen. Na drie pogingen gaf hij het op en moest Hanne de stoel zo ver mogelijk naar achteren zetten. Toen ging het beter. Hij plaatste zijn krukken tussen de stoel en het portier. Het zware hek achter het politiebureau ging langzaam en aarzelend open, alsof het zich afvroeg of het raadzaam was hen erdoor te laten. Uiteindelijk nam het een besluit. Ze mochten er door.

'Wat moet ik vertellen?'

'Was het echt zo belangrijk voor Jørgen Lavik om Karen Borg om te brengen? Ik bedoel: hing zijn lot daar echt van af?'

'Nee.'

'Nee? Alleen nee?'

'Ja.'

Het deed hem pijn over haar te praten. Hij had twee keer hinkend de ziekenhuisafdeling opgezocht, waar ze beurs en hulpeloos lag. Beide keren was Nils bij haar geweest. Met een vijandige blik en demonstratief de bleke handen op het dekbed vastpakkend, had Karens echtgenoot al zijn pogingen om te zeggen wat hij te zeggen had verhinderd. Ze had verstrooid en afwijzend gereageerd, en hoewel hij geen dankbaarheid voor zijn levensreddende actie verwachtte, was hij diep gekwetst dat ze het niet eens had genoemd. Nils trouwens ook niet. Hij had een paar banale opmerkingen gemaakt en was na vijf minuten weer vertrokken. Tot een derde bezoek was hij niet in staat geweest. Sindsdien was er geen seconde verstreken, waarin hij niet aan haar had gedacht. Toch slaagde hij er wonderwel in zich te verheugen over het feit, dat de Zaak zo goed als opgehelderd was. Hij kon alleen niet over Karen praten. Maar hij vermande zich.

'Lavik zou niet veroordeeld zijn, zelfs niet met behulp van Karens verklaring of mondelinge getuigenis. Het had ons hooguit een verlengde inbewaringstelling kunnen opleveren. Toen hij eenmaal in vrijheid was gesteld, speelde Karen Borg geen rol meer. Zolang wij verder niets zouden vinden, tenminste. Maar Lavik was waarschijnlijk niet helemaal toerekeningsvatbaar.'

'Bedoel je dat hij gek was?'

'Nee, helemaal niet. Maar je weet, hoe hoger je zit, des te dieper je valt. Hij moet echt wanhopig zijn geweest. Hij heeft zich blijkbaar ingebeeld dat Karen Borg gevaarlijk was. Zo bezien klopt het, als de bazen aannemen dat hij degene is die jou heeft neergeslagen. Die notitie van jou kan de oorzaak van een dergelijke waanvoorstelling zijn geweest.'

'Dus het is zeker mijn schuld, dat Karen Borg bijna is vermoord?' vroeg Hanne korzelig, hoewel ze wist dat hij het niet zo bedoelde.

Ze draaide het raampje open, drukte op een rode knop en meldde de reden van hun bezoek aan een geperforeerde metalen plaat, waaruit een geslachtsloze stem kraakte. Een onzichtbare dienaar wipte de slagboom omhoog en Hanne vond een parkeerplaatsje in de garage onder het regeringsgebouw.

'Kaldbakken zou direct komen,' zei ze, terwijl ze haar collega uit de auto hielp.

Het was bijna niet te geloven dat een minister van Justitie genoegen nam met zulke erbarmelijke omstandigheden. Hoewel de kamer werd gerenoveerd, bleek duidelijk dat de jonge minister hier werkte. De man stapte over opgestapelde rollen behang heen, kroop langs een traplcer waar een pot verf vanaf dreigde te vallen, glimlachte hartelijk en stak zijn hand uit om hen te begroeten.

Hij was opmerkelijk knap en opvallend jong. Bij zijn aantreden was hij pas tweeëndertig geweest. Zijn haar was goudblond, zelfs midden in de winter, en hij had vrouwelijke ogen, groot en blauw, met lange, fraai gebogen wimpers. Zijn wenkbrauwen vormden een mannelijk contrast bij al dat blond, ze waren dik en zwart en boven zijn neusrug samengegroeid.

'Geweldig dat jullie konden komen,' zei hij enthousiast. 'Na alles wat er de afgelopen week in de kranten heeft gestaan, weet je niet meer wat je moet geloven. Ik wil graag alles weten. Nu het allemaal voorbij is, bedoel ik. Wat een ongelooflijke zaak en zo onaangenaam voor ons, als bewakers van de wet! Ik moet die advocaten tenslotte in toom houden en dan is het niet zo prettig als ze als dolle paarden over de schutting springen.'

Hij trok een grimas, die misschien bedoeld was als een vertrouwelijke uiting van teleurstelling over de advocatuur. De minister had zelf twee jaar bij de politie gewerkt, voordat hij in sneltreinvaart carrière maakte en op achtentwintigjarige leeftijd tot hoofdofficier van justitie werd benoemd. Hulpvaardig pakte hij Håkons kruk op, die op de grond was gevallen toen ze elkaar een hand gaven.

'Dat was echt een heldhaftige daad, voor zover ik heb begrepen,' zei hij vriendelijk, terwijl hij naar Håkons been wees. 'Hoe gaat het nu met je?'

Håkon verzekerde hem dat hij het uitstekend maakte. Nog een beetje pijn, maar het ging prima.

'We gaan hier naar binnen,' zei de minister van Justitie en hij leidde hen naar de belendende kamer. Deze keek, anders dan zijn eigen kamer, niet uit op de omliggende wijk die momenteel volop gesaneerd werd. Hier was het uitzicht op het helikopterplatform op het dak van het ministerie van Economische Zaken.

Dit kantoor was niet veel groter, maar wel opgeruimd. Op de vloer lagen twee prachtige Perzische tapijten, waarvan het ene ruim twee bij twee meter mat. Ze konden onmogelijk staatseigendom zijn. Datzelfde gold voor de schilderijen aan de wand. Anders zouden ze in het rijksmuseum hebben thuisgehoord.

Direct na hen kwam de staatssecretaris binnen. Aangezien dit zijn kantoor was, bood hij stoelen en mineraalwater aan. Hij was twee keer zo oud als zijn chef, maar even joviaal. Het maatkostuum dat hij droeg, toonde aan dat de man zijn dure gewoonten, aangeleerd in zijn meer dan dertigjarige carrière als geslaagd advocaat, niet had opgegeven. De vergoeding die hij als staatssecretaris ontving, beschouwde hij waarschijnlijk als zakgeld, hij was nog steeds senior-partner in een middelgroot en zeer succesvol advocatenkantoor.

De uiteenzetting duurde een goed halfuur, waarin met name Kaldbakken het woord voerde. Håkon zat op het laatst te knikkebollen. Pijnlijk. Hij schudde zijn hoofd en nam een grote slok water om wakker te blijven.

De rode tapijten met de ingewikkelde patronen waren prachtig. Van deze kant af gezien, hadden ze een andere kleurschakering dan vanaf de deur, dieper, warmer. De boekenkasten langs de wanden hoorden blijkbaar bij de inventaris, ze waren donkerbruin en van eenvoudig fineer. De planken stonden vol vakliteratuur. Håkon glimlachte even toen hij zag dat de staatssecretaris van oude jongensboeken hield. Daar hielden enkele anderen ook van, herinnerde hij zich, hoewel zijn concentratievermogen verminderd was door de sterke medicijnen. Maar wie?

'Sand?' Hij schrok op en verontschuldigde zich vanwege zijn been. Wat was de vraag?

'Ben jij ook van mening dat de zaak nu opgehelderd is? Heeft Lavik Hans A. Olsen vermoord?'

Hanne Wilhelmsen staarde uitdrukkingsloos voor zich uit. Kaldbakken knikte energiek en keek hem recht aan.

'Tja, nou ja, misschien. Waarschijnlijk wel. Kaldbakken denkt van wel. Dat zal wel kloppen.'

Het juiste antwoord. De anderen begonnen hun spullen in te pakken, de bespreking had langer geduurd dan gepland. Håkon stond moeizaam op en hinkte naar de boekenkast. Ineens schoot het hem te binnen.

Hij werd duizelig en steunde te zwaar op een kruk. Die gleed weg op de gladde vloer. De staatssecretaris, die het dichtstbij stond, schoot hem te hulp.

'Voorzichtig toch, wees toch voorzichtig, jongen,' zei hij en hij stak zijn hand toe.

Håkon nam die niet aan, maar staarde de man onthutst aan. Lang genoeg voor Hanne Wilhelmsen om naar hem toe te komen en hem stevig beet te pakken. Hij kwam weer overeind.

'Het gaat alweer,' mompelde hij en hoopte dat ze zijn verwarring aan de gênante val zouden toeschrijven.

Na nog enkele erkentelijke woorden konden ze gaan. Kaldbakken was met zijn eigen auto. Toen Hanne en Håkon buiten gehoorsafstand waren, pakte hij haar jas vast. 'Haal die drie codevellen op en kom zo snel mogelijk naar de Deichmanbibliotheek. Ik zie je daar.' Toen strompelde hij weg, in een indrukwekkend tempo.

'Ik kan je erheen brengen,' riep ze hem na, maar hij leek haar niet te horen. Hij was al bijna halverwege.

Het boek was behoorlijk beduimeld, maar het plaatje aan de voorkant was nog duidelijk te zien. Een knappe jonge Europese piloot in een blauw vliegenierspak en met een ouderwetse leren helm op zijn hoofd lag hulpeloos op de grond, terwijl een horde onsympathieke, wilde zwarte Afrikanen zich op hem wierpen. Het boek heette *Biggles leert vliegen*. Hij gaf het aan de ademloze brigadier. Ze begreep het meteen.

'Vliegen,' zei ze zacht. 'Dat stond bovenaan het papier dat bij de pornofilm van Hansa Olsen zat.'

Ze leunde over zijn schouder. Voor hem lag de rest van de serie over de Britse vliegheld. Ze pakte *Biggles in Afrika* en *Biggles op Borneo* op.

'Afrika en Borneo. Jacob Frøstrups verzekeringsdocumenten. Hoe ben je daarachter gekomen? En waarom nu?'

'Dankzij al dat stomme routinewerk. Op de inventarislijsten van Laviks kantoor is de Biggles-serie me opgevallen. Ik moest er toen wel om lachen, vroeger toen ik klein was, heb ik die boeken verslonden. Als alle titels waren opgeschreven, had ik het toen misschien al begrepen. Maar er stond alleen maar "de Biggles-serie".'

Hij streek met zijn hand over een rafelige, lichtblauwe boekrug. Zijn been voelde hij niet meer. Karen Borg was naar de achtergrond verdwenen. Hij had de code gevonden. Twee en een halve maand had hij achter Hanne Wilhelmsen aangedraafd. Nu was het zíjn beurt. 'De staatssecretaris heeft dezelfde boeken staan. De complete serie.'

Het was een ware bom. Nu lag hij voor hen, in de vorm van drie versleten jongensboeken. Jongensboeken die om de een of andere reden ook in het kantoor van een staatssecretaris stonden. En in het kantoor van een armzalige dode advocaat. Dat kon geen toeval zijn.

Veertig minuten later hadden ze de code gekraakt. Drie vellen papier vol met onbegrijpelijke rijen getallen waren veranderd in drie zevenregelige berichten. Berichten die bijna alles verraadden. Over wat ze al die tijd hadden vermoed. Het ging om grote hoeveelheden. Drie leveranties van honderd gram elk. Heroïne. Zoals verwacht. De letters, snel en scheef neergezet – zowel Hanne als Håkon waren linkshandig – vertelden waar het spul moest worden opgehaald en waar het moest worden afgeleverd. Prijs, hoeveelheid en kwaliteit werden opgegeven. Ieder bericht werd afgesloten met de opgave van het honorarium van de koerier.

Maar geen namen. Geen adressen. De plaatsen waren pijnlijk nauwkeurig aangegeven, maar in code. De drie afhaalplaatsen werden respectievelijk met B-C, A-r en S-x aangegeven. De bestemmingen waren FM, LS en FT. Zinloos. Voor de politie. Maar klaarblijkelijk niet voor degenen voor wie de opdrachten waren bedoeld.

Ze waren alleen in de grote zaal. Om hen heen torenden de boekenkasten zwijgend en afwezig boven hen uit. De boeken dempten de akoestiek en smoorden elke poging om in het eerbiedwaardige gebouw lawaai te maken. Zelfs de kleuterklas in de volgende zaal kon de van kennis zwangere rust niet verstoren.

In een overdreven erkenning van haar eigen domheid, sloeg Hanne zich voor haar hoofd en om het nog eens te benadrukken, liet ze het vervolgens op de tafel neerkomen. 'De staatssecretaris was op het politiebureau, op de dag dat ik werd neergeslagen. Weet je dat nog? De minister van Justitie zou rondgeleid worden in het arrestantencomplex en ongeprovoceerd geweld bespreken! Daar was de staatssecretaris ook bij! Ik weet nog dat ik ze op de parkeerplaats hoorde.'

'Maar hoe kan hij die hele groep hebben verlaten? Er was immers een hele stoet journalisten bij.'

'De wc-sleutel. Hij kan een sleutelbos geleend hebben om naar de wc te gaan. Of hij is er op een andere manier aangekomen. Hoe dan ook, hij was er. Dat kan geen toeval zijn. Dat kan gewoonweg niet.'

Ze vouwden de ontcijferde codes op, gaven de Biggles-boeken terug aan de juffrouw achter de hoge balie en liepen naar de trap. Håkon rommelde met een dotje pruimtabak, hij leerde het al. Even met zijn tong duwen en het zat op zijn plaats.

'Maar we kunnen toch niet iemand aanhouden, omdat hij boeken in zijn kast heeft staan.'

Ze keken elkaar aan en begonnen te lachen. Het gelach klonk oorverdovend en respectloos tussen de strenge zuilen, die zich uit pure afschuw voor zoveel spektakel nog dichter naar de muur schenen terug te trekken. Hun adem vormde vergankelijke mistflarden in de ijzige lucht.

'Geweldig! We weten dat er een derde man is. We weten wie hij is. Een enorm schandaal. Maar we kunnen niets doen. Geen ene malle moer.'

Het was niet om te lachen. Toch giechelden ze toen ze naar de auto liepen, die Hanne nogal arrogant vlak voor de ingang op de stoep had gezet. Het bordje met het politievignet lag achter de voorruit om de grove overtreding te legitimeren.

'We hadden in ieder geval gelijk, Håkon,' zei ze. 'Dat is toch wel prettig. Er was een derde man. Precies zoals wij zeiden.'

Ze lachte weer. Ditmaal meer ingetogen.

*

Het appartement was nog hetzelfde als altijd. Maar in al zijn vertrouwdheid deed het vreemd aan. Omdat hijzelf veranderd was. Na drie uur schoonmaken, bekroond met een grondige stofzuigerronde over het tapijt van de woonkamer, hervond hij zijn rust weer. Voor zijn been was al die activiteit niet goed. Maar voor zijn ziel wel.

Het was misschien verkeerd om niets tegen de anderen te zeggen. Maar Hanne Wilhelmsen had de leiding weer overgenomen. Wat ze nu in handen hadden, kon misschien een hele regering ten val brengen. Het kon ook als een mislukt rotje uiteenspatten. In beide gevallen zou het een tumult van jewelste geven. Niemand kon hen iets verwijten als ze nog even wachtten, even wat meer tijd namen. De staatssecretaris zou er heus niet vandoor gaan.

Drie keer had hij Karen Borgs nummer gedraaid. Iedere keer had Nils de hoorn opgenomen. Sufferd, hij wist immers dat ze nog in het ziekenhuis lag.

Er werd aangebeld. Hij keek op zijn horloge. Wie kwam er op dinsdagavond om half tien op bezoek? Hij overwoog even niet open te doen. Waarschijnlijk was het iemand met een fantastisch aanbod van een kwartaalabonnement op een krant. Of iemand die zijn onsterfelijke ziel wilde redden. Maar het kon ook Karen zijn. Natuurlijk was dat onzin, maar misschien, misschien, misschien was ze het. Hij kneep zijn ogen stijf dicht, prevelde een schietgebedje en nam de huistelefoon op.

Het was Fredrick Myhreng. 'Ik heb wijn meegenomen,' klonk het vrolijk, en hoewel Håkon geen zin had in een avond met die vermoeiende journalist, drukte hij op de knop en liet hem binnen. Even later stond Myhreng in de deuropening, met een lauwe afhaalpizza in zijn ene hand en een fles zoete, Italiaanse witte wijn in de andere. 'Witte wijn en pizza!'

Håkon haalde zijn neus op.

'Ik hou van pizza en ik hou van witte wijn. Dus waarom niet allebei,' ging Fredrick even vrolijk verder. 'Heerlijk. Pak een paar glazen en een kurkentrekker. Ik heb servetten meegenomen.'

Een biertje was veel verleidelijker en er stonden twee slanke halve literflessen in de koelkast. Fredrick bedankte en slobberde van de mierzoete wijn alsof het limonade was.

Het duurde even voor Håkon begreep wat de man wilde. Uiteindelijk hield hij op zichzelf op te hemelen.

'Zeg, Sand,' zei hij, terwijl hij uitvoerig met een rood servet zijn mond afveegde. 'Stel nou dat iemand iets doet wat niet mag. Niet iets ernstigs, maar een beetje verboden. En dan ontdekt hij iets wat veel erger is, iets wat iemand anders heeft gedaan. Of dat hij bijvoorbeeld iets ontdekt wat de politie kan gebruiken. Bijvoorbeeld. In een zaak die veel ernstiger is, dan wat die vent heeft gedaan. Wat zouden jullie dan doen? Zouden jullie door de vingers zien wat hij had gedaan? Wat dus een beetje verboden was, maar niet zo verboden als wat die ander had gedaan, en wat hij dus misschien zou kunnen ophelderen?'

Het werd zo stil dat Håkon de kaarsen kon horen sissen. Met zijn hand veegde hij de kartonnen doos, die alleen nog een paar dode stukjes champignon bevatte, van de tafel en leunde er overheen.

'Wat heb je uitgespookt, Fredrick. En wat heb je verdomme ontdekt?'

Verlegen sloeg de journalist zijn blik neer. Håkon sloeg met zijn vuist op de tafel.

'Fredrick! Wat hou je achter?'

De razende reporter was verdwenen en er bleef een stumperig jongetje over, dat tegen een kwaaie meester een wandaad moest opbiechten. Hij stak beschaamd zijn hand in zijn broekzak en

haalde er een glimmend sleuteltje uit. 'Deze was van Jørgen Lavik,' zei hij bedeesd. 'Hij zat met plakband onder zijn safe vastge-
plakt. Of zijn archiefkast, ik weet het niet meer precies.'

'Je weet het niet meer precies?' Zijn neusvleugels waren wit van
woede. 'Je weet het niet meer precies? Je hebt belangrijk bewijsmateriaal weggenomen uit het kantoor van een verdachte in een
strafzaak en jij weet niet meer precies waar je het hebt gevonden.
Ja, ja.' Het wit vormde nu een cirkel rond zijn hele neus, zijn gezicht leek net een omgekeerde Japanse vlag. 'Mag ik vragen wanneer je die sleutel "gevonden" hebt?'

'Een poosje geleden,' antwoordde Myhreng ontwijkend. 'Dit is
trouwens niet het origineel. Het is een kopie. Ik heb een afdruk
van de sleutel gemaakt en hem weer teruggeplakt.'

De officier van justitie snoof als een bronstige stier. 'Ik kom
hier nog op terug, Fredrick. Daar kun je op rekenen. Ik kom hier
op terug. Nu mag je die fles slootwater meenemen en verdwijnen.'

Hij propte hem agressief de halflege fles in zijn handen en de
afgevaardigde van *Dagbladet* werd de ongezellige en ijskoude de-
cembernacht weer ingestuurd. Bij de deur bleef hij staan, met zijn
voet op de drempel om te voorkomen dat alle contact meteen
werd verbroken.

'Maar Sand,' probeerde hij nog, 'ik krijg hier toch wel iets voor
terug? Dit is toch míjn verhaal?'

Als antwoord kreeg hij slechts een beurse teen.

Donderdag 10 december

Nog geen twee werkdagen later waren de mogelijke plaatsen tot een zeer overkomelijk aantal ingeperkt. Twee. Een achtenswaardig en serieus fitnesscentrum midden in het centrum en een minder achtenswaardige, maar duurdere studio bij St. Hanshaugen. Beide gelegenheden leenden zich voor fysieke activiteit, maar terwijl dat bij de ene was toegestaan, bedreef de andere activiteiten met speciaal uit Thailand geïmporteerde dames. Het had tijd gekost om de sleutelfabrikant op te sporen, maar toen de politie uiteindelijk bij de juiste firma was beland, duurde het nog maar een paar uur om uit te vinden om welke kasten het kon gaan. Met Laviks verwoeste reputatie in gedachten, waren ze er allemaal van overtuigd dat ze de kast in het bordeel aan de Ullevålsvei zouden aantreffen. Maar daar vergisten ze zich in. Lavik had tweemaal per week aan gewichtheffen gedaan en toen ze het dossier erop nasloegen, bleek dat ze dat eigenlijk wel wisten.

De kast was zo klein dat de zwarte aktetas er maar net in paste. Het was een tas met een cijferslot en hij lag nu, nog steeds ongeopend, op Kaldbakkens bureau op de tweede etage van het politie bureau, blauwe zone. Håkon Sand en Hanne Wilhelmsen namen vast een voorschot op het kerstfeest, ze konden niet wachten tot het harde pakje werd opengemaakt.

De code was niet bestand tegen Kaldbakkens schroevendraaier. Voor de goede orde hadden ze even met de zes cijferwieltjes gespeeld, maar dat snel opgegeven. De eigenaar had de tas niet meer nodig, ook al was hij zo goed als nieuw.

Ze konden niet begrijpen waarom hij het gedaan had. Het was onbegrijpelijk dat de man zo'n risico had genomen. De enige logische verklaring kon zijn, dat hij gehoopt had anderen in zijn val te kunnen meesleuren, mocht hij ontmaskerd worden. In levenden lijve had hij de dikke stapel documenten nauwelijks nodig gehad. Hij had een enorm veiligheidsrisico genomen. In een fitnesscentrum, waar hij niet eens de garantie had dat de eigenaars na sluitingstijd niet een nieuwsgierige ronde door de kluisjes van de welgestelde leden maakten, had hij een grondig en volledig overzicht opgeborgen van een organisatie die de drie lezers misschien in een misdaadroman hadden verwacht, maar nooit in werkelijkheid.

'Hij noemt de overval op mij niet,' merkte Hanne op. 'Dat kan dus betekenen dat ik gelijk heb. De staatssecretaris moet het gedaan hebben.'

Zowel inspecteur Kaldbakken als officier van justitie Håkon Sand reageerden niet. Al was het de paus zelf geweest, die een uitstapje naar het noorden had gemaakt om tegen een weerloze vrouw geweld uit te oefenen, dan nog hadden ze niet met hun oogleden geknipperd.

Ze hadden bijna twee uur nodig om alles door te nemen. De documenten werden deels gelijktijdig, deels na elkaar verslonden. Korte commentaren gaven zo nu en dan aanleiding om over elkaars schouder mee te lezen. Uiteindelijk deed niets hen meer versteld staan.

'Dit moet direct naar boven,' zei Hanne Wilhelmsen, toen ze alles gelezen en keurig in de vernielde koffer teruggelegd hadden.

Ze richtte haar wijsvinger naar het plafond. En ze bedoelde niet God.

*

De minister van Justitie stond erop nog diezelfde avond een persconferentie te geven. De veiligheidsdienst en de inlichtingendienst hadden heftig geprotesteerd. Het had niet geholpen. Als de pers erachter kwam dat ze de zaak meer dan een paar uur hadden achtergehouden, zou het schandaal volmaakt zijn. Het was nu al erg genoeg.

Het flitsende uiterlijk van de minister had in de loop van de dag een fikse dreun gehad. Zijn huid was bleker, zijn haar niet meer zo stralend goudblond. Hij hoorde de persmuskieten al achter de deur schreeuwen. Hij had erop aangedrongen de persconferentie in het politiebureau te houden. 'Jullie zijn verdorie de enigen die hier heelhuids uit tevoorschijn komen,' had hij sarcastisch opgemerkt, toen de korpschef voorstelde om de pers op het ministerie te ontvangen. 'We houden de persconferentie bij jullie.' Hij zei er niet bij dat in het regeringscentrum de hoogste staat van beleg heerste. De minister-president had de bewaking verdrievoudigd en een pure paranoia tegenover de pers ontwikkeld. In dit licht was het politiebureau een prima bliksemafleider.

Hij haalde drie, vier keer diep adem en betrad toen de grote vergaderzaal. Het was maar goed dat hij wat extra zuurstof tot zich had genomen, want eenmaal binnen de dubbele deuren kon hij geen lucht meer krijgen. Bijna niet, tenminste.

Officier van justitie Håkon Sand en brigadier Hanne Wilhelmsen leunden achterin de zaal tegen de wand. Ze hadden niets meer met de zaak te maken. Die was in de loop van de dag in recordtempo naar hogere etages geklommen. Het korte bericht dat ze de zaak als opgehelderd konden beschouwen, was alles wat ze hadden gehoord. En dat beviel hen uitstekend.

'Het kan leuk worden om te horen hoe ze zich hier uit redden,' zei Hanne zacht.

'Hier redden ze zich niet uit.' Håkon schudde zijn hoofd en herhaalde het nog eens: 'Hier komt niemand ongeschonden uit. Behalve wij tweeën dan. De Helden. Met onze witte Stetson-hoeden.'

'The good guys!'

Ze grijnsden allebei van oor tot oor. Håkon legde zijn arm om zijn collega, die zich dat liet welgevallen. Een paar geüniformeerde agenten loerden steels naar hen, maar de geruchten deden al een poos de ronde en waren niet meer zo spannend.

Voor de meute voorin de zaal waren ze praktisch onzichtbaar. Technici van drie televisiezenders hadden in ijltempo vijf krachtige schijnwerpers opgesteld, die het achterste deel van de zaal in het donker legden, terwijl alle kopstukken aan de fel verlichte tafel zaten. De NRK zou een live-uitzending verzorgen. Het was vier minuten voor zeven. Het bericht dat drie uur geleden door het persbureau openbaar gemaakt was, had alles en niets vermeld. Geen details, alleen dat de staatssecretaris wegens ernstige, strafbare feiten was aangehouden en dat het kabinet in een buitengewone zitting bijeen was gekomen. Genoeg om iedereen die zijn aanwezigheid maar enigszins kon legitimeren, plus nog een aantal, vroegtijdig op het politiebureau te laten verschijnen.

De korpschef opende de bijeenkomst. Zonder het geraas van de automatisch doorspoelende fotocamera's had je zelfs helemaal achterin bij Hanne Wilhelmsen en Håkon Sand de beroemde speld kunnen horen vallen. Ze maakte een nerveuze indruk, maar slaagde erin rustig te blijven. Ze had van tevoren een verklaring op papier gezet, een paar A4-tjes waar ze zo nu en dan en zonder zichtbare logica in bladerde, van voren naar achteren en omgekeerd.

De politie had redenen om aan te nemen, dat de staatssecretaris van Justitie betrokken was bij een groep mensen die door de politie werd verdacht van onwettige invoer van narcotica, mogelijk als leidende figuur.

'Ook een manier om te zeggen dat die vent een maffiabaas is,' fluisterde Håkon in Hannes oor. 'Nu krijgen we de keurige juridische versie!'

Het geestdriftige en geshockeerde geroezemoes verstomde onmiddellijk toen de korpschef verder sprak. 'Op dit moment ziet het ernaar uit,' zei ze en ze hoestte discreet achter haar gebalde hand, 'het ziet ernaar uit dat de organisatie uit twee groepen bestond. De overleden advocaat Hans A. Olsen was verantwoordelijk voor de ene tak, de overleden advocaat Jørgen Ulf Lavik voor de andere. Wij hebben redenen om aan te nemen dat de staatssecretaris boven die twee stond. Hij is aangehouden en wordt verdacht van de invoer en omzet van een onbekende hoeveelheid narcotica.' Ze kuchte weer, alsof ze aarzelde of ze moest doorgaan.

'Hoeveel?' probeerde een journalist, zonder antwoord te krijgen.

'Bovendien wordt hij verdacht van de moord op advocaat Hans A. Olsen.'

Als er nu drie ton spelden op de vloer waren gevallen, zou niemand dat hebben gemerkt. Het hagelde vragen.

'Heeft hij bekend?'

'Waar berust die verdenking op?'

'Om hoeveel geld gaat het?'

'Is er al ergens beslag op gelegd?'

Het duurde bijna tien minuten voor de rust in de vergadering was weergekeerd. De chef van de afdeling recherche sloeg aan één stuk door op de tafel, de korpschef leunde achterover en weigerde met strakke mond om te antwoorden tot de zaal weer helemaal rustig was. Ze zag er ouder uit dan ooit.

'Ik begrijp niet waarom ze zo gespannen is,' fluisterde Hanne tegen Håkon. 'Ze zou toch tevreden moeten zijn. Het is verdomd lang geleden dat iemand in dit gebouw zich op zo'n grote triomf kon beroemen!'

Uiteindelijk vond het hoofd van de recherche gehoor. 'Nadat de verschillende betrokkenen de zaak uiteen hebben gezet, is er gelegenheid tot het stellen van vragen. Niet eerder. Ik vraag hiervoor uw begrip.'

Of het zachte gemompel van de journalisten betekende dat ze hiermee instemden, was moeilijk te zeggen. Maar de korpschef kon doorgaan met haar verhaal.

'Het lijkt erop, dat deze activiteiten reeds enkele jaren hebben plaatsgevonden. Naar wij aannemen vanaf 1986. Het is nu nog te vroeg om al iets over de totale hoeveelheid te zeggen.' Ze hoestte weer.

'Dat gehoest komt iedere keer als ze liegt of als ze bang wordt,' fluisterde Håkon. 'Op grond van de informatie in de koffer kwam ik op veertien kilo. Alleen al op Laviks conto!'

'Ik kwam op vijftien,' grinnikte Hanne.

De korpschef zette zich weer schrap. 'Wat betreft de bijzondere omstandigheden van het gebruik van...' Nu leek haar gehoest net een parodie. '...het gebruik van... hmm... de inkomsten uit de illegale omzet, geef ik het woord aan de minister van Justitie.'

Ze haalde opgelucht adem toen alle ogen zich op de jonge minister richtten. Hij zag eruit alsof hij in de loop van één dag bericht had gekregen van het overlijden van zijn moeder, de ziekte van zijn vader en van zijn eigen faillissement.

'Voorlopig, en ik herhaal vóórlópig, lijkt het erop dat enige van deze... dat een deel van deze... hmm... middelen, kan men zeggen... onrechtmatig door de militaire inlichtingendienst zijn aangewend.'

Plotseling begreep iedereen waarom ook de minister van Defensie aanwezig was. Sommigen hadden hun wenkbrauwen opgetrokken toen ze hem daar zagen zitten, aan het uiteinde van het rijtje belangrijke personen, naast de tafel, bijna overbodig. Niemand had tijd gehad om er verder over na te denken.

Nu konden ze de vragen niet meer tegenhouden. Het hoofd van de recherche hamerde weer op de tafel, maar sloeg daarmee alleen maar een dwaas figuur. De korpschef vermande zich. Met een stem die niet bij haar tengere figuur paste, nam ze de leiding over.

'Eén vraag tegelijk,' eiste ze. 'Wij staan nog een uur tot uw beschikking. Het is aan u om die tijd zo optimaal mogelijk te gebruiken.'

Een kwartier later was voor de meesten het beeld zo'n beetje helder. De bende – of de maffia zoals nu iedereen, inclusief de vips in het panel, hen noemde – was op een tamelijk rigide piramidesysteem gebaseerd geweest. Iedereen mocht blijkbaar alleen zijn directe meerdere kennen. De staatssecretaris hoefde dus alleen Olsen en Lavik te vrezen. Maar de twee onderofficieren hadden zich na verloop van tijd te zeker gevoeld, ze waren te ver gegaan en er te actief bij betrokken geraakt. Er was reden om aan te nemen dat ze op grote schaal gebruik hadden gemaakt van hun unieke mogelijkheid om drugs de gevangenissen in te smokkelen. De meest effectieve betaling ter wereld. En het beste lokmiddel.

Fredrick Myhreng zorgde ervoor dat de anderen heel even hun mond hielden. 'Is er sprake van onwettig politiek handelen?' brulde hij vanaf de derde rij.

De panelleden keken elkaar aan, niemand nam het woord. Daar kregen ze ook de tijd niet voor, want de opgewonden journalist ging door: 'Volgens mijn inlichtingen is er sprake van bijna dertig kilo harddrugs. Dat vertegenwoordigt een enorm vermogen! Is alles door de inlichtingendienst gebruikt?'

De jongen was niet dom. Maar dat was de korpschef ook niet. Ze staarde de jonge journalist een ogenblik aan.

'Wij hebben redenen om aan te nemen dat een aanzienlijk deel van de middelen gebruikt is door machten, die bepaalde activiteiten van de inlichtingendienst nastreefden, ja,' zei ze langzaam.

De meest vooraanstaande misdaadverslaggevers haalden onmiddellijk hun mobiele telefoons tevoorschijn en namen, met hun stem diep in hun binnenzak, contact op met hun redacties om de politieke commentatoren op te roepen. Tot op dit moment was de zaak voor hen ook wel interessant geweest. Wanneer een dergelijk invloedrijke politieke figuur een schurk bleek te zijn, kon dat enorme politieke gevolgen hebben. Maar ze hadden niet het gevoel gehad bij een persconferentie van de politie aanwezig te moeten zijn. Tot nu. Nadat bekend was gemaakt waar het geld voor was gebruikt, duurde het slechts enkele minuten voor de eerste van hen binnensloop en zich fluisterend door zijn collega liet bijpraten. Langzamerhand kreeg hij gezelschap van veertien of vijftien andere politieke commentatoren. De misdaadverslaggevers werden zwijgzamer en sommigen van hen verlieten zelfs de zaal, nadat ze het estafettestokje hadden doorgegeven.

Een snelle man van het journaal, met het gezicht van een veertigjarige, maar met haar en kleding die beter bij iemand van twintig pasten, stak een reusachtige, in wintervacht gehulde microfoon naar de minister van Defensie. 'Wie van de inlichtingendienst wist hier vanaf? Op welk niveau was dit bekend?'

De minister schoof heen en weer op zijn stoel en keek vragend naar de minister van Justitie. Daar was geen hulp te verwachten.

'Tja, het kan lijken dat... Het lijkt, zoals het beeld nu is, dat... Niemand wist waar het geld vandaan kwam. Heel weinig mensen wisten überhaupt van het geld af. Wij zullen dit grondig onderzoeken.'

De journaal-verslaggever gaf het nog niet op. 'Bedoelt de minister van Defensie dat de inlichtingendienst vele miljoenen heeft uitgegeven, zonder dat iemand de herkomst van het geld kende?'

Dat bedoelde de minister van Defensie. Hij spreidde zijn armen en verhief zijn stem. 'Ik moet uitdrukkelijk stellen dat dit geen officiële uitgaven gold. Wij hebben geen redenen om aan te nemen dat er veel mensen bij betrokken waren. Het is daarom onjuist om in dit verband van de inlichtingendienst te spreken. Hier staan eenlingen achter en het zijn eenlingen die hiervoor zullen moeten boeten.'

Dat kon de man van het journaal nauwelijks geloven. 'Bedoelt u dat dit geen consequenties krijgt voor de dienst op zich?' Toen hij niet meteen antwoord kreeg, duwde hij de microfoon onder de neus van de minister van Justitie. Die moest zijn hoofd wegtrekken om niet zijn mond vol nylonpels te krijgen. 'Moet de minister van Justitie niet aftreden, nu zijn naaste medewerker van dergelijke ernstige feiten wordt beschuldigd?'

De minister was nu de rust zelve. Voorzichtig schoof hij de microfoon tien centimeter terug, haalde een hand door zijn haar en keek de verslaggever recht in het gezicht. 'Dat moet de minister van Justitie inderdaad,' zei hij luid en duidelijk.

Dat sorteerde direct effect. Zelfs de camera's vielen stil.

'Ik leg met onmiddellijke ingang mijn ambt neer,' verklaarde hij en hij meende het blijkbaar letterlijk. Zonder dat iemand van de anderen een seintje had gegeven dat de persconferentie afgelopen was, pakte hij zijn papieren bij elkaar. Hij stond op, wierp een blik op de menigte, rechtte zijn rug en verliet de zaal.

De twee politiemensen achterin de zaal hadden medelijden met de jonge minister.

'Hij heeft toch niets verkeerd gedaan,' mompelde Håkon. 'Alleen een wat onbetrouwbare medewerker gekozen.'

'Good help is hard to get these days,' zei Hanne. 'Wat dat betreft heb jij geluk. Jij hebt mij immers.' Ze gaf hem een zoen op zijn wang en fluisterde gedag. Brigadier Hanne Wilhelmsen ging winkelen. Het was hoog tijd om kerstinkopen te gaan doen.

Maandag 14 december

Nog slechts tien dagen voor Kerstmis. De weergoden verheugden zich er al op en probeerden voor de zesde keer in twee maanden tijd de stad feestelijk te versieren. Nu leek het te gaan lukken. Er lag al twintig centimeter sneeuw op de grasvelden rond het kromme, grijze politiebureau aan de Grønlandsleiret 44. Het plaveisel naar de ingang was spekglad en tien meter voor de deur gleed Håkon Sands gewonde been onder hem weg. De taxichauffeur had geweigerd de onbestrooide oprit op te rijden en Håkon Sand transpireerde van inspanning toen hij hem te voet probeerde te bedwingen. Die helling moest daar expres zijn aangelegd.

Hij kwam weer op de been en strompelde de warmte in. Zoals gewoonlijk zat de foyer vol en zoals gewoonlijk zaten links de mensen met een donkere huidskleur, confuus en zwetend, in hun bonte, ouderwetse winterjassen. Håkon bleef een ogenblik staan en liet zijn blik langs de verdiepingen omhoog glijden. Het gebouw stond er nog steeds. Met de inlichtingendienst ging het minder goed.

Het rumoer was nog lang niet verstomd. De kranten kwamen elke dag met meerdere edities en de nieuwsredactie van de NRK-televisie had drie dagen achtereen extra uitzendingen ingelast. Het onmiddellijke aftreden van de minister van Justitie was een poging geweest om de rest van de regering te redden, maar het was nog hoogst onzeker of dat zou lukken. De situatie was nog steeds niet helder. De inlichtingendienst had een woedende onderzoekscommissie op zijn dak gekregen en er werd al hardop over een radicale reorganisatie gesproken. Een boek dat een paar maanden tevoren was verschenen, over de relatie tussen de Arbeiderparti en de geheime diensten, was ineens weer schrikbarend actueel. Een gigantische herdruk lag al bij de drukker. Een liberaal politicus die al enige tijd beweerde onrechtmatig gevolgd en afgeluisterd te worden, zonder ergens respons te krijgen, werd ineens serieus genomen.

Het liet Håkon onverschillig dat hij van de zaak was gehaald en hij trok zich kennelijk ook niets aan van het totale gebrek aan erkenning door zijn meerderen. Alleen collega's op zijn eigen niveau complimenteerden hem met zijn succes. Het karwei was geklaard, de zaak was afgerond. Hij had het weekend zowel zaterdag als zondag vrij gehad. Dat was in geen eeuwigheid voorgekomen.

Voor de deur met de afgescheurde Disney-figuren prutste hij met zijn sleutelbos. Toen hij uiteindelijk binnen was en het beeld zag, bleef hij roerloos staan.

Het was Vrouwe Justitia. Heel even dacht hij dat het het exemplaar van de hoofdcommissaris was. Hij begreep er niets van. Maar toen zag hij dat dit beeld groter was en meer glom. Waarschijnlijk was het nieuw. Bovendien was het meer gestileerd, de vrouw was majestueuzer en de beeldhouwer was vrijer met de anatomie omgesprongen. Haar lichaam was te lang in verhouding tot haar hoofd en ze hield het zwaard vanaf haar middel schuin opgeheven, in plaats van bij haar rokken langs. Klaar om toe te slaan.

Hij liep naar de tafel en tilde het beeld op. Het was zwaar. Het rode brons glom en was nog niet geoxydeerd. Er viel een kaartje op de grond. Hij zette het beeld voorzichtig neer, bukte zich met zijn gewonde been stijf opzij en pakte het envelopje op.

Hij scheurde het open.

Het was van Karen.

'Liefste Håkon, bedankt voor alles, met duizend lieve kussen. Je bent mijn held. Ik geloof dat ik van je houd. Geef mij niet op. Niet bellen, je hoort snel van me. Je (geloof het of niet) Karen.
p.s. Van harte gefeliciteerd!!!'

Hij las het briefje steeds weer over. Zijn handen trilden terwijl hij ze over de glanzende bronzen figuur liet glijden. Het was koel en glad, prettig om aan te raken. Hij keek een ogenblik verrast op en kneep zijn ogen snel twee keer dicht. Hij dacht het duidelijk gezien te hebben.

De godin van de rechtvaardigheid had heel even onder haar

blinddoek door gekeken. Ze had hem met één oog recht aangeke-
ken en hij had erop durven zweren dat ze snel even had geknip-
oogd. En geglimlacht. Een scheve, raadselachtige glimlach.

linde godin is de eerste in een reeks thrillers van Anne Holt die bij
rchipel in vertaling gaan verschijnen. In de komende tijd kunnen
ertalingen verwacht worden van twee andere thrillers van Anne
Iolt: *Salige er de som törster* en *Demonens död*.

Recent verschenen in Archipel

Dick Francis, *Over de kling*

De excentrieke kunstenaar Alexander Kinloch bewoont een bouwvallige schaapskooi in het woeste Schotse berglandschap. Dat hij uit een adellijke familie stamt interesseert hem niet; hij is tevreden met zijn vrijgezellenbestaan, zijn woning zonder elektra en zijn schilderwerk in opdracht. Als Al, zoals hij zichzelf tot ergernis van zijn moeder noemt, op een van zijn tweewekelijkse tochten naar de bewoonde wereld slecht nieuws over zijn stiefvader ontvangt, vermoedt hij nog niets.

Eenmaal terug bij zijn afgelegen woonhuis wordt Al verrast door een viertal wandelaars. Ze tuigen hem af, storten hem voor dood in de diepte en halen zijn woning overhoop. Als Al bijkomt weerklinkt voortdurend één dreigend zinnetje in zijn oren: 'Waar is het?' Hij strompelt terug naar huis, ontdekt de ravage, ziet dat zijn jeep gestolen is en vertrekt.

In de dagen erna verkeert hij voortdurend in gevaar en maakt hij meer mee dan hij zich ooit had kunnen voorstellen.

Over de kling is de nieuwe thriller van grootmeester Dick Francis. De Engelse editie stond lange tijd hoog in de Britse en Amerikaanse boekentoptiens.

* Absolute perfectie in het beschrijven van angstaanjagende climaxen en scènes vol spanning en geweld. – Philip Larkin in *The Observer*

* Dick Francis niet lezen omdat je niet van paarden houdt is hetzelfde als Dostojevski niet lezen omdat je niet in God gelooft. – *The New York Times*

Binnenkort in Archipel

Gayle Lynds, *Maskerade*

Liz Sansborough wordt wakker in een kamer die ze niet herkent, met een vreemde man, Gordon genaamd, die beweert dat hij haar geliefde is. Zij kan zich niets van haar verleden herinneren. Gordon vertelt haar dat ze door een val aan geheugenverlies lijdt.

Liz is al doodsbang en gedesoriënteerd, maar alsof dat nog niet genoeg is wordt ze onmiddellijk blootgesteld aan een groot gevaar: er vindt een zeer gewelddadige inbraak plaats in haar appartement. Gordon en Liz kunnen de aanval ternauwernood doorstaan. Zo komt Liz erachter dat ze uitstekend met een wapen om kan gaan. Gordon legt haar uit dat ze een CIA-agente is, en dat ze wordt achtervolgd door de Carnivoor, een beruchte huurmoordenaar.

Ze wordt overgehaald opnieuw als agente te gaan werken om te helpen de Carnivoor te pakken te krijgen. Tijdens de training begint Liz vragen te stellen over haar identiteit en over de medicijnen die ze moet slikken. Al snel ontvouwt zich een duizelingwekkend netwerk van leugens en bedrog. Liz jaagt van Santa Barbara via Washington naar Parijs om de waarheid te achterhalen in een dodelijk spel van politieke en financiële corruptie.

Niets is wat het lijkt in Gayle Lynds' verbluffende thrillerdebuut: kunstig geschreven, psychologisch verfijnd, vol actie en met een adembenemende plot die op feiten is gebaseerd. Lynds werd in de Amerikaanse pers onthaald als de nieuwe – vrouwelijke! – Ludlum.

* Als je begint te lezen slaap je niet voor je het uit hebt. Zeer spannend, en nog een heerlijk liefdesverhaal ook. – *Cosmopolitan*

* Een meesterlijke vertoning. – *Sue Grafton*